深海大战

Abyssal Wars

第二部 | 渐深层卷 |

[日] 藤崎慎吾 / 著　刘金举 / 译

哈尔滨工业大学出版社
HARBIN INSTITUTE OF TECHNOLOGY PRESS

图书在版编目(CIP)数据

深海大战.第二部,渐深层卷/(日)藤崎慎吾著;刘金举译.—哈尔滨:哈尔滨工业大学出版社,2022.8
ISBN 978-7-5603-9846-4

Ⅰ.①深… Ⅱ.①藤… ②刘… Ⅲ.①幻想小说—日本—现代 Ⅳ.① I313.45

中国版本图书馆 CIP 数据核字(2021)第 226293 号

深海大战.第二部.渐深层卷
SHENHAI DAZHAN. DIER BU. JIANSHEN JUAN

总 策 划	张 丽
策划编辑	李艳文 范业婷
责任编辑	孙 迪 那兰兰
装帧设计	平 平
出版发行	哈尔滨工业大学出版社
社 址	哈尔滨市南岗区复华四道街 10 号 邮编 150006
传 真	0451-86414749
网 址	http://hitpress.hit.edu.cn
印 刷	天津市天玺印务有限公司
开 本	880 毫米×1 230 毫米 1/32 印张 12 字数 310 千字
版 次	2022 年 8 月第 1 版 2022 年 8 月第 1 次印刷
书 号	ISBN 978-7-5603-9846-4
定 价	48.00 元

(如因印刷质量问题影响阅读,我社负责调换)

内容概要

随着世界各国海洋资源开发事业的深化和发展，不久的将来，海洋资源将会成为左右世界力量的决定性因素。随之而形成的海洋漂民集团的影响力也日益扩大。

现有国家与新兴势力此消彼长、犬牙交错。就在这复杂的态势中，位于渥美半岛海域的可燃冰采掘基地（CR 田）突然发生了井喷事件，58 名作业工人遇难。究竟是事故还是恐怖事件？该事件极有可能引发围绕气候变化这一话题的新一轮纷争，世界各国都在关注着这一事件。

宗像逍是此次井喷事件的唯一幸存者，他被势力庞大的海洋漂民集团仙境[①]从海面上救起，然后被派遣到"南马都尔"[②]号担任操作员，这是一个一半浮于海面、一半没于水下的移动基地，配备有最先进的海洋生物形机动武器——水下仿生机器人（又称载人型水中战斗机器人）。

宗像逍的伙伴矶良幸彦被出没在 CR 田附近形同海盗的海洋漂民集团杀害。宗像逍为复仇欲念所驱使，在此后的训练中不断提高技能。在保卫冲绳本岛 CR 田的作战中，他被委以重任，操作最新型的"主神"号水下仿生机器人。在猎杀"北美野马"的行动中，他和同伴们与敌手展开了跨越现实和虚拟世界的惊险对决……

[①] 琉球诸岛各地的神话中，指位于大海彼岸的神仙居住的"仙境"。
[②] 位于密克罗尼西亚联邦的海上城市遗址，在当地语言中意为"环绕群岛的宇宙"。6～16 世纪，是统治该岛的萨姆尼特王朝政治、信仰的中心，由建筑在占地面积约 150 米 ×600 米海域内的 92 座人工岛构成，岛上遗留有很多遗迹，风景优美。该岛城更因为其建造之谜和岛上古墓的诅咒而成为世界上最神秘的地区之一。2016 年 7 月 15 日，世界遗产大会审议通过"密克罗尼西亚联邦南马都尔遗址"入选《世界遗产名录》。在本书中，海洋漂民所组成的仙境集团拥有的半浮半没型水上移动基地——多功能基板船（MPS）也采用了该名。

本书所涉及人物及名词

宗像逍

海务集团仙境培养的青年才俊，拥有适合海洋环境的身体和精神，后担任最新型海洋生物形机动武器——"主神"号的操作员。在陆地上他反应迟钝，但一旦进入海洋之中，他就如同"龙归大海，虎进深山"。

安菲特里忒

原是希腊神话里的海洋仙女。本书中的安菲特里忒是近乎海洋精灵般的存在，拥有不可思议的"黑客"能力，能够侵入海洋生物形机动武器——仿生机器人的系统中，只有被称为"海洋之子"的人才能看到她。宗像逍视之为朋友，亲切地称之为"安菲"。

盐椎一真

仙境集团所属的海洋调查船"鳌"上的研究型文职官员，生物学家，重任在肩，负责海洋环境调查、开发集团作战所需的器材等任务。是宗像逍最亲密的友人，两人年纪相仿。

安云蕾拉

宗像逍的女同事，混血儿，水下仿生机器人"赛德娜"号的操作员，拥有适合海洋环境的身体和精神。她嗜武如命，是柔道三段、空手道二段、跆拳道一段。加入仙境集团的三年前丧失了记忆，之前的履历不明。

矶良幸彦

宗像逍的发小、同事，水下仿生机器人"埃吉尔"号的操作员。在与形同海盗的海务集团提亚玛特的战斗中，殉职于仿生机器人"达贡"号之手。

盐椎真人

宗像逍所在的半浮半没型水上移动基地"南马都尔"号的司令员，独断专行。他也指挥整个仙境集团的行动，是盐椎一真的父亲。

罗伯鲁特·贾鲁西亚

"南马都尔"号的副司令员，水下仿生机器人的首席操作员，驾驶"奥克隆"号。他也是水中合气柔术高手，经常指导部下宗像逍、安云和矶良。

库托鲁夫

与仙境集团敌对的海务集团提亚玛特的首席操作员，曾自称"阿列克谢·杜松",具体来历不明。其超群的机器人操作能力与神出鬼没的作战能力威震其他集团,是水下仿生机器人"达贡"号的操作员。

科兹莫

与宗像逍并称为"海洋之子",是守卫位于澎贝岛上的海上城市遗址南马都尔的酋长的儿子,与密克罗尼西亚联邦政府关系密切。他熟知岛上流传下来的各种传说和仪式,曾传授宗像逍与精灵交流的方法。他是仙境集团首领之女浦添美月的恋人。

目录

CONTENTS

M 是 Mike 的 M · 001

N 是 November 的 N · 006

O 是 Oscar 的 O · 049

P 是 Papa 的 P · 092

Q 是 Quebec 的 Q · 147

R 是 Romeo 的 R · 192

S 是 Sierra 的 S · 254

T 是 Tango 的 T · 337

M 是 Mike 的 M

我有时会将海面看成天空！这是因为，在日常的生活中，我经常仰望天空。

从出生一直到 18 岁为止，我是在一个叫作金井的海洋漂民集团中长大的。在还是整日无所事事的顽童时期，我经常在海水里一待就是好多天。

由于我是适于生活在海洋环境中的"鱼人"，只要呼吸一次，就可以潜在水下 40 分钟左右。因此，单从理论上来讲，只要浮出水面呼吸 36 次，就可以在水下待 24 个小时。

不过，实际情况是，由于每次浮上海面后，都需要花费 5 分钟左右的时间来调整呼吸、短暂休息，因此一天只能下潜 32 次左右，实际上只能在水下待 21 个小时左右。按照这种频率，我能够在海里一连待 3 天或者 4 天左右。

说到食物，我稍微啃一些营养补品就能果腹，至于睡觉，只要在水中打二三十分钟的盹就能对付。对我来讲，这种生活根本不成什么问题。不过，这种生活超过 3 天，我还是会感到疲倦的。

最长的那次，我连续下潜了118个小时，以致刚回到船上时连站都站不稳了。其中既有劳累的缘故，应该也存在着肌肉发生萎缩现象的原因，如同长期生活在太空中的宇航员，由于长久没有经受 $1g$ 环境①下所必须承受的重力加速度，肌肉发生了萎缩。

之所以这么做，仅仅是因为我与小伙伴们争强斗胜。那时，我们只是觉得好玩才这么做的。

这就是我刚才所说的，由于那么多天一直待在海里，就会渐渐将海面看作天空。所以我想，也许在所有的海洋生物眼中，海面就是天空。尤其是在深夜，当无数发着光的微生物和海蜇漂浮在你的头顶时，你肯定只能产生一种感觉：海面就是星空。

当在陆地上仰望苍穹时，人只会觉得脚下不再是地面。与此相同，当你在海中时，海底究竟在哪里？由于外洋实在是太深，人类无法知晓，我们自然就会这么想：这个世界是"无底"的。

自从我离开金井集团，时间已经过去3年了。我登上了这种叫作水下仿生机器人的海洋生物形机动武器，借助被称为"体外空气交换装置(EGE)"的人工鳃，终于实现了24小时无间隙下潜。这种机器人可以像鱼儿一样从海水中获得空气。我的活动范围也得以扩大，甚至可以在深达数千米的深海底部留下足迹。

但不可思议的是，我始终无法从脑海中抹消"无底"这种感觉。即使是躺在马里亚纳海沟②，我也不认为这里是海洋的最深处。这就是所谓的"三岁看小，七岁看老"吧，估计这种看法将陪伴我一生。

---

① 人在地面上感受到的重力是 $1g$(重力加速度)，但是太空是高真空、微重力环境，重力仅为地面的百分之一到十万分之一。如果长时间生活在太空环境中，由于肌肉不再承受那么大的重力加速度的影响，人体肌肉就会萎缩。
② 马里亚纳海沟是西太平洋板块边缘沟－弧－盆体系构造演化的关键地区，其南端的挑战者深渊不仅是地球表面最深点，也是马里亚纳海沟、马里亚纳岛弧、马里亚纳海槽、西马里亚纳洋脊和帕里西维拉海盆的构造汇聚点。

那种奇妙的"幻影"也一直萦绕在我的脑海中。从顽童时代开始，这个"幻影"就频繁地出现在我眼前。只要这个"幻影"一直在我眼前，我就会坚持不懈地去探索这个"无底"的"底"。

在海底，有一个微波荡漾的幻湖——我现在正在俯视的这个湖位于海面下数千米的深处，湖面漆黑一团，而且也无法推测下面究竟还有多深。但是，这一年左右的时间中，与周围的环境相比，这个湖发生了巨大的变化。

起初，这个湖岸上密布着深海偏顶蛤之类的贝类，上面还蠕动着一层没有眼睛的虾蟹。离湖岸稍远的地方，还聚集着团成拉面形状的管蠕虫——虽然是动物，但是远望起来却像草原一样，整体上给人一种大煞风景的感觉。

但如今，却有一些生物如雨后春笋一般从各个地方冒出来，顶开了那些深海偏顶蛤和管蠕虫，熠熠生辉地生长在那里。那些才露尖尖角的样子宛如活生生的竹笋。不过，长大之后，它们就开始分叉，很像大了一号的鹿角。

仔细观察就会发现，这些生物都是由许多透明的玻璃或者晶体一片片组合在一起而形成的，上面有很多断面。也许是这些断面发光反射，也许是这些生物体自身的发光，显得它们一直都在熠熠闪亮。

漂亮是很漂亮，但是完全不知道这些究竟是什么东西。是生物，还是如同珊瑚礁一样，是由无数生物的骨骼所构成的矿物？

类似于透明工艺品的东西，我在其他地方也看到过。其中一种，是我在密克罗尼西亚澎贝岛的海底洞穴中所见的，我觉得那是一种石笋。

另外一种，是被我命名为"利维坦"[①]的海兽，这种谜一般的海

---

① 《圣经·约伯记》第41章记载，利维坦是一头巨大的生物，能够口喷火焰，鼻冒烟雾，牙齿尖利，身体坚固似裹着铠甲。当它在大海中畅游时，波涛亦为之逆流。在传说和文学作品中，常被描写为鲸鱼或者身体巨大、能够将大地盘绕起来的蛇。

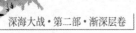

兽长得像蛇颈龙,但其实是由某种坚硬透明的物体一片片聚在一起而形成的。最初,它会伪装成姥鲨的形状,但是一旦破壳而出,则会变成恶魔的样子。

生长在湖边的这种东西,在不断地生长着。最后,它们会不会也长成蛇颈龙?

不过,我总觉得有所不同。

首先是这个类似于湖一样的东西,本身就非常奇怪。如果有人告诉我,说这仅仅是一种幻觉,那么我也会产生同感,只是这种感觉过于真实了。在地球上的某处,肯定存在着与此相似的地形。但是,为什么偏偏是我在凝视着这种地形呢?我心中始终无法抹消这种感觉。

水面突然上升了,就像水泡浮上来了一样。每次都是这样,一定会有一条头像乌贼、身体像海豚一样的奇妙的生物现身——这是斗鱼,但我总是把它叫作"乌贼海豚"。

首先是圆圆的头部探出水面,然后是长在下面的几只触手出水,接着是长着尾鳍的流线型身体……

但是,今天这条,与以往的却大不相同——这不是"乌贼海豚"!

虽然头部看起来很像乌贼,但是身体却不像海豚……它长着肩膀和手腕!

那个光滑的流线型的身体,它的曲线哪里去了?那看起来并不优美的腰身,啊,那两只脚也露出来了。那不是人类的身体吗?而且,是雄壮男人的身体。

我突然想起了一个人。

矶良幸彦——与我一同在金井集团长大的发小,虽然我们曾经长达三年天各一方,但是我们在这个叫作仙境的海洋漂民集团重逢之后,曾经短暂地在一起工作过,也可以称之为水下仿生机器人的同僚。我们都担任操作员,他比我的资历深。

后来，我与他在冲绳本岛海域的 CR 田附近永别了。在那片海域中，海底的甲烷化合物不断产生着甲烷气体。就在那里，我们与试图制造甲烷喷发事故的海上强盗们展开了海战，他光荣殉职了。

虽然我们实际上就是士兵，但是由于我们被视为武装保安，所以我们不能被称为"战死"。仍然是见习操作员身份的我，一直待在"南马都尔"号母舰上，自始至终都无法为他提供支援，哪怕只是一点点。

最后，矶良被海葬了。我没有使用任何设备，就那么潜入深海中，在黑暗之中送走了他的棺木。

那个"乌贼海豚"①的身体酷似矶良。那么，乌贼的头呢……不可能，怎么可能呢？

他去世已经将近一年了。海底世界生长着很多生物，却缺乏饵料，现在，他的遗体应该只剩下了骨架，不可能再有肉体的存在了啊！

"乌贼海豚"……不对，应该说是"乌贼人鱼"。他就那样浮在水面上，似乎想向我诉说什么。然而，最终却一言未发地背过身去，径直游向对岸，一点点地远去了。

"喂，等等！"

我很想呼唤他，但是我却完全陷入了混乱之中，似乎不知道自己此时身处何方，我甚至感觉不到自己的喉管在颤动。

"等等……幸彦……是幸彦吗？"

似乎冰冷的海水一下子就侵袭到了我的胸口位置，我感到一阵胸闷，非常难受。"乌贼人鱼"已经只剩下一个模糊的身影，渐渐消失在管蠕虫群的远方。看似与往常一样，但与往常又不一样……

这个幻影究竟是什么，它究竟想告诉我什么？

---

① 后文中出现的科兹莫的精灵利塔吉卡就是这种形态。

N 是 November 的 N

1

透过剥落的壁纸,可以窥到里面的合板。

"要求视频通信呼叫,对方是盐椎一真。"

我习惯性地把手放到耳根处,手指尖碰到一个小小的、硬硬的突起,这是"骨传导助听器"——这个助听器也能接收来自被称为"iFRAME"的携带型信息终端的警报等。

"要求视频通信呼叫,对方是……"

"知道了,知道了,荷助。"

我取出放在胸前口袋里的"iFRAME"。就在这时,不可思议的湖中幻影完全消失了。我回到了现实之中,这是一个显得有点肮脏的 6 张榻榻米大小的房间,是一家民宿的客房。

我用力挥动了一下手腕以上的部位,原本像一根棍子似的"iFRAME"伸展开来,变成了一个矩形的视屏,里面出现了一只小小的牛龟——这就是我的电脑小助手荷助。这只小乌龟欢快地滑动着扁平的前肢,从视屏框外拉进来一个年轻男子的头像。

"好,接入视频。"

与我一样,一真也是海洋漂民集团的一员,比我年长一岁。他是仙境海洋调查船"錾"上的成员,非常繁忙,总是忙于进行各种调查。不过,正是由于他一直进行各种调查,所以他虽然也生活在海上,却好像从来没有被潮水击打过。

他与我这个"半鱼半人"不同,是一个普通的"人"。但是,他却拥有一个一流的头脑!与一真聊天,我经常会产生一种感觉:在他面前,我的智力简直就如同一只猴子!

但"人上有人,天外有天",一真的上司长池豪是一位学者,他的智慧简直让他堪称是神!他首次成功实现了从零合成生命这一创举,并一举成名。同时,他也以行动怪异和难以应付而闻名。但是,世界各国的研究机构,甚至军队和恐怖组织均对他"求贤若渴"。

某种意义而言,他就是一件终极武器!

作为这样的上司的左膀右臂,可以说一真是一位非常伟大的人物,但同时又可以说非常可怜——他原来的专业好像是海洋生物,但对于长池先生而言,专业领域只不过就是履行手续时所贴的一个标签而已。在名片上,长池先生就将自己标识为"迷路的科学家"。

因此,当向部下发布工作要求时,长池先生根本不会考虑他们原来的专业领域,只要达不到他的要求,肯定会被赶出去的。一真是为数极少的被留下来的一员,但也经常不得不疲于奔命。

"看起来,你的身体……不是很好啊!"

视屏中的一真,从头像转换成了视频,他的脸上一如既往地没有血色。

"总算还活着!你怎么样,还是窝在那霸的便宜民宿里?"

"虽然是住在便宜的民宿里,不过我并不是整天窝在房间里面,

而是在商店打工，为观光客提供潜水服务，整天忙得不亦乐乎呢。"

"还是你好，真正的'自由自在'。"

"看你说的！我这不是受到停职处分而被赶出来了嘛，这就是所谓的'万般无奈'啊！"

"虽说如此，但你不也是乐在其中？"

"也有这个成分呢！忙中偷闲吧。"

一真紧绷的嘴角放松下来："还是轻松的吧！那么，下面我要说的，对你来说可能是一个不好的通知了。"

"什么通知？"

"这是盐椎真人司令通过罗伯鲁特·贾鲁西亚副司令下达的指令：自今日起撤销对你的停职处分，命令你马上整理好行李，明天一大早退房。尼莱集团会派人到那霸机场来接你。"

尼莱集团是与仙境集团结盟的海洋漂民集团之一。

"怎么这么紧急呢？"

"假期结束了，很遗憾吧！"

"这哪里是什么假期啊！"

这是我第三次被停职了。

第一次是我接到一真的求助，去拦截一头试图逃脱的海怪。虽然是一真的求助，但是他的父亲，也就是我的上司盐椎司令官仍然勃然大怒，批示"不能容忍"，给了我停职两周的处罚。

违背命令就要接受处罚！这是天经地义的。

第二次是在密克罗尼西亚海域执行海上警戒任务过程中，我擅自偏离了预定的巡航线路。实际上，那次并非是我在巡航途中办私事，也不是信马由缰，更不是偷奸耍滑，而是一旦注意力被别的事情所吸引，那么我就很容易忘掉一切，甚至包括规则和命令。

当时，在激光扫描仪的画面中，我发现巡航线路附近出现了不自然的平坦地形，怀疑这有可能是那个神秘、梦幻般的湖，因而无论如何都想去确认一下。其实，海底的泥巴，还有"水面"也都会同样反射脉冲激光。

按照规定，执行巡逻任务的潜艇必须由长艇和僚艇①相互掩护和配合，不得独自行动。当时，我没有接受担任僚艇的协战潜艇操作员的劝阻，独断地脱离了既定航线。但赶过去一看，发现那只不过是海底的泥巴而已。

当然，僚艇立即向上级报告了我的擅自行动，我被处以停职一周的惩罚。当时，我也有点意外——怎么处罚得这么轻？

这次是第三次，情况也大同小异，仍然是在警备执勤中犯了错误。当时，我发现了一个很大的管蠕虫群。管蠕虫是沿着海底的缝隙浮上来的。我突然想到，如果沿着管蠕虫上浮的通道潜下去，说不定就能找到那个湖。脑海中浮现出这个想法后，我忍不住立刻将之付诸行动了。

我没有发现湖！结果自然是一样的，我不但被处以无限期的停职处分，而且还被赶出了南马都尔。自那之后，时间已近一个月了。当然，这段时间之内，我是没有薪水的。

"如果你想归队，那就原谅他们吧。"

一真在开着玩笑，好像他知道我心中的不满一样。所以，我就"原谅他们"了。

"实际上，如果说即使被开除出集团也无所谓，那也确实是无所谓的。毕竟这是海洋漂民集团啊，从一艘船到另外一艘船，就是我们的人生啊！"

"也许这就是我们从小所接受的教育的结果吧，我们已经听了太

---

① 空军战斗编组，有"长机"和"僚机"。在此借用了空军的战斗编组称谓。

多这样的事情了。所以，即使我们感到焦虑也不会离开集团，直到被集团一脚踢走的那一天，我们都会一直规规矩矩地、老实本分地在这里工作。"

"是啊，我们就是如此。有时候，我甚至会想，我不适合从事这份职业。也不知道我们究竟是武装保安员还是士兵，总之就是与人拼杀、刀口舔血。我本来就对这种杀伐的生活根本不感兴趣。"

"你和'达贡'的那次作战，非常艰苦吧。"

"所以我才那么说的啊。那时的'达贡'在与'奥克隆'的作战中早就伤痕累累了。尽管如此，我还是不能主动出击，被管束得像一个婴儿一样。"

"你有没有想过，如果你被开除出集团，'主神'该怎么办？你一点也不在乎，再也没有机会去操作水下仿生机器人了吗？"

我被戳中了痛处，默不作声了。

我的痛处就在这里——我对水下仿生机器人难以割舍！我觉得，只要进入机器人内，无论多深的海洋，它都能带我去遨游。所以，无论被委派什么样的任务，我都无法离开仙境集团。

—真好像非常了解我的心思！不知道为什么，我们俩心意相通。

"算了，就这样吧。况且，现在能够操作'主神'的只有我一个人。"

"是啊，宗像道。现在只有你一个人能够操作那个机器人！"

"你说他们来那霸港接我？是港口的哪个位置，具体什么时间？"

"据说计划是浦添码头，十点左右，尼莱集团会派高速舰艇来接你。到了公海以后，就把你转送到仙境集团派来接你的飞机上。"

"明白了，一切都快得出乎意料啊！不过，怎么是由你来联系我的呢？无论怎样，也轮不到你啊！司令和副司令是很忙，不过，也应该是工作人员联系我啊。"

"你还说应该由工作人员联系你呢!也许是大家都知道,在你心怀不满的时候,工作人员是根本无法说服你的吧。"

我不好意思地伸了伸舌头,的确如此!

"你说什么啊!就是说,大家都看穿了这一切?"

"就是这么回事啊!我也很忙啊,不要再给我添乱了。"

"知道了!还有一件事,虽然与这件事情无关,不过还是想向你打听一下。"

"你说吧,我听着呢。"

"说起来,这是一个有点近乎天方夜谭的话题……"

"我早就习惯你的天方夜谭了。"

"就是这样一个问题:深海底部是不是有可能存在着湖一样的地形?就是在海水中,存在着另外一层水面,水波击打着岸边。"

"啊,你说的是浓盐池吧。"一真若无其事地回答道。

"浓盐池?就是由盐水沉积而形成的水池?存在着这样的水池吗?"

"当然有啊?只不过很少见,少到几乎见不到的程度而已。"

"你说的盐水,不是海水吧。"

"不是,这是一种比海水盐分浓度大的水。比如是3倍,或者5倍不等。由于密度高,这种水会沉积到海底的洼地中。这种盐水与一般的海水很难融在一起,因而在二者之间会形成一个分界面,还有不同的区域。"

"这样啊,那这个分界面看起来就像水面一样?这就是所谓的密度界面[①]吧。"

[①] 两个或多个具有不同密度的介质的分界面。

"可以这么说吧。"

"那么,高浓度的盐水是从哪里来的呢?"

"我也不是很清楚。不过,好像在深海的底部,在某处存在着一种类似于岩盐水立方那样的地方,在那里,浓缩盐堆积成山,海水中的盐分就是从这里融化四散开来的。在那种地方,也经常会喷涌出甲醇,所以也会发生化学合成作用,很多依赖化学合成的生物就会在那里繁衍和生长。"

"像深海偏顶蛤,或者管蠕虫之类的?"

"对对,很像那些聚集在冷水喷涌区域的生物群。"

"那还是……浓盐池吗?"我不由得嘟囔了一句,"那么,哪些海域可能会存在这种浓盐池呢?"

"墨西哥湾那里比较有名,好像地中海里面也存在。其他的地方也会有,比如红海等地。"

"太平洋里面没有吗?就说密克罗尼西亚海域吧,那里会不会存在着呢?"

"我没有听说过。不过岩盐的形成需要海水曾经一度干涸,这是必要的条件,所以太平洋的正中间部分应该是比较困难的吧。"说到这里,一真的眼睛突然眯了起来,"你怎么会对这些事情感兴趣?"

"也没有什么特殊原因……只是因为正好梦到了这样的情景而已。"

"梦到的,真的?"

"怎么说呢?可以说是梦吧,或者也可以说是白日梦吧。"

"你梦到密克罗尼西亚海域存在着浓盐池?"

"也许不是密克罗尼西亚海域。怎么说呢,我也说不清楚,只是不知道为什么,总是有这种感觉。"

"这样啊!"一真用手指尖搔着下颚,"这倒很有意思啊。"

"你也不要太当真,毕竟我是梦到的而已。"

"但是，你这个人真是不同寻常啊。本来应该只是你的意念，却能够侵入水下仿生机器人的操作系统中。也许，真的会有什么人知道密克罗尼西亚海域是否存在浓盐池这件事，要不要我找人问问？"

"这个嘛……"

"先说到这里吧。记着，明天十点钟，那霸港浦添码头，别忘了啊！"

说完这句话，一真就单方面切断了通信。

"明天啊……"

我一边叹了口气，一边环顾了一眼整个房间。虽然东西放得多少有点乱、有点散，但我本来就没有多少行李，应该很快就可以收拾好。马上就要傍晚了，还是先跟潜水用品商店联系一下吧。

虽然这么想着，但是我还是迫不及待地用"浓盐池"这一关键词，开始在网络上搜索。跳出来了许多图片和小视频，里面确实有一些很像我脑海中的那个梦幻的湖泊，但是却没有完全吻合的。

"还不对啊！"

如果网络上跳出了与我脑海中的湖泊完全一样的东西，那我所受的两次停职处分成了什么？完全没有任何意义的举动了！越是重要的东西，越不容易找到。

我关了"iFRAME"，把它塞回了口袋里，然后走出房间，走向厨房。贴着瓷砖的走廊里，回响着拖鞋发出的"啪嗒啪嗒"的声音。

这家叫"东巴庄园"的民宿是由一家夜总会改造而成的，整个布局让人感觉有点怪怪的。那个吊着像球一样镜子的大房间，过去肯定是唱卡拉OK或者跳舞的地方，但是现在却成了住客聚集的地方。

东巴庄园的主人好像之前也在夜总会干过，是一位年近80的老婆婆，平时基本上没有做过称得上管理的工作。她不负责提供餐

饮，只提供住宿服务。也正因为如此，她允许住客随便使用厨房。

结果，"囊中羞涩"的年轻人从国内外蜂拥而至，给人的感觉，似乎这就是一家干店式的客栈①。住客形形色色，什么人都有。

厨房里，一个皮肤黝黑、身材姣好的女性正靠着洗涤槽喝着可乐。她自称是"风子"，我们都不知道她的真名。看上去她不像日本人。从卷曲的头发来看，她应该是非洲裔，但是从长相来看，又有欧洲人的特点。

看到她后，我说："太好了，你正好在。"

"怎么了？"

"事情有点突然，我明天早上就要退房离开这里了。"

"这样啊。虽然有点急，不过在东巴庄园，这是常有的事情啊。找到工作了？"

"之前的雇主让我回去帮忙。"

"你之前说过，你是做保安工作的？"

"是啊。我现在得马上联系'神潜水'公司。"

我说的这家公司，就是风子给我介绍的潜水俱乐部，她是那里的常客。一个偶然的机会，她知道那里招聘临时职员，就转告给我了。

"潜水俱乐部肯定会感到非常遗憾。毕竟，不佩戴任何潜水用具就能在海水中胜任导游工作的人，实在是太少见了！"

"我也可能回来的。"

"得空的话，你也来我们位于西丽拉的客栈看看吧。"风子离开洗涤槽，向我靠近两三步，压低声音对我说。

---

① Guest house。日本的企业、学校等，有的会设置供客户等居住的设施，一般也有厨房，往往采用自助形式。

"啊，没有问题！那里只是虚拟世界的客栈而已，什么时候都可以去的。"

我一边打开冰箱，一边也低声回答。

我并不是在这家民宿住宿期间偶然结识风子的。追本溯源，我们还是因为矶良幸彦而相识的。

西丽拉是矶良原来所加入的一个拥护人权的团体的名称，好像这个团体的大本营设在宫古岛，东巴庄园也是这个团体的一个秘密联络点，风子是该团体的一个主要成员。

我从冰箱里拿出一瓶冰冻茶，然后回到了房间。荷助通知我，又有新信息进来了。由于显示不是一真，我决定设定为"不在"模式来应答。

我打开"iFRAME"，看到荷助露出一副非常虚弱的表情。我打开设定为邮箱形状的"收件箱"，看到里面塞满了尚未阅读的文件和信息，原来是荷助不堪重负了。发信人大部分都是刚才要求音频通信的人。

安云蕾拉，也是水下仿生战斗机器人的操作员，是我在南马都尔的同僚，她与矶良一样，比我早一年加入集团。

怎么说呢，我很喜欢她，但也感觉与她交往有点儿不容易——她是个"信息狂魔"。

自从我受到停职处分之后，她每天都会发四五条信息过来，数量之大让我根本无暇阅读。不过，很多她发过来的、我所阅读过的信息往往都是一句话而已。当然，我更不可能做到每条信息必回复。

所显示的发信人的头像都是一脸怒容。我本来已经开始整理行李了，看到她的头像，手腕不觉变得沉重起来。

2

远处的水平线的边缘是白色的,像是有人用白色粉笔在天边和大海的交汇处画出的一条粗线。如果走近去看,就会发现,这条线实际上是高达数十米的悬崖。

这是延伸到大海上的大陆冰架的边缘。这块冰是大陆冰河期所形成的,由于受到冰川中心的挤压,渐渐形成了延伸到海面上的、呈屋檐状的部分。

虽然我早就知道这种东西的存在了,但这个庞然大物真正呈现到我的面前时,由于其过于庞大,我内心却没有产生任何激动的感觉。在我的眼中,这就是白色粉笔画出来的一条线,或者是平坦的白色大地的边缘。

我只身一人漂浮在南极海面上。这是一个叫"罗斯海"的巨大港湾的入口,港湾的南侧为大陆冰架所覆盖。我想,单单被覆盖的这块土地,面积与西班牙相当。

海水冰冷,应该说,海水刺骨的冷,因为海水温度低于零度。如果不是穿着发热材料制作的潜水服,戴着包裹住整个头部的潜水头盔,我可能瞬间就会被冻死。

尽管如此,我仍然感觉这海水非常重、非常黏稠。由于温度低,海水的比重和黏度都比较大。与密克罗尼西亚海域温暖的海水相比,我感觉到这里的海水简直就是油水混合物。

当然,也许一个普通人感受不到这二者之间的差异。只有在水里待过 8 000 小时以上的人才会感知这种不同。

"为什么我们必须在南极的海水中忍受这种刺骨的寒冷呢?"

这句话脱口而出,我真的是忍无可忍了!

"又提这个问题了,你就死心吧!"浮在我身边的蕾拉冷冷地盯着我。

"我3天前还在那霸!虽然那里现在是冬天,不热,但白天只穿一件衬衫就能御寒了啊。突然要泡在这冰水里,谁受得了啊!"

"你还好意思说,我原来还生活在赤道线上,一年四季都泡在夏天的海水里呢。我所经历的温差,比你大多了吧!"

"但是,你应该很早就知道要来这里,早就做好心理准备了吧。"

"我也很想让你早点做好心理准备,所以很早就发了很多信息通知你啊。是谁连看都没有看啊?!"

我不得不闭上了嘴。

我们周围漂浮着无数块流冰,还有无数座冰山,靠近大陆冰架的冰山基本呈平滑的桌面形状。但是,我们所处的这块海域中的冰山已经崩塌,更多呈现的是"山"的形状。

突然,从我们面前的海水里冲出一股水柱。一个白色的身影跃出水面,好像要刺穿冰山与冰山之间的水面一样。落回大海之后,又激起一个水柱,迅速消失在水中。

"海豚!"

在日语中,这种海豚叫白海豚,体长达5米,甚至会让人误认为它是鲸鱼。但是,白海豚不应该生活在南极海域啊!我急忙往水中望去,一个白色的身影正好从我身体的正下方通过。

竟然有手脚!他的身体最多只有两米多长吧,但是躯体很胖,在这一点上倒与白海豚很接近。也许是由于穿着板状脚蹼的关系吧,看起来就像身体不成比例的鲸鱼。

"那是人?"

我从水面上抬起头望着蕾拉。蕾拉点点头!她皱着眉头,似乎也不明白这是怎么回事。

"好像是人！可能是以新西兰的查塔姆周边海域为基地的仙境集团的一个成员，名字应该是叫……"蕾拉好像在用嵌入头盔中的电脑终端查找着名单。

"有了有了，应该是戎崎TORU[①]！"

"戎崎TORU？"

"这个名字中的TORU没有对应的汉字，就是用拼音来拼的。这个人应该是北欧人，24岁，男性。当然，他也是水下仿生机器人的操作员，所操作的机器人名字叫作'阿斯匹德氪隆'[②]，属于鲸鱼形机器人，母舰是'月神'号，平常担任守备南极海的石油和天然气田的任务。不过，这是《南极条约》失效之后的事情，还是最近的话题。"

"那么庞大的躯体，还能担任水下仿生机器人的操作员？如此的庞然大物，那他的母舰也应该很庞大吧。不过，他也实在是太胖了。"

"也许他是适于在寒冷地区生活的鱼人吧。你看到他穿的潜水服了吗？那不是干式防寒潜水服[③]，而是湿式潜水服[④]。"

"冰点以下的水温！在这么冷的海域，竟然是湿式潜水服？"

---

① 日语发音为TORU时，对应的汉字有很多，如澈、透等。为符合中文阅读习惯，下文中称之为"透"。

② 北欧传说中类似于鲸鱼的海怪，希腊语则指"蛇龟"。在中世纪的欧洲，传说水手将浮在海面上沉睡的这只怪兽误认为海岛，登上去歇脚，并点燃了篝火。被烧醒的怪兽一下子潜入了海中，来不及逃命的水手都被淹死了。

③ 干式潜水服是最常用的潜水服，由泡沫合成橡胶的材料制成，一般厚度为3～10 mm，渗入的冷水被衣服隔绝不会再渗透出去并迅速由体热传导变热。由于身体完全与水隔绝，保温效果好，一般用于在寒冷的水温中进行潜水活动。

④ 湿式潜水服由发泡橡胶或尼龙布制作，按款式分半身和全身，按厚度分为3 mm、5 mm、7 mm等不同类型。可根据水温不同选择不同款式和厚度。该潜水服贴身穿着，进入的少量水在潜水服与皮肤之间呈不流动状态以保持体温，多用于在温带、热带水域的休闲潜水活动。

我在脑海中回忆了一下刚才见到的那个白色的身影，觉得那个身体的曲线确实很柔顺光滑。如果是干式潜水服的话，那么身体表面肯定会显得凸凹不平，或者出现皱纹。

还有，对了，就是他的头部，没有看到他戴头盔！

我还在沉思之中，眼前突然冒出了一张大大的圆脸。

"哇！"我惊叫起来，身体不自觉地后仰了一下。

"不好意思，吓到你了吧！"

虽然对方脸很大，但是嘴却很小。从那小小的嘴里发出来的声音，听起来也非常细小。那个像海豚一样的男子是悄无声息地浮上来的，我竟然完全没有注意到他。

"吓了我一跳，我还以为是海怪呢。"

对方是用英语与我打招呼的，但是我脱口而出的却是日语。

"UMIBOUZU，你刚才说的这个词，是什么意思？"这个"海豚男"用带有口音的日语问我。

"日本古代传说中的东西，海妖，或者叫海怪，总之是类似的东西吧。"

"海怪？"

"别挂在心上，没有什么，我只是随口一说而已。"

"你是戎崎？"幸亏蕾拉插话进来，关于海怪的这个话题才被打断。

"是的，我是戎崎。请多关照！"

他那荡漾着微笑的脸天真无邪，不过由于脸上长满了络腮胡子，看上去还是让人感到有点瘆人。

"我是安云蕾拉。"

戎崎的大手一下子就握住了蕾拉的手，不，应该说是包住了蕾拉刚刚抬到水面上的小手，给人的感觉就像水族馆的饲养员在让动

物表演一样。

"我叫宗像逍。"

我像蕾拉一样伸出了手,隔着潜水服,我感受到他伸过来的手非常温暖,他应该戴着手套。透过他的脖颈,我确认他穿着的确实不是干式潜水服,而是湿式潜水服。

"你这么穿,不冷吗?"

他的回答明确无误,而且你不得不认真听。正如我的猜想,戎崎摇摇头,脸上的赘肉也随着他头部的摇摆而晃动。

"不冷,我还觉得这样很舒服呢。你看,我有这么肥厚的脂肪层!"

"如果真是这样的话,那么,即使你脱光了衣服,也无法在密克罗尼西亚海域游水呢。"

"啊,不行不行,我在那里活不下去!"戎崎连连摆着他那肥大的手掌,"热带海域,对我来讲就是泡热水澡,我会头晕的。"

"第二波运输潜艇上浮,海面上的各位注意!"

从安装在头盔里的通信装置中传来了罗伯鲁特·贾鲁西亚副司令的命令。蕾拉和戎崎应该也接到了同样的命令,我们不约而同地转头望过去。

过了一会儿,隔着一座小冰山,距离我们大约七八米的海面上,一艘黑色的小型潜艇浮了上来。舱门打开后,4个身影从里面依次走出,然后跳入海中。前后不到30秒时间,舱门关闭,潜艇立即销声匿迹了。

"他们扮演我们的敌方吗?"

"这次演习,敌我双方身份会多次变化,所以队员的构成也会变化。"

"就是说,我和蕾拉也有可能被编入别的队伍,成为敌手?"

"有可能啊,你要做好准备啊!"

"演习双方全部就位!浮在海面上的各位下潜!"耳边再次传来

罗伯鲁特·贾鲁西亚副司令的命令。

蕾拉、戎崎和我都采用头朝下的姿势潜入水中。刚才看到的4个人已经在水下3米的深度等候了。副司令也在那附近。

虽说被海水所阻隔，但由于这里的海水中完全没有浮游生物，透明度非常高，因此彼此之间可以看得非常清楚，就像在空气中一样。其中，戎崎最引人注意。首先映入其他人眼帘的，毫无例外的，估计也应该是他。

"点名！听到后，发确认信号！"

按照命令，我在头盔的电脑终端上进行了操作。

"包括我本人，一共有8人，作为水下仿生机器人操作员参加此次海战实景训练。也许有些人是第一次见面，但大家现在最好马上记住对方的名字和特征。大家可能都知道吧，你们衣服的前胸和背后，都写有各自的名字。如果想了解对方的姓名、年龄、所操作的机器人以及所归属的母舰的话，可以查一下名单。"

后来的4个人排成了一排，我从队伍的一头开始，读取标记在干式防寒潜水服上的名字。他们分别是：库安、文哈恩、尤娜、东吉，看起来都是亚洲人。东吉可能是日本人，另外三个可能是中国人或者韩国人。

从体格和姓名来看，应该只有尤娜是女性。我在心中暗暗祈祷，希望她的性格不要像蕾拉那样。

他们4个人应该也属于仙境或者其他的友军集团。虽然我还没有好好地核对过名单，但感觉到他们的活动海域应该是在南中国海。如果是南中国海，那他们应该是担任油田和天然气田的警备工作。

虽然不清楚他们对海中生活的适应程度，但从他们都没有正经地佩戴呼吸装置这一点来看，每个人都能长时间在水下屏息。

副司令用下颚的筋肉所发出的电波合成声音继续下达着命令："你们的双肩和手腕上贴着有机 EL 制造的发光体。这些 EL 会随着我的指令变色，变成橙色的一方转为攻击方，变成白色的一方转为防御方，大局已定、胜败已分时，各队的成员相互转换身份。每个人都要分别担任攻击和防御角色，轮换两次。换言之，总共举行 4 场演习。"

无意间往深处看时，我发现一艘小型潜艇正在缓慢地向我们靠近，也许是刚才那艘运送 4 个人前来的运输潜艇吧。在不远处，应该还有一艘大型母艇，或者是一艘辅助供给母舰（SSO）。

"我已经介绍了演习的概要，下面确认各个细节。现在你们都穿着干式防寒潜水服，或者湿式潜水服，就像大家所操纵的水下仿生机器人一样，大家的潜水服的背部都安装着推进翼。大家可以利用这个推进翼，也可以依靠自己的力量游动。只是这个推进翼连续工作的时间只有两个小时，所以我们每次训练的大致时间就是两个小时。至于呼吸，装备在大家胸前的小型循环式呼吸装置应该够用了。大家所使用的武器都一样，分别是模仿吸附式水雷的吸附贴，以及代表电磁脉冲捕鲸叉的磁性手杖。"

"也就是说，大家都是小型的水下仿生机器人。还有，可以将刚才那艘运输潜艇视为具有航行能力的海中基地的微缩版，就是类似于 SSO 的东西。"

副司令用手指着远方的目标，在潜望镜深度中，那是一艘保持"中性浮力"[①]的潜水艇。"还有……"

突然，他停了下来，环顾左右。有 5 个影子从北边方位逼近。

---

① 水中物体所受到浮力的大小等于其所排开的水量的重量。如果水中物体排开水量的重量大于物体本身的重量，物体则浮于水面上，该浮力为正浮力；反之则下沉，称为负浮力。如果物体排开水量的重量和物体本身重量相等，物体会悬浮于水中，该浮力称为中性浮力。

从大小和形状来看，有点像鳉。但是，鳉不可能生活在如此寒冷的海水中啊。

"来了，来了！"

副司令的声音传来的同时，我们也看清了影子的面目。那是护卫潜艇，也是为水下仿生机器人提供支援的自控型无人潜艇。

"请大家把这些护卫潜艇视为协战潜艇。它们由操作员在远处的SSO中进行远距离操作。"副司令继续介绍道。

"就是说，这里既有大型的海中基地、水下仿生机器人，也有协战潜艇。虽然从尺寸上来看，并不符合实物的比例，但希望大家在心中这么认为。护卫潜艇上面也贴有发光体，分为攻击和防卫方。攻击方有3艘护卫潜艇，其中一艘的发光体在忽明忽暗地闪动着，而且不加入战团。这艘潜艇，我们姑且称之为'闪击'吧，它会释放黄色的涂料。一旦这种涂料黏着到运输潜艇的推进器上，就判攻击方获胜。因此，防御方必须防止'闪击'接近运输潜艇。如果坚守时间超过两个小时，或者'闪击'失去进攻能力了，则防御一方获胜。大的原则就是这些，非常简单。大家明白了吗？明白的话，就发确认信号。"

副司令等了一会儿，不到10秒，他接着说道："好，大家都明白了！接下来，就是各个水下仿生机器人和各艘协战潜艇的作战任务。估计大家都猜到了！演习参与者以及护卫潜艇一旦被贴上吸附贴，即被视为已被摧毁；或者一旦被磁性手杖点到，潜水服或者潜艇表面的传感器也会产生回应，也被视为已被摧毁。主动声呐的探针将被视为协战潜艇上的水下机关枪，如果被护卫潜艇上的声呐探针多次近距离探索到，那么也将被视为已被摧毁。上述判定全部由传感器自动计算并发出警告，因此，各位不必自己计数。无论在何种情况下，一旦被判定为'被摧毁'，那么，演习参与者与护卫潜艇就必须立即上浮至海面待命,直至演习结束。另外,为使训练更加简单化,水下仿生机器人不得使用水下机关枪,协战潜艇也不得使用小型鱼雷。并且,我们将视海中基地为不拥有战斗力的设施。以上命令,大家都明白了吗?明白后,就发送确认信号。"

副司令静静等了一会儿,因为所有成员发送确认信号需要花费一定的时间。

"解释完毕,有什么疑问吗?"

"副司令,我是安云。"副司令的话音未落,站在我旁边的血气方刚的女孩就马上举起了手,"可以用吸附贴和磁性手杖之外的武器进攻吗?"

我不由得绷起了脸。这家伙的问题真的让人讨厌!

"可以!但只有使用吸附贴或磁性手杖才能定胜负。比如,即使把对方勒昏了,也不会被判定为'被摧毁'。运输潜艇内的裁判员会监控全局,判断并最终裁定是否'被摧毁'。还有,演习中,一旦裁判员断定参加者面临生命危险,就有权命令全体人员即刻中止演习。运输潜艇内配备有基本的救护设备!大家大胆演练,即使负点轻伤,也不必担心。"

"明白了!"蕾拉兴奋地答道,我却觉得有点扫兴。

虽然明知问了也是白问,但在蕾拉提问之后,我还是不甘心地举起了手:"副司令,我是宗像逍。在浮冰密布的海水中,举行以8人为单位的演习,目标却仅仅是将黄色的涂料涂到运输潜艇的推进器上。您能告诉我们,此次演习的实战目的是什么吗?"

"目前这次演习的目标确实如此。眼下,我还不能告诉你演习的实战目的!"

"明白了。"果然问不出什么!

副司令扫视了一周,说:"其他人,还有什么问题吗?如果没有问题,现在大家上浮至海面,调整呼吸。大约 3 分钟后,第一场演习开始。运输潜艇内的裁判员将通过无线电发送开始信号。好,全体人员,上浮至海面!"

副司令的大拇指朝着海面,上下晃动了几次。

我将注意力转到三角形推进翼上面。我发动推进翼,重重地加了一把力,就像鸟类起飞那样,身体一下子就被推升到了海面上。

我感觉到,这种推进翼的启动与水下仿生机器人推进翼的启动确实没有什么大的差别,反倒是与长筒靴连在一起的脚蹼有点不好用。如果可以的话,我还是想光着脚,采用自己最拿手的用脚击水的方式前进。当然,在温度低于冰点的海水中,这是行不通的。

我深深地、缓缓地吸了一口气,透过输气管进来的空气冷飕飕的,有点潮湿的感觉。

海面上的浮冰是纯白的,但浮在我眼前的冰却是褐色的。可能由于这些是大陆冰川的碎块的缘故吧,附着在上面的岩石碎块有点脏。

随着地球温室效应加剧,南极周边的浮冰越来越多了。乍一看,二者之间似乎是矛盾的,其实,其中一个重要原因就是大陆冰架融化速度的加剧。大陆冰川原先以冰架的形式存在,融化为纯水之后,由于其密度较小,就会覆盖在海水上面,往往容易形成海冰。

自从"6·11"事件——地球的公转轨道与地轴之间的倾斜度急剧变化——发生之后,气候应该是在一直转冷过程中,但海冰依旧较多。也许是在深海处还残留着一些温水,这些水上升到冰架的下面,持续融化着冰架。

"第一场演习开始,倒计时一分钟!"裁判员例行公事般发布了命令,声音以通过传导设备刺激后耳根部位骨头的方式传来。我稍

稍加快了呼吸,将氧气储存在肌肉中的肌红蛋白中。

"第一场演习开始,倒计时30秒!水下仿生机器人操作员下潜,下潜深度:水下5米。"

我最后长长地吸了一口气,吐出一半后一头扎进了海里。借助用手划水及使用推进翼,我一直下潜到正好水下5米的位置,然后重新放平了身体。

"第一场演习开始,倒计时10、9、8、7、6、5……"

蕾拉在我的右前方,我们身上的装备,发光体的颜色还没有任何变化。

"3、2、1,第一场演习开始!"

发光体终于变了颜色。我的是白色,蕾拉的……是橙色。

蕾拉手里攥着磁性手杖,不怀好意地对我笑着。虽然隔着头盔上的玻璃罩,但是我也能感受到丝丝凉意。

3

网络上的虚拟世界其实与大海极为相似。如果巨大的屏幕显示器是人机对话界面,那么对于人类而言,显示屏就是风平浪静的海面。

如果没有连接上电源,或者显示屏处于睡眠状态,当然就无法看到本来应该映射出来的虚拟世界。大海也是同样性质的存在,如果你不把头扎入海水中,或是采用潜水箱[①]观察,就不可能知道海里有什么。

[①] 潜水箱又叫"沉箱",多为用于水下建筑工程施工的密闭箱体。

此次训练的间隙，也就是从那被浮冰包围的海水中解脱出来的宝贵时间里，我一直遨游在网络世界中。而且，不知道为了什么，我频繁光顾水中合气柔术道场。当然，那也只是虚拟世界里的道场。

"还挺热心的嘛，海幸①。"那天，同样是在铁角蕨繁茂的道场洞口，一个学员向我打招呼道："不过，你也就是来点点卯而已，总是很快就又走了呢。"

与许多三维虚拟空间一样，在这里，大家都以对方的网络虚拟卡通人（Avatar）②来相互称呼，也可以说是所谓的网名吧。

"是啊，工作太忙了，基本上没有什么私人时间呢！"我老实地回答道。

但是，我并未对任何人提起过我究竟是做什么的。

我进入了道场。这是一个模仿钟乳洞而建的洞窟，通向海底。

这里的海水呈翡翠绿色，海底是纯白色的沙地，上面很细心地铺着榻榻米。虽然是虚拟世界，但是应有尽有。从榻榻米往上算起，大约1.5米的空间内，并没有浮力，这确实有点违反物理法则。正因为如此，在该空间内，人可以像在陆地上一样活动。不过，由于水的摩擦而导致的黏性阻力仍然存在。

这种设置，对即将迈入完全漂浮状态下的合气柔术境界的学员非常有用，可以提高他们练习的效果。

---

① 海幸原指捕捉海中生物的工具，或者所捕捉到的海鲜，这里是矶良幸彦的虚拟卡通人所用的网名。矶良死后，宗像逍继承了这一卡通人。
② Avatar源自印度梵语，本意指"分身、化身"，往往认为该词与众神在地面上的肉体表现形式有关。互联网时代，Avatar发展成为网络虚拟角色——网络用户在以图像为主的虚拟世界中的虚拟形象的代名词。这类虚拟角色通常为卡通形象，可以出现在论坛、聊天室、游戏里。用户可以根据自己的喜好更换虚拟角色的造型，如发型、服饰、表情、场景等。

"虽然不知道你是从哪里来的,但我想,应该不是从地球的另一边来的吧。"

风子的虚拟卡通人是温迪①,她穿着道服,正在与鲨鲛嬉戏。除了一头直发之外,巧克力色的皮肤,纤细的身材,确实很像现实世界中的风子。

"为什么你会这么想呢?"

"因为你在那霸期间,我们不会这么擦肩而过啊。怎么说呢,在我因为睡眠而没来这里的那段时间内,你也没来。那么,我们彼此所在的地方,应该不存在太大的时差吧。"

"厉害,你这推理能力!"

从纬度来看,我们所处的地方仅仅相距50度左右,如果不是隔着日期变更线,时差最多应该只有4个小时左右吧。

"师傅呢?"

"好像不在,最近经常看不到他的影子。"

"是吧……"

道场主的虚拟卡通人是"潘东"②。在现实生活中,我并不认识这个人,而且,他的形象卡通人潘东不但戴着面具,全身还缠满了沾着污泥的蔓草,根本看不出他的真实年龄和性别。

而且,我甚至没有碰到过这个道场主的形象卡通人。不过,我对他很感兴趣。先不管他的道行究竟如何,毕竟极少有人敢自称是

---

① 《精灵宝可梦》中的角色,该游戏是由Game Freak和Creatures株式会社开发,任天堂发行的系列游戏。作为衍生产品,日本的东京电视台播放了《精灵宝可梦》动画,主要讲述少年小智和搭档皮卡丘一起战斗与收服宝可梦,和同伴们展开修行之旅,不断冒险的故事。
② 日本非物质文化遗产宫古潘东祭祀活动所供奉的三尊神。传说中三尊神戴着面具,来自于大海的远方。祭祀活动中,扮演潘东神的人戴着面具追着人跑,将泥巴涂到人身上,寓意着给人们带来五谷丰登、幸福美满。

水中合气柔术师傅,所以我对他自然很有兴趣。

好像矶良也从潘东这里接受过几次指导。

"接下来干什么,自由练习吗?"温迪问道,她似乎已经与鲨鱼玩够了。

"是啊,干什么好呢?"

我环视了一圈,有人无所事事地坐着,有人漂浮在1.5米以上的空间里,有人在舞刀弄棒,也有人在对练。

但是,所有的道场学员看起来都还没有入门。虽然温迪的动作像模像样,但在我这个现实世界里的内行人的眼中,她还只是停留在玩玩而已的程度上。也就是说,几乎没有什么我能看上眼的。

"还是下次再来吧。"

"是啊。有空的话,你不去东巴虚拟庄园看看?那里有一个叫作麻劫猛①的人,很想见到海幸,就是见你。"

"麻劫猛?"我低声念叨着。海幸立即翻开了矶良的地址名单和通讯录:"西丽拉在北太平洋地区的调查室长,在现实世界里的名字叫外间祐治,幸彦评价他信息非常灵通。"

"是的,好像最近他接触到了鱼人,而且获得了什么有用的信息。不过,这个人总是故弄玄虚,怎么也不告诉我。"

"可能这个自称麻劫猛的家伙认定了我就是幸彦本人吧。"

"他应该知道幸彦已经死了,只是可能还没有接受这个现实。对于关系密切的友人而言,看到自己朋友的虚拟卡通人仍然在活动,虽然明明知道是别人操作的,但是肯定还希望朋友是活着的。"

"这倒很像我!"

---

① 冲绳和鹿儿岛传说中妖怪和恶灵的总称,分为死婴恶灵和动物恶灵,四肢着地爬行。人一旦被麻劫猛钻过胯下,就会丢掉性命。这里借用来形容该人物的可怕。

随心所欲的潘东会不会突然出现？对话期间，我还是抱有一丝希望。但是没有，道场里依旧只有空气在缓慢地流动着。

不过，如果现在就返回现实世界中，这个时间点安排什么都不合适。是画几幅画，还是揉揉侧腹的疤痕来消磨时间呢？

顺便提一下，这个疤痕是拜蕾拉所赐。

在训练中，我隔开蕾拉磁性手杖的攻击，正要夺下她的手杖时，突然遭到她的"膝冲"攻击。这可是空手道二段、跆拳道一段的攻击啊！即使是在水中，受到水的阻力的影响，但是如果在被她拉扯着的情况下，遭到她的近距离攻击，那威力仍然不容小觑！

当时，我的全部精力都集中在夺取她的磁性手杖上了，没有什么大的感觉。但是，事后我的侧腹开始隐隐作痛。真是一只母老虎啊！每每想到此事，我就愤愤不平。

"要见麻劫猛一面吗？"

"你有时间吗？"

"虽然不是很充分，但四五十分钟还是有的。"

"那我们从这个门出去吧。"

"你有硬币吗？"

"虽然不是很多，不过，做这点事情还是够的。"

温迪伸出手腕，前面出现了一个小光圈。当光圈扩大成为椭圆形时，就遮住了游来游去的蝴蝶鱼，形成了一个能容虚拟卡通人穿过的洞。

"走吧。"

跟着温迪穿过那个洞之后，我们就到达了陆地上。强烈的色彩对比，让人真切感受到这里的南国风情。

呈现在我们眼前的，是一家似曾相识的民宿，小小的招牌上写着"东巴虚拟庄园"。这家民宿与旁边的建筑物完美融合在一起，重现了现实世界的景象。

等我醒过神来的时候，才注意到温迪已经穿上了背心和牛仔裤。

我也完成了"幽体脱离"，离开了"海幸"的身体。我将视线转移到虚拟卡通人的后背，也就是说，我开始从背后审视自己（严格来说，就是自己的分身）。

随后，我点击"服装"菜单，为"海幸"选择了合适的服装，脱掉他身上的白色道服，给他换上了色调明快的T恤和短裤。其实穿着道服也没有什么关系，只是心情不同而已。

我又重新回到"海幸"身上，从他的视角观察一切，进入了东巴虚拟庄园的大门。

"麻劫猛，我带海幸来见你了。"温迪冲着客厅喊道。

我们穿过走廊时，听到拖鞋啪嗒啪嗒的声音，再向前走几步，就看到了一个小小的人影。

身高如小孩一般，大脑袋，头发又长又乱，形似妖怪。

"真的是海幸？"

我一时不知道怎么回答才好，只好选择沉默。

"是海幸吗？"

"不是，我早就说过了！"温迪抢先替我回答了这个问题，"这是海幸的精神体，现在是由他的朋友来操作的，是受故人之托。"

"是这样啊。"

麻劫猛垂下了瘦削的肩膀，仿佛能听到他深深的叹息。

"对不起！"

虽然并没有做什么坏事，但我还是忍不住道歉。因为，我确实让麻劫猛感到有些失望了。

"我们去那边聊吧。"

麻劫猛转过身去，垂头丧气地回到了客厅。

通往假想世界的视觉人机对话界面,下至普通的平面显示屏,上至通过玻璃体或者直接映射到视网膜上的高档产品,种类很多。

我的隐形眼镜本来是用于在陆地上矫正视力的,后来我使用了它的显示器功能。就是说,我通过将"iFRAME"连接到互联网上的方式,先下载视频,然后仿真展现在我的面前。

但我现在所用的,并不是我自己的"iFRAME",而是矶良的遗物。

他去世之后,几乎所有的个人物品都送到了他所属的金井集团,然后被处理掉了。好像是仙境集团负责所有的交接手续。

但是,不知道为了什么,只有他的"iFRAME"被送到了我这里。我试着启动了一下,才明白是为了什么。

程序是这样设定的:如果矶良超过30天没有使用,那么我将成为这台设备的所有者。这肯定是矶良设定的,至于他这么做的目的何在,我就不得而知了。

在启动画面中,矶良的吉祥物首先确认了我的名字。这吉祥物是一头颊白鲛,形象并不可爱。

"根据监控镜头判断,您并非设备所有者。请报出你的姓名!"

"宗像逍。"

"通过监控镜头以及声纹断定,您是宗像逍本人的概率为98%。距离矶良幸彦最后一次使用已超过了30天,按照程序设定,您拥有继承本终端的资格。您是否选择继承所有权?"

"啊——嗯——"

"是否选择继承所有权?"

"选择——继承。"

"为了方便进行最终确认,请回答以下问题。请说出矶良幼年时代的梦中情人的名字。"

"丽露。"

那是只有我和矶良才知道的秘密。

"确认你就是宗像逍本人,本终端所有权已让渡给你。"

突然,"iFRAME"切换到了我从未见过的桌面。对这一突然转换的新桌面,我感到有点儿吃惊,呆呆地看了一会儿。

突然,从桌面的背景深处,一只张着大嘴的颊白鲛飞了出来。

"是否连接到生活日志图书馆?"虽说人不可貌相,这家伙说话的语气还是挺有礼貌的。

"生活日志?明白了。"虽然刚开始那一瞬间,我有点不知所云,不过很快就明白了。

生活日志,就是对自己的状态、行动、体验以及生活的实时记录,也就是生活记录之类的东西。只要佩戴了专用的机器,一般就能自动记录一天24小时、一年365天的生活。

不仅能够记录影像和声音,连佩戴者本人的位置信息、姿势、脑电波,甚至手脚的肌电信息都能够保存和积累下来。至于这些信息的用处,则因人而异。

"矶良幸彦喜欢记录自己的生活吗?"我问颊白鲛。

"是的,从2048年9月到2050年10月的这两年间,矶良幸彦几乎每天都记录自己的生活。从那以后一直到现在,他都在断断续续地进行记录。"

2048年至2050年,正是我们离开南马都尔进入仙境的这段时间,当时,很多时候矶良都行踪神秘,连我都不知道他的去向。但有了这个生活日志,我应该就能够弄清楚他当时的情况了,因此我对这个生活日志很感兴趣。

水下仿生机器人的操作员必须承担保密义务,即使有专用的自

动记录仪器，在工作中也是严禁使用的，因此2050年之后的记录才断断续续的。也许是他在工作之余的时间段，或者是休假的时间段记录的吧。

"矶良幸彦的生活日志还保留着吗？"

"是的，保留着。"

"我能不能看看？"

"可以，虽然有限制，但是可以。非记录者本人阅览时，矶良幸彦的精神体将成为人机对话界面。"

所谓的精神体，在这里指的是"虚拟人"。这是由以前的计算机病毒演变而来的，也可以说是矶良的电子版复制品。以生活日志记录所形成的庞大数据为基础，电脑合成了矶良的"虚拟人"。

这个"虚拟人"与其本人究竟在多大程度上相似，则取决于数据的数量和质量以及处理方式。就目前的技术来看，还处于模仿阶段。但有时候也会展现出一些侧面，这些侧面甚至连其本人都未曾注意到过。

"如果连接到生活日志图书馆，能不能见到矶良幸彦的虚拟人呢？"

"是的，可以。"

"那就连接上，我要见他。"

"明白！至于显示器，推荐您使用隐形眼镜。"

之后，在无数个人信息图书馆林立的大街上，我看到了矶良的精神体。

标识着"矶良图书馆"的电子建筑物很像我们度过幼年时代的多功能基板船（MPS）。只是进入船内后我才发现，甲板和船舱墙全部都被打穿，形成了一个巨大的厅。

目光所及之处都是书架，书架上排满了各种版型的书，用于阅览的桌子和检索用的终端也随处可见。其中的一面墙，实际上是一个巨大的屏幕。

但是，整个图书馆里面只有我一个读者。不仅如此，甚至接待柜台里面，也看不到图书管理员的影子。

"宗像逬，欢迎来到我的图书馆。"

正当我疑惑地东张西望时，声音从旁边传来。一个体格健硕的男人不知道什么时候坐在了休息用的沙发上，手里还拿着一本书。

"幸彦——"我百感交集。

根据本人的扫描信息而合成的虚拟人与本人的相似度确实非常高，我忍不住想冲上去抱住他，但终于抑制住了自己的冲动。

"你之所以会来到这里，是因为我的本体发生了什么吧？我是失踪了还是死了？"甚至连这个虚拟人的声音和说话的口气都与他本人非常相似。

"你是……死了。"

"是吗？那么，矶良图书馆的藏书就不会再增加了。338天前的记录应该是最后的了，我先记录下这件事。"

极为踏实认真的工作态度，只有这一点，与矶良本人稍有不同。

我坐在这个虚拟人的身旁，问道："虽然有许多想问的，但我最想知道的是，你从金井一直到进入仙境这段时间的事情。那段时间里，你的本体究竟在做些什么？"

"如果想让我告诉你，你必须答应我一个条件。"

"什么条件？"

"你必须去见我的本体所在组织的一个朋友。由他们来判断，作为鱼人，宗像逬是否值得信任。"

"信任，作为鱼人？"我一脸茫然，"我不太明白你所说的话。况且，他们信任不信任，都与我没有任何关系啊。你能告诉我就告诉我，不能告诉我也没有什么问题。我只是想知道，幸彦，如果是你乘上了'主神'，你会想做些什么？你临终之前说'我没有看过的世界，你帮我去看看'，这句话不是泛泛而论的吧。究竟具体指哪里的、什么样的世界呢？"

"这个也是有条件可看的项目，而且对象必须是宗像逍。"

"和刚才的条件相同？"

"是的，请你和我以前的伙伴见面。"

"……好吧，我明白了。只是，怎么样才能见到他们呢？"

这时，"虚拟人"哗哗地翻着拿在手中的书，拿出一张似乎是夹在里面的卡片，然后递给我。

"你拿着这个进入'虚拟海洋'。那里登录着一个叫'海幸'的虚拟卡通人，他和我的灵魂是连接在一起的。如果我的肉体已经去世，那么海幸将成为我的形象卡通人。一般情况下，都是由我掌管海幸与人交往的。但是，只要获得许可，第三者就可以取代我进行操作。这个卡就是许可证。"

"意思就是说，我将取代幸彦、可以操纵这个叫作海幸的形象卡通人？"

"是的。你拿到卡之后，海幸就会自动转化为宗像逍的形象卡通人了，并不需要什么特别的手续，也不需要选择任何特殊设备。接下来，你只需进入位于东中国虚拟海洋中的宫古岛，或者那霸岛，我的伙伴们就会在那里与你接头。"

所谓"虚拟海洋"，就是模拟海洋的物理环境并将之予以再现而形成的三次元空间[①]，或者可以称作"实训室"。该空间细分为：日本

[①] 指在互联网上所建构的虚拟的三次元空间，利用者可以操作自己的网络虚拟身份在该空间内移动、与其他角色交流等。

虚拟海、太平虚拟洋、东中国虚拟海等区域。

我曾经多次偷偷去观察那里的情况，效果确实非常逼真。但是，在我们这种一年到头随时都可以在现实海洋里嬉戏的人的眼中，那里并不是什么充满魅力的世界。

但是，听了矶良的形象卡通人的介绍，我才知道，那里不但可以提供虚拟世界的海水浴、钓鱼、潜水等活动，还有其他许多用途。

按照卡通人的指点，我以海幸的身份进入了虚拟海洋。当我登上那霸岛时，我碰到了温迪。几次交流之后，最终，我终于见到了住在那霸岛东巴虚拟庄园的风子。也就是说，我终于结识了现实世界中的风子。

这么多的事情，说来话长，所以，在告诉麻劫猛这段经历的时候，我省略了很多，比如矶良的遗言——这与我见到温迪时如出一辙。

"这样啊！"这个大头妖怪盘坐在显得有点邋遢的沙发上，"海幸确实是水下仿生机器人的操作员。他操作的是什么型号的水下仿生机器人？我忘记了。你也是水下仿生机器人的操作员吗？"

"是的，我也是。"

"是作战用的吗？"

"不是。"如果对方再追问下去就麻烦了，所以我赶紧撒了个谎，想糊弄过去，"是建筑用的，外形像螃蟹那种。"

"哦，原来如此，海幸也这么说过。"

"是吧，因为我们是同事。"

"你们是从一家集团出来的？"

"是的，我们是发小。"

"就是说，你也是来自金井集团？听说你是鱼人，你的水下功夫

大概到了哪种程度?"

"我的眼睛、耳朵、心肺功能、横膈膜、脾脏、肌肉细胞、脚,都能适应海底环境。"

"厉害,可能比真的海洋生物还厉害!迄今为止,你有没有受到过普通人的歧视,或者伤害?"

我苦笑着回答:"从来没有发生过这种事情!"

西丽拉原本是来自金井集团的同乡组织的同乡会,后来渐渐发展成为一个互助会,最近开始为维护鱼人的人权而奔走。所以现在,只要是满足一定条件的鱼人,即使不是出身于金井集团的同乡,也能加入这个团体了。

不过,据我所知,迄今为止,还没有发生过鱼人的人权受到侵害的事情,最多也就是被别人用好奇的眼神盯着多看几眼而已。

"没关系啦!虽然听说你现在还并不是西丽拉的正式成员,但是我还是决定相信你,况且你还是温迪的朋友。不过,目前在精神上我还是需要海幸的。如果我得到什么消息的话,我还是想第一时间通报给他,看看他的反应——对我所说的话,其他的成员一般都会半信半疑的,只有海幸是坚信无疑。所以,在我的心目中,没有任何人可以取代他的位置。"

站在一旁的温迪插了一句:"我可是一直都相信你的啊。"

"真的吗?"麻劫猛夸张地大幅摇着头,"好,不说这个了。总之,站在我们面前的这个网络形象卡通人,与童年时代的矶良,以及矶良的虚拟人关系密切。因此,作为矶良的代言人,还是很合格的人选。"

"幸彦也说你是万事通呢。"已经没有多少时间了,我不得不加快了谈话速度,"听温迪介绍,说你好像又得到了什么新消息?"

"是的,我得到了!"麻劫猛的身体靠了过来,说道,"绝对是猛料!

"猛料?"

妖怪长长的头发垂在胸前,遮着他的脸庞。他悄声说道:"幽灵潜艇好像在北冰洋里出没了。"

"什么?幽灵船?"①坐在旁边的温迪不由得笑了起来。

"你看,我就知道,你根本就没有认真听。"麻劫猛用食指指着她。

"对不起!不过,你的话题转得也太突然了啊。"

"听好了,不是幽灵船——幽灵乘坐的船,而是幽灵潜艇——幽灵乘坐的潜艇。"

"明白了,你说的是幽灵潜艇!"

"而且还是大型的核潜艇,估计是携带战略弹道导弹的战略核潜艇(SSBN),里面有幽灵呢。"

"你具体指什么?"正如麻劫猛所指出的,温迪看起来仍然是半信半疑。

"受到全球温室效应的影响,北冰洋的冰在减少。从二十一世纪初起,西北航道、北冰洋航道以及北极航道的交通量大幅度增加。'6·11'事件之后,由于气候逐渐寒冷起来,冰的数量有所恢复。但是,已经尝到冰盖融化带来的客运和货运甜头的人们自然不会甘心。通过投入破冰能力极高的破冰船,总算维持了交通运输量没有大跌。人多眼杂啊!极昼②期间就更不用说了,即使在极夜③期间,还是有很多人目睹各种奇妙的现象。当然,他们都是从船上看到的。

---

① 日语中的"幽灵潜艇"与"幽灵船"的发音是一样的,所以温迪才会听错。
② 极昼又称永昼或午夜太阳,是在地球的极圈范围内,太阳24小时都在地平线以上的现象,即昼长等于24小时。北极和南极都有极昼和极夜之分,一年内大致连续6个月是极昼。
③ 极夜又称永夜,是在地球的极圈范围内,太阳24小时都在地平线以下的现象,即夜长24小时。

我很喜欢听水手们侃大山。虽说我也是鱼人,但我的潜质很低,很怕冷,所以我不游泳,而是经常乘着小船去垂钓。但我更喜欢窝在港口附近的小酒馆里,听来自世界各地的水手们讲自己的见闻。"

"刚才你说,幽灵潜艇——"我怕话题扯太远,想要快点进入主题。

麻劫猛沉默片刻,举起一只手,打断了我的话:"现在的水手们很少谈论怪事。他们的教育水平很高,即使待在船上时也能获得各种信息。在船上期间,他们很少有玩的机会,但正因为如此,与陆地上的人相比,他们反而能够更加专注地学习。他们十分了解时事新闻和潮流趋势,完全没有与社会脱节。奇怪的是,虽然他们掌握了那么多的信息,但最近几年,我还是很少从他们口中听到过什么怪事。他们从来没有提到过奇怪的生物,或者是一些不可思议的现象,比如大海怪或者大海蛇什么的。好像又回到了中世纪的大航海时代。"

"是呢,说到流行,这也是一种趋势。人们纷纷在网络上谈论不明海洋生物及不明飞行物。好像很多有钱人尝试用潜水船和无人机捕捉不明海洋生物,或者去探寻不明飞行物。"

"好像是这样。当然,网络和媒体中所传播的信息,也有可能99%是不可靠的谣传,现在还有人将巨型鲸鱼和巨型乌贼看成是怪物呢。另外,现代的水手很多人都很有教养,对于究竟要不要说出自己所经历或者见闻的奇闻逸事往往会感到犹豫不决,因此并不会在大庭广众之下大肆宣扬,而只会悄声告诉自己身边的人。所以,大家往往不会注意到他们采用这种方式说出来的这些信息。你觉得有没有这种可能?"

"确实如此。"

我没有说什么,但是我心中想起了龙形怪兽利维坦。见过这东西的,估计应该只有我和一真两个人吧。

"你的意思是,关于见到幽灵潜艇的消息,你是从来往于北冰洋的水手们那里听来的?"温迪似乎有些不耐烦了,就插话进来。

"应该是发生在巴伦支海与喀拉海之间的事情。那个海域,即使是严冬季节部分地区也永不结冰。不过很遗憾,我不是第一个听到这个消息的人。第一个听到这个消息的,是一个在俄罗斯海底油田和气田担任警戒任务的鱼人潜水员。他从一个油轮船员那里听到这个消息后,立刻向我做了报告,应该是今年年初的事情。现在,我的据点是挪威的奥斯陆,听到消息后,我马上就飞到了摩尔曼斯克。在那里,我很顺利地从同一油轮的另一位船员那里听到了同样的消息。之后,我又去了那些停靠来往于西北航道、北冰洋航道、北极航道的船舶的港口,并委托西丽拉成员和鱼人,请他们协助我进行了全方位的调查。结果,我发现:在冰岛和加拿大沿岸,也有人见过幽灵潜艇。不过,是否是同一艘幽灵潜艇,我就不得而知了。"

"核潜艇这种怪物,如果是几艘,那就太可怕了。"

"即使只是一艘,就已经够可怕了。如果潜艇将所搭载的核武器全部用上的话,不知道有多少城市会在瞬间被夷为平地!"

"不过,你凭什么断定这是幽灵潜艇呢?说不定只是某些大国的核潜艇在例行巡逻呢……"

"又不是发生了什么事故,巡逻中的核潜艇如果浮出水面,那就失去了存在的意义。装载着导弹的核潜艇,正是因为大家都不知道它潜伏在哪里的海底,才拥有威慑力。再说,大家所目击的只是潜艇入港时的情形。"

"那该不是发生了什么事故吧?"

"你的意思是说,尽管发生了什么导致潜艇不得不紧急上浮的事故,但核潜艇还是从巴伦支海,一直晃晃悠悠地开到了加拿大海域?目击者所乘坐的船,并没有收到任何求救信号啊。"

"这么说来,有没有可能是军舰?你觉得有点奇怪?"

"当然很奇怪啊,不可能是军舰。所以我才说这是幽灵潜艇啊。"

"那——"虽然也是半信半疑,但是这个话题的确吸引了我,"你这里有幽灵潜艇的照片或者录像吗?"

麻劫猛叹息道:"说实话,几乎没有!谈到这个问题,大家越谈就越感觉到,这简直就是在讲鬼故事。确实有人想要拍下照片,但是一旦被人发现,幽灵潜艇立刻就会销声匿迹。"

"销声匿迹?是说潜艇进入潜航模式?"

"不,就是凭空消失在人的眼前了。因为,如果是潜入水底的话,那么多少还是需要一点时间的,即使目击者没有随身携带照相机,也能使用'iFRAME'这种终端设备拍摄下来啊。但是,一旦有人将镜头对准它,它就会立刻凭空消失。"

"这就奇怪了!如果不是真的幽灵潜艇,那会不会是光学迷彩技术呢?"

"有这个可能。虽然没有音响迷彩技术那么完美,但是,如果只是潜艇的风帆①部分的话,那还是能够利用光学迷彩技术使之完全隐形的。至今为止,还没有近距离目击过幽灵潜艇的报告。而且,如果远到一定的程度,肯定也不会有人注意到它的这个特点的。"

"刚刚你说到,几乎没有照片,对吧?"不知道什么时候,温迪靠近过来,"意思就是说,那还是有的,对吗?"

"只有一张模糊不清的照片。你想看吗?"麻劫猛用右手指尖,在眼前画出一个四角形的小框。接着,那里露出一张只有略显灰色

---

① 1801年,美国人富尔敦发明了以风帆为动力的风帆潜艇"鹦鹉螺"号,该艇形如雪茄,装有可折叠收起的桅杆。水面航行时,利用风帆为动力;水下航行时,把风帆折起来,用人力转动螺旋桨推进器。本书中所出现的核潜艇"蒙哥马利"号,就是这种可利用自然能源的潜艇。

的海面和天空、类似于黑白照的照片。"这张照片正中间的那个黑色阴影,好像就是幽灵潜艇。"

我和温迪靠上前去仔细观看:"嗯,确实好像有什么东西,而且不像是海浪的影子。"

"但是,看起来有点像凸出来的岩石。如果有人说,这只是普通的小型船只,那你也没有办法否定啊!"

"如果这是潜艇的话,这看上去确实只是风帆和甲板的一部分。从外形来看,确实像是美式潜艇。不过,单凭这张照片,我看说明不了什么问题。"

在这张照片的旁边,麻劫猛又画出一个四角框,说道:"我让几个目击者画出了他们所看到的东西。虽然只是一些模糊的记忆,但我们都知道记忆是可靠的,所以我觉得他们画出来的东西还是比较可靠的。"

空中出现了一幅显得非常幼稚的线条画,感觉像是鲸鱼背上驮着一个四角方形的箱子,上面还插着几把标枪。

"确实如此!"我点了点头,"无论从哪个角度来看,虽然给人的感觉很奇怪,但是把照片和凭记忆画出来的这些画面放在一起,看起来确实像是潜艇。会是哪个国家的潜艇呢?"

"我收集了世界各国的潜艇的照片和图片,都拿来对比过了。虽然也有相似的,但是并没有一张是完全吻合的。我也问过熟知各国军事信息的熟人,但是大家都没有得出准确的结论。"

"还是因为信息不足?"

"单凭这张模糊的照片和这张显得幼稚的画,还是很难。但是,大家起码可以断定,这不是俄罗斯的潜艇。"

"是啊,如果是俄罗斯的潜艇的话,风帆部分的前后跨度应该更长。"

"尤其是巨型潜舰更是如此。据目击者描述,仅仅露出在海面上的部分,长度就超过了100米。这样的话,潜艇的实际全长可能会超出130米。这种巨型潜水艇只可能是美国、俄罗斯、法国、英国、中国以及印度的新型弹道导弹核潜艇(SSBN)。从地域来看,应该可以排除掉中国和印度。还有,法国军事预算紧张,近几年来,甚至连能不能定期巡航都值得怀疑。这样算下来的话,只剩下美国、俄罗斯以及英国的SSBN。比对之后就可以发现,与这艘幽灵潜艇的风帆部分最接近的,只能是美国和英国的潜艇。"

"由于它也在加拿大沿岸徘徊,所以最有可能的还是美国的吧?"

"这么推测确实有道理。只是我们没有任何确凿的证据啊。"

"如果真是美国的潜艇,那么它是在做什么呢?难道就是为了让这艘在北冰洋巡航的核潜艇给大家上演普及舰艇知识的游戏吗?"

"刚才我说过了,从常识来看,这是不太可能的。倒也可以理解为这是一种军事挑衅,但是挑衅对象是谁呢?在现阶段,俄罗斯、加拿大、北欧各国之间的关系也并不存在什么太大的问题啊。如果不是事故的话,那么我能想到的,就只剩下劫艇事件了。"

"劫艇?"

"说劫'船'事件好呢,还是说劫'艇'事件更加合适呢?总之,就是被挟持了。"

"核潜艇被挟持了?"

"这几乎是不可能的事件!也很难想象是船员发起的叛乱。如果真是遭到袭击而被劫持了的话,在海洋中,也就只有那些大胆的组织才能干得出来。普通的海盗根本没有任何可能!"

"难道是提亚玛特?"

"并不是没有可能。这个组织确实有实施这种活动的能力,但是，按理说仙境集团更有这样的能力啊。"

"啊，不可能吧？"

"虽然分散在世界各地，但从兵力情况来看，仙境集团确实力量更加雄厚，技术方面也恐怕更加先进一些。而且，从社会认可度来看，应该也是仙境集团更胜一筹。在生活于陆地上的人们眼中，提亚玛特与仙境集团好像没有什么差别，都是些来路不明的海上民众。正因为如此，情况才这么糟糕！'城门失火，殃及池鱼'，说的就是这么一回事。无论谁拥有了核武器，对于其他集团，当然不只是仙境集团和它的友军集团，对海洋漂民集团和整个鱼人群体的压力和迫害程度都会大大增加。"

"不会吧，不会到这种地步……"

"我们是第一次谈论这个话题的人吧？"还没等我说完，温迪就插了一句。与之前相比，她的声音听起来有些生硬。

"嗯，是的，这是我们第一次这么完整地讨论这个问题，虽然我也与那些帮我寻找幽灵潜艇的目击证人的朋友多次谈论过这艘幽灵潜艇究竟是什么东西。我觉得，他们中没有一个人与我拥有一致的看法。大多数人都说这可能是新型潜艇在试航，也有人认为，这是巡航中的潜艇，因为内部受到放射性物质的污染，所有船员都死掉了，所以才漂浮在北冰洋域，并不是真正的幽灵在作怪。"

麻劫猛张大嘴巴，继续说道："这些说法也不是完全没有道理，但是我觉得，挟持论的可信度更高吧。如果说是新型潜艇在试航，那么它更应该低调潜行才对啊。如果说所有船员都因为受到辐射而死掉了，那么潜艇也不会一会儿浮出水面，一会儿又潜航，而且还是在自动重复这种动作的过程中继续航行。当然，如果真的是幽灵在操纵，那就另当别论了。"

"虽然也有可能是仙境集团，但是如果是提亚玛特做的话，你就

十分危险了!"

"你说我吗?"

"虽然你可以称得上是消息灵通的人士,但我听说他们的消息网也十分发达。越是规模小的集团,在情报工作上的投入就越大。如果真的有人类知道了幽灵潜艇的存在,他们肯定也会察觉的。"

"就算他们知道了,对他们也构不成什么威胁吧?"

"至于构不构成威胁,我觉得,这取决于你究竟了解了多少东西,以及他们对你的行为究竟了解到了什么程度。无论目的究竟是什么,但是在现阶段,他们还是在秘密进行的。但是,你却一头闯进来想探个究竟,所以危险性还是很高的……"

"我已经快要接近真相了,只是现在我还无法证明自己而已。现在这个阶段,我只是想向鱼人发出预警而已。"

"你最好还是将这些相关照片和画,包括刚才我们所看到的全部销毁。"

"这么点儿东西,应该是没什么关系的吧。"

"那你现在是住在奥斯陆?"

"是的。"

"你最好还是尽快从那里搬家。"

"温迪,你是在担忧可能会发生什么意外?"麻劫猛苦笑道,"这又不是以前的谍战片!说实话,对于幽灵潜艇的事情,我还是半信半疑。当然,我确实有担心的一面,不过我也有享受在脑海中构思和幻想的一面,虽然与那些探索不明海洋生物及不明飞行物的人有着天壤之别。所以,看起来,我应该更像是痴迷型的爱好者,或是宅男吧。"

"但是,你还是不要把这件事情想得太简单。"

"知道了,知道了!至少走夜路的时候,我会加倍小心的。"就在这时,摆在我们面前的照片和画突然消失了。通常情况下,网络虚拟卡通人会用手团一下,或者采用其他什么手势,这些东西才会被收起来。

"哎?好奇怪啊。"他伸出胳膊在空无一物的空间里四处摸索,"东西到哪里去了?难道是系统漏洞造成的?"

"麻劫猛,你最好确认一下原来的相册文件夹还在不在。"温迪惊慌地环视着四周,"如果都不见了,那就糟糕了!"

"没了!都不见了!"麻劫猛瞪大了原本就很大的双眼,跳了起来,"我的数据库也化为乌有了!数据全都被删掉了!"

"我刚才不是说了吗?!我们被盯上了!"

"啊!见鬼!到底是何方神圣?"麻劫猛怒火万丈,大声叫喊着,"不只是幽灵潜艇的信息,我费了几十年的心血收集到的关于北冰洋的信息也都消失了,一点儿都没有剩下,就连我精心备份的资料也都毁掉了!我不会放过你的!"

"还在啰唆,赶紧逃命吧。如果连命都丢了,那一切就真的完了。"

"混蛋!我迟早会查清的。虽然不知道你是提亚玛特还是什么,这笔账我一定会跟你算清楚的。"

叉开双腿站在沙发上的麻劫猛探出双手冲着虚空,好像要抓住什么东西似的。但是,突然之间,他的动作定格了,好像变成了一个没有生命的布娃娃。

"麻劫猛!"温迪站起来,手伸向这个妖怪。但是她好像有点犹豫不决,不敢触碰他的身体。看到他这个样子,我靠过去,戳了戳他的腰部。

"不行,完全死机了。"

"不是发生什么事故了吧?"

"不知道。可能是还没有退出登录，与系统的连接就突然被切断了。"

"被人强行断线了？"我和温迪面面相觑。虽然我们还抱着一线希望，但是一分钟过去了，麻劫猛仍然没有任何动起来的迹象。

"不管怎么样，我们还是先退出登录吧。"温迪说道，声音低沉，"最近这段时间，我们也最好不要再来这里了。"

"对！不过，麻劫猛怎么办？"

"我们先回现实世界中，试着与他联系一下吧。如果还是不行的话，那就让奥斯陆的朋友去看看究竟发生了什么事情。"

"好的，那麻烦你确认后告诉我他是否安全。"

"那就这样吧。海幸，你也要多加小心。"

温迪稍稍抬高一只手打了声招呼，然后就从我的眼前消失了。

O 是 Oscar 的 O

1

在南极海域进行的训练已经进入了第二周。我们交替担任攻击方和防御方的次数已经达到了 15 次，可以说已经充分掌握了各种要领。而且，由于组员不断重新组合，大家也都没有产生重复无聊的感觉。所以，虽然是同样的训练科目，由于每次的结果都不同，大家反而觉得非常有趣。

迄今为止的结果可以说是胜负各半。也许是由于在爱面子这一点上攻防双方都很一致，所以自然出现了这样的结果。不过，就我个人的取胜率而言，无论是担任攻击方，还是担任防御方，总占比将近六成。安云蕾拉的取胜率约为四成，而罗伯鲁特·贾鲁西亚副司令则将近九成。

也就是说，只要与副司令一组，那么，无论是攻击一方还是防御一方，基本上都是取胜的。这是得益于副司令个人的战斗能力，统率小组的领导能力，还是二者兼有，我也不得而知。不过，如果说这是正常现象，那么也应该是如此吧。

这是第十天，进入了第二轮演习。此次我担任攻击一方，遗憾的是，副司令是防御一方。可以说从演习开始的那一刻起，我们已经处于不利的形势之中了。不过，也并不是说这种情况下没有取胜的先例。

这次我的战友是蕾拉。由于是演习，自然不用担心会受伤，所以我没有任何心理压力。另外一组是身材庞大的戎崎 TORU 和越南裔的库安，他俩的性格都属于谨慎型。由于我怕麻烦，蕾拉自动担任了小组长。

"从水平方向展开攻击，戎崎的目标是右舷的水下仿生机器人操作员，库安的目标是左舷的水下仿生机器人操作员。刚才的侦测显示，右舷是东吉，左舷是文哈恩，我的攻击对象是位于中央的贾鲁西亚副司令。两艘护卫潜艇攻击尤娜，逍潜行到运输潜艇的推进器附近，担任掩护闪击潜艇的任务。所有人都必须注意，刚开始时，一定要尽可能地下潜并接近攻击对象。作战任务发布完毕，都清楚了吗？"

虽然这根本说不上是作战，蕾拉却做了郑重其事的发布：
"我攻击尤娜，护卫潜艇与闪击潜艇待在一起，应该更好吧？"
"不行不行，逍好像很偏向那个姑娘。"
"哪里会啊！不可能！"

韩裔的尤娜身材矮小，长着一副可爱的鹅蛋型圆脸。虽然她身体显得非常结实，但绝对不像蕾拉那样富于攻击性，而且给人的印象也很好。就是因为这些原因，在此次所有参加演习的人员当中，她是最让人产生呵护感的人。

这应该是让蕾拉感觉不快的原因。
"别啰唆了，行动！攻击开始！"
大家听从蕾拉的号令，从隐身的冰山阴影中，一起游了出来。

从水面望下去，冰块好像楔子一样大头朝下地刺入海水中，下端位于水下约30米的位置。绕过冰块，在水深10米左右的平面上，蕾拉和戎崎从左手边、库安从右手边向目标进击。我则一口气下潜到冰块的下方，直接穿行过去向前攻击。担任辅攻任务的两艘护卫潜艇，以及装备了黄色涂料释放装置的闪击潜艇都紧随在我的后面。

前进到冰山对面的位置时，我就有了发现：前方约1 000米的位置，隐约浮现出一个黑色的影子。运输潜艇就位于我的上面，下潜深度大约比我浅二三百米，舰首应该是冲着我们这个方向的。虽然目前还是处于静止状态，但是一旦发现了从正面突击而来的蕾拉他们，这艘潜艇肯定会马上开始移动。

冲在最前面的，是看起来身体粗笨的戎崎。说到底，还是穿着板状脚蹼、全身呈流线型的"海豚式击水"方式效率高啊！还有一个原因，就是虽然他身形庞大，但由于身上的紧身湿式防寒潜水服极大地减小了水的阻力，因此他游动的速度非常快。实际上，他往往只是将推进翼当作辅助工具使用而已。

紧随在戎崎身后的，是从斜刺方位潜行的蕾拉。她是完全依靠推进翼潜行的，估计是为了确保在与副司令的战斗中能一击成功而在保存体力。

在右手边稍微拉开一些的位置上是库安，他灵活使用推进翼与脚，将二者的功能发挥到了极致。

与操作处于巡航状态的"主神"时一样，我同步交替使用海豚式击水与推进翼驱动的方式，保持在水深40米的水平方向上前行。由于我是先下潜然后再向前攻击的，所以比其他3人落后了一些。

从作战的角度而言，这是好事情。蕾拉他们会首先压制副司令、东吉和文哈恩他们的行动，我则与闪击潜艇一道，随后直接进攻运输潜艇的船尾。我认为，尤娜应该是在潜艇推进器的附近戒备。我计划先用两艘护卫潜艇向她发起进攻，一旦她的防守出现漏洞，我就指挥闪击潜艇贴上去，然后喷射涂料。否则，我将不得不保护闪击潜艇免受防御方护卫潜艇的攻击。

运输潜艇的影子越来越清晰，只是由于温跃层①的原因，影子看起来像是海市蜃楼，给人的感觉似乎有点在晃动。温度稍微高一些的水团在表层上——其实水温都在冰点以下，不过也说不定表层水温会更低，反正是其中的一种情况。

艇首的前部站着一个人，只能看到他的影子，显得特别伟岸，应该是副司令。蕾拉直接冲了上去。

以我现在所在的距离，无法区分东吉和文哈恩，但是我觉得，情况与侦察结果相反，防卫右舷的应该是文哈恩，不过也许这是其剪影与动作特点给我造成的错觉。不管怎样，现在戎崎应该已经与扮演水下仿生机器人的文哈恩展开了较量。那么，东吉的对手，应该是库安了。

我一边仰面潜行，一边寻找着上浮的时机。不能心急，当然也不能慢慢悠悠。我把闪击潜艇和两艘护卫潜艇集中在我的身边，采用密集队形，小心翼翼地向前推进。

从海水深处观察光线强、亮度大的海面，是寻找敌人所在位置、观察其动向的最佳方法，而尽量下潜到光线无法投射到的水深处，则是隐蔽自己的最佳方案。当然，由于是在水中，视线所及之处，仅仅是几十米左右的范围而已。

当我带着闪击潜艇潜行到运输潜艇的舰首正下方时，最终还是

---

① 温跃层（Thermocline）是位于海面以下100～200米，温度和密度有巨大变化的水层，是在上层的薄暖水层与下层的厚冷水层间出现水温急剧下降的水层。

被副司令发现了。在应对蕾拉不断发起的进攻的同时，副司令并没有忽视对水下情况的警戒。他手里举着吸附贴，以镰刀式入水姿态快速向我游过来。蕾拉在他身后，一边拼命追赶，一边扯着副司令的脚蹼，试图把他拉回去。

右舷一侧的戎崎已经成功地将文哈恩引诱到了远离运输潜艇的位置，而左舷一侧的库安也成功地挡住了东吉的视线。机会来了！

我指挥着两艘护卫潜艇抢先一步猛冲出去，自己则带领闪击潜艇，采用斜线上潜的方式直接攻击运输潜艇的舰尾方向。我沿水平方向展开推进翼，在充分利用浮力的基础上，以海豚式击水姿态加速向前上方沿斜线攻击。

我目前的速度，自然不能与驾驶水下仿生机器人相比，不过速度还是很快，以致双肩上已经感受到了海水巨大的阻力。我的心情非常愉悦，充满了斗志。

如果就这么一直冲到运输潜艇的推进器的位置，那就太好了！当然，敌人是不会轻易让我们得手的，已经有两艘护卫潜艇从左右两方夹击过来了。

我收起推进翼，放缓了上升速度，并翻过身体，首先迎击从左侧攻过来的护卫潜艇。我采用螺旋轨道潜行的方式以避开主动声呐探针的搜索，很快就攻击到了护卫潜艇的旁边，伸手抱住了船体。

只要我将吸附贴贴上去，或者用磁性手杖点击上去，这艘运输潜艇肯定就报销了。但是，我并没有马上这么做，而是紧紧抱着船体，利用护卫潜艇的推进力，又返回到闪击潜艇旁边的位置。我再次利用推进翼和海豚式击水的力量加快了自己的速度，快速攻向另一艘护卫潜艇。

说时迟那时快，那艘护卫潜艇上的主动声呐探针差点捕捉到闪击潜艇。我快速插入其中，利用刚才俘虏到的第一艘护卫潜艇作

为掩护,弹开了主动声呐的探针,从正面直接贴近了第二艘护卫潜艇。

我闪电般挥动磁性手杖,使第二艘护卫潜艇瘫痪,然后心情悠然地将吸附贴贴到抱在怀中的第一艘护卫潜艇上。

一分钟不到就"废掉"了两艘护卫潜艇,身手不错嘛!我不由得兴奋起来。

作为攻击目标的运输潜艇的推进器已经触手可及了!

令人吃惊的是,尤娜却踪迹全无。按照我的命令,先行展开攻击的我方护卫潜艇就在附近徘徊待命。她不会是被自己的两艘护卫潜艇"消灭"之后浮上水面了吧。

如果真是这样,那么这个结局也真是太悲催了。

作为操作员,即使尤娜不具备蕾拉那样的攻击性,但在经验方面也绝对比我丰富,所以,绝对不可能就这么轻易地被两艘护卫潜艇"消灭"掉的。

是不是圈套?

既然副司令是对方的头目,那无论什么事情都有可能发生!我一边这么想着,一边发出指令,让闪击潜艇停下来。与此同时,扭头环顾四周。

果然,不知道什么时候,东吉已经从我背后攻过来了。我在附近也没有发现库安的身影。

"坏了!"

面对闪击潜艇的摄像头,我挥动着紧紧握在手中的磁性手杖,想通知潜艇上的船员向左侧迂回,但我不知道对方是否能明白我的指令。同时,我一边用水中通话器警告"敌人正从后方靠近",一边全速折返。

东吉手中也握着磁性手杖,杖头几乎就要触到闪击潜艇了。

——完了，来不及了！

如果真是这样的话，那演习就结束了。实力悬殊，副司令所在的防御一方取胜！

但是，下面的事情却又大大出乎我的预料，东吉竟然与闪击潜艇擦肩而过，径直向我冲了过来。

怎么会这样？

虽然完全不明白对方的意图，但是已经感受到了迎面而来的杀气，我毫不犹豫地做好了迎敌准备。

当然，这里所说的准备并不是将身体僵硬起来，而是放松整个身体，在意识中，似乎一根轴承从头顶的百会穴一直贯穿到了肛门，整个身体笔直地挺立起来。

东吉当然也非常熟悉水中合气柔术！我听说他马上就要达到初段水平了，但好像没有怎么接受过副司令的指导。那他应该是向自己的母舰上的高手求教的吧。

也许正是由于这个原因，他所掌握的水中合气柔术给人的感觉是，与其说是柔，倒不如说是刚！与蕾拉和矶良一样，他在水中的动作并没有那么快。另一方面，与我还没有掌握的贴身战法似乎有很多共通之处。

至于他的性格，怎么说呢？与其说是刚硬，倒不如说是冷冰冰的。在训练中，即使你与他搭话，他也肯定不会与你交心或侃侃而谈的。

他的这些我并没有放在心里。世上无难事，只是，如果想与他交朋友，肯定需要花费一些时间的，说不定他本身就是一个重情重义的人。

错了，我的想法完全错了！

透过面罩看到他的眼睛之后，我的想法发生了改变。因为他的眼中并没有任何感情！此时的他就像即将扑向猎物的鲨鱼，或者爬虫类生物。

幼年时，我的双脚被鲨鱼吃掉了！他与那些鲨鱼一样，都是那么冷酷无情！

我还以为彼此会有怒目相对的时刻，但东吉根本没有停下来，而是沿着一条直线攻击而来。如果说此时的他是一个新手，那么也太"新手"了。而且，在此之前我们所进行的几轮演习中，他也并没有这样进攻过啊。

就在我脑海中胡思乱想的这一瞬间，他已经到了我的眼前！也许对方所期待的正是这样的效果。

东吉手中挥动着磁性手杖。从手杖的前端到我的肩头位置，大约距离为1.3米，而他的手臂很长。我一边在心中默默计算出安全距离，一边就在他的手杖快要触到我的身体时迅速拉开身体。我将推进翼和脚蹼的震动保持在最小限度，以最大限度保持稳定为目标，以身体中线为轴，仰面避开了对方的攻击。

东吉握着磁性手杖的拳头从我的胸口一掠而过。就在这刹那间，我用右手迅速抓住他的手腕，利用对方攻击的余势将他拉到我的腰部附近。然后用左手托起肘部，一口气将自己的身体旋回到水平状态。

如此一来，形势巨变，对方的手腕就成了被从背后吊拉上来的状态。接着，我用双腿夹缠住他的身体。如果这是在榻榻米上进行较量的话，那么对方肯定已经被我完全压倒了。但由于这是在水中，我还不得不防备对方另一只手的攻击。

正因为如此，我以迅雷不及掩耳之势飞速将吸附贴贴到东吉的肋部。此刻，双方互有胜负，扮演水下仿生机器人的对方已经报销了一个！

我放开手,松开了腿,从背后轻轻推开了东吉。两个大男人身体长久地纠缠在一起完全没有意义!

我发动推进翼,正要离开。就在这时,东吉往右边一个大转身,仍然用那冰冷的眼神无情地盯着我。突然,他好像击剑一样,用磁性手杖当胸刺了过来。

磁性手杖是平头杖,本来是无法像击剑一样刺的。但是,我却感受到被尖锐的物体刺伤时出现的疼痛感。这种刺痛感,数秒之后迅速发展成为剧痛,让我全身僵硬发直。

高压电击枪!怎么会这样?

仔细看上去,东吉手中所握的手杖很像我们平时进行水中训练时对付黑印白眼鲛的手杖。那本来该是平头的手杖头上露出来针一样的电极——是改造过的高压电击枪!

但是,他完全没有理由这么做啊!

我感觉到手脚麻木,好像整个身体完全不属于自己了。受到高压电击枪的电击之后,人会窒息。最坏的情况,甚至会死亡。而我之所以幸免于难,应该是分布在干式防寒潜水服中的电线网帮我分走了一部分电流。

尽管如此,我还是彻底失去了抵抗能力。

东吉又靠近了!我看到他的肩头上贴着一块吸附贴——那当然不是我贴的。如果不是他自己开玩笑贴上去的,那就是与刚才一样故意败给我方,让我方放松警惕。如果真是这样,那么库安肯定也被如法炮制了,甚至尤娜也肯定早就遭了毒手……

东吉用小拇指之外的4根手指,紧紧地捏着一块吸附贴。他是要把这个贴到我身上吗?想到这里,一股冷汗顺着脊柱流了下来。

既然磁性手杖都是被改造的高压枪,那么这个吸附贴也肯定早就被偷梁换柱了。当我与黑印白眼鲛搏斗时,我手中所拿的就是炸弹型吸附贴。

"你要干什么？住手！"

我很想大声喊，但是此时的我发出的无非就是呻吟而已。

东吉那捏着吸附贴的手，马上就要触到我的脚了。但是，不可思议的是，这段距离却并没有一下子就缩短。当然，并不是我在闪避，因为我的身体一动也不能动。

不对不对，我是在闪避！但是，为什么我又能闪避了呢？

我开始动了，我的脚已经可以动了！是自膝盖以下的部位在快速地击水！是我的假肢在自动击水！

什么原因？！难道这不是一个普通的"生物假体"①？

不管怎么说，我总算没有被那可怕的吸附贴贴到！但仅仅依靠膝盖以下部位的运动根本无法支撑我整个身体的移动，我的移动速度还是慢慢降下来了。

东吉扔掉了吸附贴，探出手来，看起来是想抓住我的脚踝。如果被他抓住，那就真的是万事皆休了。

混蛋！我心中已经做好了最坏的打算！

就在这时，一片液体突然从我的肩后飞过，直接喷射到东吉所佩戴的头盔上，头盔被染为黄色。不知道什么时候，闪击潜艇已经迂回到了我的斜后方。由于这是用于水中的特殊涂料，液体并不会顺着留下来，而是紧紧黏在了他的头盔上。

视野被遮蔽的东吉多次伸出手去，拼命想擦掉这股液体，但根本不起作用。

一个小小的身影从上方飘落下来——是贾鲁西亚副司令。他绕

---

① bioprosthesis，也称"生物修复体"(bioremediation)，指全部或主要由经过处理的生化组织构成的、可植入人体的修复体，如假肢等。

到正在挣扎的东吉身后，从东吉的双腋下伸过双手，紧紧地勒住他的脖子，制服了他。

接着，在我的视界的另一边，蕾拉也出现了。她拉住东吉的手，试图去阻止他抓吸附贴。但是为时已晚！尽管手已经被拉住了，但是东吉还是将吸附贴贴到了自己的头上，并拔掉了保险栓。

"危险！"副司令与蕾拉同时松开了东吉。

随着一声爆炸，海中出现了巨大的泡沫，黑红色的浓烟也升腾而起！

第十日的第二轮演习以血腥场面收场。这次演习也不得不中止了！

正如我所料，库安和尤娜也被高压电击枪所伤，万幸的是两个人都没有生命危险。

我们的攻击开始后不久，防守一方的尤娜就在推进器附近遭到了袭击。虽然她并没有失去意识，但是却全身麻痹僵硬。据她后来说，当时她完全不知道自己身上到底发生了什么事情，当然更想不到是受到队友的攻击了。

由于东吉卸去了她身上的重装备，借助于干式防寒潜水服的浮力，尤娜得以上浮到海面。只要不脱掉潜水服，她就不可能再沉到海水中。

与我同样陷入圈套的库安在受到高压电击枪攻击后，当即陷入了昏迷状态。由于他被抛弃在海面以下的水中，如果搜索和施救再晚一点的话，说不定就会有生命危险了。

这么分析来看的话，东吉的必杀目标只有我一人。虽然我不知道是什么原因，但是至少我想不到有什么事情造成了他对我的敌意。

虽然我很想质问他，问清楚这个原因，但已经不可能了。实施自爆的东吉现在还躺在南极的海底，说不定已经成了赤海星和虎鲸口中的食物了。

我被从冰冷刺骨的海水中救起，送到了密克罗尼西亚。在这之前，我接到了曾经与我同住一家民宿的风子的邮件。她告诉我，麻劫猛死了。

在现实世界中，麻劫猛自称外间祐治。他在奥斯陆的家中被杀，头部被击穿，连同戴在头上的头盔。头盔上面安装了各种仪器，帮助他投身于虚拟世界。

犯人是从窗外射击的。麻劫猛住在公寓的五楼，上面并没有露台或者阳台。弹道分析表明，子弹是从稍高于窗户的位置斜飞射入的。

当地警察局判断，可能是由拥有空中停留功能的小型无人机发动的攻击。但是，他们对于犯罪者没有一点头绪。

当然，一般的盗贼绝对没有如此高超的手段，更何况麻劫猛的家中也完全没有被盗（其实，对于麻劫猛来讲，最宝贵的是数据，但他所有的数据被完全删除了）。

风子认为，能调动如此高性能的无人机高难度地攻击杀害麻劫猛的，应该是拥有一定规模与情报网的组织，估计又是提亚玛特。她告诫我，当今情况下，对于幽灵潜艇的事情最好还是慎言。

本来我也没有想把这件事情说给别人知道，但如果就这么缄默的话，又心有不甘。

我心中不禁产生了疑问：我差点被东吉杀掉这件事情与麻劫猛的被杀之间，是不是存在着什么关联？我觉得，在南极海域举行的这场奇怪的演习与北冰洋域出没的幽灵潜艇，这二者之间好像存在着什么关联。

但是，单凭一个人的苦思冥想，我还是不得要领，好像总是围绕着一个点绕来绕去，却始终无法突破。我非常希望能够找到一个可以倾诉的朋友，而且，最好是睿智、靠谱的朋友。

2

"南马都尔"号①上居然还保留着我的房间！我是从那霸直接出发去的南极，在这一个半月左右的时间里这间房就这么一直空着，竟然没有被别人占用。

按照日本计算面积的方式，这是一间大约为3张榻榻米大小的房间，里边有桌子、椅子和衣橱。由于设计精巧，这些家具都可以收纳在床和墙壁里面。虽然没有浴室，而且面积很小，但在这里能够拥有一个单间，已经是很高的待遇了。

单单从面积来看，"南马都尔"号与一艘核动力航空母舰不相上下，但因为设计有潜水功能，所以"南马都尔"号上可供居住的空间不到一般航母的一半。近千名的员工都工作和生活在这上面，僧多粥少，一般十几个人居住在一个单间。水下仿生机器人与协战潜艇的操作员由于所从事的工作危险性很高，因此拥有这种待遇。

我把行李扔到椅子上，一屁股坐到了床上，从夹克衫口袋里掏出了"iFRAME"，打开了页面。设备桌面上堆满了很多联络方式、行程以及小广告的提醒信息等。电脑小助手荷助出现了，它快手快脚地为我整理好了桌面，按照优先原则，整理后列出了一张需要处

---

① 如上所介绍，南马都尔是一个遗址。但是这里所说的"南马都尔"号，是多功能基板船（MPS）。

理的事情表。

在这张表上,排在第一位的是盐椎一真发来的信息。他让我回到母舰后立即联系他。

"荷助,干得不错!"

我奖励似的用指尖轻轻抚摩了一下小海龟的甲壳。开心地叫了一声后,这只兼任我的秘书的吉祥物立即给盐椎一真发出了视频通话请求。

"你回来啦!"与我们在那霸通话时相比,这位天才科学家的得力助手气色好了很多。"听说你又被追杀了啊,而且,对方用的还是吸附式炸弹。"

"是啊,没想到我差点得到了与黑印白眼鲛一样的待遇。"我自嘲道。

"是不是鲨鱼的诅咒啊!"

"你饶了我吧。"我摇了摇头,"说真的,我完全不清楚到底是怎么回事。那个叫东吉的家伙,直到这次演习,我才第一次见到他,而且我们之间几乎也没什么交谈,只是在训练中有3次正面战斗,3次都是我赢了。但是,仅仅因为这个他就恨上我了?这也太不可能了吧。"

"即使这不是唯一的理由,但也有可能是导火索。"

"还有其他什么原因吗?"

"可能是嫉妒吧。"

"嫉妒?我一没地位,二没名声,三没金钱,连女朋友也没有,他怎么会嫉妒我呢?"

"很多人都想成为'主神'的操作员呢,安云和矶良也都很想呢。"

"但也不可能因此就想杀掉我吧?"

"不仅如此，我看到信息，'主神'级的水下仿生机器人最近即将投入量产。如此一来，之前的'奥克隆'和'赛德娜'级的水下仿生机器人，肯定会逐渐被淘汰掉的。"

"越说理由就越不成立了，你能不能说点靠谱的？"

"可能不是出于个人的原因，也有可能一开始他就是混进来的刺客。仙境集团现在的经济总量已经可以与墨西哥相匹敌，拥有人口约两千万，根本搞不清楚会在什么时候、在什么地方、混进什么样的人。这个刺客最终选择了自爆，不正是为了保护他自己背后的组织吗？"

"但是，只有通过严格的政审才有可能被选拔出来成为操作员候选人，然后才有机会操作水下仿生机器人啊。"

"的确如此。"一真说，"那就有这种可能：一开始他并不是刺客，但是在某个时间，他被某个组织要挟，或者被洗脑了。与其从外面派刺客前来，倒不如将敌对组织内部的人员发展成为自己人或间谍。如果获得成功的话，那效率岂不是更高？"

"那应该还是提亚玛特吧？"

"有可能，那个组织很有可能这么做。他们对'主神'级水下仿生机器人的性能有很高的评价，为了削弱其战斗力而杀掉操作员，这也是极有可能的。如果真是这样，那么，选拔水下仿生机器人操作员的消息肯定也被他们掌握了。"

"不可能吧。"我有点伤脑筋，"那岂不就是说，我已经上了他们的暗杀名单，今后会一直处于危险之中？"

"是的，你还是要多加小心，即使演习对手是仙境的人！"

"甚至连你也不能相信？"

"还是不信为好，防人之心不可无，小心驶得万年船。"

"此话当真？"

"逄,你真的太朴实敦厚了啊!有没有遇到过什么可疑的人?"

"没有!"

在我的脑海里,西丽拉一掠而过,但是我没有说出口。因为我觉得,追根溯源,我们是金井老乡,可以说与仙境集团同源。如果连西丽拉都可疑了,那么仙境集团不可能没有问题。

"对了,"趁着这个话题还未深入,我转换了话题,"听说不明国籍的核潜艇在北冰洋出没。这个消息你听说过吗?"

"你说什么?"

"不是幽灵船,而是幽灵潜艇……虽然我觉得,这是那附近的船员为了打发时间而编造的,但还是有点不放心。"

"这个传言你是在哪里听到的?"

"在网上,一个提供不明海洋生物及不明飞行物信息的网站。"

对于我这个随口编出来的谎言,一真不满地噘起了嘴:"逄,你不能将船员称作游手好闲的人啊!"

"我也只是偶尔见到了这种情况而已。一开始,我也觉得这可能只是一种新型的不明飞行物,并没有怎么在意。但是在南极接受训练后,不知道为什么,总是会这么想。把黄色涂料涂到小型潜艇的推进器上即为获胜,真是很奇怪的训练。当我在漂浮着冰块的海面下,仰头观察作为攻击目标的运输潜艇时,我总会产生这样的感觉:我是乘着水下仿生机器人在仰视着核潜艇。是不是因为二者形状相似呢?如果将运输潜艇再放大 10 倍,感觉就很像了。"

"然后呢?"

"不是这个意思。我是觉得,它们之间存在着某种联系……虽然南极和北极正好是在完全相反的方位,但是海洋环境的确很相似。而且,贾鲁西亚副司令也曾经说过让大家把运输潜艇视为辅助供给母舰(SSO)之类的话。"

"如果只看长度，那么核潜艇与小型SSO确实比较相近。如果幽灵潜艇的传言是真的，也有可能是有关联的。不过，你们没有问清楚训练的理由吗？"

我摇摇头，叹了口气，"不是没有问，而是即使问了，也得不到一点儿消息啊，一向都是如此的。"

"我也为父亲的严守秘密而头疼！"

"看不出来你也在头疼呢，你肯定知道一些什么吧。"

"你是说关于训练目的吗？"一真摇了摇头，"不知道，我一点也不知情。甚至连训练内容我也是刚才听了你的介绍才知道的。"

"真的吗？"

"当然是真的啊。本来我也不是闲得无事可干，以至于什么都想一探究竟。"

"有没有想到什么可能相关的事情？"

"没有！"说到这里，一真的视线向斜上方瞥了瞥，"如果非要说些什么的话，就是你被停职后，父亲让我做了一件奇怪的事情，不知道是否与这件事情之间存在着什么联系。"

"是什么事情？"

"让我改良海蜘蛛？"

"海蜘蛛？那个能投放黏液索的潜艇，就是我们捕捉利维坦——那个龙形怪兽用的那种？"

"是的。父亲命令我：提高那个潜艇的航行性能，并能将黏液索投放到更远的地方去。"

"什么意思，他想再去捕捉龙形怪兽吗？"

"不知道！长池先生和我都没有提出过这个问题。也许父亲在筹划着什么吧，不过他没有告诉我。"

"对儿子也保密吗？"

"这是常有的事啊,不仅仅是对你们保密!"

"那你试试看,能不能通过别的途径打探一下。"

"我当然试过了,但目前估计只有司令和副司令才知道内情。连长池先生都不知道,真是破天荒了。"

"啊,居然还有这种事情?"

"不过,关于龙形怪兽,最近我知道了一些有趣的事。"一真一边轻笑着,一边悄声说道,"这个事情只有我一个人知道,是我的秘密。"

"喂!别卖关子了,快点告诉我吧。"

"不不不,现在还不能说……"

"龙形怪兽的样本,还是我采集后提供给你的呢。"

"是啊,是你提供的。"

"别兜圈子了,又不是什么让人提心吊胆的事!你要是再不说,惹怒我的话,我可是会捅破天的。"

"好吧。"一直以来,什么心事也藏不住的一真,这次却摆出一副严肃的神情说,"道,我们先说好,这件事情,你必须守口如瓶,即使对方是你的父亲,也绝对不能吐露半个字。"

"那是自然,快点说吧。"

"分析样本之后,我发现,它的细胞壁简直与硅藻一模一样。"

"硅藻,就是那种微生物硅藻?"

"是的。就是那种形成硅酸质外壳的单细胞藻类。"

"硅酸质?"

"简单地说,就是以二氧化硅为主要成分的玻璃。地球上的生物,基本上都是由碳元素构成的,但是,硅藻、放射虫、一部分海绵动物、禾本科植物、羊齿类植物、青苔等都是以二氧化硅为主要构成元素的。这些动植物所形成的化石,有时会形成一种叫作蛋白石的宝石。"

"那种透明的碎片,果真是玻璃啊。"

"但是,你不要把这种玻璃与食堂的玻璃杯或者花瓶之类的混为一谈啊。这种玻璃的结构类似于硅胶,里面含有很多肉眼看不到的小孔。这些小孔排列非常规则,而且富于艺术性,会让人产生错觉,甚至会让人觉得,那就是在硅藻的表面上雕刻的复杂的花纹。虽然那绝对不是人工制成的,但整体的构造也很相似,好像一个细长的盒子,上面盖着一个严丝合缝的盖子。那个样品乍看就像光滑的冲浪板,但仔细观察后就会发现,盒子和盖子之间有条细缝。如果做得好的话,就能借助这条细缝打开这个盒子。"

"盒子里面是什么?"

"很遗憾,那个样品里面空空如也。如果是硅藻的话,里面应该有原生的阿米巴虫。也有可能样本中原来是有的,但是当你从龙形怪兽身上夺取到这个样本时,阿米巴虫溜走了,之后就死亡、融化、消失了。顺便提一句,这种羽状硅藻种类很多,其中有些会形成丝状、带状或者类似于树木形状的群体。也有可能龙形怪兽并不是单一体的生命,而是许多像冲浪板一样的生物聚集在一起,最终形成像龙一样的怪兽。"

"这样啊!"

听了一真的介绍,我却无论如何也无法认同龙形怪兽是生物群所构成的物体这一推论。但是,他的话,却让我联想起我在卡尼姆韦索见到的那种像石笋一样结构的物体,以及长在海底湖岸边类似于鹿角的凸起物。这些都很像由羽状硅藻所构成的树一样的东西。

"另一方面,它和硅藻也有差异。"一真继续解释着,"刚才我也说了,它很像玻璃和硅胶,但是它里面的很多地方存在结晶体,特别是在盒子和盖子的内侧附近。"

"也就是说,混合了玻璃和结晶体?"

"就是这种感觉——已经半化石化,也可以说已经很接近蛋白石了。这究竟是生活在其中的生物活动所导致的,还是二氧化硅之外的某种特殊成分所造成的呢?目前我还没有弄清楚。"

"那么,龙形怪兽是不是地球上的生物?"

"可以肯定的是,它是生活在地球上海洋里的——眼下我只能这样认为。它类似于硅藻,如果我这一分析正确的话,应该可以在某个地方找到它进化的连续性线索。当然,我觉得,我很难接受这样一个现实:用显微镜才能观察到的硅藻,竟然能够膨大到可以形成龙一样的群体,或者像动物一样游来游去,甚至可以模仿姥鲨。"

"也许它来自于宇宙?这种说法可能更容易让人接受呢。"

"这个嘛……不过,说到地球上的海洋,它的深处说不定存在着一个我们完全不了解的世界,就像一个行星,具体有什么还真的很难想象。"

"你这么一说,让我觉得,这个世界还真像你白日梦中所见到的那个浓盐池呢。"

"那个海底的湖?"

"为了弄清楚这个问题,我做了一番调查。就像我上次告诉你的,没有报告显示太平洋中存在这样的湖。我后来想,密克罗尼西亚有没有类似的传说呢?我问了美月,她也没有听说过,不过好像科兹莫知道一些。他说,他有些事情想好好与你谈谈。"

"那会是什么事情呢?"

"不清楚。"一真不由得噘起了嘴。"好像是不能让我知道的事情。"

"应该是科兹莫知道那个湖的一些事情吧。"

"应该会知道一些吧。毕竟他是守卫南马都尔遗址的酋长的儿子，肯定听说过很多这附近的大海所隐藏的秘密，估计最近他就会与你联系。如果他告诉了你什么有意思的事情的话，记得告诉我啊。"

"他可能会要求我守口如瓶的。"

"喂，不能不够朋友啊！我可是连向上司都要严格保守的秘密，都毫无保留地告诉你了啊。"

"这点倒是不错。"

"记住啊，必须互通有无啊！"

一真一边说着，一边用眼神和我打了一个招呼，然后又单方面切断了视频。

3

这天，澎贝岛上空积满了饱含水汽的云。这是世界上为数不多的多雨地区。拿拿拉乌特山海拔近 800 米，是岛上的最高峰，但是由于多雨，人们很少有机会能一睹其真容。

这个岛屿的面积比日本的西表岛①大一倍，岛屿为珊瑚礁和红树林所环绕，岛上还生长着茂密的森林。这些区域里面隐藏着很多秘密，自公元 500 年就开始建造，工程一直持续到 1 500 年。被古人们放弃的海上城市遗址南马都尔，以及其中到处雕刻着无法解读的象形文字、被称为"澎贝管子"的岩石就是其中的代表。

我穿着防晒潜水服，包裹着全身站在"南马都尔"号 SSO 的

---

① 西表岛位于冲绳诸岛的西南部，是八重山诸岛中的一个岛屿，为亚热带原始森林所覆盖。

开合式露天甲板上，遥望着岛的北端。这艘船有仙境的旗舰之称。云脚所及之处，耸立着一块巨大的岩石。那块岩石状如斯芬克斯狮身人面像，被称为"澎贝岛的钻石之首"，也被称为"索克斯岛巨岩"①。

虽然被称为巨岩，但其实它更像一座山，高达150米左右，周围横着一条彩虹。好像要用彩笔绘制出高潮效果一样，连珊瑚礁形成的平静如镜面的水面上，都倒映着这条七彩彩虹。

这场雨所"恩赐"的一切让我如醉如痴，我似乎被这美景夺走了魂魄。我试着用"iFRAME"去截取这近乎梦幻般的景色。这个时候，还真希望自己手头有一台真正的照相机。

"逍，你一个人想溜到哪里去？"

身后突然传过来一声呼唤，破坏了我熏熏欲醉的心境。不用回头，我知道这肯定是蕾拉。我没有理会她，继续拍照。

"告诉我！"

蕾拉被风吹起的头发一下子飞过来打到了我的脖子。我那么辛苦地取好了景，现在一下子没有了这个心绪。

"蕾拉，我正在照相呢，你没有看到吗？不要打扰我。"

"照相，你照什么相？"

"索克斯岛巨岩与彩虹啊。"

"彩虹？啊，看到了，真的是彩虹啊。真漂亮！"蕾拉的视线转向我的"iFRAME"取景的方向，但是还是继续问道，"你要去哪里？"

我叹了一口气，放下了手："无论我去哪里，都与你没有什么关系吧。"

---

① 密克罗尼西亚联邦澎贝岛北岸的一个岛屿。岛屿北部耸立着有"索克斯岛巨岩"之称的、高达150米左右的巨岩。

"你真不识好歹,我是在担心你啊。"

"担心我?"

"是啊,也许有人正在找机会取你的性命呢。"

"这件事啊!没事,是科兹莫约我而已。"我不以为然地摇了摇头。

"科兹莫约你,就约你一个人?"

"是啊,好像是想询问水下仿生机器人操作方面的事情。"

实际上,科兹莫与我联系是想告诉我另外一件重要的事情,但我不打算让蕾拉知道。

"嗯,风水轮流转啊。"

"他说,自从'主神'举行了迎神①仪式之后,他对它越来越感兴趣了。而且,他也知道我们长期面临人手不足的问题,还说不能总是将仙境的安全托付给我们,自己的家乡应该由他们自己来保卫。而且,贾鲁西亚副司令也曾经说过,条件合适的时候也会训练他。说得更严谨一些就是,虽然科兹莫目前还不是组织成员,但他已经获得授权,有权来了解我所掌握的一切。"

"他也是'海洋之子'?"

"是!"

"那样的话,说不定他也拥有担任'主神'之类的水下仿生机器人操作员的潜质。"

"如果要选拔潜艇船员,必须首先考虑这个条件。"

"美月也一起参加吗?"

"可能吧,这两个人总是焦不离孟。"

---

① 在日本,无论新舰下水还是新车上路,人们都会请神社为其举行这种宗教仪式,祈祷平安吉祥。

"美月非常漂亮!"蕾拉似乎要透过我的眼睛看透我的内心,"不过,你可不要横刀夺爱啊。不然,肯定会受到科兹莫的诅咒的。"

"你说什么呢,我完全没有这种想法。而且,她本身又是酋长的女儿。"

"看到美月,很多男人都会垂涎三尺的。"

"除了我之外。其他男人见到你也都是垂涎三尺的。"

听到这里,蕾拉突然伸出手,揪住我的上嘴唇。

"疼、疼,你干什么啊?"

"我想让你垂涎!"

"放手。"我拨开蕾拉细长的手指,"马上要换岗了,还不回去?副司令马上就会回来了。"

"我知道。"

"那还不走?"

"只要给我3分钟,随时就可以出动。"

自从矶良牺牲之后,驾驶水下仿生机器人环绕澎贝岛进行的海中警戒任务,就由副司令、蕾拉和我3个人轮流担任了。基本上是每人巡航8个小时,三班倒。由于人手短缺,我们3个人都无法休假,非常疲惫。遇到特殊情况,有时就无法出动水下仿生机器人。这种情况下,只能依靠增加协战潜艇或者自动无人潜航器(AUV)来补缺口。

"我也很想好好休息一个月,就像某人一样。"

"那你也犯错误,接受停职处分。"

"你啊,说得倒真轻巧。你不在这段时间里,副司令和我简直连喘口气的机会都没有了。"

"我已经给你道了很多次歉呢。"我不由得皱起了眉头,"你也怪一下盐椎司令吧,因为幸彦牺牲之后是他一直没给我们补充人手啊。"

"那个冷面人？算了吧，怪也没有用的。"

"那你是因为我是一个很有意思的人，所以才怪我？"

"也有这个原因吧。不过，关于补充人手的事情，好像有了眉目，我也听副司令提到过一次。"

"是吗，那是谁呢？"

"还不清楚。有可能是与我们一起在南极接受训练的战友，也有可能是从在我们接受训练期间接替我们担任这里警戒任务的队伍中选拔一个。他们是来自美拉尼西亚的队伍。"

"如果是与我们一起在南极接受训练的战友，不算东吉，另外还有4个人，那首先应该是戎崎吧。"

"不过，我们这里还没有可以容纳这头身长25米的'海中怪兽'的空间呢。"

"而且，他也说过，密克罗尼西亚海域太热，他在这里活不下去。"

"是啊，他的皮下脂肪太厚了，在这里很难活下去。"

"小尤娜呢，怎么样？"

"她怎么小了？"

"你怎么这么大惊小怪？我只是觉得她是一个好姑娘，需要照顾，忍不住这么称呼她而已。"

"如果是她来了，我肯定会捉弄她。"

"你的性格真是太糟糕了。虽然眼睛看起来很漂亮，但是，心地怎么这么恶毒呢？"

"性格和眼神都是天生的，又不是我的责任。"

"你看，那是不是科兹莫他们的船？"

我握着甲板的栏杆，身体探了出去。

"南马都尔"号正在朝着南方缓慢航行。在船的左手边,是环绕澎贝岛的珊瑚礁圈的边缘,海浪拍击到这里,形成一道白线。但是,白线的中间有很多缺口。缺口的位置,就是连接海岸潟湖[①]与外海的天然水路。

在前方500～600米的位置,就有一条这样的水路。那里停着一艘我们非常眼熟的小艇,应该是科兹莫与美月的船。

顺着这个方向往远处的水平线望过去,影影绰绰地看到无数只大船小船散布在海面上——在澎贝岛与安特环礁[②]之间的浅水处,仙境集团的大船队下了锚,停泊在那里。船与船之间通过栈桥连接在一起,形成了一个事实上的海上城市。南马都尔也经常混为这个城市的一部分。

"我过去了。"

我把折叠成掌上电脑的"iFRAME",装进左手腕上的盒子里。借助这个盒子,"iFRAME"就能抵抗水深50米处的水压,变成非常方便实用的防水设备。

我摘下可以补正视力的隐形眼镜,放回到防晒潜水服的口袋里,做好了出发的准备。

我跳过栏杆,脚踏到甲板的边缘。

"我8个小时后回来。"

"你总是随心所欲,在你喜欢的任何一个时间,在你喜欢的任何一个地方随随便便地下船。"蕾拉双手叉腰说,"你没有一次按规定履行正常的手续,沿着舷梯走出去的吧。"

"当然有啦,好几次呢——就是我受到停职处分被从船上赶下去

[①] 海岸地带由堤岛或沙嘴与外海隔开的平静的浅海水域,与外海之间常由一条或几条水道联通。
[②] 安特环礁是位于澎贝岛西海岸的小型环礁。

的时候。"

蕾拉扑哧一声笑了出来。从相貌来看,她是一个毫无缺憾的美人,只是一笑起来就显得年纪有些小而已。我并不讨厌她的脸颊和鼻子附近的雀斑,还有这张笑脸。

"你啊,特立独行的性格!今后要多小心啊。"

我轻描淡写地给她敬了一个礼,然后跳入了海中,以10多米的水下为目标一头扎了下去。这种在水中的畅游感和获得解放的感觉,对我来说是至高的享受。

入水时所感受到的水的冲击力很快消失了,随之而来的是水带来的凉爽的感觉,还有拥抱着我的蓝色的水光。我整个身体都充满了回到自己应该待的地方的安心感。我已经想不起在空中时的感觉了,尽情地用假肢击打着海水,一直下潜到水下10米左右的位置。

安装了消音设备的"南马都尔"号那漆黑的舰体悄无声息地从我身边掠过,让我感到有些不舒服。如果能够听到推进器或者其他设备的声响,可能会让人有所警觉和做好心理准备,但现在什么都没有。借助船尾分开的海水的推力,我自然而然地远离了船体。

随着巨大的船体渐渐消失在远方蓝色的水雾中,我的上下左右什么都看不到了,连鱼的影子都看不到了。往下看,100米左右就是海底。

一不小心说不定就会失去方向感,但由于洋流的存在,根据水流的方向大概可以推测到岛屿的方位。在此基础上,只要借助"iFRAME"上的罗盘进行确认,就能到达科兹莫他们所在的位置。

继续游了10米左右,我觉得差不多了,就上浮到海面,像用潜望镜环望四周一样,我先做了一次360度环视。在距离我很远的南方,"南马都尔"号的帆柱屹立在海面上;东面是白色的港口,港口的后面100米左右则是屹立的岛屿。只是,从方向来看稍微产生了一点偏差。

船上站着一个人,好像就是科兹莫。我挥手向他打了一个招呼,也不知道他是不是看到了,然后又潜了下去。

不久,我模糊地看到了海底,接着,从沙洲的方向,两个黑色的三角形身影迎面而来。其大小与"主神"差不多,但不是机械船,我松了一口气。

是"黑蝠鲼"①来迎接我了,而且还是两只特别大的。

其中的一只,我感觉到似乎在哪里见过。它黑色的脊背上长着放射状的图案,好像新星刚刚爆发、四散膨胀一般。第一次见到它时,我就给它起名叫"新星"。

蝠鲼头脑聪明,好奇心也特别强。"新星"与它的同伴从我身边游了过去,然后又折返回来,与我并行前游,鳍几乎都要碰到我了。它们好像对我这两条腿的生物非常好奇,一直用眼睛的余光观察着我。

好像它们明白了我不具危险性,也不是它们的同类,然后就左右分开,优雅地滑向大海的深处。虽然我很想追着它们玩儿,但听到了小船的引擎声,我还是又浮上了水面。

"他来了,来了!"站在船舷边肤色白皙颇具异国风情的美女用手指着我,叫了起来:"科兹莫,他在那里。"

看到我后,体格健壮、长着黝黑双眼的男子转动着方向盘。小船画出一道弧线,朝我这边飞了过来。在距离我3米远的地方,小

---

① Mobula,又称魔鬼鱼或毯虹。因其在海中优雅飘逸的游姿与夜空中飞行的蝙蝠相仿,故得此名。

船船尾朝着我停了下来。美月放下了铝制的梯子。

"两位好!好久没见了。"我一边用英语打着招呼,一边登上了甲板,一边擦着脸上的水。

"上次见面,还是去年在冲绳吧。"美月将毛巾递给我,"虽然经常能望见'南马都尔'号的桅杆,但是却总是没有机会见面呢。怎么样,身体还好吧。"

"你们也一切都好吧。现在,我们去哪里?"

"去我们第一次见面的地方。"科兹莫笑着,洁白的牙齿从他的厚嘴唇间露了出来。他挂上低挡,说:"卡尼姆韦索。"

海上城市遗址南马都尔位于澎贝岛的东南部沿岸。其可确认的单单是陆地上的规模,就有 100 个足球场那么大。

这个遗址由 92 个人工岛组成,其中最具代表性的是"兰多瓦斯"①——岛中央遗留下来的建筑物——据判断是以前的国王和酋长们的墓。沿着码头至墓地遗址的这条路,朝着岛屿另外一侧的外海一直走下去,就是名叫兰姆鲁塞②的石门,穿过石门再走大约 800 米,就是一座叫那卡普的无人小岛。

兰姆鲁塞石门与那卡普岛之间,横着蓝黑色的海水,水深大约有几十米。在海岸潟湖中,这里算是比较深的了。实际上,在海底中也星罗棋布着很多遗址。也就是说,南马都尔这座"海上城市"的遗址,不仅陆地上有,水下也有。

代代相传,兰姆鲁塞的外海海底,就是神圣的海底城市卡尼姆

---

① 兰多瓦斯意为"首领之口",里面有历代国王、首代酋长的墓地,也是向精灵祈祷、审判的场所,以及岛上最后的避难所。
② 兰姆鲁塞原意泛指用于防止外洋的巨浪与洋流冲击的、用巨大的玄武石建造的石墙,以及进入南马都尔的石门。此处指石门。

韦索。

我也不清楚这个叫卡尼姆韦索的海底城市是不是真的存在,但我曾经看到过一个地方,那里似乎是这个城市的一部分。当时,我和安菲特里忒一起,偷偷尾随着科兹莫和美月,从兰姆鲁塞石门开始,一直跟到距离那卡普岛前 300 米左右的地方。

由于这次是乘坐小船,我很轻松地就到了上次到达的这个地方。我们跳下船去,在有点混浊的水中下潜了大约 3 米,有"圣地之门"之称的两座塔的塔尖触手可及,塔基附近的水深大约有 10 米。

上次我也观察到,塔与塔之间横着 3 根粗大的石柱。石柱很重,需要 3 个人才能齐心协力地移开。移开之后,海底就露出来一条裂缝,这就是卡尼姆韦索的入口。

我跟着科兹莫和美月进入裂缝,沿着窄狭的通道进入了海底的洞窟,这个洞窟可能是由于地壳运动而形成的,里面还保留着远古时代的空气。如果不是这样的话,那么肯定是在什么位置安装着供气装置。

得益于这个原因,在洞窟里可以自由呼吸,而且里面还铺设着有机 EL 照明装置。

借助有机 EL 管线的照明,镶嵌在岩壁上的令人不可思议的东西跃入我的眼帘。这是由无数的玻璃片组合而成的、近乎圆锥形的物体,高度可及人的腰部,很多地方闪耀着彩虹色的光芒。如果将这种物体视为一种钟乳石,则显得有很多异样之处。

"真的很像啊!"

我忍不住轻声发出了赞叹。这时,浮现在我脑海中的,当然是我梦中所见的海底湖岸边四周的突起物了。

"你说什么?"

在通道的出口附近，科兹莫和美月正在卸下身上的换气器①、面罩和脚蹼等潜水设备。这些都是我不需要的东西。

"你看，就是那些。"等科兹莫与我并排坐好后，我指着岩壁上的那些东西告诉他。在我的梦中，湖岸四周生长着几根这样的东西。不过，那里所生长的比这里的还要更大、更复杂。虽然距离我做梦的时间已经很久了，但是，我应该没有记错。

"你说的'湖'，就是一真所说的浓盐池？"

"是的，位于深海底部的'湖'，岸边生长着数不胜数的贝类和管蠕虫，还栖息着一些没有眼睛的蟹和虾。劈开'湖'面，生长在'湖'底的各种奇怪的生物就会露出真容。凭直觉，我总感到，这种'湖'肯定位于太平洋的某处。但是，如果这是浓盐湖的话，一真说，根据记录，只在大西洋和地中海中发现过，太平洋里根本没有，所以我怀疑自己只是出于一种幻觉。"

"这不是幻觉，"科兹莫摇摇头，"我们称之为'普瓦鲁卡斯'，用澎贝岛的话来说，就是'泉'。"

"'普瓦鲁卡斯'？"

"现在我们所见到的，是'奥利西帕之手'②，也可以简称为'手'。"

"奥利西帕，就是传说中建造了南马都尔的两兄弟中的一个？"

"是的，哥哥叫奥利西帕，弟弟叫奥洛苏帕。他俩从西方遥远的岛屿乘坐独木舟来到了这里。据说，没等这座海上城市完工，哥哥就去世了。弟弟改名为萨乌特劳尔，建立了澎贝第一个王朝。"

"这个'西方遥远的岛屿'，是指——"

---

① rebreather，由气体供给器和面罩组成的封闭环路式供氧系统。
② 神话传说中，奥利西帕与奥洛苏帕两兄弟，为了将澎贝建设为信仰和政治中心，经过千辛万苦终于找到了南马都尔，然后主持修建了这个城市。

"就是传说中的'卡恰乌帕蒂'。就是一般意义上的'地处西方的异国他乡',所以大家都不知道它的实际所在。"

"而且,居住在大洋洲的人基本上都是从西边过来,然后逐渐繁衍扩大的。"

"但是,'西'也许还有别的意思。太阳落山的方位,一般与人类死后要去的世界联系在一起。就连日语中,不也有'西方净土'这样的词语吗?"

"你知道的还挺多呢。确实有,只是,这个词语本来是佛教用语。"

"所以,这个'西方的岛屿',有可能指仙境,或者是与我们人类居住的地方不同的世界。"

"那么,不就是说,他们是神或者佛吗?"

"那也未必呢。"

科兹莫坐了下来,一只膝盖跪在地上。他面前的东西看起来像一个小行星:一个状如研钵臼槽的容器里放着一个石球,石球的直径大约40厘米,看起来很重。

"你看清楚了吧,这个球是仿照什么东西研磨而成的?"

"啊,是地球!上面还立体地雕刻出了大陆的形状。我觉得,这是一个相当精确的地球仪。如果这个球与南马都尔的历史一样悠久,那就真的有点穿越的味道,或者说是天外来物了。"

"这个球的历史,可能比南马都尔还要古老。"

"真的?"

"如果这个是地球的话,那么这个又是什么?"

科兹莫用下巴指了指我脚边的另外一个球体。这个球比之前的那个小一号,直径大约30厘米,仍然还是放在状如研钵的臼槽里面。看起来像玻璃片一样的东西排列在一起,从这两个臼槽里面延伸出来，与"奥利西帕之手"连接在一起。

"虽然我想说这是月亮，但又感觉不对。大小不一样啊。而且，从大小来看，似乎也不是火星和金星。"

"暂且不管它的大小，但是，应该都是制作出来的。"

"嗯。只是，这边这个表面光溜溜的，仅仅就是一个石球而已。如果是月球的话，至少应该有一些纹理吧。而那个球，则是一个精心制作的地球仪。"

"我也是这么认为的。"

科兹莫扭回头，向美月招了招手。美月微微点了点头，走了过来，像科兹莫一样，与我并排坐在一起。然后，美月双手抱起了光溜溜的圆球，科兹莫则把手搭在地球仪上。两个人开始旋转石球。

虽然与我旋转的方向不同，但是后面的情况都一样，我也经历过一次。

两人同时举起了石球。看起来，石球起初很重，但是后来逐渐变轻，最后被他们轻松地举到了头顶上。然后，他们就这样放开了手，石球就那样飘浮在空中。

上次我也偷偷举起过石球，最后得意忘形，甚至把石球推到了更高的地方，结果石球就像气球一样，轻飘飘地触到了天花板上。当时我有点慌忙，想扑上去抓住它们，结果连自己也被悬在了空中。我还清楚地记得当时那既惊讶，又滑稽、难堪的心情。

"应该不是被什么东西从上面吊着，也不是有东西从下面撑着。"我交替打量着这两个球，"这是什么技巧呢？上次你没告诉我啊。"

"没有什么技巧。这两个石球，是借助一种我们完全不知道的方法飘浮在空中的。建造南马都尔时，搬运了几十万根石柱，可能都是使用了这种方法。"科兹莫耸耸肩，说道。

"那就是说，是**魔法**吗？"

"我们不施用魔法,也不是超能力者。上次你不是也与我们一样?我想,无论是谁,只要这么操作,这个石球都会飘浮起来。也就是说,这里存在着某种装置。"

"你知道是什么装置吗?"

"很遗憾!而且,这里的装置应该不只这些。"科兹莫摇摇头。

不知道从什么时候开始,两个球开始缓慢地旋转起来,像行星自转一样,只是让人感觉到有点不自然。但是,仔细观察像地球仪的那个石球就会明白,因为上面的轴并不是固定的。

刚开始的时候,本来位于加拿大附近的北极点,慢慢偏离了原来的位置向北美偏移,接着又南下越过赤道。南美洲甚至已经反转到了地球仪的正上方,地轴的偏移仍在持续,最终南北颠倒过来了。但是,即使颠倒之后也依旧没有停止,这次是从南极向印尼、中国、俄罗斯方向偏移,最终又恢复了原来所在的南北方位。

这种偏移重复了几次之后,北极点最终停在了北方,自转也戛然而止。同时,较小的球也停止了转动。

"快看!"

一开始的时候,我还不明白科兹莫指的是什么东西。顺着美月的视线望上去,才发现那个较小的球上开始生长出长长的细线,像蜘蛛丝一样。刚开始我还以为是细线自己在发光,但仔细观察之后才发现,细线只是反射了照明光线而已,颜色显得很红,但给人的感觉就是细线自身在发光。

"看看,这边也是。"

听美月这么一说,我才又发现石球的另外一侧也长出了一根细线。只是,这根细线是蓝色的。两根细线都在一点点地向大球靠近。

"这是什么?"我脱口问道。

但是，科兹莫和美月却仍然一直盯着两根细线，一言不发。

最终，红色的那条线，在距离大球四五厘米的地方停了下来。如果这个石球代表的是地球，那么，这条细线正好快要伸展到密克罗尼西亚海域了。

"非常接近的位置！"

"是啊，进入今年，这条细线的生长速度突然加快了。按照这个进度，数月之内就有可能碰到石球上了。"

科兹莫和美月交换着眼神，互相点头表示同感。

这时，我突然插话打断他们："你们不要光顾着自己说话啊！"

"啊，不好意思。"美月用手遮住嘴，微微地笑着。这个不经意的动作，让看到的人的心都会酥软起来。

"这条细线，或者说光，叫作阿勒宿普。"科兹莫终于回答我的问题了，"用我们的语言来说，就是'近路'或'捷径'。"

"阿勒宿普……"

科兹莫指着红色的线，说道："这是'阿勒宿普蔚塔塔'，就是'红色的近路'的意思。"

"蔚塔塔是红色的意思吗？"

这时，我的目光自然而然地望向蓝色的细线。线头距离大的石球，大约还有几十厘米。看上去，好像线头指向北太平洋的方位，要么是正中，要么是东方。

"那条细线，叫作'阿勒宿普枚'，意思就是'蓝色的近路'。"

"原来如此。这意味着什么呢？"

"就是说，地球与其他世界，正要通过两条通道连接在一起。这两个石球就显示了连接的进度，或者说情况。"

"没有黄色的通路吗？"

"没有。"

我微微一笑,说:"红色与蓝色的通道通向其他世界。那里有没有魔法师奥兹①呢?"

"这跟童话没有任何关系!"科兹莫一脸严肃地说。

我轻轻地咳了一下,清了清嗓子说:"近路连接之后,会发生什么?"

"海底将涌出'泉水',也就是刚才说的普瓦鲁卡斯。'阿勒宿普蔚塔塔'的最终目的地是地球上的密克罗尼西亚;'阿勒宿普枚'的最终目的地则是夏威夷群岛周围。"

"也就是说,这个小球能够创造出通向地球上的海底的通道,而这个装置就是要展示这个过程。"

"在我们祖辈的传说中,过去曾经多次发生这种连接起来的现象,可能这两条通路是时开时闭的。借助这个装置,我们可以大致推测出这个时间。大约是每隔几十年就会打开一次吧,只是打开后会马上关闭。但是,好像没有固定的周期。"

"所以,你们就定期来这里,跟踪观察海底通道的情况?"

"差不多就是这样。作为南马都尔的守护人,我们经常来这里,拜祭奥利西帕。也可以说,我们肩负着监控通道的责任。"

"这样啊!"我不由得郑重地再次打量着这两条阿勒宿普细线,"换作现在的说法,就是'异界空间隧道'?"

科兹莫点点头:"这么说,应该没有什么问题。"

"那么,这个小球,是代表另外一个宇宙,还是远方的一个

---

① 美国著名作家弗兰克·鲍姆的"奥兹国系列童话",其中以《绿野仙踪》最为著名,1970年被评为20世纪世界15大畅销书之一。女主人公多萝茜聪明、善良、勇敢,她与小狗托托、想要脑子的稻草人、想要心的铁皮人和想要胆量的狮子一起,相互帮助,克服了种种困难。最终,多萝茜带着小狗托托回到自己的家乡,而朋友们也找到了自己的幸福。在该过程中,他们得到了魔法师奥兹的帮助。

行星？"

"我们祖辈相传，这个小球代表的就是卡恰乌帕蒂，就是地处西方的异国他乡，奥利西帕与奥洛苏帕两兄弟就是从那里出发，乘坐独木舟来到了这里。他们应该是卡恰乌帕蒂人。共同建造澎贝古城的16个男女和'利塔吉卡'，虽然传说他们来自南方岛屿，但实际上应该也是卡恰乌帕蒂人。"说到这里，科兹莫不由得嘴角上扬，有点自豪，"我已经离世的曾祖父把卡恰乌帕蒂称作'long gong'。所以，这绝对不是魔法师奥兹的传说。"

"'long gong'？说的是'龙宫'？"

"是啊，卡尼姆韦索等地确实会让人联想起龙宫呢。也许是二者之间有某种共通的背景吧。日本也属于环太平洋诸岛，所以，各地的传说相互流传和影响，也没有什么好奇怪的。"

"有道理。"

"但是，我们不知道结局会是什么。这个光溜溜的圆球究竟是代表想象中的世界，还是别的什么宇宙；是另外一个次元的世界，还是别的什么行星？总之，我们通常认为，这是人们想象或者思想的产物。"

"'泉水'喷涌而出，是来自于卡恰乌帕蒂的水？听说那是含盐度极高的咸水。"

"是吗？这样啊，所以会形成浓盐池。如果阿勒宿普是虫洞[①]，那么，含盐度极高的水将会通过这两条通道涌进地球。那么，水的入口，也应该是海底？"

"因为是龙宫嘛。"

[①] Wormhole，又称爱因斯坦－罗森桥，也译作蛀孔、异空间隧道，指宇宙中可能存在的连接两个不同时空的狭窄隧道。该概念于1916年由奥地利物理学家路德维希·弗莱姆首次提出。1930年，爱因斯坦及纳森·罗森在研究引力场方程时提出假说，认为通过虫洞可以做瞬时的空间转移或者做时间旅行。

我紧紧地盯着这颗小小的球体的光滑表面,"卡恰乌帕蒂就是拥有海洋的行星。不,也许是没有陆地,全部都是海洋的行星。如果真是这样,那就太有意思了。也许在我们迄今为止尚未发现的银河系之外的行星中,真的存在着这样的星球。"

"也许奥利西帕和奥洛苏帕就是生活在那里的人!"

"人?是不是人,这个我们还不清楚。在普通人的眼中,无论怎么看,这些都像是幻想中的事情啊。不过,我倒是开始有点相信这种幻想了。"

这时,"乌贼海豚"的身影在我脑海中一闪而过。还有,龙形怪兽利维坦会不会也是来自卡恰乌帕蒂的生物?毕竟它也是龙宫的生物啊。

"不管怎么说,逍,你和我一样,都拥有特异功能,能够感知普瓦鲁卡斯的变化。咱们都是名副其实的海洋之子。"

"事到如今,对这个问题,你还有怀疑?"

"只是没有十足的把握而已。但是,我希望今后我们能够相互配合,共同努力!在某种意义上,咱们就是亲兄弟。"

"这个当然没有问题!不过,话又说回来了,普瓦鲁卡斯的位置,究竟在哪里呢?只知道位于密克罗尼西亚海域,那这个范围也太大了吧。"

"按照这个装置的显示来看,大概可以估计得到。也许我们俩可以在某个时候一起去探查一下。将来'泉'会从那里喷涌出来,我们必须保护好那个地方。"

"保护?保护它免受什么人的侵略?"

"奥洛苏帕,还有他的手下和同伙。"

"咦?奥洛苏帕他不是第一任国王吗?你的意思是,我们要与他们为敌吗?不过,他不是早就死了吗?"

"我必须得到我的父亲和我的祖先的授权，才能进一步详细地解释给你听。不过，如果他们获悉了你是海洋之子，我相信他们会同意我告诉你的。所以，你还要再等一段时间。"

"啊，这么麻烦啊？！"我不由得提高了音量，"你就在这里告诉我，我不会说出去的。只要美月不告诉别人，也就不会有人知道你告诉我了啊。真是的——"

"不、不、不，我父亲倒不会太在意，但是祖先在看着我呢。"

"不会吧——"对于这种发自内心信仰的话语，我无能为力。

"得到授权后，我会再联系你的。对了，你的精灵在哪里呢？"

"精灵？啊，你是说安菲特里忒啊？"我上下左右都看了一遍，到处都没有她的影子，"你这么一说我才注意到，最近都没有见到她了。她又不是随叫随到，我也不知道她现在在哪里。"

"她经常会跟在你身后？"

"是吗？"

听美月这么一说，我不由得回头看了看。

"真的，你看，她这不是和你在一起吗？"科兹莫说道，声音中含着笑。

"在哪里？我怎么看不到？"

"正贴在你的后背上呢。"

"你说什么？"我扭过脖子，想要看看她是否真的贴在我的后背上。这时，一道蓝白色的光掠过我的视界。这一瞬间，我甚至怀疑这是不是一个人的灵魂飘过。仔细看时，一位身材娇小的女人出现在我面前。她的头只有鸡蛋那么大，五官完整，但是面无表情，眼睛里没有瞳孔。

她飘浮在空中的样子，用"空中仙子"来形容也不为过，但是她唯一缺乏的就是可爱的感觉。还有，单从外表来看，也不能说她

完全没有妖气。

和往常一样,两只小拇指大小的、海豹一样的生物趴在她的双肩上。右肩上的那只叫"杀人鬼",左肩上的那只叫"小杀人鬼"。虽然看起来是宠物,但是它们一点也不可爱。

"你想捉弄我,安菲?"

"并没有,我只是想看看,如果我突然出现在你面前,你会不会吃惊。"

"从我的后背上蹭地一下飞出来,当然会吓到我了啊。你什么时候来的?"

"就是刚才。"安菲特里忒指着科兹莫回答道,"是这个人的精灵叫我来的。"

"什么,他叫你了吗?"

"是,叫了。"

科兹莫伸出手掌,好像要把什么东西递给我。他的手掌上,摊放着一个闪着橙绿色光的小球。这个小球体积瞬间就发生了变化,膨胀为原来的两倍,变成了一个我似曾相识的样子。

"啊,乌贼海豚!"我不由得大叫一声。

科兹莫摇了摇头,"不,他叫利塔吉卡。"

"这家伙经常钻出来,就是从'海底之湖'——也就是浓盐池那里。"

"这是一种与澎贝岛的诞生关系密切的精灵。对于我们这种海洋之子来讲,他就相当于我们的养父养母。果真,你也能看到它!"

"当然,我可以看到它。这个家伙为什么叫安菲来这里呢?"

"我们之间的关系应该是更加密切了。"好像科兹莫正在与利塔吉卡进行心灵对话。"它告诉我,你我之间,拥有一种特殊的关系。当然,这种关系,必须以精灵为媒介才能缔结和展开。"

"什么？我不太明白。不过，不要乱拉关系啊！"

但是，与安菲特里忒一样，利塔吉卡也是一副丝毫不顾及人类心情和情况的样子。

我不知道利塔吉卡身上究竟有几条触手，但是我看到他举起其中的一条在空中舞动着。就在这时，安菲特里忒也将右手腕抬到肩头的位置。安菲特里忒的指尖与利塔吉卡的触手慢慢靠近，终于碰到一起了。就在这时，一道炫目的白光闪耀。

"好了，完成了。"

我一下子凑近安菲特里忒，她正在搓着自己的手。

"喂！你们这是做了什么？"

"用绳子将你们连接在一起啦。"

"你能不能讲清楚一点？"

"就是说，道，你和这个人之间——对了，可以说是建立起了通信专线。用 IT 术语来说，就是近乎虚拟专用网络（VPN）①的联络渠道。"

"VPN，这么一回事啊。"我点了点头，但是马上又皱起了眉头，"IT 术语？你还是第一次说这样的词语呢。"

对于精灵和精灵而言，这确实是完全不符合它们身份的词语。但是，安菲特里忒只是耸了耸肩，什么也没有说。当然，鉴于她之前有"黑"入水下仿生机器人操作系统的前科，她知道 IT 术语也不是什么奇怪的事情……

"不要什么都问精灵，"科兹莫说道，"总有一天，你什么都会明白的。"

---

① 在公用网络上所建立的专用网络，是一种加密通信的手段。借助 VPN 网关，可以对数据包加密，再借助对数据包目标地址的转换就能实现远程访问。这种方式广泛应用于企业网络中。

"但是,我心里总是很想弄清楚的。"

"好了,这里的事情结束了,我们把石球放下来吧。"

科兹莫转换了话题,用眼睛向美月示意了一下。当他们两个人的手触到石球的时候,闪着红光和蓝光的细线都消失了。他们小心翼翼地将浮在空中的石球放回臼槽里。

两个精灵也都不辞而别了——在我没有察觉的时候。

"这些家伙,总是把我一个人晾在一边,不够意思。我还是和一真一起到处去打探吧。"

科兹莫扭回头,对着恨恨地发着牢骚的我说:"这里发生的一切,千万不能告诉任何人。"

"我又没有承担什么保密义务。"

"如果你真要说出去的话,虽然你是海洋之子,但我们还是不得不封上你的嘴。"

"你说什么?威胁我?"

"别吵了。"美月走近前来,把她细细的手放到我的肩头。虽然不是很强烈,但是那飘过来的充满异国情调的香气还是非常浓。

"对不起!不过,在我们科兹莫人的社会中,个人之间的信任是一切的基础。信任,需要花费时间慢慢培养,急不来的。即使我的父亲,也并不是什么都知道的。"

她的声音就像黄昏时吹过潟湖岸边的海风,让人心旷神怡。

"这样啊——是啊!我知道了。"

"法律呀、合同呀、金钱什么的,都是节奏匆匆的社会里的东西。但是,这是南方的海岛,还是需要慢悠悠的节奏。还请你慢慢来!"

"好!"

她那黝黑的瞳仁,还有那润泽的嘴唇,都深深地吸引了我。我的脑海中一片空白,不由自主地点了点头。

"谢谢！"她的指尖轻轻地滑过我的胸膛，然后挪开了，"那我们返回海面吧。"

荡漾在我周围的可可油的清香慢慢消散了，我好不容易才回过神来。

科兹莫和美月都背上了呼吸装备，穿好了脚蹼。他们所发出的声音在我听来格外大。

我又回头看了一眼"奥利西帕之手"，把它的形状印到了脑海中。然后，我把目光转向为黑暗所包围的洞窟深处，遗憾地扫视了一眼：这次我还是未能踏足那里！那里面究竟有什么？我还有很多事情急需了解。

"回到小艇之后，我们边喝酒边说吧。"带好面罩的科兹莫开口道，"还想请你告诉我一些水下仿生机器人的事情。"

"没问题。不过，你可不要问得太详细啊。"我意味深长地回答道。

P 是 Papa 的 P

1

映入潜望镜的是雪白的世界。这并不是潜望镜出了故障,而是因为海面之上就是被海冰所覆盖的白茫茫的世界。

由于受到白色冰块的映照,空中漂浮的低云和雾气也成了白色,遥远的水平线处架着的那座桥,也发出耀眼的光芒,那是从冰面上反射到天空的光线又映照到了云层的下方,从而形成了冰原反光。

北极圈的中心将迎来极昼,春天即将到来。但对于在温暖海域长大的我来说,这里实在是太寒气逼人了。

从位于赤道上的澎贝岛海面北上,越过阿留申群岛,我们进入了白令海。这两周多的航程,我们是以南马都尔集团的名义穿越这些海域的。离开密克罗尼西亚联邦海域之后,我们开始水下航行,之后一次也没有浮上过海面。

如果只是一般意义上的航行,可能会感到两周的时间已经很长了。但这一路上,由于一天到晚除了练习就是训练,因此我并没有感觉时间特别长。当然,比起那次从那霸直飞到南极的航行,这次自然有一种"长途奔波"的感觉。

问题是为什么我们要到南极来，事情已经发展到了这个境地，我们竟然还没有接到任何通知，完全不清楚是怎么一回事。就在出航的前一天，我们突然被通知"做好去北极的准备"，许多操作员和乘务员只好匆忙做准备。但是有一点大家都开始明白了，很明显，这与幽灵潜艇有关。

"你们两个，做做伸展体操，活动一下身子吧。"

我正在操作员待命室，借助监控器入迷地欣赏着海上的风景，背后传来了安云蕾拉的说话声。她穿着船内工作服，一只手里拿着用于支持驾驶的"iFRAME"，倚靠在桌子上。

室内弥漫着奇妙的声音，"哔哔哔"，听起来像是电子音乐，其实是有人在吹奏竹制口琴。吹奏口琴的是新来的操作员，我的搭档。

由于矶良幸彦的去世而造成的缺编终于补上了。虽说是新人，但他的经验其实比我还丰富。他也参加了那次在南极海的训练，只是我们没有碰面而已。因为在那期间，他负责远程操控协战潜艇。但是现在，他已经成了一名水下仿生机器人操作员。

他叫翼库鲁逸，在阿伊努语中，好像是"爱喝酒"的意思。他还有一个日语名字，叫吉崎和也，但他自己一般还是喜欢用阿伊努语的名字。实际上，他好像继承了阿伊努民族的血统，五官深邃。据说，他 28 岁。

"接下来的整整 3 天，我们基本上都不能做任何运动，趁现在好好活动活动筋骨吧。"蕾拉又补了一句。

"你是说，为了消除未来 3 天将要积累下来的疲劳，现在先猛运动一番？"我不由得苦笑了一声，"那关节都会被拉伤的。"

"那也总比一点准备都不做要好吧。"

"我倒觉得自己更想多吃点饭。现在我的胃已经空空如也,肠子好像也被洗得干干净净的了,我已经饿得前胸贴后背了。"

"进入水下仿生机器人的操作室后,你的空腹感马上就会消失的。"

"因为借助 EGE 你的血液会获取到营养,肚子肯定一点也不会饿了。但是,你肯定会感到嘴馋的。"

"是啊,因为是像通过打点滴一样获取营养,不经过嘴啊。今天的晚餐,我要在食堂饱食五分熟的牛排。"

"你们这是想惹我生气吗?"

口琴声突然停了下来。虽然只有手掌大小,但那个乐器发出的声音却相当悦耳。因此,音乐刚停下来的那一瞬间显得特别安静,这种沉默让人觉得难以忍受。过了一会儿,我听到了一声叹息,"3天不能喝酒吗?"

翼库鲁逸垂头丧气地低着头,口琴的绳子挂在手指上。我和蕾拉看了看他,然后对视了一眼,忍不住笑了出来。在室内的所有舰艇组员也都忍不住笑了。

"原来你担心的是这个啊!别人都是担心吃不到东西,你却是担心喝不到酒!"

"当然啦,你们知道我是谁?我可是翼库鲁逸,自懂事那天起,我没有一天不喝酒的。"

"你别自吹自擂了,真的这么能喝?那你应该与长池先生挺般配的。"

"能不能把要补给的营养液换成酒精?"

"我当然很希望这样啊。"

"但是如果直接注射到血管里,那肯定就感觉不到好喝的味道了。"

就在这时，待命室的门开了。罗伯鲁特·贾鲁西亚副司令走了进来。他上半身完全看不出有一点晃动，下半身仿佛在贴着地面滑行，这种走路方法正是武道家的特征。室内的所有人员起立，昂首挺胸地等待他发布命令。

副司令在大显示器前停下了脚步（现在已经不用白板了），面对着我们。他今天的表情稍微有些温和，至少比演习和训练的时候好多了。

"宗像道，翼库鲁逸，感觉如何？"

"没问题！"

"一切都好！"

我们回答道，仿佛根本没有聊过刚才的问题一样。

"你们的任务都已经说过了。最后，还有什么问题吗？"

"没有。"

"没有。"

"很好，那就准备出发！"

副司令最后发布的命令非常简洁。把手贴在左胸上敬过礼后，我和翼库鲁逸穿过通向水下仿生机器人库的舱门。随后，蕾拉与其他战备地勤人员也进来了。

以下都是例行的程序，以我为例：我换上绘有密克罗尼西亚传统刺青图案的、包裹着整个身体的贴身套装——贝壳连体衣[①]，进入"主神"号的操作室。然后，贝壳连体衣内开始注水，EGE开始启动，我停止用肺呼吸。之后，类似于格林氏液的液体从嘴巴和鼻孔注入

---

① 类似贝壳一样，紧紧包裹着操作员身体、发挥保护与滋养作用的贴身连体衣。在本书中，水下仿生机器人的操作员，贴身穿着"贝壳连体衣"，但在与机器人的机体之间，还隔着另一层套装——外套装，操作员从机体中弹射逃生时，只身着"贝壳连体衣"。

我的体内，体内的空气也被排了出来。最后，操作室舱门关闭，内部注水完毕，搭乘步骤完成。

期间，我会自行检查水下仿生机器人的工作状态，确认是否存在异常。但实际上，这些准备工作基本上都是由潜艇战备地勤和作战室的战斗支援小组来主导和完成的。这是因为只有出了母舰之后，我才能够自由活动。

即将进入发射程序了。

"三号发射管，注水完毕。"

"确认注水完毕。打开发射管密封盖，准备发射。"

"发射管密封盖打开。发射准备，完毕。"

"好，发射'主神'。"

"发射'主神'。"

副司令和战斗支援小组之间交换着信号，当然，这一切都是借助暗号进行的。随着"咻"的一声响，我的双脚被水平方向的加速度"抓住"，我一下子从一个狭窄的隧道中被推了出去。没有经历过的人是不会知道的，这种情况下的漂浮感或是飞翔感会令人感到多么舒服。

我展开推进翼，飞向冰面下的三维空间。海水很凉，但从母舰的潜艇库这个"子宫"解脱出来的我心情舒畅，简直就如同初生婴儿一样大叫出来。但是，在"主神"号里的我实际上根本无法叫出声音，只能借助旋转机体，或者通过多次做"8"字形遨游来确认它的运动功能。

耳边传来了叽叽喳喳的鸟叫声，好像是为了赞美某个人时许多人凑在一起吹的口哨。没错，这是有"海中金丝雀"之称的白海豚的叫声。

它们待在冰下，期待着夏天的来临。每隔二三十分钟，它们就会从冰面上破开的小洞中探出脑袋去呼吸,然后又潜回水下,如此往复。它们需要一边担心着被北极熊袭击,一边重复着这样的动作,一直坚持数月之久。当周围的食物吃完之后,它们就不得不忍饥挨饿。虽说现在春天已经来临,但这种生活它们还要继续忍受一段时间。

现在我所能做的,就是多为它们打开一两个冰洞口吧,这等于给它们多提供一两根"救命稻草"。

我一边这么想着,一边上浮到海面近处。被冰盖所覆盖的海面就像是隐隐约约散发着蓝白色光芒的建筑物的天花板,从上面压了下来。无论人在哪里,或者向哪个方向,即使做360度的奔跑,也无法从这种威压下逃脱出去。就我本人而言,按照我的生理条件,即使不进入大气中也完全没有问题,但一想到这种压力,我还是觉得胸口发闷,产生喘不过气来的感觉。

据说,白令海表面的冰层厚度大概是0.6~1.2米,虽然这里的冰层并没有传说中的那么厚,但我不知道它的硬度如何。不过,既然潜望镜都能突破冰层伸到海面上去,那么"主神"号自然也能冲破冰盖。

我伸出双手。在我的"视界"中,这是两只绽放着纯银色光芒的人造手,是由石墨和碳纳米管合成的碳材料——石墨皮肤制造而成的。单凭在"视界"中的感觉,是感受不到这两只手的大小的。实际上,展开手掌后,大拇指指尖到小指指尖的长度大概为2米。紧握后,拳头的直径长达1米。我突然产生一种冲动:用拳头去试试,看看能不能击开海冰。但是,这种方式击开的冰洞口会不会太小?

在"视界"中,我的手腕和胳膊之间垂着厚厚的三角形皮肤——这是在水中游泳时用于划水的类似于鱼鳍的东西。如果把这些皮肤收拢起来团成圆锥状,就能当作武器使用。从手腕部分还生长着另外一种"鱼鳍",长长的,像刺,又像短矛,可以当作击剑比赛中的花剑或者尖剑使用。它的顶端可以发射电磁脉冲和高压电流,拥有与电磁脉冲捕鲸叉同样的功能。

我把右手腕上的鳍收拢在一起,轻轻地戳了戳头顶的坚冰,感觉冰盖比我想象得还要坚固。尽管如此,我只是轻轻用了一点力,鳍尖就非常轻松地捅破了冰层。

我采用类似于画虚线的方式,首先凿出很多小洞,形成一个由很多小洞点组成的直径5米的大圆圈。最后,我回到圆圈的中央,用手掌用力向上推去。正是我想要的结果:上面的冰盖完整地脱落下来,我完美地凿出了一个圆圆的、大大的冰洞。这么大的洞,足够四五头白海豚同时浮出水面换气了。

"'主神',我是战备地勤,信号接收情况如何?"

"'战备地勤,我是'主神',接收情况良好。"

"BMI"①通过脑电波和肌电读取到我头脑中的想法,然后自动将我的想法转化为人工语音发送出去。在肺部充满了液体的情况下,我自然是发不出任何声音的。

"'主神',我是战备地勤!你在做什么?怎么老是这个样子啊!"

班长金城澈——据说他的祖先是系满②的渔民,他的声音里明显地带着叹息。

"战备地勤,我是'主神'。我刚刚确认了海冰的厚度和硬度。"

"所以,你就挖了一个井盖大小的洞?"

---

① Brain machine interface,计算机与人的头脑之间进行人机会话的界面。
② 冲绳西南端的一个市。

"顺便我也想确认一下海面的状况。"

"刚刚你不是已经用'南马都尔'号的潜望镜再三确认过了吗?算了,尽快下潜到水下30米深度。"

"'主神'收到!"

我立即拍了拍推进翼,垂直下潜到指定的深度。"南马都尔"号的船首正好位于我的眼前。旁边还有另外几艘水下仿生机器人在执行战备任务。

翼库鲁逸操纵的是爬虫类型水下仿生机器人,名字叫"海神"号。它的外形像棱皮龟,这是世界上最大的海龟,长着长长的、泪滴状的甲壳。

从结构上来看,副司令的"奥克隆"和蕾拉的"赛德娜"采用的是推进翼和脚,但"海神"号这种爬虫形的机器人则采用了巨大的鱼鳍状的手、厚厚的盔甲以及泵状喷射推进器。

"海神"号的体积似乎比在海中快速航行的"奥克隆"和"赛德娜"大一倍,宽度已经达到了"南马都尔"号发射管的极限。

由于装甲的影响,"海神"号无法施展一些灵巧的动作。如果让这个机器人在水中施展水中合气柔术,那确实是太难为它了。但正因为装甲坚固,即使机体上被对方贴上四五个吸附式水雷,它也能安然无恙。它的武器是水中机枪和小型鱼雷。

虽然"海神"号功能比协战潜艇差了一点,但由于它的推进器输出功率极大,因此速度不容小觑。如果配合使用鱼鳍状的手臂,它还可以实现急转弯、急速下潜、快速上升、急剧翻身等动作,这些对它来讲也都是小菜一碟。在运动性能这一方面,据说它远胜任何一种潜艇。

总的来说,"海神"号是与水下仿生机器人性能极为接近的一种协战潜艇,所以,它的操作员也是从经验丰富的协战潜艇操作员中选拔出来的。

实际上,潜艇的仿生设计原则虽然很有意思,但有的时候,一味地机械模仿反而会导致既不能发挥机械的优势,也无法获得生物原有的优势。比如,在冲绳时,蕾拉曾经与一个梭子蟹形的水下仿生机器人发生过战斗。那个水下仿生机器人也具备协战潜艇的特征,但是由于它的两只"钳子"和8条"腿"的影响,速度反而提不上来,运动性能也不行。

与这些潜艇相比,反而还是"海龟"(指"海神"号)设计简单、性能优良。

"作战室,我是'海神'。机械各部分检查完毕,一切正常。"

"收到。启动音响迷彩!"

"收到。启动音响迷彩!"

水中短波通信机传来翼库鲁逸和作战室的对话。听到这些,我也赶紧开始检查步骤。因为第一个从母舰发射出来的是我,现在我已经落后了。

"作战室,我是'主神'。机械各部分检查完毕,一切正常!"

"'主神',确定无误?"

"确定,一切正常!"

"收到。启动音响迷彩!"

"收到。启动音响迷彩!"

启动音响迷彩之后,声呐就无法捕捉到"主神"号和"海神"号了。这是因为覆盖在舰体上的音响超级材料①几乎不反射任何声波,只是让这些声波沿着潜艇表面迂回滑走而已,而且,潜艇内部

---

① meta-material,通过人为地改变物质的特性而形成的超级材料,具有许多特点,其中对光等电磁波的折射率为负,特别有利于隐身。

所发出的声音，也会被消音设备完全消除。也就是说，单单从声波的角度来看，我们是"完全不存在"的。

但是，一旦启动该功能，我们也会进入一个静寂无声的世界。因为任何声音碰到音响超级材料后，都会被平滑地卸掉、滑走，所以我们一点也听不到外部的声音——甚至连"海中金丝雀"白海豚的声音也完全传不到我们的耳中。

"'海神''主神'，我是作战室。确认你们已经进入音响迷彩状态。开始执行楚科奇海①警备行动！"

"我是'海神'，收到。楚科奇海警备行动开始！"

"我是'主神'，收到。楚科奇海警备行动开始。行动代号：北美野马。"

但实际上，我们并不清楚这次警备的对象是什么！我们接到的任务是：穿过白令海峡，进入楚科奇海，在北极圈的海冰下搜索指定形状的核潜艇。在我的心目中，我觉得很有可能就是之前听说过的幽灵潜艇。

至于为什么这次的行动代号叫"北美野马"，根本没有人向我解释。我翻了翻词典，发现这个词的意思是"生活在美国西南部平原地带的、西班牙种的半野生马"。

也就是说，这种野马原本是西班牙人饲养的家马，后来又回到了草原上，恢复了野性。但是它的词源，也就是西班牙语的意思，好像是"无主的家畜"。如果说幽灵潜艇是失去了控制的核潜艇，那么用这个词语来称呼它，倒是天衣无缝般的合适。

---

① 北冰洋的一个边缘海，位于楚科奇半岛和阿拉斯加之间，西面是弗兰格尔岛，东面是波弗特海，通过南面的白令海峡与白令海连接。面积约59.5万平方千米，56%面积的水深浅于50米，一年之中，只有4个月的适航期。

"'海神''主神',我是战备后勤,现在依次发射助推器[1]。一分钟后,先发射的是配备给'海神'的;再过30秒后发射的是配备给'主神'的。"

"战备后勤,我是'海神',收到!"

"战备后勤,我是'主神',收到!"

现在,"南马都尔"号正行驶在距离圣马太岛西北部约200公里的地方,水深100米。这个深度,勉强能让这个巨型SSO安全潜航。不过在这个位置上,无论往北、东、西任何一个方向,由于前面海域海水的深度不够,都无法潜行,可以说进入了一个"死胡同"。

如果浮出海面,自然可以顺利航行,但是近来我们所执行的都是秘密行动,必须潜航;而且在这个浅水季节,"南马都尔"号的行动受到极大限制,根本无法从太平洋潜行进入北极圈。

因此,这个任务只能依靠水下仿生机器人和协战潜艇的长途跋涉来完成。

我们目前所在的位置与白令海峡大约相距500公里。即使以平均每小时50海里(1海里=1.852公里)的高速潜行,那也需要5个小时以上。

楚科奇海是位于阿拉斯加和西伯利亚沿岸之间的海域,概括来说,该海域呈正三角形,或者是像漏斗形,顶点位于西南方位。这个正三角,每边边长超过1 000公里。从距离来看,即使简单环绕一周,航行距离也要超过3 000公里;从时间来看,即使不停歇地游动,也需要一天半。但我们知道,人实际上是需要休息的,因此,即使3天时间也未必能够游完一半。可想而知,这段航程有多么遥远。

---

[1] 火箭的动力分为助推器和芯级火箭两部分。地面点火后,助推器工作一定时间后先关机,然后与芯级火箭分离并被抛掉,以减轻火箭的重量,使火箭飞得更高。这里指配备给水下仿生机器人的、可与其机体分开行动的助推设备。

如果能够发现核潜艇，那么，在我们之后，依次发射的肯定应该是 AUV。虽然这种机器人速度不是很快，但是续航能力却很强，可以不间断地航行一个月。而且，它还配有相机、激光扫描仪、磁传感头和水中电磁场传感头。

还有，在海冰上执行巡航任务的无人哨戒机和直升机也许能够发现偶尔上浮的核潜艇。听说，有一款直升机可以直接降落在冰面上，用磁传感头探入海中搜寻。但是，由于担心会被美国和俄罗斯击落，所以不怎么执飞。

总之，下面有可能发生的场景应该是：无人机发回了情报，我们立即赶往现场去确认。

"'主神'和'海神'，我们先走了。"

一艘仿生设计的水下机器人从我身边一掠而过，速度极快。其腹部形似棱皮龟，上面装备着模仿小判鲛的助推器。转瞬之间，它已经超过我冲到了前面。它所使用的助推器虽然也叫助推器，但其实是水下仿生机器人专用的、类似于滑板车的设备，能够最大限度地节约机器人机体所携带的燃料，特别适合长距离行动。而且，一部分要注入操作员血管中的营养元素、应急氧气、淡水等也储存在里面。

与机体分离之后，助推器也能自主航行。由于速度与续航距离的关系，这次我们无法携带护卫潜艇，因此，在发生战斗时，助推器也能发挥护卫作用。

30 秒后，"主神"专用的助推器赶上来了。这个助推器整体看上去像是一个鱼雷，但是机体头部和两侧有槽，正好可以容纳"主神"的两脚和腿部。换句话说，就是"主神"并不是用两只手紧紧抓着或抱着助推系统，而是用双脚紧紧夹着助推系统，以最大限度地减少水的阻力。

大代奥米德岛、小代奥米德岛位于白令海峡的中间，将航路分为东、西两部分。其中,西边部分比较深。但在这个季节,即使水再怎么深,最深处也仅仅只有50米左右。

从北极汹涌而来的海冰在这个呈漏斗状的狭窄的通道处不断叠垒、挤压,厚度不断增加,造成冰下与海底之间的空间高度远远小于50米。本来就比较浅的东边通道,事实上几乎都被塞住了。

我和翼库鲁逸选择的自然是西侧的通道。我们一边借助激光扫描仪器探测海冰与海底之间的距离,一边小心翼翼地潜行,最狭窄的地方甚至不到20米。虽然比SSO更加细长,但在这个季节,核潜艇还是不可能穿过白令海峡的。

几分钟之后,我们向"南马都尔"号发出报告:顺利进入楚科奇海。让我感到意外的是,有一个人通过水中HF通信和我联系了。

"'主神',我是'阿斯匹德氪隆'。信号接收情况如何?"

"'阿斯匹德氪隆'!我是'主神',信号接收情况良好。你是戎崎吗?"

那个海妖一样的形象一下子就在我的脑海中浮现出来。

"是我,我是戎崎TORU。"虽然传来的是人工合成的声音,但是那缓慢的语调,毫无疑问是他特有的,"宗像逍,欢迎你来到地球之涯。"

"谢谢,戎崎!你也在搜索那匹逃掉的'北美野马'吗?"

"是啊,我们的目标一致。"

"现在你在哪个方位?当然了,你肯定是在北冰洋的某处。"

"我在斯瓦尔巴群岛①西南方向的海域,隔着北极点与你遥相呼应。"

---

① Svalbard,又译为斯瓦尔巴特、斯匹次卑尔根群岛,挪威属地,位于北冰洋上,巴伦支海和格陵兰海之间,由西斯匹次卑尔根岛、东北地岛、埃季岛、巴伦支岛等组成。

"那就是说,你是在沿着大西洋北上的途中?"

"是的。围绕南极做180度的巡航,从南大西洋越过赤道,我已经搜索了5个多星期了。对于'月神'号母舰来说,这可能是最长的航程了。"

"已经搜索了5周多?那岂不是南极海的演习一结束,你就马上开始执行这个任务了?"

"是啊。肯定是因为需要与'南马都尔'号协同作战,所以先命令我出发了。虽然我已经航行将近一个月了,但也是3天前才刚赶到这里的。"

"你是一个人执行任务吗?"

"不是,以母舰'月神'号为中心的战斗群除了'阿斯匹德氪隆'号之外,还有2个水下仿生机器人、4艘协战潜艇,可能尤娜、库安、文哈恩他们的小队也很快就会赶过来。仙境集团在北冰洋的力量,一下子增强了。"

"我们都是一样的,本来都是居住在中纬度至低纬度区域的!你那边的海域怎么样,也都是浮冰?"

"浮冰?一块都没有!北大西洋暖流正好流经这里,一年之中几乎没有什么结冰期。但是,如果再往北一点,就会遇到厚厚的冰层了。"

"是吗?很意外呢,我还不知道从巴伦支海到冰岛、哈得孙海峡①这段海域不结冰呢。就是说,北冰洋的冰一年四季基本上都集中在偏太平洋的部分?!"

"你们那边结冰现象很严重啊!"

---

① Hudson Strait,哈得孙海峡,亦译为哈德森海峡,位于北美洲东北部、加拿大巴芬岛和魁北克省之间(西经72°0',北纬62°30'),长720千米,宽80~240千米,连接哈得孙湾和大西洋,流经此地的强大海流和浮冰给航行带来了巨大的困难。

"本来楚科奇海就很浅,无论往哪里走,头都会撞到冰上。"

实际上,即使穿过了白令海峡,来自上下两方面的压迫感仍然丝毫没有减轻,很少有深度超过 50 米的地方。在我们已经搜寻过的海域,根本无法想象核潜艇能够藏身其中。

"虽然没有看到证据,但是我感觉海冰已经开始融化了。"戎崎说道,"大概再有不到两个月的时间,估计一般的船只都能通过白令海峡了。如果再过两三周,可能连阿拉斯加沿岸的冰都会消退,至少部分西北航线能够开通。这匹'北美野马'可能会更早通过白令海峡。"

"也许这匹'野马'等待的就是这个机会。对了,它会不会就埋伏在北冰洋附近?"

"你的这个看法很有见地。我觉得,它也很有可能就躲在欧亚海盆的某处。不管怎样,它最终都会向那个方向移动的。"

"'海神',我是'主神'。听到我们的对话了吗?"

"'主神',我是'海神',我听着呢。好久不见,戎崎!不过,说是'见',其实我们还没有直接见过面呢。"

"'主神''海神',我也好久没有见到你们了……你叫翼库鲁逸?这是阿伊努语的名字吧?"

"'阿斯匹德氪隆',我是'海神'。是的,这是阿伊努语,意思是'嗜酒'。"

"那你的祖先也是北方人?"

"听说居住在萨哈林。"

"我的祖先也是北方民族。所以,比起南极,我觉得更加适应这里的海域。"

"你也是北欧出身啊。对了,我赞同你刚才的看法。但是,现在就谈两个月之后的事情,好像对现在的情况没有什么用处啊。"

"话虽这么说,但这里实在是让人透不过气了。我们考虑要到开阔一些的地方去看看。"我回答道。

"那就按照副司令的命令,目标是弗兰格尔岛①。"

"看,前面有一条小水道,或者是一条裂缝。"我将海底地形图调入"视界"中,"水深大约70米吧,真遗憾。不过,再往北2 000公里左右,水深就会超过100米。再往东北2 500公里,就突然进入水深2 000米左右级别的海谷了。不错。"

"这次我们就没有时间去那么远了。而且,中途还有很多地方需要搜索。只要水深达到100米左右,就必须细心搜索,因为那匹'北美野马'可以通过这样的深度。"

"虽然我觉得几乎没有什么可能,但是,我们还是按照命令行动吧。"

"当然,我可不能受你牵连,受到停职处分。"

"那你就变成一匹马吧。"我一边将导航画面与海底地形图融合在一起,一边将弗兰格尔岛设定为目的地,"戎崎,欧亚海盆那里就拜托你了。祝你好运!"

"我是'阿斯匹德氪隆',明白!祝各位安全、好运!通信完毕!"

2

搜索仍然是一无所获。本来,从一开始时谁也没有抱有乐观的幻想,认为在很短时间内就能有所斩获。谁都能预料到,发现这匹

---

① 弗兰格尔岛是位于北冰洋上的一座俄罗斯岛屿,为弗兰格尔岛自然保护区的一部分,以著名探险家费迪南德·彼得罗维奇·弗兰格尔之名命名。

"北美野马"的难度要比在海冰下整整蛰伏 3 天还要大得多。

在幼年时代,最长的那次,我曾经在水中一连待过将近 5 天,但是,当时我的头顶上有海面这个"天空"。而现在,在我头顶上,只有楚科奇海面上的"天花板"——冰盖。而且,由于"天花板"像阴沉沉的雨云一样压得很低,让人产生非常压抑、难受的感觉。虽然马上就要进入极昼,日照时间会延长,但是大海中的光线还是很暗。

最要命的是周边景色非常单调,生物种类也不多。加上启动了音响迷彩之后,我什么声音都听不到,所形成的闭塞感和无聊感让我的心情变得非常郁闷。如果能够听到阿拉斯加沿岸出没的北极鲸的叫声,我也会感到一丝丝安慰的。

曾经有好多次,我都很想冲破坚冰把头探出去看看,也曾经多次想解除音响迷彩。虽然这种冲动是如此强烈,但我还是拼命地压住了这个想法。并不是我害怕再违反命令而被处分,而是担心危及到翼库鲁逸的安全。

我们一直进击到弗兰格尔岛东北 2 000 公里附近,搜索了比较深的区域,最后几乎是循着原路返回的。途中,我在即将进入白令海峡的位置与两艘 AUV 擦肩而过。在这两艘 AUV 的后面,总部应该又派出了五六艘来参加这次行动。现在看来,他们应该被派往其他方向执行搜索任务去了。

我们回到了"南马都尔"母舰,副司令的"奥克隆"二号机和一艘协战潜艇接替我们继续搜索,他们的搜索任务是 3 天。之后,将是蕾拉的"赛德娜"以及另外的协战潜艇。按照计划,6 天后,我和翼库鲁逸将重返北极圈,继续执行搜索任务。

重新回到有空气的地方后,头 3 天,我的体重增加了。水下仿生机器人的操作室非常狭小,人在里面几乎无法转身,因此,在执勤期间，那种感觉无异于躺着一动不动，自然会导致肌肉活动能力和体力下降。因此，在休整期间，我们需要在医生的指导下，花费很长时间通过运动和物理疗法来恢复。

第四天，我们才好不容易恢复到了正常生活状态。就在这天，我们突然得到消息，说幽灵潜艇真面目终于被揭开了。

我们并不是从盐椎真人司令或者贾鲁西亚副司令那里得到这个消息的，而是从装在船上的电视机里，从美国的一个新闻频道看到的。当时，我正在食堂里吃煎得半熟的牛扒。因为正吃得津津有味，所以当大屏幕上播放相关的视频时，一开始我并没有注意到。

"喂，逍，快看！"

坐在我旁边的翼库鲁逸敲了敲我的肩头提醒我，我这才抬起了头。只见一位一脸严肃的中年女播报员正在读着新闻稿，"核潜艇USS'蒙哥马利'号于北冰洋失踪"的新闻标题一下子跃入了我的眼帘。

新闻透露，"蒙哥马利"号是美国列装的弹道导弹核潜艇，配备搭载核弹头的弹道导弹（SLBM），是将原计划于2040年退役的俄亥俄级"路易斯安那"（舰身号14）号改装、延长了15年寿命后重新命名的。导弹射程达2万公里，可以直接从南极发射，攻击到北极。

潜艇全长约170米，宽13米，吃水深度11米，无论是其形状还是大小，从比例来看均与"北美矮种野马"很相似。我觉得，这与麻劫猛——也就是外间祐治，在东巴虚拟庄园给我看的照片上所显示的幽灵潜艇的照片和图画完全吻合，可惜他被某股势力谋杀了。而且，据说"蒙哥马利"号也是在去年末失踪的。

电视画面上，一脸苦相的美国国防部新闻发言人介绍道，海军一直在密切调查和搜索，遗憾的是，迄今为止并未发现其下落。由于在改装时，不但在舰体表面贴了利于隐身的音响超级材料，而且装备了功能强大的消音设备，因此非常难以被发现。在隐身方面，它与最新型的潜艇不分伯仲。但是，有一点可以确定——它应该还在北冰洋海域。

同时，美国总统在白宫举行记者招待会，承认由于搭载核武器的核潜艇失踪，世界面临着前所未有的威胁。之前之所以一直没有公布这个消息，就是担心这起事件在国内外的影响，以及可能引发的恐慌等，所以一直在寻找合适的机会。但是，最近的调查结果表明，这绝对不是一起单纯的事故，很有可能是恐怖分子所发动的劫持事件。只有获得国际社会的合作，才能尽快得到解决。鉴于此，才最终决定公开这一消息。

"我们基于各种可能，对可能劫持'蒙哥马利'号的犯罪分子做了多方论证，结论只有一个。"首位就任美国总统的这位拉丁裔男子炯炯有神的眼睛一直盯着摄像机，"犯人就是近年来军事实力一直处于上升态势的海洋漂民集团所训练的作战人员，这种可能性最大。"

食堂里炸开了锅，我也不由得停下了握着餐刀的手。

"由于牵涉到军事机密，目前我还不能公开详情信息。但是，很多证据表明，'蒙哥马利'号被劫持，有可能发生在上浮到海面期间，也有可能发生在潜航期间。之前之所以难以判断是否是事故，原因就在于此。"总统继续说道，"能够在海洋中实施如此高难度的劫持，这样的组织至少在美国不存在。我想，其他国家也可能不存在。虽然也有可能是受到水中海盗的攻击，不过，在技术方面，实际上是不可能的。但是，达到一定规模的海洋漂民集团，由于他们拥有高度发达的、可以夺取核潜艇的水下仿生机器人和协战潜艇，也不是完全没有可能的。可以预见的是，夺取了核武器之后，他们所带来的威胁只会越来越大。而支持他们、依赖他们保护的低纬度国家，今后也有可能会采取破坏世界安定的行动。"

"乱成一锅粥了。但是，说话也要有分寸，不能过头啊。"翼库鲁逸低语道。

我一直沉默着。实际上，如果核潜艇真的是在海中被劫持了，那么能实施这么高难度行动的组织也只有海洋漂民集团了。虽然最可疑的是提亚玛特，但是麻劫猛怀疑的却是仙境集团。

时至今日，并没有任何集团声明自己劫持了核潜艇。当然，如果对方的目的仅仅只是为了夺取核武器，而并非出于政治目的的话，那么就根本不会特意发表声明。这种情况下，圈定犯人确实比较困难。

新闻报道最后总结道：美国已经与环北冰洋的俄罗斯、加拿大、丹麦和挪威，以及拥有核潜艇的英国、法国、中国、印度等国展开国务安全高官级别的磋商，各国一致同意携手合作展开搜索，尽早发现和夺回这艘核潜艇。

对于几乎所有坐在食堂内的船员（包括翼库鲁逸）来说，这则新闻无异于晴天霹雳。虽然早就听说过幽灵潜艇的传闻，但是我也万万没有料到，麻劫猛的话会以这种形式变成现实。虽然美国总统并未点名说是哪个海洋漂民集团或者国家实施了这次劫持事件，但是从他说话的上下文脉可以清楚地推测到，他说的就是仙境集团和密克罗尼西亚联邦。

"这是要向美国宣战啊！"

"岂止呢，这是把俄罗斯、中国、印度等都列入敌手名单了。那不是要陷入被世界各国围殴、走投无路的困境？"

"事情会怎么发展下去呢？"

食堂里人声鼎沸，大家争论得不可开交！

第二天早上，正在练习水中合气道柔术的我，突然接到了盐椎司令传召的命令，于是直接从道场赶到了职员专用会议室。将要进门时，我遇到了翼库鲁逸。进入会议室后，我发现，不仅是贾鲁西亚副司令，所有协战潜艇的操作员也全都到位了。

我刚一就座，司令就没有任何铺垫地说："关于 USS '蒙哥马利'号事件，相信大家都听到了相关消息。恐怕大家也都猜想到了，之前我们所搜索的那匹'北美野马'就是'蒙哥马利'号。既然美国总统都这么明说了，我们就更加没有必要遮遮掩掩了。而且，我们有必要提前采取措施，避免招致误会。我们将尽可能地回答大家所提出的问题。现在，请大家提问。"

司令用犀利的目光扫视了一眼整个会议室，然后把后背靠在椅子靠背上。大家也都很紧张，好像谁都有一肚子的疑问。为了抢到机会，我立刻举起了手。

"'蒙哥马利'号真的被劫持了吗？"

"应该是被劫持了。"

"是不是像美国总统所说的，是海洋漂民集团。准确地说，就是我们仙境集团所做的？"

"绝对不是，我们只是无辜'躺枪'而已。"

"那应该是提亚玛特集团？"

"不，也并不是他们。"

"那会是谁呢？"

"美国海军！"

"怎么可能？那就不是劫持了啊。"

"自导自演的骗局！"

"自导自演？就是说，实际上没有被劫持，只是他们假装被劫持了而已。"

"是被劫持了。几乎所有的船员,或者说全体船员可能都被杀害了。但是,罪犯极有可能是他们内部的人。或者说,是与美国政府勾结在一起的人。"

"他们为什么要这么做?"

"这不是明摆着吗?"司令耸了耸肩,"这是为了制造一个用来纠集中纬度、高纬度区域各国的借口,目的就在于彻底摧毁我们仙境集团。一旦哪个国家或者组织不遵循它的意志行事,它就会将各种无中生有的罪名强加给这个国家,比如说拥有大规模杀伤性武器等,从而挑起战争。这些借口,有的只是无根无据的谎言,有的甚至是必须以牺牲本国国民为代价的、自导自演的骗局——就像这次他们强加给我们的罪名一样。因为,为了欺骗敌人,就必须同时欺骗自己的盟友。当然,这并不是某个国家的专利,而是历史上一些国家或者组织为了获得发动战争所需要的冠冕堂皇的理由惯用的套路。"

"我们仙境集团也被美国盯上了?"

"我们仙境集团不但被美国盯上了,而且几乎成了所有位于中纬度、高纬度区域国家的眼中钉、肉中刺。原因何在?就是因为仙境集团已经超越了迄今为止所有的世界性组织,发展成为他们无法控制的力量;就是因为不仅仅是我们的政治制度,我们的经济制度也与它们迥异。这一点,各位能理解吧。"

"是啊……甚至连全球性的地下经济,以及各种平民市场,都已经纳入我们仙境的经济圈了。很多条件不好的地区,由于自然条件所限,导致开发或者开采效率低下,中纬度、高纬度区域的各国根本不愿意涉足,但是我们却充分发挥了我们的能力,从而顺利地将这些地区纳入了我们的势力范围。甚至那些海底资源储存量很少的地区,我们也能纳入自己的流通网络,从而得到了很好的开发和

发展。"

"确实如此啊！涓滴成河，集腋成裘。一旦成了气候，一般的手段就很难再撼动我们了。现在，它们只能依靠军事力量来进攻我们了。"

"它们现在是无论如何都要灭掉我们了？"

"只有恐怖才是能让世界正视的根本原因，其中无法控制的东西最可怕。对于这种可怕的势力，要么是服从于它，要么是尽力一战。否则，就只能消灭它。目前，我们没有理由来屈服于中纬度、高纬度区域的各国啊。"

"从历史来看，漂民历来都是受到压迫的对象。"副司令接着说，"罗马就是很好的例子，日本也不例外。在陆地上，曾经生活着'山窝人'；在海里，也一度生活着被称为'家船'的、可视为我们祖先的渔民。他们都无一例外地一直受到逼迫，不得不逐步转向定居生活。在历史上，他们甚至一度被等同于罪犯般对待。也就是说，他们深受压迫，最终被纳入了所谓的'社会体系'中。其结果，就是进入 20 世纪中叶，他们从历史上消失了。"

司令一边点着头，一边娓娓述说着："中纬度、高纬度区域的国家，并不是到了今天才开始排斥我们的，这种趋势，早在 10 年前就开始了，只是没有这么明目张胆、大张旗鼓而已。幸亏我们的首领浦添尊敦与领导层们早就已经注意到这股潜流，并暗暗采取预防措施。也许是因为冲绳悲惨的历史早就深深刻印在他们的脑海中了吧！也正因为如此，他们早就察觉到，这次的'潜艇被劫持事件'，其实就是一个自导自演的骗局。也正是有了他们的远见卓识，我们才争取到了宝贵的时间，得以进行开发完善 AUV 等各项针对性的工作，并能够征召大家，在环境相似的南极海进行模拟训练。唯一遗憾的是，在劫持事件发生之前，我们未能获得任何相关情报，未能做到未雨绸缪。"

"为什么直到今天之前，就此事一点都没有知会我们这些操作员？"

"'真亦假时假亦真'，这是开展情报收集工作时必须注意的基本原则。在我们内部未必没有美国等国家的间谍。实际上，你上次也差一点就被这种人杀害了。因此，即使在组织内部，我们对信息的共享也必须控制在尽可能小的范围之内。基于这个原则，我们没有通知大家。"

"明白了。"

"我还有一点无法理解。"翼库鲁逸开口道，"虽说我们仙境集团发展得很大了，但是我们的经济总量充其量也只与墨西哥规模相当。既然中纬度、高纬度区域的国家都在刺探我们的情报，那么对方应该很清楚，我们并不拥有大规模杀伤性武器。所以，对于它们而言，虽然我们是一股难以控制的势力，但对它们绝对构不成大的威胁。况且，我们更不会在政治或者经济方面对它们形成威胁。如果说我们对其造成了影响，无非就是我们与密克罗尼西亚等低纬度的小国结成了比较密切的关系，掌握了一些海底资源而已。如果它们觉得不满意，完全可以给这些小国更好的条件，再把这些资源从我们手中抢走。"

"你说的是实际情况，但正如刚才副司令所言，只要是威胁，就必须扼杀在摇篮之中！今天这个自导自演的事件之所以发生，其实，还有另外一个背景。"

"您说的这个背景——"

"一言以蔽之，就是出于对气候变化的恐惧。20世纪至21世纪初的全球温室效应，正如大家所知，以'6·11'事件为契机，开始转向寒冷化。虽然现在两个极地区域仍然残留着温室效应的影响,但是如果这种寒冷化趋势继续发展下去的话,也许会爆发类似于小冰河的现象。得益于温室效应的高纬度区域各国,都在考虑如何来阻止这种寒冷化的趋势,都在积极排放能够导致温室效应的气体,也许它们就是在期待再度引发温室效应吧。而且,中纬度地区的各国也不希望这种寒冷化的程度继续加深。但为了不重蹈覆辙,避免陷入之前那种极端化的温室效应之中,它们在二氧化碳排放权交易方面还是积极的买方,也一直在坚持将二氧化碳储存在地下和海底的事业,虽然规模很小。整体而言,它们并没有积极展开从大气中清除二氧化碳的事业。与此相反,深受温室效应所带来的海平面上升之苦的低纬度地区各国则自然希望适度的寒冷化,极力反对温室气体的排放,主张继续推进从大气中清除二氧化碳、将该气体储存起来的事业。由于上述原因,尽管中纬度、高纬度区域的国家也并非铁板一块儿,但它们在利害关系方面则是基本一致的,因此与低纬度区域的各国形成了对立关系。包括我们仙境在内的诸多海洋漂民集团,虽然受气候变动的直接影响比较小,但由于我们与低纬度区域各国的关系密切,怎么说呢?事实上,我们也不得不与中纬度、高纬度区域各国形成了对立。"

"美国总统之所以说低纬度区域的各国扰乱了世界安定,原因就在于此吧。"我插了一句。

"那是赤裸裸的威胁!我们根本没有与中、高纬度区域的国家形成如此激烈的对立,只是我们收购了冲绳附近的 CR 田这一举措刺激了它们,让它们开始对我们疑神疑鬼了。"

"收购?"

"是的!各位没有听说过吗?这已经是将近一年半之前的事情了——位于渥美半岛海域的 CR 田喷发,当时你也卷入其中了,就是那场事故!一年之前,冲绳附近的 CR 田也陷入了喷发的危险之中。尽管我们已经采取了各种措施，极力想防患于未然，但部分生产设施还是受到了海战的破坏。受到这次影响，部分公司股票大跌，不得不放手了大部分 CR 田。而我们出于保护地方产业和确保雇佣的目的收购了这些 CR 田。更准确地说，就是我们给那些与尼拉集团关系密切的冲绳本地企业提供了资金，由它们出面收购。因此，也可以说，实际上这些都是我们的 CR 田。我们的首领很早之前就认为，CR 田可以作为地球的'恒温器'来使用。就是说，只要我们增加甲烷的生产，然后将之释放到大气中去，就能够发挥温暖地球的作用；相反地，如果我们增加二氧化碳的储存量，就能够发挥冷却地球的作用。换言之，只要我们操作得当，就能够让地球保持'合适'的温度。起初，这看起来似乎就是一个异想天开、不具任何专业知识的想法，但首领还是雇用了几个专家，秘密进行了可行性实验。遗憾的是，美国获知了这个实验的相关情况，加上我们又收购了这么多的 CR 田，它就认为我们野心勃勃，想借此来将地球的温度控制在有利于我们的程度，因此对我们开始抱有戒心。当然，如果气候被我们操作，那么美国确实会遭受很大的经济损失，这自然就牵涉到了政治！"

"这样啊……这就是美国制造借口，想摧毁我们的原因？"翼库鲁逸欲言又止，似乎还有什么问题要问。

对于涉世未深的我而言，上面的解释已经非常合理了。但另一方面，我还是未能完全释怀，那就是我在卡尼姆韦索所见到的两个球体，以及阿勒宿普和普瓦鲁卡斯等。即使卡恰乌帕蒂仅仅是一个传说，但这与仙境遭受迫害之间可能存在着某种联系。

但是，因为我已经与科兹莫和美月达成了保密协议，我还是忍住了。

"那么，今后我们应该采取什么行动？"一个协战潜艇的操作员

举手问道,"现在我们所接到的命令只是搜索和确认'北美野马'。但是,仅仅是这样的话,根本就无法形成我们的对抗措施啊。"

"我们必须逮住这匹逃掉的'北美野马',然后归还给它的主人。也就是说,我们不能击沉它——只要我们这么一做,那就坐实了仙境所受到的嫌疑了。一旦发现'北美野马',首先,我们应该马上破坏其航行能力,逼它上浮到海面;接着,马上向全世界公布它的位置和相关影像。那么,其主人就不得不赶过去。同时,各国军队的调查机构、新闻媒体也都会赶到现场。这样一来,它的主人就不得不在现场调查究竟发生了什么,或者做出调查的样子。无论是隐瞒调查结果还是如实公布调查结果,甚至还是撒谎,必然都会引起国际舆论的发酵!现在,关于这艘失踪的核潜艇众说纷纭,'被海洋漂民集团所劫持'只不过是其中的一个臆测而已。因此,只要我们能够将这艘潜艇安然无恙地归还给它的主人,那么别人就无法再说我们拥有核武器了。自然地,它们要摧毁我们的理由也就不复存在了。"

"我感觉,这是一个非常消极的对策!"

"那么,你觉得,我们应该采取什么样的对策才好?"

"比如,逼潜艇上浮之后,我们可以突入船内,逮捕犯人,证明这一切都是一个卑劣的骗局。这样岂不是更好?"

"即使你证明了这一切,你觉得世界各国能接受这个结论吗?美国肯定会首先反对,反而会倒打一耙,指责我们的行为才是卑劣的骗局。"

"会这样吗?这真的是岂有此理了!"

"对方在竭力打压我们,即使我们以同样的力度针锋相对,也是没有任何意义的。我们没有取胜的必要,只要不输就足够了!你不是修习过水中合气柔术吗?"

"是的，因为我是鱼人，所以——"

"对于以美国为首的中、高纬度国家而言，海洋漂民是这个世界上令人生厌的异端，是不可理喻的存在。因此，即使我们与它们抗争，也无法与它们同台竞技。这种情况下，就会发现，我们自认为已经发出去的镖实际上会回旋回来，反而会伤到我们自己，这样只会导致情况更加恶化。所以我们绝对不能轻易还击！副司令很快就会指导你接受这样的训练，世界上也存在这种战法。"

"明白了！"

"好，这个问题到此为止。接下来，我们介绍如下问题：发现'北美野马'之后，破坏其航行能力的具体步骤。"司令的目光转向坐在他旁边的副司令，"到此为止，提问应答环节结束。"

"好，这个环节结束。"

"接下来，借这个机会，我们发布新的作战指示！具体内容由副司令进行说明。明白了吗？"

"明白了！"

确认了所有操作员都明白了之后，司令催促副司令道："请副司令向各位介绍破坏'北美野马'航行能力的方法，以及各位的具体任务。"

人机对话界面出现在会议室的桌面上，副司令在上面进行着操作。镶嵌在墙壁上的大型显示屏正中央出现一个三维CG模式的映像。

画面中央，浮出一艘看似"蒙哥马利"号的核潜艇，上面覆盖着厚厚的海冰。有三四个水下仿生机器人和几艘协战潜艇严密地监视和守卫着它。再往外围去，几乎也是同等数目的水下仿生机器人和协战潜艇紧密拱卫着。但是不知道为什么，有两艘"海蜘蛛"——就是之前我们用于捕捉那个被称为利维坦的龙形怪兽的潜艇——混

在执行支援任务的护卫潜艇之中。

　　漂浮在东中国虚拟海中的宫古岛沿岸广布着珊瑚礁。这种美丽的景观，无论什么时候去看几乎都一成不变：波澜不惊、光线明亮的海水中，各种色彩斑斓的热带鱼成群结队地畅游着。海底的沙地上，鲨鲛悠悠横卧，海龟闲庭信步。日与夜年复一年地循环往复，虽然有时候也会有热带强风掠过，但是基本上没有什么变化。在那里生活着的一切既不会在数量方面有所增减，更不会在种类方面有所更替。

　　而在现实世界中，比如珊瑚礁，即使是生长在同一个地方，长年累月之下外观也会发生变化，台风袭击之下，甚至一夜之间就会遭到灭顶之灾。如果海水多日持续高温，珊瑚就会变成纯白色，再继续下去则会变成灰色，然后死掉，化为废墟一般的潟湖，不久就会为藻类覆盖，或是变成软珊瑚聚居之处。海洋世界是千变万化的！

　　当然，三维空间是不需要真实的，如果太真实了，反而会让人感觉到麻烦。人们希望能够摆脱现实世界的制约，在自己喜欢的时间段随意来拜访这个永恒不变的龙宫城来放松自我。

　　这次故地重游已是时隔两个月之后的事情了。在这里，我所指的并不是景色的变化。穿过洞穴到达海底，那里的地面上原来残留着爬来爬去的海参和海星，以及螃蟹横行后留下的星星点点的足迹，但现在却铺着40张左右的榻榻米，上面一群群黄蓝背乌尾鲛和四带笛鲷游来游去。这座由潘东经营的水中合气柔术道场乍一看似乎毫无变化，但我还是感受到了其中的一些变化。

　　其实，在我来这里的途中，所有遇到我的人没有一个跟我搭话。而且，虽然我刚来时，道场里还有十几个男男女女在练习，但是我一出现,所有我认识的人都相继消失了。可能是他们转移到了其他岛屿、街道,或者退出登录了吧。剩下的人也随后一边小声交谈着什么,一边三五成群地散开了。

空荡荡的榻榻米上只剩下我一个人——准确来说,是只剩下我从矶良的精神体那里继承来的、叫海辛的虚拟卡通人。

刚开始的时候,我还不知道发生了什么,想再观察一下,于是就在榻榻米上随意躺了下来,等着有人过来,完全没有四处走动一下的想法。

我一边抬头仰望着飞掠过海面的鸢鳐,一边回顾着追踪"北美野马"的经过。

自从"南马都尔"号到达白令海以来,时间已经过去将近两周了。继打头阵的戎崎TORU所属的"月神"战斗群进入北冰洋之后,尤娜和库安所属的SSO"盘古"战斗群也从大西洋进入了北冰洋,加入了搜索团队。

现在,共有4~6个水下仿生机器人和协战潜艇潜伏在冰面下,18艘以上的AUV无间隙地寻找"北美野马"的踪迹,还有3架无人哨戒机和直升机在执行海面巡逻任务的同时也往海里撒播磁性传感器。此外,在冰雪已经消融的海域里,也安排了5架无人哨戒艇展开搜索。

这些执行搜索任务的机器人、船只与设备都通过电磁波和水中HF与母舰共享消息,交换位置信息。尽管是如此严密的无缝搜索,但还是没有发现"北美野马"的行踪。

我和翼库鲁逸完成了第二次的搜索任务,处于休整和恢复体力的阶段。

我一边回味着北冰洋的海底地形和海冰的融化状况,一边猜想着下次会被派遣到哪个海域去执行任务。

"你这么空闲啊,真少见呢!"突然有人跟我搭话,我立刻就反应过来是谁了!

我抬起上半身,回头看过去。

"温迪,有两个月没见了吧。"

"差不多吧。从那之后,没有发生什么事情吧。"

"有啊,发生了很多事情呢。不过,好在我还活着。"

"是吧,你没事就好。"

"看到你没事,我也很开心。"

温迪环视了一圈道场,"今天没有什么人呢,师傅也总是不在这里。"

"刚刚还有十几个人在练习呢,只是我一出现,不管是我认识的还是不认识的,都马上消失不见了。是不是我的虚拟卡通人出了什么故障,看起来像恶魔呢?"

"虽然看起来不像恶魔,但可能是因为海幸没有隐藏漂民这一身份吧——这与恶魔没什么两样。"

"啊,原来是这么回事啊!"

"是啊,就是这么回事。"

"因为我是海洋漂民,所以没有人愿意接近我?"

"除此之外,我想象不出还有什么其他原因了。"

"那么,这就是大家所说的'迫害'吧!自出生以来,我还是第一次遇到这样的事情。"

"而且你的自我介绍里,还自夸地写着'鱼人'。这里的人最讨厌的就是这个啊!"

"什么时候开始情况成了这个样子?"

"我觉得,自从美国公布'幽灵潜艇'的真实身份后,这里马上就变成了这个样子。在网络上,流言和谩骂传播得很快。虽然网络也有自净和中和作用，但也有很多人持续煽风点火，所以很难消除这些负面影响。现在，很多人都认为海洋漂民拥有包括核武器在内的军事力量，企图支配地球上的七大海域，所以被视为形同'北海巨妖'的怪物。如果不隐藏或改写自己的身份，很有可能会从虚拟世界中被驱逐出去的。"

"那些持续煽风点火的家伙是？"

"都是些专门散布小道消息的人，尤其是像'独眼巨人''喀耳刻''魔音海妖'①等团体的那些家伙。"

"啊，那些专门操作网络舆论的所谓的专家集团吗？就是从国家或企业获取资金，采取战略性手段专门散播流言和导向性舆论，或者屏蔽和封杀正确信息的疑似黑客组织的集团？"

"何止疑似，其实就是黑客组织！他们早就与原来的煽动家集团同流合污了。"

"这还真够麻烦的！"我耸耸肩，"但是，如果我仅仅是被大家讨厌、受到排斥而已的话，我觉得没什么大不了的。"

"因为这里是虚拟世界吧。"

"是啊，在这里，即使被人套进麻袋里痛打一顿，身上也不会受一点伤的。"

"如果是在现实世界，那有可能被杀掉呢。"

---

① 独眼巨人（Cyclops），或译为库克罗普斯，是希腊神话中西西里岛的巨人，其独眼长在额头上，擅长锻造。
喀耳刻（Circe），又称瑟茜，希腊神话中太阳神赫利乌斯和大洋神女珀耳塞伊斯的孩子，是国王埃厄忒斯的妹妹，美狄亚的姑姑。在古希腊文学作品中，她是一个善于用药的女巫，并经常以此使她的敌人以及反对她的人变成怪物。
魔音海妖（Siren），希腊神话中的怪物，上半身是美女，下半身是鸟（也有人说是鱼），经常躺在大海中的岩石上唱歌。受其歌声迷惑的船员们，就会纵身跳入大海，然后被她吃掉。传说中，被她吃掉的船员的尸骨堆成了山。在这里所指的上述3个组织，均取其邪恶之意。

"是啊,在现实世界中,这种情况确实很糟糕。而且,如果要消除这样的不良印象,还是要大费周折的。我想,几乎所有的海洋漂民都不会有征服世界之类的想法吧。如果其他人不限制我们,我们也只不过想畅快地在海上漂移和生活而已。"

"是啊。只是,你的这个想法根本无法让生活在陆地上的人们接受啊!"

"是不是我们每天打着白旗告诉他们,其实我们完全没有与他们作战的意思,这样才可以呢?"

"这样做,只会徒增他们对你的怀疑。"

"那怎么办呢?我们只能移居到地球之外的某处海域了吗?"

"地球之外?你是指哪里?"

"近一点的话,比如,木星的卫星木卫二①,只是那里好像有点冷。"

"近处啊,你是说在虚拟空间吗?"温迪露出白白的牙齿。

"不是,我说的是现实世界。虚拟世界里的大海太无聊了!"

说到这句话时,浮现在我脑海中的是我在卡尼姆韦索所见到的较小的球体。如果那是一颗"海行星",那么我们就有可能借助阿勒宿普迁移过去。但是,之前之所以没有产生这种异想天开的想法,是不是证明我已经被科兹莫洗脑了呢?

当然,在温迪面前,我不能提这件事。

"说到移居,有一个仿真游戏的地点改在了虚拟海洋里,这个游戏叫作《逃脱》。你听说过吗?"

"《逃脱》?不知道!"总觉得之前在哪里听到过这个词,我将头

---

① 木卫二(Europa),是木星的第六颗已知卫星。据观测上面有大气层,可能是适宜人类居住的星球。

倾过去。

"这个游戏是这样设定的：有两座岛屿，分别是地岛和水岛，两座岛屿之间架着两座桥。其中，水岛地势平坦，由于受到海水的侵蚀正在逐渐下沉。受到下沉的影响，水岛上的居民开始走过桥梁向地岛上迁移。但是地岛面积有限，不可能容纳全部岛民，因此你争我夺，发生了多次战争。这种情况下，地岛上崛起了很多集团，玩家可以自行选择加入某个集团。他们的使命，就是在水岛沉没之前提高两个岛屿上居民的生存率。"

"啊，这个游戏，有点与众不同啊！"

"这个游戏看起来没有什么稀奇古怪的设定，但在游戏爱好者中间越来越受欢迎。"

我还想再问一些游戏的具体细节，但就在此时，榻榻米上出现了另外一个人的身影。他全身覆盖着蔓草叶子一样的东西，戴着一个瘦长的、瘆人的面具，手里握着一根手杖。

道场主人潘东！

他比去世的麻劫猛更像一个妖怪，活脱脱就是现实世界中宫古岛上所流传的"来访神"！

温迪跪坐在榻榻米上，向潘东行礼："师傅，好久不见！"

温迪这一虚拟卡通人与现实世界中的风子一样，看起来一点也不像日本人，所以，看到她双手伏地、恭恭敬敬地行礼的样子，我还是感到有点意外。当然，贾鲁西亚副司令和蕾拉自然也会像现在的温迪这样说话和行礼，而且我也早就司空见惯了，但这是温迪啊！

旁边的我也立刻双膝着地，行了一个无可挑剔的武道礼。

"怎么回事？我难得来一次，怎么只有咱们两个人在？"

潘东说话的声音很轻,展开双手的动作显得有点夸张。

"海幸,你刚才不是说有10多个人吗?"

"不好意思,看到我这个海洋漂民,大家都离开了。"

"啊,你并不是海幸本人,而是借用了这个账号吧。"

"是的,我这是第二次见到您了。"

"真没有办法,生活在陆地上的这些道友见识短浅!那我们再组建一个海洋漂民的群吧。"

潘东双手握着拐杖,用杖头在榻榻米上点了几下,他的脚下出现了一块控制屏。好像他是在从在线的虚拟海洋世界的熟人中挑选着海洋漂民。

一个、两个……人越来越多。当然,这些都不是现实中"人"的形象,要么是妖,要么是怪,要么就是卡通人或者动物。看起来,他们中的大多数人都认识海幸,但对我而言,他们都是我第一次见的人。

大约5分钟,包含我和温迪在内,差不多聚集了10个人左右。

"抱歉,人还是有点少。不过,大概也就这么多人了。"潘东环视着道场,点了点头,说道,"那我们开始吧。各位加油!"

"请多指教!"大家异口同声地回答着,郑重地行礼。

"和往常一样!大家放马过来,攻击我!"潘东站在道场的中央,向我们招手示意。

大家从各自所站立的位置,选择自己喜欢的方式发起进攻。其中,有两三个人是同时跳起来发起进攻的。

但是,潘东就像一条穿行在岩缝里的鱼,先是身法敏捷地避开大家的攻击,然后后发制人,突然转入反攻,转瞬之间对手要么被甩了出去,要么被他踩到了脚下。

我试图从后面抓住他,或者缠住他的双腿,但都被他甩开了。

虽说大家所使用的都是虚拟形象，但是这场搏斗却是惊心动魄的。在现实世界中，潘东肯定也是一个高手。虚拟道场对练有一个最大的好处，就是即使师傅手下丝毫不留情，徒弟也不会受伤。

"好了，到此先告一段落！"他向大家大声宣布。

在这场较量中，潘东没有一次被缠住，或者被扑倒在榻榻米上。虽然只是五六分钟长的时间，但由于这是这么多人同时发起的攻击，强度还是非常大的。如果是在现实生活中，估计大家早就气喘吁吁了吧。最累的应该是潘东，但因为是虚拟人物，所以他还是气定神闲。

"接下来，大家攻击海幸。"

"啊？我吗？"话音刚落，我就被包围了。

我赶忙采取"灵魂出窍"的方法，也就是说，我不再借虚拟卡通人的眼睛，而是通过将自己的视点转移到形象卡通人的背后去察看周围情形的方式。否则，我就无法发现从背后发起进攻的人了。当然，在现实世界中，这种方式是根本不可能的。

其实，在现实世界的道场中，即使背后没有长眼睛，人也能"听音辨位"，借助声音或动作所引起的空气振动来察觉对方所发起的攻击。还有，借助肉体的生理感受，比如身体的某个部位被人抓住或者被拉扯，人也能感受到对方的攻击。所以，人根本不必用眼睛去一一察看。但是，在这个虚拟世界中，受制于人机对话界面的种种限制，我只能选择"灵魂出窍"这种方式来应对。

这是因为，虽然虚拟世界中的多模式化在不断发展，很早以前已经达到了不但可以借助立体声方式听到声音，而且还具备了气味和触觉等功能的程度。但是，直到今天，怎么说呢，技术还不是很完善，或者说尚未能够完全满足玩家的要求。在需要快速反应的格斗场合，这些功能基本发挥不了什么作用。

从这点来看，"主神"号上的BMI真的是非常先进了。某种意义上，虽然水下仿生机器人也可以说是一种虚拟形象，但是由于它上面装备的传感器非常灵敏，操作熟练之后，人就能够借助这些设备察觉到水中的动静，甚至连细微的水流和动态都能感觉到。这种情形经常让我产生一种错觉：自己的感觉器官与传感器已经完美地融合在一起了。

这些人不知道是潘东的朋友还是他的弟子，都相继向我扑来，其中还有温迪。虽然平时我也接受过多人对阵的训练，但是对手最多也就3个人。这种一下子与七八个人对阵的情形，我还从来没有经历过。

虚拟人物的举止实际上是现实世界的人脑所勾描的行动，当然，这是以戴在头上的、玩游戏用的BMI为介质而进行的。这种设备的精确度虽然达不到军用BMI的水平，但是用于游戏已经足够了。

我模仿着潘东刚才的应对方式，操纵我的卡通人像鱼一样灵活地游动起来。据说，合气道著名高手盐田刚三就曾经整日观察和模仿金鱼的游动。因为是修习水中合气柔术，很多地方更是应该向鱼多学习。好在学会了这一招，我居然坚持了一两分钟。在这段时间内，我并没有被压制得无法动弹，或者被击倒在榻榻米上。虽说如此，我还是非常狼狈，只能一味闪避，毫无反击之力。

不过，我认为这是一次很好的练习。在现实世界中练习时，也有人指导我"要能从自己的脑后观察自己"。如果真的能够做到这一步，就能感受到自己身体的状态，能够意识到支配自己身体的每一个动作，而这一点，在卸掉过度的戒备和紧张感、将体内的力量输送到身体的各个部分时，能够发挥巨大的作用。相反，如果无视或者无法兼顾自己的身体时，就很容易陷入一味进攻，最终筋疲力尽的局面。

不久，潘东也加入了攻击队伍。到底不是一个级别，他的动作迅猛，几下子就把我逼到了榻榻米的角落里。虽然并没有什么墙壁，可以直接踩到铺满沙子的地面上，但我觉得这样做有违游戏规则,所以只是在这狭小的场地里四处闪避。

"注意、注意,如果你完全不反击,很快就会被抓住!"

潘东的话语传了过来。确实如此,他说的没错!

如果有人攻击,我就会在他发起攻击后的那一瞬间先他一步反击。这句话听起来似乎是矛盾的,但这就是所谓的后发先至。如果要切实做好这一点,就必须首先观察清楚对方的动作。不过,如果只是一对一,我还能应付,但像现在以一对多,难度就非常大了。

最终,还不到5分钟我就被按倒在了地上。

"还不错嘛。迄今为止,在来这里训练的人中你是坚持得最久的!"潘东盘腿坐在海幸的背上,说道,"但是,你应该更加主动!"

"您说主动?"

"我认为,你太执着于那些柔和的招数了,这可能是受到你师傅的影响了吧。你现在可以开始学习一些刚硬的必杀技了。"

"刚硬的必杀技?"

"当然是攻其要害的格斗招数[①]啦。植芝盛平不是曾经说过,实战中发挥作用的,七成是这种必杀技吗?"

"是吗?"

植芝盛平是合气道的鼻祖,辈分与盐田刚三的师傅相当。

"一对一的情况下,你还可以采用目前这种方式;但在以一对多的情况下,如果你还是想着一个接一个地引诱对方陷入你的陷阱,然后击倒对方,把他们扔出去的话,那么就太复杂、太麻烦了。这种情况下,上上策就是第一时间击倒对方。当然即使是高手中的高手,也很难做到这一点。用攻其要害的招式,先击倒七成左右的对

---

① 这里指在柔道中,利用拳头、肘部和脚尖攻击对方的要害部位,或者一击奏效,让对方昏倒的招数。

手，剩下的三成就可以用投掷式等招式。这种方法更加奏效！"

虽然他说话的语气还是一如既往地很轻，但却拥有很强的说服力。贾鲁西亚副司令不喜欢这种必杀技，但他可能是担心这种练习会变得极富攻击性、出现伤病，因此，这并不是单纯的性格方面的问题。

使用真人来练习这种招式会非常危险，但虚拟卡通人之间进行这种练习则完全没有关系，尝试一下也没有什么坏处。

"怎么样，要不要练习一下这种必杀技？"

"好！请多指教！"

虽然虚拟空间非常狭小，但我感觉，自己将会从这场练习中获益匪浅。

3

已经进入五月份了，白令海峡附近，特别是南端，也渐渐开始波涛汹涌了。虽然楚科奇海和北极点周围还是为皑皑白冰所覆盖，但海面上厚厚的覆冰少了很多。喀拉海到格陵兰海之间，覆冰的厚度也基本不到一米了。

终于，"幽灵潜艇"冲破薄薄的覆冰，露出了久违的身影。这次是在冰岛海面上，之后它又在挪威的特罗姆瑟附近出现了一次，但是很快又销声匿迹了。

西方各国的媒体又开始大肆宣扬，说这就是海洋漂民的威胁。就"幽灵潜艇"的企图，网络上出现了各种各样版本的推测和流言，甚至还有报道称，仙境集团试图将部分公海划为自己的专属经济区

(EEZ)①，并已经就此向联合国发出威胁。各种相关的链接消息成功地煽动起陆地居民的恐惧感和猜疑心。

当然，仙境与尼拉、金井等海洋漂民集团也立刻展开了针锋相对的舆论反击，表示"蒙哥马利"号挟持论及专属经济区等要求都是查无实据的谣言，国际上的某些势力——目前还不宜点名，捏造了上述谣言，试图借此来陷害海洋漂民集团，从而将"海洋漂民"排除在国际社会之外。虽然我们认为这种谣言根本不值得一驳，但也不能任由其发展。

但是，在各种谣言所形成的舆论旋涡中，这种声明宛如暴风雨中势单力孤的个体所发出的呐喊，自然形不成什么影响，瞬间就被抹消了。只有获得决定性的证据，才能证明这些都是谎言！

遗憾的是，以无人机为中心所铺开的搜索网还是未能捕捉到出现在冰岛海域的"蒙哥马利"号。但是，接获这一目击消息之后，指挥部立即收紧了搜索网，无人哨戒机终于在特罗姆瑟附近再度捕捉到了"蒙哥马利"号的身影。考虑到如果滞空时间过长，无人哨戒机有被潜艇发现和击落的危险，追踪的任务就转由可以高速航行且更具隐蔽性的无人哨戒艇担任。在所预测的核潜艇的航行路线上，指挥部布置了很多无缆水下机器人，准备采用接力的方式进行监控。

核潜艇从挪威海出发，穿过巴伦支海后，又朝着喀拉海前进，在海图上形成一条大大的弧线。但我们发现，穿过由190多个小岛组成的白地群岛之后，这艘核潜艇的航线发生了变化，进入欧亚盆

---

① 专属经济区又称经济海域，是国际公法规定的区域概念，旨在解决国家或地区之间所产生的领海争端，涵盖从测算领海基线量起200海里、在领海之外并邻接领海的区域。在该区域内，沿海国对其自然资源享有主权权利和其他管辖权，而其他国家享有航行、飞越自由等，但这种自由应当顾及沿海国的权利和义务，并应遵守沿海国按照《联合国海洋法公约》以及其他国际法规则。

地——北极中央海岭横贯其中——之后,马上开启了深潜模式。

由于深度过大,无人哨戒艇上的磁力感应器已经无法捕捉到它的踪影了。这时,在海底待命的水下机器人上的感应探头(UEP)发挥了作用,成功地将"蒙哥马利"号的情况映射在激光扫描仪的显示屏上。

完全可以确认,这就是"蒙哥马利"号!指挥部正式发布命令,启动了给"北美野马"套上笼头的"驯服野马计划"!

还有,在计划正式启动之前,"月神"号战斗群派出的戎崎TORU的"阿斯匹德氪隆"和两架协战潜艇,以及"盘古"号战斗群派出的两个水下仿生机器人和两艘协战潜艇也朝着核潜艇的出没方向迎击前进。

但是,我和翼库鲁逸换班的时机不对——我们还待在楚科奇海的冰层之下。我们好不容易才穿过水深不到百米的浅大陆架,前进目标是水深超过 1 000 米的巴罗海谷。如果从这里沿直线向北极点前进,我们正好可以到达戎崎 TORU 他们目前所在的位置。但是,即使我们不眠不休地昼夜兼程,也需要整整一天才能到达目的地。

能不能及时赶到?对于这个问题,我们心中也没有把握。

在这次行动中,我们携带了两艘特殊的水下机器人——在捕捉龙形怪兽利维坦时立下赫赫战功的"海蜘蛛"。而且,这还是在自己的父亲、盐椎司令的命令之下,由盐椎一真完成的升级版"海蜘蛛",目的就是为了执行这次"驯服野马计划"。

准备用来消解"蒙哥马利"号航行能力的,就是"海蜘蛛"喷放出来的黏液索,这是一种近乎盲鳗[①]身上的黏液、由糖蛋白形成

[①] 生活在海中,外形光滑柔软,身体前半段为圆柱状,后半段则较侧扁,如蛇状,属于早期具有感光能力的鱼类,只能测光暗而没有视野可言。体内有发达的黏液腺,受刺激时全身会分泌许多粘连力度极大的黏液并卷成一团。

的绳索。当然，与捕捉龙形怪兽时不一样，这次并不是要用这种黏液索来捆住核潜艇——这可是一艘全长170米的庞然大物，而AUV的全长仅仅只有10米左右，根本无法做到。这次要捆住的，只是核潜艇的推进器。

俄亥俄州级潜艇所采用的原本是高旋斜齿轮推进器。但是由"路易斯安那"号改造而来的"蒙哥马利"号在改造时改装为泵喷推进器。简单说来，这种泵喷推进器看起来就像在螺旋桨周围箍着一个环，这个箍环首先从前方吸入海水，然后从后部迅速排出去，潜艇就利用其所产生的强大反冲力前进。

"驯服野马计划"的第一阶段，就是让核潜艇吸入"海蜘蛛"放射出来的黏液索，而不是海水。这样一来，黏糊糊的黏液索就会把核潜艇的螺旋桨整个缠绕起来，降低其推力，进而堵塞箍环的中部。其结果就是，核潜艇无法再前行。

换言之，在南海的训练过程中，AUV闪击潜艇所执行的、将黄色涂料涂到运输潜艇的推进器上这一任务，模仿的就是"海蜘蛛"的战法。

如果第一阶段的作战并未能完成预期目标，那么就会进入第二阶段，攻击"蒙哥马利"号的船身侧面。那里应该是冷却水的入水口，我们的目标就是采用黏液索堵上这个入水口。这样一来，核潜艇的原子炉将会停止发生反应。不过，由于这样的攻击并不能让核潜艇的发动机立即停车，而且核潜艇还有可能利用辅助动力逃之夭夭，因此这并不是首选。

实际上，实施了第一阶段的作战任务之后，不等其效果显现就立刻实施第二阶段的方案。这才是最万全、可靠的做法。

一切的一切，只有等"海蜘蛛"到达之后才能实现！在此之前，只有依靠戎崎TORU他们和AUV紧紧盯牢"北美野马"，不能让它

脱离大家的视线。

我和翼库鲁逸正好于密克罗尼西亚时间的深夜时分穿过了北极点，但我们甚至不清楚当地时间究竟是白昼还是午夜。因为这里正好是极夜，根本无法区分白昼和夜晚。

"主神"号和"海神"号可能都是史上首次到达北极点的水下仿生机器人。为了今后不致为此而发生口角，我们决定将两个机体上下重合，也就是"海神"号将"主神"号驮在背上前行，同时穿过了北纬90°00′分的水团。之后，"海神"号和"主神"号立刻分离。

这个举动显得有些孩子气，是的，确实是挺孩子气的，而且现在不是玩耍的时候。但是我们实在找不到其他可以缓解不安和紧张情绪的方法了。

北极圈的景色是非常单调、一成不变的，也听不到任何声音。冰面上，也许徘徊着正在试图猎杀海豹的白熊；冰面下，自冰面至水深4000米的海底的空间里没有任何生物。也许在这层空间里生活着成群的类似于海若螺之类的翼足类动物，但是我们根本无暇去靠近或用头上的光学照相机去观察他们。

"'主神''海神'，我是'阿斯匹德氪隆'，信号接收情况如何？"

刚刚通过北极点不久，我们就接到了戎崎TORU的呼叫。

"'阿斯匹德氪隆'，我是'主神'，信号接收情况良好！估计我们很快就能见到'北美野马'了！"

我立刻使用语音将附近的海图调入自己的视野。在这里，我不但能够准确确认自己所在的位置，还能确认其他的水下仿生机器人、协战潜艇、AUV和无人哨戒艇的位置。虽然里面并没有我们的猎物"蒙哥马利"号，但是我知道，AUV在核潜艇后面几十米左右的位置紧紧尾随着它。估计应该就是在那一片海域了。

按照现在的航速，大概再过 30 分钟左右，戎崎 TORU 他们就会碰到核潜艇。如果顺利的话，再过 5 个小时左右，我们也能与核潜艇"打招呼"了。

"'主神''阿斯匹德氪隆'，母舰'月神'转来一个坏消息。"

"坏消息？"

"在斯匹次卑尔群岛东南海域上空巡逻的无人螺旋桨飞机发现了类似于 SSO 桅杆一样的东西。"

"SSO，确定不是'盘古'号吗？"

"当然不是！因为'盘古'号现在位于格陵兰岛北岸附近。现在专家们正在分析无人机的航拍图片，但很有可能是'棘冠海星'号潜艇。"

听到这个消息，我心中涌起一种不祥的感觉。如果真的是"棘冠海星"号，那就意味着提亚玛特的 SSO 就在北冰洋，也就意味着，提亚玛特的水下仿生机器人也在附近。

"不会吧，那些家伙的目标不会也是'蒙哥马利'号吧？"

"不清楚！不过，他们的目的应该与我们不同！"

"难道他们是想黑吃黑，劫持这艘已经被劫持的核潜艇？"

"就是想将美国自导自演的这出戏演成现实中发生的事件？这样的话，仙境集团就无法洗脱嫌疑，美国肯定要坐收渔翁之利了。"

"'阿斯匹德氪隆'，我是'海神'，现在不是你们分神聊天的时候！提亚玛特集团的老顾客是中、高纬度区域各国的海军及其相关的军事企业。这是常识！"

"那么，他们是不是也与这场自导自演的骗局有关？"

确实如此，这种可能性应该是最高的。正如翼库鲁逸所说，提亚玛特集团并不在乎海洋漂民这个身份。简单来说，他们秉承利益至上主义，只要是为了自己的利益，他们可以联手陆地居民，与其他海洋漂民集团为敌，可以说是一个雇佣兵集团。说得难听一些，

就是无异于海盗。

结束与戎崎 TORU 通话 5 分钟之后,我的海图视界中发生了异常的变化。借助光学照相机近距离跟踪"蒙哥马利"号的 AUV 突然消失了!由于别的 AUV 还能用扫描雷达捕捉到它的行踪,因此短时间内核潜艇的行踪还在我们的掌握之中,但是我感觉到,"跟丢"只是迟早的事情。

"潜航中的水下仿生机器人以及协战潜艇的操作员们,我是'南马都尔'。我们收到盐椎司令发布的命令:"就在刚才,第七号 AUV 受到了破坏,具体原因不详,极有可能是受到了提亚玛特的干扰。大家加强警戒!遇上危险时,暂且放弃跟踪'蒙哥马利'号。在实施'驯服野马计划'的条件具备之前,除非出于自卫,大家务必要避免交战。完毕!"

在数量众多的 SSO 共同参加的战斗中,"南马都尔"号自动担负旗舰任务。换言之,司令全权指挥"月神"号及"盘古"号,以及所有以上述船只为母舰的水下仿生机器人和协战潜艇所形成的战斗群。尽管如此,除非是紧急情况,司令是不会直接向各作战单位越级发布命令的。

"避免交战",指的是要避免陷入美国海军的圈套之中,给他们一个攻击仙境集团的口实:"仙境集团妨碍了美国海军试图夺回核潜艇的行动。"一旦如此,仙境集团就真的是跳进黄河也洗不清了。

给盐椎司令回复了"收到"信号后,我突然开始为戎崎 TORU 担起心来。他身躯庞大,而且总是那么漫不经心,应该不适宜与这些形同海盗的人对垒。

"'阿斯匹德氪隆',我是'主神'。是否发现了什么异常现象?"

为保险起见,我问了一下,立刻收到了回复。"'主神',我是'阿斯匹德氪隆'。并没有发现任何异常。"

"你们还在朝着'北美野马'的方向前进?"

"是的,暂时还没有收到更改路线的命令。"

"可以的话,将你那边的影像流播①给我,包括激光扫描仪和光学照相机所拍摄的影像,两种都要。你知道,我与提亚玛特集团交过手,有经验。见到照片后,也许我就能判断对方是友军还是敌人。"

"好的,我现在发给你。稍等一下——"

突然之间,话音中断了。我确认了一下,并没有任何通信障碍,只是一阵长长的、奇怪的沉默。

"发生了什么,戎崎?"

"糟糕!激光扫描仪显示,出现异常情况!对方位于300米左右的位置,不过现在还很模糊。"

"快点发给我!"

"好,流播开始。不好意思,我要先与母舰联系了。"

"收到!多加小心!"

我在人机对话界面上操作着,接收来自"阿斯匹德氪隆"的影像。因为距离太远,影像显得有点模糊,暂时无法辨识到底是什么,也有可能是鲸鱼或者海象之类的巨型动物。但是,根据反射的强度来判断,我感觉这应该是人造物体。

这种应该就是叫作"L1"的潜艇吧,它与"阿斯匹德氪隆"保持着固定的距离,一直在齐头并进,并没有停下来。

"不好。"我嘟囔着。

我判断"L1"很有可能已经注意到了"阿斯匹德氪隆",否则不会以这种方式前行。因为还没有任何一种野生动物能够隔着长达

---

① Streaming,实时流(直播流)播放,将实时流采集终端的视频数据实时推送到另外一个(多个)播放终端,完成远距离实时视频播放的功能。

几百米的距离感受到既没有发出任何声音，也没有散发任何气味的水下仿生机器人。

"'阿斯匹德氪隆'，我是'主神'！那个家伙要么是水下仿生机器人，要么就是协战潜艇。它已经注意到你了，正在捕捉战机。尽快撤离激光扫描仪的识别范围。"

为了以防万一，我发出了警告，但并没有收到回复！也许他正忙于与母舰通信。

我向"南马都尔"号上的作战处报告了自己的想法。按照流程，接下来将由副司令或者司令做出判断后与"月神"号联系。如果断定有必要，他们将会向"阿斯匹德氪隆"直接发布命令。虽然这个流程长得让人头疼，但流程就是流程。

"'主神'，我是'海神'。将'阿斯匹德氪隆'发给你的影像发给我！刚才我就一直在担心。"

"'海神'，我是'主神'！收到，现在转发给你。"

"L1"似乎正在慢慢地靠近，不，更准确地说，它正沿着斜线朝着"阿斯匹德氪隆"号的前进路线逼近，似乎想要挡住"阿斯匹德氪隆"。以现在的速度来看，估计四五分钟之内，两个水下仿生机器人就会碰撞在一起。

"这家伙好像不喜欢别人靠近'北美野马'！"翼库鲁逸的想法与我一致。

"那些家伙是已经获悉了我们前来的消息，还是在什么时候发现了我们？"

"美国事实上等同于向我们宣战了！它们不可能不制定对策吧。我想，自从美国公布了'核潜艇踪迹不明'的消息之后，它们就开始暗中进行护卫了。"

"如果他们没那么坏就好了……"

"L1"和"阿斯匹德氪隆"号之间的距离已经不足 200 米了。我还是看不清"L1"的具体外形，但怎么看都不像是协战潜艇。我心中有种不祥的预感。

赶到戎崎 TORU 的所在位置还需要 4 个多小时，所以尽管又前行了很久，我们在海图上几乎没有发生什么位移。即使戎崎 TORU 的身边发生了什么，我也无法给予他任何支援。

在我脑海中，矶良幸彦一闪而过。驾驶着"埃吉尔"号的他在受到致命的攻击时，我也是现在这种情形，真的是爱莫能助。对我来说，这件事如鲠在喉，是我心中永远的痛。

"这个形状实在是太难辨别了。"通信设备传来翼库鲁逸的声音，"整体的剪影倒是挺像亚腰葫芦的……该不会也是水下仿生机器人吧？"

我紧盯着这张图像，陷入了沉思。扫描雷达拍摄物体时，都会根据物体本身的反射强度以及凹凸不同的形状，用不同的颜色来显示物体的不同部位，因此所显示的并不是物体自身的色彩，这与看单色图画是一样的道理。

相隔这么远的距离映射出来的"L1"，看起来确实呈亚腰葫芦状。贾鲁西亚副司令的"奥克隆"和蕾拉的"赛德娜"号如果收起了两只"脚"，折叠起推进翼，看起来可能也呈这种形状吧。也有人说海若螺的形状看起来也都一样，如果它们藏起触角，侧影看起来也很像亚腰葫芦，或者是日式的圆头圆脑的小木偶人。

180 米，170 米……"阿斯匹德氪隆"还在沿着原定的航路前进，几乎马上就要与"L1"撞在一起了。难道"月神"号还没有发出任何指令？如果要避免交战，那么"阿斯匹德氪隆"号应该随机应变地停止前进，或者改变一下航路啊。

突然间，"亚腰葫芦"的轮廓开始有点散开了，我感觉到它的下半部分渐渐扩散开来了。虽然只是瞬间的变化，但是并没有逃过我的眼睛。在我的脑海中，渐渐在完成对它整体形状的勾描。

只有160米了！我的感觉准确无误，"亚腰葫芦"的轮廓更散了。严格描述的话，"亚腰葫芦"的上下两半，并不是整块木板或者块状的，而像是由许多条粗大的绳索捆在一起而形成的。随着"绳索"的张开，整体形状逐渐散开，渐呈某种动物的形状。突然，我脑子里灵光一闪：巨大的章鱼！

"'阿斯匹德氪隆'，我是'主神'！我知道那是什么了！激光扫描仪拍摄到的，是外形属于头足类动物的水下仿生机器人！"不管对方是不是在听，我对着通信器材连珠炮般地大喊着："如果他们是'提亚玛特'集团的人，那么这个水下仿生机器人很有可能就是'达贡'号。迅速闪避！"

估计对方也听到了我的话，"L1"的行动加速了，其形状也发生了巨大的改变，应该是铺平了推进翼。"达贡"号的主体部分像人一样，两条腿应该是呈平整鱼鳍状的"游泳腿"，估计在此之前，它一直都是仅仅用脚在游动。

140米、130米、120米……这个家伙的面目越来越清晰了。没错，就是它！

摧毁"埃吉尔"号，害死矶良，将"赛德娜"号推入泥中，摧毁"奥克隆"一号机，还有，如果被它发现了的话，"主神"号也肯定会被它摧毁的。驾驶"达贡"号的这个库特鲁夫肯定是一个天才！同时操作双手、双脚、推进翼以及两对触手，这些早就超越了人类能力的极限！

"阿斯匹德氪隆"号还是一动不动地停在那里，也并没有做出逃跑或闪避的样子。它只是停在那里，任由"达贡"号逼近。

"这是要准备迎击吗？在开玩笑吧！"

我心里嘀咕着，无法理解"月神"号的前沿指挥小组究竟在想什么！搞错了对手，那就万劫不复了。

是不是在执行盐椎司令的命令而不能闪避？那么，司令这样做的目的何在？

"阿斯匹德氪隆"与"达贡"之间的距离不到100米了！

"除了双臂之外，那细长的胳膊上好像又长出了几条别的什么东西，那是触手吗？"翼库鲁逸问道。

"是的，那些触手像章鱼的触手一样灵活自如，而且末端很尖锐，可以当作电磁脉冲捕鲸叉使用。它有4条这样的触手。"

"不对，好像更多！"

"啊？真的？"

我又仔细看了一下显示屏，感到确实有所增加。因为"达贡"号在不停地挥动着触手，而且显示的影像又没有什么立体感，所以很难确定到底有多少条，不过好像应该是有3对。

"应该有几条触手是假的吧。"

"不，应该都是真的！这家伙，非同一般！"

自从在冲绳与它遭遇之后，"达贡"号就一直盘踞在我的内心中，成了我的噩梦！它身上的触手总是像蛇一样地扭动着，让人浑身起鸡皮疙瘩；它的眼睛大大小小共有8只，脑袋像跳蛛，显得非常丑恶。我只能用"恶魔"来形容它！

虽然"达贡"号还远在几百公里之外，但是我却觉得它就横在我的眼前。这家伙真的太可怕了，它的触手呈扇状展开，尖端像钩爪似的弯曲着，好像在瞄准着我的胸口。与此同时，它还在用双手的指尖玩弄着吸附式水雷。

"危险！"我下意识地缩了下脖子，大叫了一声。

"达贡"号径直冲了过来！50米之内正好是它发动攻击的绝佳距离。

我屏住呼吸，此时显示屏上的画面变得扭曲起来，波纹一样的噪声波也从画面的中央向四周扩散开来，上面所显示的"达贡"号图像转瞬之间也变得乱七八糟了。

"怎么回事？"

激光扫描仪传来的影像还从来没有这么乱过！

等我回过神来，才发现"达贡"号竟然停止前进了！虽然它的推进翼还展开着，但是它的触手却有的下垂着，有的缠绕在了一起。气氛有点诡异，确实有点出人意料，是不是"阿斯匹德氪隆"号采取了什么行动呢？

我正要确认"阿斯匹德氪隆"号的情况，又有杂音从左下方传来，仿佛浓烟上涌一样，迅速覆盖了整个显示屏。它们所在的水平位置距离海底超过3 000米，按照道理应该不是泥流或悬浊物造成的。而且，即使有少量泥流卷上来，激光扫描仪也基本上不会受到什么影响。

影像完全被噪声波覆盖之后，"阿斯匹德氪隆"号突然急速动了起来。它费力地翻过身体，完全偏离了原来追踪"蒙哥马利"号的航线。当然，它是在沿着能够摆脱"达贡"号魔爪的航线迅速行动的。

不可思议的是，从"阿斯匹德氪隆"号改变前进方向的那一瞬间开始，噪声波就从激光扫描仪传来的图像上消失了。虽然目前显示屏上什么显示都没有，但噪声波已经消失不见了。也就是说，肯定是释放了扰乱激光的某种"烟幕"。如果是这样的话，那么"达贡"号也肯定再也看不到"阿斯匹德氪隆"号了。

虽然我也很想知道我方究竟是用了什么方法来达到这个目的的，但眼下最重要的是祈祷戒崎能够安全逃离，我再也不想看到自己的战友再次成为那家伙的"盘中餐"了。但是，我的脑海中还是不由自主地浮现出了最坏的结果,心情变得沉闷起来。

"阿斯匹德氪隆"号发过来的图像已经变成了一片空白。我还在犹豫要不要切断这个信息源时,传来了盐椎司令从"南马都尔"号母舰上发来的命令。

"'主神''海神',我是指挥部!'驯服野马计划'中止,航行暂停!重复,'驯服野马计划'中止,航行暂停!"

"啊——"我下意识地停下了助推器上的推进器,"指挥部,我是'主神'!收到命令,立即停止航行。"

"指挥部,我是'海神'!已经停止航行。"

"'主神''海神',我是指挥部!追踪'蒙哥马利'号的另一架AUV已被破坏,现在无法确定核潜艇的位置。提亚玛特集团也拥有水下仿生机器人,继续搜索下去太危险。非常遗憾,我们必须暂时中止行动!还有,你们的母舰也出现了一些麻烦,你们已经无法返回自己的母舰。现在,'主神'号改为停靠在斯瓦尔巴群岛海面的'月神'号上,'海神'号与两艘'海蜘蛛'改为停靠在格林兰海面的'盘古'号上。之后的行动命令,将由各个SSO发布。完毕!"

"指挥部,我是'主神'。你说的'麻烦'是指什么问题?"我还想问得更具体一些。

"'主神',我是指挥部!现在没有时间回答你这个问题,完毕!"

"完毕?就这么——"

我还想争辩一下,但马上就放弃了这个念头,因为对方是盐椎司令!

"哎呀,我们是要被派到北极圈的正中央?那岂不是又有很长一段时间喝不到酒了?"耳边传来了翼库鲁逸的牢骚声。

"被派到那里我还能接受,但要是被晾起来的话,我是绝对不答应的。"

既然司令在忙,那么副司令和前沿指挥小组肯定也不得闲,我

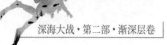

只能去问朋友们了。于是,我开始寻找别的信息源。

我向设在安云蕾拉房间里的终端发送了通话请求。虽然我无法直接连接到她的"iFRAME"上,但是我发的通话请求应该能够传送过去。

果然,不到5分钟,蕾拉就回信了。"'主神',我是安云。你现在的位置?"

"已经越过了北极点,向南前进了约100公里,再前行不到400公里,就是北极中央海岭,与白令海峡的直线距离为2 800公里。我们已经前进到这么远的位置了,现在却接到命令,必须中止'驯服野马计划',而且还不能返航。现在我要停靠到'月神'号上去,翼库鲁逸要停靠到'盘古'号上去。而且还是一如既往,根本不告诉我们出于什么原因,只是说遇到了一些麻烦。我想了解一下,究竟发生了什么?"

"'南马都尔'号发现了美国的反潜机,而且一艘浅海战舰正朝着这边驶过来。俄罗斯的一艘护卫舰也正在从堪察加方向赶过来。一不留神,我们就会遭到夹击。"

"这确实挺麻烦的,本来那个海域就很不容易隐蔽,而且海冰都融化了。但我们并不在其领海之中啊,不能不理睬它们吗?"

"我们正朝着白令海的公海航行,现在还在美国的专属经济区(EEZ)内。但不管我们到了哪里,如果碰到军舰,他们一定会以海盗嫌疑或者其他的什么理由要求对'南马都尔'号进行临时检查,而我们则没有理由拒绝接受军舰的检查!当然,对于在密克罗尼西亚注册的船只,由于密克罗尼西亚不拥有军队,所以不会进行临时检查。他们登船后虽然检查不出什么,但还是很令人讨厌的。如果他们再因此而了解了我们的SSO和水下仿生战斗机器人的信息,那就更不妙了。总之,我们只能先行躲避。"

"如果对方要求临时检查,我们可以下潜到水下保持沉默啊。那会怎么样?"

"以目前的状况来看,我们可能会遭到攻击。在海里无法采取恐吓性射击,因此他们可能突然发起鱼雷攻击。"

"也许刚开始的时候,他们不会起爆鱼雷,但真不知道结果会是什么。如果对方向我们发射了鱼雷,我们只能设法让鱼雷失效。不过,这肯定会成为对方开战的理由!"

"是啊,很麻烦的!所以还是暂时闪避吧。"

"但对方也有追踪的权力啊,他们一定会追上来的。"

"我们只能一味闪避,一直到对方停止追击为止!这种情况可能会一直持续到我们出了白令海海域吧。站在对方的角度来看,他们也应该是只要把我们从北极圈驱逐出去就达到目的了吧。我想,他们不可能一直追到阿留申群岛以南的海域。"

"从这里到阿留申群岛,最短距离也有4 500多公里。即使不眠不休也需要两天时间才能到达。况且,根本不可能不吃不喝,实际上需要四五天呢。见鬼!那我岂不是回不来了?"

"是啊,挺可怜的!那你只能被'海神'或者'盘古'收留了。"

"你们那边怎样?摆脱对方的跟踪之后,还会返回原地吗?"

"我没问那么多,但指挥部应该并没有打算就此罢休。一旦找到机会回到白令海之后,下次应该是我和副司令出动。如果时间点踩得好的话,应该正好与你们换班!'南马都尔'号的情况也应该是如此,只要没被发现,一定也会进发到白令海。我感觉指挥部应该是这个意思吧。"

"情况越来越棘手了,只有早点逮住这匹'北美野马',才能彻底解决掉这个麻烦!"

"你要多加小心!提亚玛特不是也搅和进来了吗?"

"是啊，有一个很像'达贡'号的家伙也参与进来了。'阿斯匹德氪隆'号差一点受到攻击，虽然最后它好像采用了什么方法扰乱了'达贡'的视线，逃掉了。但我还是很担心，不知道它是不是已经平安无事了。"

"那个'死章鱼'又出现啦？"蕾拉提高了声音，"这个畜生，我要是在那里，一定要杀了那个家伙。"

"还是算了吧！那家伙又升级了，触手也增加了两条，可能与'奥克隆'号一样，现在是二号机。"

"你说什么，是说'章鱼'变成'乌贼'[①]了吗？"

"啊，不是——我要表达的是这个意思吗？"

"是的！总之，如果你再碰到那个家伙，就替我打垮它，用EMP捕鲸叉打碎它的脑袋，知道了吗？"

"啊，我知道了。谢谢，回头再联系。"

"这个时候居然打了退堂鼓！要是我在那边就好了，真想早点换班。"蕾拉还在嘀嘀咕咕地说着。

我切断了通话。也许将"达贡"号的事情告诉蕾拉本身就是错误的。

我将从蕾拉那里打听到的信息简要地转述给了翼库鲁逸。眼下，我们只能执行命令，分别游向各自的目的地。

"海神"号用硕大的前鳍拍打了一下"主神"的手掌，说了一声"我们大家都平安无事"，然后就消失在了昏暗的冰面下。

[①] 章鱼的腕吸盘为1或2列，而乌贼的外围则有5对腕足。

Q 是 Quebec 的 Q

1

回过神来的时候，我已身处那个熟悉的洞穴中了。白色的光从背后射进来，照在凹凸不平的岩壁上，映出一个模糊的影子，虽然知道可能是自己的影子，但我觉得这影子显得格外高大。

这时，传来了一阵庄严的声音，分不清是祈祷文还是咒语。虽然那声音很小，而且含糊不清，但有点回声的效果。我觉得，自己的嗓子也随着那声音开始颤动起来了。

在我高大的影子旁边，一个奇怪的东西从地面上升了起来。这是一个由类似于冰或玻璃碎片的东西堆积而成的圆锥体，散发着五颜六色的光，是"奥利西帕之手"。

那么，我现在是在卡尼姆韦索吗？

我看了看脚下，果不其然，脚下有一个大石球，据说是500多年以前制作的精巧的地球仪。我弯下腰，抱着那个石球，慢慢地举起来。一开始时，我感觉那石球很沉，但是很快它就变得越来越轻。当我将它举到齐眼位置的时候，它已经变得如同沙滩排球那么

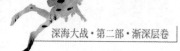

轻了。当我将它举过头顶之后,石球就完全没有了重量,就这么在空中悬浮着。

我知道,到了这个高度就不能再往上举了。

我感觉到旁边似乎有人,一回头就看到一位皮肤细嫩白皙的东方女性,正试着让石球浮起来。她那细长的手指小心翼翼地放开那个光滑的小石球,然后向我看过来。正如我所预料,这个女性是美月。

空气中漂过来淡淡的椰子香味。美月轻轻缩了一下肩头,那肩头仿佛用力一抱就会受伤一样娇柔可爱。她露出了微笑,但表情有点困惑,充满润泽的乌黑眼珠好像在询问着什么。

我不知道应该怎么回答她才好,因为我自己也是一头雾水,只好露出暧昧的笑容,想应付过去,但是我自己也不知道究竟应该看哪里,只好重新把视线移回地球仪上。

大小两个石球在空中摇摇晃晃地旋转着。当它们停止转动之后,就射出了两条分别发着红色和蓝色光芒的线。这两条线从较小的石球方向慢慢向地球仪方向延伸,这就是连接两个世界的通道——"阿勒宿普蔚塔塔"和"阿勒宿普枚"。

蓝色的"阿勒宿普枚"在距离地球仪约15厘米的位置停了下来,仍然是指向夏威夷群岛;而红色的"阿勒宿普蔚塔塔"则在接近密克罗尼西亚海域的某一点停了下来。

"已经连接上了吗?"美月斜着身体,抬眼望着地球仪。

"还没有,还差一点就会连接上了。"

"是吗?"

我点了点头,"可能还需要两周左右吧。"

我非常惊讶自己竟然能够如此确定地回答。我怎么会知道得这么清楚呢?

"我怎么会知道得这么清楚呢？"当这句话脱口而出时，我心中又涌出了另外一个疑问："我为什么会在这里？"

我求助似的俯视着站在我身旁的美月。

俯视？我与美月的身高不是相差无几的吗？

"科兹莫？"

美月微微歪着长长的脖子，说出了这个名字。

"你说的科兹莫是指我吗？"虽然我觉得有点奇怪，但是却又不能否认，"我是科兹莫吗？"

明明是我自己说的话，但是听到耳朵里却好像是别人发出来一样。我感觉了一下才发现，这确实是自己的声带在振动啊。

美月走过来悄悄地握住我的双手，一种痒痒的感觉沿着我的手腕升了上来，扩散到全身。她微微地往后退了一步，温柔地抬起我的手。

"来，看看你自己的手。"

听到这句话，我的视线落在了自己的手上。这是一双粗糙的手，肤色略黑，手指又长又粗！

"这——不是我的手啊！"

"是吗？那么，这是谁的手呢？"

我摊开手掌，手掌比手背要白一些。翻过手掌后，又看到那些从手腕一直长到手肘部位的硬毛。

"这不是我的，是科兹莫的手吧。"

"是啊，这是科兹莫的手，但现在却是你在控制着这双手。那么，你又是谁呢？"

"你问我是谁，是问我吗？"

"是啊，是问你！"

"我是——啊——宗像逍——"

"回答正确！"美月露出洁白的牙齿，紧紧地握住我的手——不，应该说是科兹莫的手。"你是宗像道！欢迎你附体到科兹莫的身上。"

"你说什么？我一点都不明白！"

"你是借助精灵的力量附体到了科兹莫的身上。说得更容易理解一点，就是像操作水下仿生机器人一样，你操作着科兹莫的肉体——并且是远程操作。"

"你说的实在是太难理解了！"

"你还记得你去北极之前，我们来这里时发生的事情吗？"

"当然记得！"

"那时，科兹莫的精灵利塔吉卡呼唤出了你的精灵。哎，你的精灵叫什么名字来着？"

"安菲特里忒。"

"对，就是安菲特里忒。利塔吉卡和安菲特里忒将你与科兹莫用特殊的绳子连接起来了。你还记得这件事情吧。"

"记得！他们还说，在我们俩之间建起了一个类似于虚拟专用网络（VPN）的东西，还有其他一些不知所云的话。"

"他们说得没错，他们是在你和科兹莫之间建起了一个通信专线。这样一来，不但你们之间可以相互沟通，而且也可以进行远程操作。在密克罗尼西亚，这种现象被称为'附体'。"

"什么啊，乱七八糟的！对于心灵感应或者超自然现象，虽然我的态度还是比较包容的，但你所说的这些我根本不敢苟同。"

"但是，你看，就是现在，你的肉体在北极圈，精神却能与在赤道正下方的我交谈啊！"

"如果是在梦中，那这一切都有可能。"

"啊，原来你认为自己是在做梦？！"

"与我在普瓦鲁卡斯所做的一样，都是白日梦。我有一个坏毛病,就是经常会陷入奇怪的幻觉之中,可能是大脑出了什么毛病吧。"

"如果你是这么想的话,那你还真可怜!"

那种感觉——美月握着我的手的感觉——依然存在,又柔软又温暖,让我多少感到有些安心。说实话,我内心产生了极大的动摇,之所以神经还没有发生错乱,说不定就是因为她的手发挥着定海神珍般的作用。

美月接着说道:"那这样吧,先停止你的'附体',让你返回到自己的身体里面。然后我再给你的"iFRAME"里发送信息,证明给你看。什么内容好呢?就由你来决定吧。"

"去死吧,安菲特里忒。"

美月"扑哧"一声笑了出来:"明白了!如果你接收到了这个信息,那你就可以接受这个事实——这不是你的梦境,更不是什么幻觉了。"

"不好说啊!"我耸了耸肩膀说,"如果你能让我返回自己的肉体,那就快点做吧。即使这只是一场梦,也让我感到不舒服。"

"我无能为力!你只能求安菲特里忒送你回去!"

"让我求她?"

我环顾了一下四周,甚至仔细地看了看美月的背后,以求万无一失,但依然是什么都没有看到。

"连安菲的影子都没有啊!"

"应该在什么地方,你求她试试。"

"喂,安菲!"对着斜上方的天花板,我大声喊,"把我送回到我的身体里!"

空调启动的声音似乎从四周向我一步步地逼近,淡淡的油味也

飘了过来。我睁开眼,映入眼帘的是用于夜间照明的红色灯光,高高的天花板上充溢着黑暗。

我拉开睡袋的拉链抬起了上身。我感到有些口干,但并没有刚刚睡醒的感觉,倒是觉得自己很久之前就已经睁开了双眼。

我立刻就想起了自己现在身在何处,这里是"月神"号上专门用于停放水下仿生机器人的潜艇库。本来是专门停放"玛卡拉"号——与"阿斯匹德氪隆"号同一级别的潜艇的库房,但是由于现在该潜艇被借调去搜索"蒙哥马利"号,所以"主神"号才能暂时借用这个潜艇库。

"玛卡拉"号的操作员说我可以睡在他的房间里,但我还是宁愿睡在睡袋里,一方面是因为待在弥漫着别人气息的房间里,我会坐卧不安,另一方面也会感到拘束。最重要的,还是在"主神"号旁边我才会感到更加安心。而且,因为没有什么人来潜艇库,个人隐私也能得到充分保护。在这里,我不但可以调整自己的身体状态,还可以保养水下仿生机器人,一举两得。

话虽如此,但其实真正能够这么静心修养的日子也仅限于今天而已,因为明天"玛卡拉"将会返航,"主神"号必须接替它出航,连续3天执行搜索"北美野马"的任务。之后的任务安排是,"主神"号与"阿斯匹德氪隆"号换岗,借用它的潜艇库进行休整;再过3天,"阿斯匹德氪隆"返航后,"玛卡拉"出航,那时我再换防到它的潜艇库里面,"玛卡拉"返航后由我换岗出航。

为了节约空间,在以前的潜艇中是几个艇员共用一张床。值班的艇员起身之后,下岗的艇员就回到这张床上休息,因此被窝从来就不会变凉,这种情况被称为"热床"。现在,"主神"号就类似于这种情况。

虽然体力基本恢复了,但我总觉得还是有些疲劳。如果是在自己的母船上执行 3 天的内勤任务之后，基本上我就会恢复到元气满满的程度，但这次却不行了，实在是没有办法！不过，下次战备值班虽然中途需要转移到其他的潜艇库里面，却可以回到呼吸空气的地方，而且是一连待上 6 天。

当初，戎崎 TORU 可能是担心我的身体状况，想与我调班，提前 3 天与"玛卡拉"换岗，让我好好休息，但是我拒绝了他的好意。这里有两个原因，一是我借用了他的潜艇库，感觉不好意思，但更主要的是我担心他的精神状态。虽然上次他好不容易才避免了交战，逃出了"达贡"号的魔掌，但这次对阵一定也给他带来了相当大的心理压力。他才是更应该休息的人！

毕竟，这是一个全长达 25 米的、可以沐浴到阳光的潜艇库——平面面积大约相当于两个"主神"号，面积还是很大的。实际上，"南马都尔"号和"月神"号体积相差无几，但前者可以容纳 4 个水下仿生机器人，后者则只能容纳两个。

装在胸前口袋里的"iFRAME"震动了几下，从插在耳中的助听器中传来了荷助的声音："美月发来的信息！您是阅读还是转换为语音？"

"不是吧——"我将右手手指放在耳后，"转换为语音吧。"

"为您阅读美月发来的信息：'去死吧，安菲忒里特！'，信息阅读完毕。"

"活见鬼了！"

"你太过分了吧！"

突然传来了说话声。我抬起头，看到那个发着蓝色磷光的精灵正盘腿坐在我的睡袋上。与以前一样，我完全感受不到她的重量。

"过分的是他们啊！我不知道他们动了什么手脚，竟然交换了我和科兹莫的身体！他们究竟打算做什么呢？"

"不是交换身体,而只是一方附体到另一方的身上。但是,我觉得,不可能出现科兹莫附体在你身上的情况。"

"你怎么说都好。那么,让我附体在科兹莫身上,他们的目的是什么?"

"为了去普瓦鲁卡斯。"

"普瓦鲁卡斯?"

"就是你自认为是在幻觉中看到的那个海底湖!那里很快就要成为'阿勒宿普蔚塔塔'的出口了。卡恰乌帕蒂的水将从那里喷涌而出,居住在那个世界中的居民也许会来到这个世界。你不想去看看?"

"那——可是,难道普瓦鲁卡斯真的存在吗?"

"你不是相信它的存在,而且也相信那里是海底最深处吗?"

"是啊,虽然我相信!可是,这句话从安菲嘴里说出来,总会让我产生一种上当受骗的感觉。"

"那你究竟是想去还是不想去呢?"

"想去!"

"那就去吧。"

"去这件事,与附体在科兹莫身上这件事,两者之间存在着什么关系?"

"你身处北极圈,从物理层面来说你的身体是根本过不去的。对吗?"

"对!"

"普瓦鲁卡斯位于密克罗尼西亚海域,距离你这里很远。但两周之后,'阿勒宿普蔚塔塔'就会连接起来。在那之前,你能赶得过去吗?"

"这根本不可能!即使明天搜索到'北美野马',马上就能启程赶回去，那也要花好几周啊。"

"所以说，你只能借助科兹莫的身体！"

"借了之后，该怎么做？"

"操作他的水下战斗机器人！上级已经给科兹莫配备了一个他专用的仿生机器人，但是他还不是正式的操作员。而你，则可以在附体的状态下去操作它。"

"你说什么！"我的声音很大，以致整个潜艇库都在回荡着回声。我不由得下意识地捂住了嘴，"真的给科兹莫配备了一个他个人专用的水下仿生机器人？"

"好像是的，应该是请人做了一个吧。你可以操作这个机器人，随时前往普瓦鲁卡斯。当然，在出发之前，你必须查清普瓦鲁卡斯的准确位置。"

"那是什么类型的仿生机器人呢？"

"你问科兹莫吧。"

"有没有母舰？"

"这个问题，也请你去问科兹莫。"

"你应该知道这些的，告诉我！"

安菲还是像往常一样，只是微微耸了下肩，一副"完全无视你的要求"的样子。我气得几乎要跳起来了，它却还是若无其事地坐在睡袋上。

"总之，如果你要去普瓦鲁卡斯，就只能协助科兹莫。"

"在我附体在科兹莫身上的时候，他会怎么样？"

"没有任何变化，只是你所见所闻的一切他也能见能闻，而且他也能与你交换想法和记忆。这一切，虽然你们可以通过非语言手段共享，但如果你们彼此不适应的话，可能会比较困难，甚至会出现分不清是谁的想法而导致思维混乱的情况。因此，一开始的时候，最好还是采用语言方式。"

"你说的是什么意思?"

"就是进行对话!到时,你就权且认为自己的体内存在着一个小科兹莫,有什么事情就呼唤他。相反的,科兹莫只要认为他本人就在你的体内,随时来呼唤你即可。其他的就没什么特别了。"

"就是说,就像一边通过 VPN 来操作他人的终端,一边与终端的主人进行对话一样?"

"就是这种感觉。"

"这到底是一种什么装置?是不是可以这么理解,我和科兹莫就是一个机器人,其中的一方借助互联网来控制对方?"

"你和科兹莫都不是机器人,而且也没有连接到互联网上,所以你们之间并不存在控制与被控制的关系。"

"但是,我们两人之间肯定是借助什么东西来连接在一起的吧,而且你和利塔吉卡也介入了这一切呢。"

"也就是说,并不是只有互联网才是覆盖着整个地球的信息网络。"

"还存在着其他类似于网络的东西?"

蓝色的精灵耸耸肩,继续沉默不语。

"又来了,你怎么这么惜字如金啊。"

"基本上,所有的答案还是由你自己来寻找比较好,我只是搭把手而已。"

"哦,这样啊。"我不满地用鼻子哼了一声,"你还真热心啊!"

"如果你接受了这个事实,那么我们就再去一趟卡尼姆韦索。利塔吉卡在呼叫,科兹莫需要你!"

"附体可以随时结束吗?"

安菲点了点头。

"只要你想终止附体状态,随时都可以。"

"如果科兹莫想终止附体状态,他会怎么做?"

"如果他想终止，他就会通过利塔吉卡来传达自己的这个想法。只要没有出现什么问题，利塔吉卡就会转告我。接到这个转告之后，我会把你从科兹莫的身体里抽离出来。"

"出现问题是指？"

"是指由于你终止附体，会给科兹莫带来危险的情况。"

"原来如此。"

"那我们可以开始了？"

"嗯，没办法，虽然我不太乐意。"

我又躺回了睡袋。突然之间，天花板的影子开始模模糊糊地扩散开来，红色的灯光被黑暗所吞噬，空调的杂音也逐渐远去了。

那两个石球又回到了我的眼前！我感觉到自己的身体有点踉跄倾斜，不由得用力踏住地面以稳住身子。我抬起两只手来看，看到了浅黑色的粗大手指，这是科兹莫的手。

"你被我附在身体里……是什么感觉？"

我在内心中发问，而不是用嘴说出来。

"多少有点不安，但是感觉还不坏。"

我脑海中浮现出这个"答案"，感觉就像自己的想法一样。但是，这可能就是科兹莫的"回答"吧。

旁边的美月一直观察着这一切。

我叹息着，一边向她点头示意："我回来了，谢谢你发送的那条信息。"

"是吗？太好了！如果需要什么帮助，就随时告诉我。"

"好的，我会的。"

我的视线移回到了地球仪上，又同科兹莫交谈起来。

"你想做什么呢？"

"首先,你要在这个石球上推断出普瓦鲁卡斯的位置。"

"然后呢?"

"操作我的水下仿生机器人,去确认它是否是真实存在的。在过去这一个多月的时间里,我也接受了一些基本的操作训练,但几乎都是模拟训练,真正在海水里进行实际操作的时间只有3天,战斗训练更是一片空白。只有在你的帮助下,才能去远方。"

"你的水下仿生机器人现在停泊在哪里?"

"仙境的船队中有一艘货船,船名叫作'兰多瓦斯'。我的水下仿生机器人就泊在那艘船上。"

"货船是你的母船?"

"不是,那艘货船没有航行能力。而且,即使具有航行能力也没有人能操作,实际上只是水下仿生机器人的库房兼管制室。为了起到伪装作用,外观建成了货船的形状。当然,如果使用拖船的话,还是可以移动的。"

"船上有没有负责维护或是协助搭乘的地勤人员呢?"

"有是有,不过都是临时工。过段时间我们计划找一个专职人员。"

"你的水下仿生机器人是什么型号?"

"与'主神'号差不多,据说是定型后进入批量生产的第一号机。作为友好的象征,一个月前,仙境集团将这个具有纪念意义的机器人借给了密克罗尼西亚政府。其实,上次我向你请教水下仿生机器人的情况时,这件事就已经确定下来了。只不过由于是高度机密,所以才没有告诉你。它的名字叫'伊索克莱克鲁'。"

"'伊索克莱克鲁'?"

"是雷神兰萨普威的儿子,是反抗并最终推翻萨乌特劳尔王朝末期恶政的英雄。伊索克莱克鲁是统治南马都尔的第一代兰马鲁克(君王的意思),也就是我们的先祖。"

"原来如此，原来这个名字取自你们的先祖啊。但你们的这位先祖名气不够响亮啊，干脆用'萨乌特劳尔'不是更好？因为他是澎贝岛的第一代统治者啊。"

"萨乌特劳尔就是奥洛苏帕，他是澎贝岛的叛徒。"

"啊，是这样啊。"

"我们家族代代相传，奥洛苏帕为了独霸澎贝岛杀害了哥哥奥利西帕。雷神兰萨普威是奥利西帕的好友。他潜伏在科斯拉埃岛上，一直想伺机推翻这个王朝，却遭到逮捕，被幽禁了起来。所以，后来，伊索克莱克鲁率领军队登上澎贝岛，推翻了王朝。"

"啊——这么复杂啊！"

"这是因为你一直存在一个误解，澎贝岛地处南方，这里的人们生活得非常悠闲，所以非常单纯吧。"

"不是，我并没那么想啊。"

因为不自觉地发出了声音，我马上捂住了自己的嘴，我侧目看了看旁边的美月，她抬头看着我，一副惊讶的样子。

"不好意思，我刚才的话——"我轻轻地摆了摆手。

美月的神情放松下来，说："你是在和科兹莫交谈吧。"

我点了点头，心里又开始了和科兹莫的交谈。

"我知道你的水下仿生机器人为什么叫'伊索克莱克鲁'了，也开始觉得这个名字能够给人带来勇气了。不过，你刚才说它是借给密克罗尼西亚的？就是说这个机器人是归仙境集团所有的？"

"虽然是仙境集团的资产，却是密克罗尼西亚政府无偿借用的，当然管理和维护费用由密克罗尼西亚政府承担。还有，航行时的地勤人员等的工资。"

"也就是说，你是国家精挑细选的第一位水下仿生机器人的操作人员？"

"是!我们也要开始逐步学习和掌握自卫技术了。"

"因为受到仙境集团的牵连,世界秩序可能会被打乱?是啊,而且,仙境集团也几乎被这个世界认定为罪恶组织了。"

"我并不觉得我们受到了仙境集团的牵连,因为兰马鲁克人一直认为,密克罗尼西亚与仙境集团同舟共济。政府的想法应该是与我们一致的。"

"你的意思是——密克罗尼西亚人也是海洋漂民吗?"

"从历史来看,大洋洲人本来就是海洋民族,也即海洋漂民啊,所以才能够仅仅凭借皮划艇就能在南太平洋的各个角落开枝散叶。"

"确实如此啊!那我发现普瓦鲁卡斯之后该怎么做呢?从我个人的角度而言,这仅仅是我个人的兴趣而已,但科兹莫你却是背负着整个国家啊。"

"'阿勒宿普蔚塔塔'打开后,梅尼·凯达就会作为'使者'从卡恰乌帕蒂来到这里。我们必须在普瓦鲁卡斯这个出口迎接他们,然后把他们带到卡尼姆韦索。他们将会给奥利西帕带来新的力量和知识。"

"奥利西帕?不是被杀害了吗?"

"实际上,他身体的大部分部位都处于死亡状态了,不过还有部分部位存活着。我们必须补全和激活他的整个身体。"

"你说什么?就像海星的触手一样,从被切掉的位置开始重生吗?"

"我也不是很明白,应该是不一样的吧。"

"也是啊,如果就像人这样从手脚开始重生,光是想象就让人感到恶心了。也许仅仅是想象中的重生吧。"

"并不是想象,而是'使者'真的要来了。他们好像首先要进入蚕茧或是鸟蛋那样的东西之中,之后才到这个世界上的。当他们从普瓦鲁卡斯出来的时候,没有丝毫的防御能力。据说,泰贝尔——

也就是'恶魔'就会借这个机会来伤害他们。所以，这些恶魔袭来的时候，我们必须击退他们！"

"哇，恶魔也会出来啊！这究竟是神话还是现实？"

"在任何一个世界，某种程度上，神话都是现实的反映。"

"那只是历史传说吧！科兹莫，我不知道该怎么解释，你说的究竟是目前同步发生的事情，还是现在进行中的事情？"

"不用解释，眼见为实。"

"嗯，也是啊。"

"眼下，我们必须首先把重点放在这个地球仪上，尽量缩小搜索范围。哪怕是对照地图确定一个大致的目测目标也好，总之越精确越好。有没有什么好办法？"

"你说得对。我觉得，目前最正确的做法应该是用三维扫描仪立体扫描这个地球仪，然后与地球的三维模型进行比对。当然，在做这些工作之前，我们必须首先在'阿勒宿普蔚塔塔'即将到达的地方做好标记。与大陆的形状或者岛屿的位置等，未必会完全吻合，但是细微之处应该可以借助某种计算处理实现重合效果。这架地球仪看起来十分精致，我觉得我们的计划应该会进展得非常顺利。"

"'iFRAME'的扫描功能应该够用吧。"

"应该可以，不过我想最好还是用更高精度的专用仪器。只是把这种仪器带到这里来难度太大。当然，我们现在最大的问题是如何与这个地球仪进行比对。因为我自己不熟悉这种操作，而且现在还暂住在别人的屋子里，根本帮不上你们什么忙。你和美月可以吗？"

"我们也没有尝试过这种操作，完全不了解相关知识。也许我们所认识的人中会有人拥有这种技能，但这样一来就不得不告知他们卡尼姆韦索的秘密，而且我们还必须就此获得批准，这也很花时间。"

"那就适当地撒个谎怎么样?就说这是一件偶然之间得到的艺术品,你们想知道这件作品的精确度。"

"不行,即使这么撒谎仍然是泄密,这是一个无法改变的事实。神和先祖都会知道的!本来,这个地球仪就是不允许带离卡尼姆韦索的宝物。"

"三维扫描数据也不行吗?"

"这是一件非常严肃的事情,我们甚至不能将地球仪带离奥利西帕之手一米。所以,即使只是带走数据,估计也会遇到很大障碍。"

"啊,超级麻烦!"

"有没有什么简单一点的方法?"

"那就拍几张照片,贴在数码地球仪上试试吧。这种操作即使在小船上都能完成。由于后续工作需要手工完成,所以只是一个大致的模型,不过现在也没有别的办法了,总比目测好吧。误差会有多大呢——大概50公里上下吧。"

"也就是说,我们需要搜索半径50公里的海域吗?"

"嗯,感觉比大海捞针还难。"我抱着双臂说道,"这个方法行不通啊!"

"我们试试吧,把二维照片带到小船上,应该是没有什么问题的。"

"但是,与在陆地上搜寻50公里的范围相比,二者的难度存在着天壤之别。在水下,即使采用激光扫描手段,最多也只能看到四五百米远的距离,而且还很模糊。声呐的探测距离会更远一些,但是必须解除音响迷彩才可以。"

"不用声呐,只要我们能看清四五百米范围内的景象,更远距离处的情况,凭直觉的话我们也肯定能够了解清楚。"

"直觉?你说的是真的吗?"

"我们是海洋之子,只要到达那附近,凭直觉肯定是可以的。"

"嗯……对我来说,这可能就是神话与现实的交界处吧。"

"总之,我们的时间不多了,必须先尝试一下。如果行不通,我们再想别的方法吧。"

"你说'如果不行',不就是说浪费时间嘛。"

"肯定不是完全不行!这么做的话,我们一方面测试了'伊索克莱克鲁'的性能,另一方面也能提高我本人操作水下仿生机器人的技术啊。"

"但是,这仅仅是对科兹莫你个人而言不是浪费啊。"我抱着胳膊,歪着头说道,"哎,算了,反正我现在已经是上了贼船,身不由己了,那就试试吧!"

2

4天之后,我终于可以操作着密克罗尼西亚联邦政府所拥有的第一艘水下仿生机器人"伊索克莱克鲁"号,载着澎贝岛上最有权势的兰马鲁克人的儿子,在辽阔的海洋世界遨游了。也就是说,此前的3天,我都在北冰洋执行搜索核潜艇的任务,根本无法附体到科兹莫身上。回到SSO"月神"号后,我的身体在舰上放松休息,我的意识则飞越了90个纬度的空间,附到了科兹莫身上。

这次行动的名目是科兹莫的"远距离航行训练",这一切甚至对于地勤人员都是保密的,因为关于普瓦鲁卡斯的一切都是秘密。

至于具体要去哪一片海域,则是我们早就决定好的——位于澎贝岛的西北偏北方向约600~700公里处。

那个地方叫东马里亚纳海盆,是密克罗尼西亚海域第一大海盆的一部分，即使是最浅处的水深也超过了 500 米，海盆大约三分之一的面积内，水深都超过了 6 000 米。这片海域，正好与位于澎贝岛南部的巨大的火山台地——安堂爪哇台地遥遥相望。

东马里亚纳海盆的西边是深深凹下去的马里亚纳海沟，北边和东边则是麦哲伦海上群峰，起伏的山脉形成了一个弧形，南边是包括澎贝岛在内的加罗林群岛。如果俯瞰这个由海沟、群峰、群岛所环绕的盆地，就会发现它们形成了一个非常优美的圆环，甚至有点像一个直径长达 1 000 公里的巨大火山口。

当然，并没有证据显示这是巨型陨石坠下所砸出来的，而且这种可能性也很低。与其他海盆相比，东马里亚纳海盆深度异常，而且周围的岛弧和海上群峰的排列也很复杂。关于这个海盆的成因众说纷纭。

总之，这里的海底地形充满着谜，普瓦鲁卡斯好像就藏身其中。

卡尼姆韦索的地球仪所指示的地方，就位于从类似于火山口的盆地中心开始稍微偏北的位置，我们必须搜寻这附近方圆 50 公里的范围。由于没有母舰，我们每次都不得不潜行很远，即使单程也需要花费七八个小时，而且也没有准备助推器。

附体在科兹莫身上的我同时也负责试航，在刚开始的 100 公里航程内，我用最快速度前行。不愧是以"主神"号为原型的定型产品，速度能达到 60 节，简直可以与鱼雷媲美，操作时也没有任何令人不舒服之处。

而且，两者的形状和武器等装备也几乎完全一致，单单从航行的角度来看，完全可以按照"主神"号的操作规程进行。当然，其格斗能力如何，目前我还无法判断，只能等进入实战状态才能了解。

潜行里程超过 100 公里后，我将速度降到了 50 节，这是正常的巡航速度。然后设定了目的地,切换到了自动操作模式。这是因为虽然我的身体停留在"月神"号上,也不能连续七八个小时一直都附体在科兹莫身上。

因为没有护卫潜艇相伴,我多少还是有点担心。不过,由于充当潜艇库兼管制室的"兰多瓦斯"号上有常驻工作人员,他们会定期和我联系,应该不会发生什么大问题。而且与我的身体所在的遥远的北冰洋不同,这里是东马里亚纳海盆,是密克罗尼西亚海域这个"家"的一部分。在这里,朋友多过敌人。

自从一周前发生"异常接近"事件之后,我就再没有收到过USS"蒙哥马利"号的任何消息了。由于潜航在白令海峡的"南马都尔"号的行踪被发现,一时之间,位于中、高纬度的各国媒体都开始大肆攻击海洋漂民。当然,这都是美国和各国政府煽风点火的结果。而低纬度国家和海洋漂民所发起的舆论攻势,则基本上没有取得什么成果。

我抓紧时间休息和恢复体力,还见缝插针地去"虚拟海洋"中的水中合气柔术道场修行,或者去查看科兹莫的训练情况。就这样,有的时候,我甚至都无法分清自己究竟是身在何处了。

麦哲伦海群峰的南端有一座小而漂亮的圆锥形山,科兹莫和"伊索克莱克鲁"经过那座山时,我决定要利用一个相对完整的时间段来寻找普瓦鲁卡斯。换言之,就是利用我的肉体在"月神"号上睡眠的时间。

科兹莫还没有习惯长时间待在水下,所以"伊索克莱克鲁"必须在24小时内返回"兰多瓦斯"。由于往返需要16个小时,可供搜寻的时间就只剩下8个小时了。我必须充分有效地利用这短短的

8小时！

东马里亚纳海盆底部是寒冷的沙漠，几乎没有任何起伏，堆积着周围的海上群峰和安堂爪哇台地的喷发物。喷发物厚度很大，据说即使向下挖掘1 000米，也达不到岩盘的位置。

那里流淌着从南极海北上而来的底层水[①]，当然，那是刺骨的冰冷海水。所以，从纬度来看，尽管这里已经是在关岛以南的位置了，但5 000米深的水下温度竟然还达不到1℃。

无论是多么老旧的水下仿生机器人，至少都会配备可以检测海水温度、盐度和密度的CTD，而最新的"主神"号和"伊索克莱克鲁"号，更装备有让操作员能"实际感受"到测量值的仪器。当然，由于操作室与外界完全绝缘，这种"感受"是由BMI生成的反映测量值的模拟感觉。

我经常会产生一种冲动——无论是在什么海域里，我都想赤身跳下去在海里遨游一次。在冰冷的南极海接受训练时，我也曾经产生过这种冲动。但毕竟是肉体凡胎，最终还是放弃了。但如果是操作水下仿生机器人，实际上是不会遇到生命危险的。而且，这种模拟感觉也是可以由自己随时切断的。

在自动操作模式引导下，水下仿生机器人顺利到达了目标。这时，我第一次真切地感受到了东马里亚纳海盆的寒冷。我早就做好了应付这里的寒冷的准备！但是这里实在是太冷了。就在这一刻，我的心中不由得发出了一声哀号，但实际上这是科兹莫的声音！对

[①] 底层水底海水(Bottom water)，一般是指4 000米深的海底层海水，主要形成于南极之外的威德尔海和北冰洋格陵兰岛海岸附近，一部分向北流动到各大洋的底层，形成太平洋底层水、大西洋底层水和印度洋底层水。太平洋底层水可影响到北纬50°，大西洋向北可达北纬45°，印度洋可达赤道以北。在北冰洋中形成的北极底层水团分布范围仅限于大西洋和太平洋北部，水温一般为2℃以下，在南极大陆周围以及南大西洋西部和北冰洋盆中央为0℃以下。

于生活在热带温暖海水中的科兹莫来说,这简直是难以忍受的刺痛,就像突然把手探进冰块之中,由于太冷而产生了剧烈疼痛的感觉一样。

"喂,快停下来,我的心脏都要停止跳动了!"

"啊,不好意思!但是如果我们了解了水中的情况,直觉肯定会更加容易发挥作用。"

我探出舌头,舔了一下周围的海水,觉得这里的海水咸度稍微高过表层海水。因为这里是深海,水温又低,密度当然高。我用"伊索克莱克鲁"的手确认了一下,触感又黏又重,与北冰洋和南极海非常相似。

"'阿勒宿普蔚塔塔'的延伸目标点就是这里。"这里的泥甚至能没过我的腰部。我悬停在泥上,身体打了一个转,"还是一无所获!"

"我希望能将误差缩小到 50 公里。现在,我们先往哪个方向搜索?"

"这个嘛——普瓦鲁卡斯究竟多大呢?从我梦中的情形来看,应该与奥运会的标准泳池大小差不多。"

"出现在我梦中的也差不多大小。但是'阿勒宿普'一旦打开,它的大小应该会扩大一倍吧。"

"对,因为海水会喷出来。过去发生过这种情况。也许正是发生了这种情况,所以才形成了泥火山一样的地形。"

"泥火山?"

"就像它的字面意思一样,是从海底喷发的泥浆所形成的、类似于火山一样的地形,高度从几米到 700 米不等。积压在海底的甲烷等气体形成高压,将泥浆推上来。那些泥浆就堆积到这个火山口,或者叫作'喷涌口'的附近,只不过,很多情况下,不会像真正的火山一样留下很明显的喷涌口。这里的底质也是泥,当'阿勒宿普'

开启的时候,大量的水从卡恰乌帕蒂喷涌而出,会不会也导致同样的情况发生呢?"

"也就是说,现在我们应该搜索隆起的地方?"

"应该是这样!"我操作着水下仿生机器人抬升高度,尽可能静静地运转推进翼,以免卷起泥浆,"但是,我们不知道隆起的规模究竟有多大,海底地形图上也找不到相似的构造,也许它并没有那么显眼。"

在距离海底约 100 米的高度,我切换到了激光扫描仪的"眼"模式,环视了一下四周。海底仍然是一马平川,当然借助激光扫描仪所能观察到的范围并不大。

"科兹莫,感觉无论哪个方向情况都差不多。还是只能依靠直觉搜索啊!"

"是啊!先将机器人的机体缓慢旋转几次,我们俩一起感受,然后确定一个直觉一致的方向前进,怎么样?"

"这样也好。不过,如果咱俩的直觉不一致,那该怎么办呢?"

"没事,肯定会一致的!"

没有时间争辩了!于是我操作着"伊索克莱克鲁",像陀螺一样旋转了几圈。转第一圈时完全没有任何感觉,但转第二圈、第三圈的时候,我不由得产生了某种感觉,就是注意力集中时所产生的那种若有所获的感觉。

转到第五圈时,我感觉透过黑暗好像看到了什么。

"是那里吗?"

"是那里!"

就在心中,我的声音与科兹莫的声音重合了,异口同声!我慌忙停止了旋转。

"看吧,还是一致了呢。"

"真没有想到啊，我们又不是故意这么感觉的。"

"如果我们故意这么感觉，那肯定是毫无意义的。相信我吧，我们可是海洋之子啊！"

"嗯，多想无益。出发！"

我拍了一下"伊索克莱克鲁"的尾鳍，使它恢复到水平状态。留给我们可供搜索的时间不多，只剩6个小时了！

在沙漠中，如果有人突然听说前方有一片绿洲，那么他的脑海中肯定会浮现出这样的景象：荡漾着微波的一池清泉，周围椰子树林立；长长的骆驼商队，在风中飘逸的白色长袍。在辽阔的海底平原，可以说普瓦鲁卡斯就是绿洲。当然，这二者还是很不一样的。

在我的印象中，普瓦鲁卡斯就像一个反扣在桌面上的杯子托形状的"投手丘"①，高数十米，直径约1 000米，中央是一个椭圆状的湖——实际上是泉。泉的长轴约100米，短轴约50米，大小如同奥运会的标准泳池。

距离我们最初设定的目标地点大约还有30公里，但是从地球仪的规模来看，这30公里是完全可以忽略不计的误差，甚至可以说完全吻合。当然这也说明我的手工比照作业是多么完美——可能只是运气好，正好猜中了而已。

泉池的周围林立的并不是椰子树，而是七八米长的鹿角，或者说是"玻璃艺术品"，高高探向天空，这也与我的"梦境"一致。我用激光扫描仪眺望远方，发现这些"玻璃艺术品"像睫毛一样映在泉水中，泉眼就像海底处张开的一只大大的眼睛。我靠近泉水，切

---

① 日本盛行打棒球，故日常生活中经常借用棒球术语来进行各种比喻。投手丘是棒球场菱形中央隆起的人工土丘。

换到"光学影像"模式，发现每个"艺术品"都拥有与"奥利西帕之手"相同的构造。

只是，这里没有阿拉伯商人，也没有畅饮泉水的骆驼！

说到比较大型的动物，这里只有长着小飞象[①]一样耳朵的白色的章鱼。我记得梦境中也出现过黑线银鲛，但现在却找不到它们的踪影。岸边密布着深海云雀贝之类的双壳贝和羽织虫，小虾小蟹还有沙蚕不停地蠕动着。如果仔细找下去，也许还会发现星鳗。

当然，只要"乌贼海豚"——对于科兹莫而言，就是精灵利塔吉卡出现，他也许就会像《一千零一夜》中出现的商人一样，建议我们做一些奇怪的交易吧。

"怎么样，科兹莫，这里应该就是普瓦鲁卡斯吧！"

"嗯，没错，就是这里，在梦境中我多次见到这里的风景。宗像道，你觉得呢？"

"嗯，自从来到这里，我心中就产生了强烈的、似曾相识的感觉！没有想到这个地方竟然是真实存在的！"

"太好了！找到这里，比我们的预想简单多了。"

"好，离回去还剩5个多小时！既然好不容易找到了，那我们就看看这里究竟是什么地方吧！"

"可以呀！不过，在这之前我们要先祷告！"

"祷告？"

"当然啦！可以说，这里是比南马都尔和卡尼姆韦索还要神圣的地方，如果不祷告就随意乱闯，可能会受到诅咒。"

"是啊，如果真的受到诅咒就不好了！好，那你先祷告吧。"

对于科兹莫所说的话，我渐渐不再有任何抵触了，不知道是因

[①] 迪士尼漫画、电影中的会飞的象。

为附体到了他身上的缘故,还是因为我渐渐习惯他了。虽然我控制着他的身体,但意外的是,我的思想却被他控制着。这就是双方相互制衡的结果吧!

科兹莫终于结束了这场不知所云的祷告,我终于获得了去泉边的许可。不过,其实我是完全不会也不想踩到双壳贝和羽织虫的。

我谨慎地降低水下仿生机器人的高度,保持在距离海底3米左右的水平位置,然后将推进翼收起来,紧紧地贴在背部,防止它被"玻璃工艺品"刮到。紧接着,我小心翼翼地操作着尾鳍和两个前鳍向前潜行。如果有一个压舱水箱也许会轻松许多,但因为原来没有估计到需要采用格斗模式,没有准备这种装备,所以现在只能缓步前进了。

花了几分钟时间,穿过"玻璃艺术品"组成的"森林",穿过羽织虫形成的"草原",我终于到达了双壳贝群集的泉边。我用头顶的探照灯照了一下,看到"泉"水表面——实际上是密度界面——距离岸边近的地方呈蓝色,但再往中心一些则呈墨汁一样的黑色。虽然光线非常强烈,但是也照射不到为黑色所覆盖的水底。水面上看不到生物的影子,但却无法确定水下深处是否存在着生物。

水面上隐隐约约地漂浮着雾一样的悬浊物,好像是海雪[①],这就是我在梦境中所见的景象。从这些悬浊物缓慢漂动的情况来看,可以断定水下并没有洋流。泉水表面也没有一丝波纹,看起来就像一块不透明的玻璃板。

"科兹莫,潜下去,试试怎么样?"

"潜下去,潜到普瓦鲁卡斯吗?"

[①] 在深海中,由有机物——主要包含已死或将死的动植物(浮游生物)、原生生物(如硅藻)、细菌、粪便颗粒、泥沙和尘土等所组成的碎屑像雪花一样不断飘落,称作海雪。

"是啊。"

"这个想法太荒唐了吧!"

"你想想,说不定利塔吉卡已经在里面等着我们了。"

"如果真有什么事情的话,利塔吉卡自己会从那边过来的。"

"话虽这么说——"

"总之,不能这么做!我坚决不允许你污染如此神圣的泉水!"

"我并没有打算去污染它啊!"

"我们自身就是污染源啊。"

"见鬼,还是去不了!"

虽然难以抑制好奇心,但最终我还是只能保持着水面上方 3 米的高度,一边从"泉"水上方观察情况,一边潜向"泉"池对岸。

虽然"伊索克莱克鲁"的移动速度非常缓慢,但还是在水面上激起了浪花。不过,虽然激起了波浪,泉水还是黑乎乎的一片,根本无法窥探到水底的情况。当然,也没有什么东西从水下偷偷仰视我们的迹象。

带着一丝失落,我到达了对岸。我操纵着水下仿生机器人,让它轻轻抓住一根鹿角形状的"玻璃艺术品",这是为了尽量在"鳍"不摆动的情况下停歇下来。但是,就在我抓住那个"鹿角"的一瞬间,我感到脖子后面一股凉风吹过,一种不好的感觉。

"刚刚是怎么回事?"

我不自觉地缩回了手,皱起了眉头。这是不是碰不得的东西?但是,科兹莫的反应却与我想象的不同。

"道,你再摸摸看,这像是'奥利西帕之手'。"

"啊?可以再摸摸吗?"

"嗯,可以,没关系的。"

我小心翼翼地操作着,探出"伊索克莱克鲁"的手指,又触碰了一下那个物体。虽然这次的感觉没有刚才那么强烈,但脊背上依然感受到一阵凉意,心中还是感到焦躁不安,无法平静。

"这是一种警告。"科兹莫加强语气说,"'奥利西帕之手'在警告我们!"

"它在警告我们不能靠近这个'湖'?"

"不,它不是针对我们,而是别的不速之客正在接近这里,有可能是'恶魔'的爪牙。"

"'恶魔'出现了吗?"在我心里,还是有些难以接受这个事实的,"这是现实吗?"

"是的。说不定还要打上一仗!幸亏这次让你附体到了我的身上!"

"到底好不好还不好说!现在我们还不知道对方的底细,也不知道它究竟到了哪里。"

"我们问问恩格[①]吧。"

科兹莫开始用澎贝语询问了,当然,我不知道他说了些什么。不过好在恩格的回答并不是用澎贝语,而是采用场景呈现的方式。

位于我脑后的屏幕里呈现出一连串的场景,这与片段闪回[②]记忆方式非常相似。

最初的场景图,是从斜上方俯瞰下的一片恩格密林,接着便是普瓦鲁卡斯以及其周围的俯视场景,再接着便是"投手丘"的整体图像,之后镜头便慢慢拉远了。

最终的画面中,"投手丘"变成了手掌般大小的山包。将它的直径放大5倍之后,上面浮现出了小红点。从形状来看,基本可以断定这是普瓦鲁卡斯正北方的风景。

---

① 小说中,生长在普瓦鲁卡斯周边地区的一种树林。科兹莫拥有与植物交流的能力。
② Flashback,电影拍摄过程中的一种画面处理方式,利用不连续场景片段快速闪现的方式,完整展现一个有内在逻辑的事件。

"太神奇了!感觉像是海底地形图和声呐图像拼组形成的图像。莫非,是这种叫恩格的树,黑了'伊索克莱克鲁'的人机对话界面?"

"与其讨论这个,你倒不如看看能不能确定'恶魔'的位置。"

"哎!如果那个红点代表的是'恶魔'的位置,那么它现在应该是位于由此向北 5 公里的地方。"

"那我们应该怎么办,去迎击它吗?"

"不,现在我们还不能断定这就是'恶魔',而且我们也不知道它究竟是什么,所以绝对不能在情况不明的情况下贸然行动。我们还是先躲起来,观察一下情况吧!"

"如果我们不采取行动,'恶魔'突然发难,将普瓦鲁卡斯搅成一锅粥,那就难办了。"

"不会的!如果我们看到'恶魔'要破坏,那就立刻采取行动去阻止它。现在我们要做的,就是做好准备,蓄势待发。我们必须在确保不被对方察觉的情况下,做好随时攻击的准备,这就是水中合气柔术中的'后发制人',这是最基本的。"

"哦,原来如此,我明白了!战斗方面,还是你有经验。你来决定吧!"

"好!首先,我们要先找一个藏身之处。"我想起了刚才在屏幕中所显示的场景,"假设对方从正北方向发起攻击,那我们应该藏身在湖北侧的泥浆中。"

"你是说,我们要将自己埋在泥土中?"

"是的。不,这样不行。我们会卷起泥浆,而且水一旦被搅浑,也不会那么快就澄清下来的。'恶魔'看到这些,肯定会加强戒备的。我们还是躲在恩格林中吧!"

我将高度提升到湖面上方 10 米的位置,朝着普瓦鲁卡斯的正北方向潜行。我一边前进，一边俯视着山坡斜面上的恩格林，试图发现一丝能够容"伊索克莱克鲁"侧身进去隐藏起来的空隙，但未能如愿，最后只能选择在更靠近湖面的管蠕虫群与恩格林的交界处着陆。

如果将长达 15 米的"伊索克莱克鲁"直立在地面上，那未免太显眼了。因此，尽管心里有点恶心，但是我还是坐在了管蠕虫群的上面。也许是那些虫子缠绕在一起的栖管发挥了类似弹簧的作用，感觉像是坐到了沙发上。我采用了有"体育坐姿"之称的姿势——屈起双腿，抱起手腕。这种姿势的好处在于，一旦遇到紧急情况，就能用腰部瞬间发力，一下子跳起来。

"伊索克莱克鲁"的操作座高度大约 7 米，正好与恩格树的高度相当，而且这种水下仿生机器人机体的厚度也与恩格树干的尺寸基本相当。至于推进翼，如果收拢在一起斜举起来，看起来完全就与树枝一样了。因此，可以说这里非常适合隐蔽。我将前腕部的鳍团成矛的形状收起来，放在并起来的膝盖的两侧。这既是一种伪装保护，也是一种临战姿势。

我们就这样待了 5 分钟左右。由于所有的灯光都熄灭了，周围漆黑一片。伸手不见五指的黑暗，紧紧地包围了"伊索克莱克鲁"。这种情况下，人很容易产生幻觉，或者说，人的大脑无法适应这种黑暗，就会在人的视野中随意展现各种情景。

一开始，我并无法区分这究竟是光点还是幻觉，感觉就是面对着漆黑的幕布，窥视着上面若隐若现的情景。各种极为相似的斑点在我的视野中不断闪现、消失，只留下模糊的残影。我重复了好几次，闭眼、睁眼，但是还是这种情形。

但仅仅过了几十秒，眼前就出现了光线，我确信这是人造光线，也许是因为这道光线太白、太刺眼的缘故吧。这是不是发光二极管发出的光线？只是光量没有那么强。根据经验，我推断这也许并不

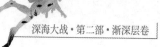

是潜艇,而是 AUV 或者水下仿生机器人所发的光线。

如果是水下仿生机器人,那情况就比较棘手了。我很想马上用激光扫描手段来确认一下,但是又担心会被对方察觉。

"逍,那是'恶魔'发出的光线吗?"

"不清楚!不过起码不是生物发出的光线。我认为,可能是 AUV 或者水下仿生机器人发出来的。等它再靠近一些,我们再确认吧。"

"还能允许它再靠近吗?现在的距离最多只剩下 30 米左右了。"

"不要急,再等等。我明白你的心情,平静一下。"

探照灯的光柱沿着山坡爬了上来,之后循着恩格林一步步逼近过来。光柱笔直地照射着,几乎没有什么晃动,它航行的速度非常稳定。

"我总觉得这不是水下仿生机器人。"

"你怎么知道的?"

"如果是人操作的,那么他必然左右搜寻目标,那么光柱也必然扫视左右。但是你看,现在的光线一直对着一个方向。"

"是啊,一直对着一个方向。"

突然,在我的视野中,出现了白色的晕光①现象。我斜前方的恩格树受到灯光照射之后,突然闪耀了一下。不过,那只是瞬间的闪耀。

光柱与"伊索克莱克鲁"擦肩而过,然后又透过管蠕虫群射向更远方。我小心翼翼地转过头,追着光柱的方向看过去——人无法像猫头鹰那样将脸扭向正后方,水下仿生机器人就更做不到了。我看到,光柱穿过双壳贝群,最后射到了"泉"池上方。

光线射到水面上,然后又反射回来,形成了一个泛着青色的大圆球,其中的一部分影影绰绰地包住了作为光源的潜行物。我们终

---

① 太阳或月亮周围形成的光圈;光影色泽模糊的部分。

于看清了"恶魔"的真正面目。

"真的是 AUV 啊!这样的话,我们就不必那么担心了。"

我悄悄地伸直腰,放开抱着膝盖的双手,顺势伸开了腿。水下仿生机器人也随之直立起来,一下子达到了 20 米的高度。如果我再展开尾鳍的话,机器人的身高就会达到 30 米了。我一边打开推进翼,一边将机体转向 AUV 所在的方向。

"它是从哪里来的呢,只是碰巧路过这里?"

"不可能。正是因为它是'恶魔'派遣出来的,所以普瓦鲁卡斯才会向我们发出警告。"

"如果是'恶魔'派遣出来的,那么这个'恶魔'应该就是提亚玛特集团之流的犯罪团体。"

"无论是什么组织,肯定都是受到奥洛苏帕家族操控的。因为知道普瓦鲁卡斯就位于这附近的,只有与奥利西帕存在关系的我们,以及与奥洛苏帕密切相关的他们。"

"也就是说,奥洛苏帕家族也知道'阿勒宿普蔚塔塔'即将开启的事情,所以前来窥视这里的情况了。"

"应该是这样。还有,他们想杀害来自'卡恰乌帕蒂'的使者们。"

"这就是他们的企图?果真如此?"

"这是毋庸置疑的事实。我们摧毁这艘 AUV 吧。"

"不行,俘虏这艘 AUV 更好!这样我们就能查清楚是谁、出于什么目的派遣它来的了。只是我们的'行李'要加重了。"

"你是说,我们夺取它的控制权,然后开回去?"

"对,我们将它拖回澎贝岛,然后移交给仙境的警备部门!幸亏我们很顺利地就找到了这里,剩下的时间还很充足,应该可以按照原定计划顺利返航。"

"如果将它移交给警备部门,那么就会有更多的人知道普瓦鲁卡斯的秘密了。"

"这是没有办法的事情啊!如果'恶魔'就是提亚玛特,那么单凭'伊索克莱克鲁'一己之力,只能是螳臂当车。只有获得仙境集团的支援,才能与之抗衡。"

"你说得有道理。只是,不知道兰马鲁克人会说些什么。"

"只要说服他们,获得他们的许可就行了。我们绝对不能放走它!"

就像我们刚才所做的那样,AUV 也掠过"泉"面飞向对岸。如果它是为了侦察普瓦鲁卡斯的情况,那么它应该会在某个地点折返回来,然后来回飞,以便收集这个场所的详细影像和地形数据。

"也许它正在一边移动,一边利用水中 HF 通信手段向'恶魔'发送普瓦鲁卡斯的相关数据和信息。"

"糟糕,我们必须马上切断它们之间的通信。"

"那你同意我们将它拖回来,移交给警备部门了?"

"这是唯一的选择了!我来说服兰马鲁克人。"

"明白了。"

我张开两只手上的矛,操作推进翼和鳍静静地在水中滑动向前,高度维持在目标上方 20 米。AUV 掠过"泉"面,穿过对岸的管蠕虫群,船首的探照灯再次扫过恩格林。

光柱越过树林,又照到了斜面的泥上面。很显然,AUV 放慢了速度,应该正在准备掉头。

捕捉到这个时机,我打开激光扫描仪,AUV 那鱼雷形的带翼机体清楚地展现在我的眼前。我瞄准它的推进器,沿着 45 度的方向急速降下去。

张开的两支矛硬度如同金刚石,轻易地就刺穿了 AUV 的外壳。

而且，在刺透外壳的同时，矛的前端会同时发射强大的电磁脉冲，引发浪涌电流[1]，从而破坏电路和控制装置。

当我抽出矛时，目标已经失去了航行能力。但是我并没有放松警惕，一直执着矛，保持着随时攻击的状态。AUV船体开始向右斜倾，缓缓地坠入了海底。

3

虚拟世界中的"迫害"在变本加厉，其中大部分人是"回避"和"无视"，但也有人采取极端的骚扰行为。

例如，有几个10多岁的年轻人。这些愣头儿青包围了我的虚拟卡通人——海幸，故意找碴儿，叫嚣仇恨言论："这不是你这个混蛋来的地方""破船上的臭狗屎"，等等，试图逼我退出道场。

当然，在道场里，我根本不会受到身体上的伤害，所以也不用担心什么，只要在他们包围过来的时候轻轻跳开，或者抄近路溜掉就行了。也有人扔鞋子过来砸我，当然，我根本不会产生痛痒的感觉。

今天，就在通向东巴道场的洞窟入口附近，竖着4块牌子，上面用红色的油漆，分别写着下面这些刺眼的文字。

"绝不允许仙境盗取核武器来威胁世界！"

"祖先是海盗，海洋漂民就是流浪的犯罪集团。"

"禁止海洋漂民独霸海洋！滚出公海！"

"坚决消灭鱼人毁灭人类的野心！"

---

[1] 电源接通瞬间，流入电源设备的峰值电流。这种情况下，由于输入滤波电容迅速充电，该峰值电流远远大于稳态输入电流，容易损毁电器或者烧断保险丝。

位于中、高纬度的各国政府和媒体给一般民众灌输了什么啊！尤其是第二、第四块牌子上的内容，完全无异于愣头儿青们的仇恨言论！

第一块牌子上所写的，不是海洋漂民，而是仙境，这让我很担心，估计这与最近的一件事情有关："南马都尔"号被人送了"恶魔战舰"这一外号！应该是造谣者以及他们所雇佣的人，急于将舆论推向新的阶段而不择手段了。

第四块牌子上的内容就更加具体了。所以，尽管有点费事，我还是扫描了一下牌子，调出这块牌子所链接的详细信息。

大体阅读了一下，无外乎是提议对海洋漂民和仙境集团采取经济制裁措施，剥夺我们采用游击战术开发的位于公海上的矿产资源。

实际上，与其说是"公海"，倒不如换作"深海底"这一说法更加妥帖。但是，如果面向一般公众采用这个说法，估计很难让人接受，或者说宣传工作难以奏效，因此才定义为"公海"的。如果采用《联合国海洋法公约》所定义的严谨的说法，应该改为"从公海的深海底滚出去"。

"深海底"本来是被定义为"人类的共有财产"的，基于此，某国领海或者专属经济区（EEZ）内深海底的资源也是"共有财产"，只有在获得该国政府的许可之后才能开发，事实上还是该国的财产。但是，位于公海深海底的资源，只要向国际海底机构申请开矿权，一旦获得许可，则是无论谁都可以开发的。

当然，包括仙境在内的所有海洋漂民集团，都没有做此类申请，因为我们不是《联合国海洋法公约》的缔约国，甚至连国家都不是。

当然，我们也不是恶棍，我们不会开发任何国家的领海或者专属经济区内的资源，也不会染指公海上令人垂涎的富有经济价值的矿床，以免引起不必要的麻烦。我们只是选择那些谁都看不上眼的、难以开发的小矿床，一点一点地土中刨食。但是，现在他们竟然提议要抢夺我们仅有的这些！

也许现今的《海洋法》有必要修改了！今天的"公海"，可以说采取的是"旗国主义"，只有主权国家，才能管理悬挂该国国旗的船只。自然也有例外，就是对于那些从事非法勾当的船只，如海盗船、从事奴隶买卖和毒品运输的船只、搭载地下电台的船只，各国政府都拥有取缔的权力。但是，就在这"例外"之中，就包含着运输盗采深海底资源的船只。他们的行动，不可谓不神速。

我不知道修改程序是否简单，但是，如果真正实施的话，我们究竟会在多大的程度上受到影响呢？我觉得应该不大！这是因为，过去就不用再提了，对于仙境集团而言，我们海底资源的主要采掘场地，都位于密克罗尼西亚联邦的专属经济区内。我们在这里的收益，占整个矿业相关产业收入的八成以上，因此，即使我们失去了公海上的资源，也应该能够承受得起。

对我们打击更大的，是现在中、高纬度各国所实施的简单粗暴的经济制裁，也就是他们所实施的拒绝密克罗尼西亚联邦籍的船只靠港、港口封锁和禁止通航手段。美国政府已经禁止我们利用美国西海岸的所有港口，密克罗尼西亚联邦籍的船只通过白令海峡时，也必须接受临时检查（罕有的举措）。但实际上，从物理层面来说，"南马都尔"号是根本无法穿越这个海峡的。

与此同时，日本政府也封锁了北海道、本州、四国和九州的港湾，只有冲绳拒绝实施这一命令。这是因为，冲绳将此视为独立运动的良机，以便采取相应的行动。

无论海洋漂民集团拥有多么严密、高效的海上运输网络，如果找不到港口将所运输的货物最终运上岸，就做不成生意。如果今后位于中、高纬度区域国家的主要港口都拒绝我们的船只靠港,各条航线都受限,那我们就很难进入市场了,运输成本也会剧增。

真要到了那一步,也许我们的船只就只能改悬那些已经上了黑名单的、"方便旗船"①国家的旗帜,或者采取不悬挂任何国旗、形同走私的方式,同时继续加大拓展可以自由参与市场活动的低纬度区域的地下经济、地下市场的力度。但是,这一切面临的风险都很大!

我叹了口气,走进了洞窟之中。所谓的"广阔海洋"时代,究竟是什么样的呢?

正如我所预感到的那样,道场里面一个人也没有!只有在榻榻米上游来游去的色彩斑斓的鱼群,以及卧在沙地上的圆犁头鳐——在现实世界中,这种鱼的体长可达两米以上。也许是受到竖在洞口的牌子的影响,没有人愿意再来这里的缘故吧。

既来之,则安之,我登上了榻榻米,像往常一样躺了下来,想等一会儿,看看会不会有人来,也许温迪的朋友们会来露露脸吧。

我仰望着如同玻璃天花一样熠熠发光的水面,回想起之前与一个道友的交谈内容。一如既往地,我不知道这个被称为阿卡那的道友究竟是男性还是女性。阿卡那的卡通人如同一只全身通红的瘦猴。由于阿卡那自称是温迪的朋友,我想这个人应该也是西丽拉的成员。

那是练功结束之后,我们所聊的话题。

阿卡那问我:"你的水平很高啊,已经拥有段位了吧?"

---

① "方便旗船"又称"第二船籍",是指船舶所有者为逃避其本国的高额税收或其他原因,通过在费用和税收较低、登记非常方便的所谓"开放登记国家"登记注册,取得该国国籍并悬挂该国旗帜的船舶。"方便旗船"的存在,使世界上约三分之一的船舶实际上处于缺乏船旗国有效管辖和控制的状态。

"没有，你看，我现在只是白带①而已。"

"不过，与这里的道友相比，你的水平不知道高了多少倍呢。看起来，你在现实世界中也应该经常练功吧。"

"我是经常练功，只不过也仅仅是白带而已呢。"

"之前有一个叫海幸的男子，据说是茶带。"

"是啊，如果他还活着，现在应该是黑带了吧。"

"听说他是水下仿生机器人的操作员。你也是吗？"

"我与他不同，操作的只不过是建筑用的水下仿生机器人。"

为了不因为说漏嘴而导致泄密，我还是一如既往地撒了一个谎。

阿卡那显得有点败兴："这样啊！听说，海幸是为了自己所属的海洋漂民集团而战死的，所以，好像他有一帮视他为英雄的同伴。你是不是他的同伴，你怎么看待他？"

我耸了耸肩，说："我不知道这个说法。不过，如果说他是为了某个人丢掉了性命，我不敢苟同。他只不过是尽忠职守而已。我觉得，他是忠实地贯彻了在金井所接受的教育——有缘修得同船渡，自然就是一家人。所以，大家必须同舟共济。"

阿卡那晃着长长的头发，频频点头："说实话，我想拍一部电影，主要目的就是为了宣传他们。"

"拍电影？"

"现在这种情况下，我想很有必要让陆地上的那些家伙，更多地了解海洋漂民，更加关心海洋漂民。同时，也想让海洋漂民可以自豪地对身边的人表明自己的身份。所以，我想拍一部以鱼人为主角的电影。"

---

① 柔道、空手道等武道中用以标识水平高低的腰带。入门者佩戴"白带"，拥有段位者佩戴"黑带"，下文中提到的"茶带"在"白带"与"黑带"之间，佩戴者为三级至一级之间。

"将他们塑造为英雄的电影?"

我忍不住笑了起来。当然,这个笑并没有显现在我的形象卡通人的脸上。

"我想,在现实世界中的你正在发笑吧。"

"没有,怎么可能发笑呢?"

"我并不是不理解你想笑的心情。实际上,考虑具体实施计划时,我也忍不住挠头。"

"'明知山有虎,偏向虎山行'。知道难度很大,却很想付诸实现。是不是这样?"

"就是这种感觉。无论是在什么电影、游戏中,或者是在现实世界中,英雄都在与某种势力战斗。虽然他们的对手形形色色,但是他们战斗的理由却是永恒不变的。"

"永恒不变?"

"是!战斗的理由大体上可以分为4类,大多数人的战斗理由一般会出于其中的一个或者两个:为家人或恋人,为同伴或朋友,为国家或为人类。除此之外,就没有别的什么原因了。"

"这样啊……"

"但是,对于海洋漂民而言,家人和同伴却经常变,你说不是吗?"

"没有办法啊!只要船一换乘,我们的家人和朋友就换了一批;下了这艘船,这种关系就消失了。"

"与生活在陆地上的人相比,我们之间不存在他们那种终生不渝的感情,当然也不存在国家的关系。而且,对于我们这些鱼人来说,'人'这一词汇的内涵也不尽相同。所以,如果要拍摄好莱坞那样的大片,确实难度很大。"

"那么,为什么我们不能超越'人类'这个概念,比如生命,来拍摄这部影片?"

"守护生命?"

"并不是讴歌特定人类或者生物的历尽劫波,而是我们通过战斗等手段创造这样的环境:大部分生命都会多多少少受到一些伤害,但我们尽力实现大家的共生共存?"

"拍摄自然是可以拍摄的。只是拍摄这样一部影片,塑造这样一种英雄,上座率应该不高。因为,首先在娱乐元素方面就已经是失败的了,在宣传方面自然也会失败的。"

"是啊,肯定会失败的。"

"如果不通俗易懂,自然是会失败的。但是,如果充满谎言,那也很糟糕。所以,我很想知道海幸究竟是为什么而战死的,也许这可以成为很好的参考材料。"

"我也打心底里很想知道啊……"

突然间,一个黑黑的、长长的影子从斜上方直飞过来!我一下子从榻榻米上滚落下来,身后传来"刺"的一声。我飞身起来,扭头望回去,吃了一惊:榻榻米上插着一根矛。

曾经鞋子飞过来的时候,我根本没有闪避,但矛飞过来的时候,我却下意识地做出了闪避反应。当然,由于是虚拟世界,即使长矛贯胸而过,我也不可能会死。

"到底是海幸啊,反射神经发达!"

声音来自右手边,只见潘东站在那里,他那涂满泥巴的黑色木面具上荡漾着开心的微笑。

"啊,是师傅!"

我想采取正坐姿势,以便行礼。但是,在我尚未跪下的时候,他突然用手刀冲着我的头部攻过来。这是武道上所说的"正面击",速度非常快。

我好不容易才用右腕接下他的手刀,但这样一来,左边就门户

大开了,不得不立即采用前腕回击来补救,而潘东则顺势贴身上来。我还以为他是贴身侧击,没想到他却是转头用拳头正面攻击过来。

他的拳头几乎要击到我的下腹了,我只好侧身避开,拳风堪堪擦身而过。我一边用手腕去缠住他的手腕,一边想采用摔技将他扔出去。潘东一个打转,漂亮地躲开了我的攻击,不但没有摔倒,反而轻飘飘地站在了榻榻米上。紧接着,他挥动手腕,再次攻了过来。

攻防了五六个回合,不知不觉中我被逼到了道场的边缘。最后,我的太阳穴被他的手刀砍到——这就相当于在实战中被匕首刺到了头部。

"游戏结束!"潘东掷地有声地宣布。他接着说,"只是闪避和摔技,这样不行。这样只能陷入缠斗不休的困境。"

"请师傅赐教!"

"你为什么不采用贴身一招制敌的必杀技呢?不是已经教给你了吗?"

"是啊,为什么没采用呢?"我规规矩矩地垂下头。实际上,我早就在心中弄清楚是什么原因了——我只是缺乏勇气而已。

在合气柔术和合气道中,所谓的贴身一招制敌,就是用身体的某个部位贴到敌人身上。一般是拳头、掌缘、手刀等,也可以是肘部、肩部和脚部。在攻击方式上,这与空手道和拳击并没有什么区别,不同的只是并非自己主动攻击而已。

合气道讲究的往往是后发制人——要么等对手先发起进攻,要么引诱对手攻击,然后利用对方的攻势进行反击。只要运用得当,自己的力量叠加上对方攻击的力量,就可以实现事半功倍的打击效果。在采用贴身一招制敌招数时,即使拳头没有锻炼得像空手道高手那么力大无比,其破坏力也是惊人的。但是,正是因为非常危险，所以，在现实世界的练功过程中很少有人采用这个招式。我刚才不敢用这个招式，也是这个原因。"

"虚拟世界中不需要缩手缩脚。这是因为：在现实世界中，如果遭到对方贴身一招制敌式攻击，估计一下子就会被击飞出去；但在虚拟世界中，即使自己的卡通人被对方如此攻击，顶多就是陷入短时间的死机状态而已，而身在现实世界中的本体，甚至连轻微的擦伤都不会有。"

尽管如此，我还是犹豫不决，因为我本身就不具备安云蕾拉那样的攻击性。如果要为自己辩解的话，只能是这个理由。

"要么杀人，要么被杀。这种情况下，根本无从选择。"

"是啊，无从选择！"我重复着这句话。

"如果使用摔技，最终还是必须采用其他的杀招才能取胜。不然的话，只能是陷入缠斗状态，尤其是在水中，根本无法将对手摔倒或者压在地面上。因此，采用摔技或者缠技暂时控制住对方之后，就必须利用匕首、枪或者炸弹才能置敌于死地。结果都是杀死敌人，只是这种杀法由于没有直接接触到对手，可能你的抗拒心理会小一些。"

一切确实正如潘东所指出的。在操作水下仿生机器人时，最终还是需要采用吸附式水雷或者EMP捕鲸叉等才能最终解决问题，其结果与一开始就采用贴身一招制敌招式并无两样。但是，不知道贾鲁西亚副司令当初为什么没有这样指导我们。

"总之，尽量不伤到对方而实现制伏目的，这才是上上之策。因为无论什么武道，最初都是为了杀死对手而产生和发展起来的。"潘东夸张地张开双臂。

"是啊，确实如此。"

"如果你明白了这一点，那就采用贴身一招制敌招式攻击这个部

位。"潘东一边挥舞着右手,一边用左手"砰"的一声击打着自己的腹部。"这次不要再绕来绕去,单刀直入,呈一条直线直接攻击这里。"

"不好吧,攻击这里……"

上次是我与道场的道友结对练功,不过现在没有道友来,道场主人只好直接来与我结对了。但是,不管怎么说,挥拳攻击自己的师傅,我还是有些犹豫。

"你好像没有多少打架的经验啊。"

"确实没有!"

"那么,你还是必须先适应拳头打到对方身上的感觉。你也知道,在这里,实际上谁都不会受伤,所以不用担心。是不是这样啊?"

"是啊!"

"那么,我来攻击吧。"潘东挥舞着手臂,正如他刚才所要求的,呈一条直线径直攻了过来。突入攻击范围后,他的手刀就直接向我的额头劈过来。我用左手格开他的手刀的同时,右拳霹雳般地击了出去。虽然拳头没有击到对方腹部的感觉,但是发出的声音证明我的拳头砸到了他。不过,那只是"噗"的一声,显得有气无力,听起来就让人感到窝囊!

"你攻击的时候,心里真的在想一招制敌?"

"从时机来讲,有点迟了。"

"不是有点迟了,而是太迟了!其结果只能是你自己被弹飞出去。你必须扎稳脚跟,转腰、收腹——这是合气道的根本。"

"我明白了。"

"好,再来一次!"

潘东再次摆出正面攻击的架势。虽然时机与刚才差不多,但是比起刚才,我的速度明显提高了很多。我左手格开他的手刀,右拳直接击到了他还在向前探的腹部。这次的声音显得很硬,是"砰"

的一声!

"还是不行,攻击力太小!你要这样,让力气充盈全身,只要一瞬间就好了,让力气爆发出去!"

"啊!"

"不是这样啊!"

潘东拨开覆盖在身上的蔓草,墨黑的泥巴印在了他的手掌上。发出"嚯"的一声的同时,他挥起手臂。

在这一瞬间,我的眼前一黑。

"呃——"我半反射性地用手擦了一下脸,视线恢复了,我看到自己和潘东全身都沾满了黑泥。这是刚才那一瞬间,沾在他手掌上的泥巴四处飞溅的结果。

又是"嚯"的一声!伴随着吼声,泥巴四处飞溅。我慌忙躲避,泥巴四散到了榻榻米上,然后又沾到了脚上。看起来像是淤泥,不过不臭,也没有任何触觉上的感觉,但是还是让人感到恶心。

"这是什么啊?"

泥巴又开始飞溅,他好像不屑回答。我狼狈地四处闪避,但潘东突然抱住了我。他的半个身子埋在上百片蔓草叶子之间,每个叶子都在滴着泥。

"哇!"我扭动身躯,从潘东的怀抱中逃了出来。不用专门确认,潘东的整个身子,肯定都是一片黑泥。

潘东用手指着我,哈哈大笑着:"你啊,真的是任人宰割啊。说你什么好呢,是老好人,还是蠢蛋?"

"腾"的一下,我心头的火升腾而起。潘东好像看透了我的心思,又从正面直接攻了过来。我已经有点不耐烦了,想要一扫心中的怒火,毫无顾忌地飞出拳头。伴随着沉重的"咚"的一声,潘东的身体蜷曲在一起。虽然没有倒地,但却踉踉跄跄地后退了五六步。

"对了,就是这样!"

"我明白了!"

"虽然说是后发制人,但毕竟是攻击,换句极端的话说,就是要杀死对方。"

"什么?"

"你接受不了?"

"不是!我理解您所讲的意思,但是过多暴露攻击欲望,或者说过多外泄杀气,攻击动作就会被对方所察觉,而且自己的身体也会由于用力过猛而变得僵硬……"

"你说得对,我的师傅也这样告诉过我。这个说法是对的,不过,就你而言,你是太没有杀气了。再兴奋一些,这样不是很好?这样的话,你不但能更快地结束战斗,而且战斗效率也更高了。"

"这样啊!"

"总之,不要拘泥于一切,不要拘泥于一切,因为你是海洋漂民。在这个虚拟世界中,你接受我的指导,但是在现实世界中,你应该是接受了其他师傅的指导。那么,兼收并蓄二者的优点,岂不是更好?或者随机应变,根据实际情况分开运用。只要不将其中一方的指导奉为金科玉律就可以了。"

"您指导得太好了!"

"我觉得,你是无论什么都太当真了!"

"您是说……"

"正直坦率是好的,但我觉得你有点不谙世事啊。你的实际年龄是?"

"21岁。"

"那么,你也应该逐渐了解这个社会了。你所借用的这个卡通人的原主人,不就是四处游历的吗?或者,你也像他一样到处走走,加入其他的海洋漂民集团试试看？总之，过久地待在一个地方是不好的，因为这样你就会背上太多不必要的包袱。如果觉得包袱太多了，就干脆利落地抛到一边，到别的地方或者世界去看看。漂民本来就应该如此啊，如果包袱太多，就会受其拖累而死。"

"确实如此！"

"你看，说着说着，你又当真了。"潘东嘎嘎地笑了起来，"对于别人的话，一半听一半扔，不是很有意思吗？"

"这样啊！"

"我有点游戏人生，昨天所说的与今天所说的，可能会发生180度的大转弯呢。从各种意义而言，我不喜欢一直待在一个地方，会一直四处逃避，有时甚至是从自己身边逃走。我的目标是成为一个彻头彻尾的不负责任的男人。你不也是海洋漂民？一旦拥有海洋漂民这一身份，那你就只不过是一个生活在海上的普通人而已。"

"……"

"说多了，说多了，搅乱你的思维了！其他徒弟也没来道场，今天的练功就到此结束吧。"

"多谢师傅！"

我想采用正坐姿势行礼，结果跪倒在榻榻米上，抬起头时，才发现潘东早已销声匿迹了。怎么说好呢？简直让我惊呆了。我的感觉就是，如同突袭而来，卷起漫天泥沙的过境台风，他的卡通人只在榻榻米上留下了黑泥而已。

"怎样才能去掉这些黑泥呢？"我一边自言自语，一边叹气。

R 是 Romeo 的 R

1

我与科兹莫在普瓦鲁卡斯俘虏到的 AUV，在密克罗尼西亚引起了震动，而且这种震动的程度远远超出了我们的想象。这是因为，这艘 AUV 的形状以及推进器等的特征，与我们之前遭遇或者俘虏到的提亚玛特集团的 AUV 完全一致。不仅如此，解析了上面的人工智能设备之后，我们发现，这艘 AUV 在侦察东马里亚纳海盆情况的同时，还与多艘 AUV 交换信息，形成了综合的结果。

遗憾的是，我们没有找到任何数据来确定这艘 AUV 是从哪里出发、之后要回到哪里去的。也许是遭到"伊索克莱克鲁"的攻击、其控制系统被破坏的那一瞬间，能够显示 AUV 身份的所有信息就全部被自动清除了吧。

但也正是上述情况，明确无误地显示出其侦察目的保密级别多么高。因为，如果是出于科学或者商业目的的侦察，那么它的主人必然希望无论发生什么意外，AUV 都能够最终回到自己身边，所以肯定会明确地标识出它的所属单位。

我们不知道密克罗尼西亚政府或者兰马鲁克人后来是怎么与仙境集团上层沟通的，但可以想象得到，他们肯定会将普瓦鲁卡斯的秘密作为重要的内容。令人吃惊的是，也许是受此事的影响，盐椎真人已经离开了南马都尔战斗群的指挥岗位，现在贾鲁西亚副司令是"驯服野马"作战行动的总指挥。

现在还不清楚盐椎司令赶回澎贝岛的具体路线。据推测，为了寻找再次进入白令海的时机，"南马都尔"号一直停泊在阿留申群岛南部海域。担任总指挥的盐椎司令乘坐水陆两栖战车经由海路进入俄罗斯，然后转乘直升机或者与仙境集团关系密切的日本渔船，最终在冲绳登陆，然后乘坐喷气式飞机抵达澎贝岛。

另一方面，由于包含旗舰"南马都尔"号在内的主力战舰外出执勤，造成密克罗尼西亚海域兵力空虚，指挥部征调了原来驻扎在波利尼西亚、美拉尼西亚、东南亚等周边海域的SSO、水下仿生机器人、协战潜艇、无人机等回防。这样一来，估计澎贝岛和安特环礁之间的这个最大的海上城市现在肯定挤满了各种舰船和人员。

当然，表面上我与此事完全无关，在普瓦鲁卡斯的所有发现以及俘虏到AUV都是科兹莫一个人的功劳。一方面，如果向别人诉说"是宗像逍附到科兹莫身上去做的"，那么肯定会被视为天方夜谭；另一方面，我们两个也都不是抢功的人，也都很讨厌让来让去的。所以，心知肚明就好了。

从肉体的角度出发，除了出海搜寻"北美野马"之外，我一直老老实实地窝在SSO上面的潜艇库中，而这艘SSO则停泊在北冰洋上。这样的生活已经持续了将近一周，我也开始适应了。除了戎崎TORU之外，我慢慢地认识了不少人。

尽管如此，我们所掌握的信息还很不够。"近水楼台先得月"，在母舰"南马都尔"号上执勤时，我可以比较全面地把握仙境集团的整体情况,但现在却缺乏这个便利条件,只能以安云蕾拉心血来潮时发给我的邮件或者信息为依据,加上自己的理解,进行综合推理和判断。这么做虽然不会有太大的误差,但是这种情况持续下去,我真担心自己会被大家遗忘。

终于,有人跟我联系了,这顿时打消了我的这份不安。那是"阿斯匹德氪隆"结束了3天的搜索任务返回母舰,而"玛卡拉"刚刚接替它出海之后的事。

为了将"主神"号从停放"阿斯匹德氪隆"的潜艇库中移出,转移到停放"玛卡拉"的潜艇库中,同时也是为了检查水下仿生机器人的状态,我操作"主神"走出了"月神"号。因为现在所有的维修保养工作几乎都是我一个人承担的,所以如果不走到大海中去检验一下,我也没有自信确保其良好的工作状态。

我正在操作室内对照着检修表逐项检查时,接到了盐椎一真发来的请求通信的信号。真是太及时了!

"一直在等待你跟我联系呢。"

我迫不及待地张口就来!正常程序是,听到一真说出"我是鳌"这一口令之后,我回以"我是主神",然后才能进入正常通信状态。

"呃……真的吗?"

"我正在操作'主神'出海,转移营地,同时也是做维修保养。这是我精神状态最放松的时候。"

"你现在是寄泊在别人的母舰上,辛苦了。"

"没事。我这边没有什么不方便的,只是他们处处对我格外照顾,让我感觉很不自在。"

"这样很辛苦!这让我这个舒畅地待在自己熟悉的船上、自己熟悉的海域中的人感到有些不好意思了。"

"我不是这个意思。"

"我们进入正题吧。逍,你所说的浓盐池,真的存在吗?"

"您是说普瓦鲁卡斯?"

"从科兹莫那里你都听说了吧。这个家伙,怎么一点儿都不告诉我呢?"

"我也没有办法啊!只要我说出去就会受到诅咒。而且,一旦秘密泄露,科兹莫肯定会杀了我。"

"那算了。我所感兴趣的只是那里的成因。位于那么深的海底,而且这么多年以来从来没有干涸过,这样的地方浓盐池是如何形成的?还有,盐分是哪里来的呢?"

"来自'阿勒宿普'。"

"哪里?"

"科兹莫说,那个'泉'水的底部,通过虫洞一样的通道,与另外一个世界的海洋相连,每隔几十年就会开启一次。这样,那个世界中的海水就会从这里喷涌而出,这种海水很咸。"

"听起来像是异想天开的故事,不过很符合逻辑。喷涌而出的只是海水吗?"

"传说中,寄宿在蚕茧或者鸟蛋中的'使者'们也会来这个世界。如果这个传说是真的话,那么他们应该是那个世界里的居民。"

"你说的这些很有意思,而且很及时。这与我下面要通知你的事情也许存在密切的关系。"

"无论是什么信息我都非常欢迎!我现在真的是浪迹天涯海角,整天与那个谜一般的潜艇捉迷藏,消息很闭塞。"

"我的消息也很闭塞啊。你还记得龙形怪兽利维坦吧。"

"当然,怎么可能忘记呢。"

"最近又有这种怪物整天游荡在'鳌'的附近。"

"真的?"

"目前还不能确认。但是舰艇上的合成孔径声呐①捕捉到的图像显示,与那个家伙非常相似。虽然眼下我们是当作未明的水中生物来处理的,但我个人觉得,那很有可能就是利维坦。"

"不能借助光学影像②进行跟踪和确认吗?"

"最近几天,我已经派 AUV 在'鳌'附近进行巡逻了。但是,只发现一个很像这只怪物的影子在激光扫描仪上一掠而过。这艘鱼雷型 AUV,如果不考虑体积的大小,那么它的形状倒与'海蜘蛛'很相像。估计现在对方在小心翼翼地行动,以避免被我们再次捕捉到。"

"这样啊。不过,如果是利维坦的话,为什么这个家伙直到今天还在'鳌'附近游荡呢?"

"这也正是我想问你的问题。我还以为你知道一些什么情况,所以与你联络的。"

"我什么也不知道,真的!我甚至连估计都无从做起呢。"

"如果真要我说的话,我估计只有一种可能,就是那个标本。"

"标本?"

"就是你从利维坦身上拔下来的,那块小小的、透明的'冲浪板'。"

"啊,就是那块很像硅藻壳的东西?"

---

① 一种新型的二维成像声呐,工作原理与合成孔径雷达相似,利用匀速直线运动的声基阵形成大的虚拟(合成)孔径以提高声呐横向分辨率。该类型声呐具有横向分辨率与工作频率和距离无关的优点,分辨率比常规侧扫声呐高 1~2 个量级。

② 广义的光学影像分为 3 种:摄影影像(包括各种航空、航天和地面摄影获取的全色、红外、彩色、彩色红外和多光谱摄影影像),扫描影像(包括各种航空、航天扫描仪以物面扫描或像面扫描方式获取的物光学影像、热影像或微波影像),数字影像(包括由模拟影像通过重采样进行扫描数字化获得的图像,以及由数字影像磁带回放扫描成像)。

"是啊，它很有可能就是被那块板吸引过来的。"

"你是说，它是想夺回这块本来属于它身体一部分的东西？"

"对，我觉得就是这样。"

"但是，利维坦怎么可能知道那个样本是保存在'鳌'上面的呢？退一步说，即使它知道东西是保存在'鳌'上面的，但它怎么能够推断出'鳌'位于密克罗尼西亚的呢？"

"无从得知！最单纯的理由就是那块样本可能发出了SOS信号，或者它们之间能够相互呼叫。"

"怎么能相互呼叫？"

"所以我才说我无从得知啊！在我们认知之内的手段，要么就是气味，要么就是电磁波。但是，如果利维坦也是来自于那个世界的怪物，也就是说来自于那个叫作普瓦鲁卡斯的浓盐池，那么，无论什么情况都是可能发生的。"

听到这里，我不禁哑口无言了。从通信手段的角度来说，我和科兹莫，一个身在北冰洋，一个身在密克罗尼西亚，可谓天南海北，但我们之间尽管没有借助任何通信器材，却能够自由交流，这本身就是一个谜。安菲特里忒的话语，暗示着这个世界上存在着覆盖全球规模的通信网络。果真如此的话，那么利维坦与那个样本之间也有可能使用的是同样的通信网络。

"一真，你可以把这件事情告诉科兹莫，听听他的看法。"我并没有深思熟虑，而是脱口而出，"关于那个世界——好像被称为'卡恰乌帕蒂'，他了解得比我更加详细。而且，他现在操作的是最新型的水下仿生机器人'伊索克莱克鲁'，拥有可以进行海洋探察的手段。"

"你说的是'主神'定型后，批量生产的第一号机啊。二者的外形非常相似。"

"除了一些细微之处和漆面之外,几乎都完全一样,性能方面也几乎没有什么差别。"说完之后,我赶忙又追加了一句,"好像是这样!"

"也有可能是利维坦将'伊索克莱克鲁'错认为'主神'了,所以想从它那里夺回样本。"

"如果真是这样的话,那'伊索克莱克鲁'就危险了。真有这种可能呢。"

"有意思!你的提议很好,我与科兹莫商量一下。"

就在这一瞬间,一阵不安和后悔袭过我的胸口。为了满足自己的好奇心和探究欲,一真有时甚至会置人的性命于危险而不顾。在他的眼中,也许除了自己的好奇心和探究欲之外,再也没有其他了。

不过,考虑到如果一真派遣科兹莫操作"伊索克莱克鲁"去诱捕利维坦,那么我只要附体到他的身上去,他就没有什么危险了。我心里释然了,也许科兹莫正希望一真这么下命令呢。当然,对于科兹莫,我还是有些不放心。不过,虽然他操作经验有些不足,但起码不会被那只龙形怪兽吃掉。

"没有时间多聊了!发现了普瓦鲁卡斯之后,我的时间表几乎是以分钟为单位来安排的。"一声叹息之后,他接着说,"最后再问你一个细节。"

"与以前一样,你还是没有任何变化啊!希望我能够作答。"

"你在白日梦中见到普瓦鲁卡斯时,有没有注意到,里面是否存在微生物所形成的'微生物绒毯'?"

"你是说,那种紧贴在海底的模糊不清的白色东西?"

"是的,就是微生物群,像铺在玄关上的小毯子一样紧紧贴在地面上,出现一大片。"

"有，只不过不是紧靠在'泉'池的边上。普瓦鲁卡斯的直径大约一公里，位于一个平缓的、凸出地面的台子上面。印象中，斜面上到处长着这些东西。"

其实，刚才我所说的并不是我在白日梦中所见到的，而是我附体在科兹莫身上时目睹的。我一边回忆着当时的情景，一边描述着。当然，二者的内容是一致的。

"真是这样？"

"你检索一下'伊索克莱克鲁'上的光学影像记录吧，肯定能够找到。"

"其实我已经检索过了，只是不顺利，一直未能找到目标。可能是因为关键照片的清晰度不够，或者微生物绒毯形状本来就不稳定，比较模糊。但是，既然在你的白日梦中出现过，那么我让人用快速回放功能好好确认一下。你所说的是一个好消息，也许那附近出现了大范围的沼气和硫化氢喷涌现象。"

"这就是你说的好消息？"

"这样就有可能在那里实验新型武器了。"

"新型武器？"

"你很快就会知道了。好了，多谢，再见。"

我还没有说"不用谢"，他已经结束了通信。这时，我才想起来，自己还正在操作着"主神"在海冰下潜行呢。机体检查工作马上就可以结束，我现在必须去"玛拉卡"号的潜艇库报到了。

但是，我的目光还是在不停地来回扫视着检查表，我的头脑早就被利维坦卧在微生物绒毯上的情形所占据了。

再过12个小时，也就是时隔一周之后，我又要重新出海执行搜索"美洲野马"的任务了，必须好好利用这段时间。想到这里，我

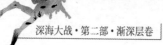

马上附体到科兹莫身上,朝澎贝岛西南方向的海域急速潜行。"伊索克莱克鲁"的激光扫描仪界面上,清晰地映出"鏊"的船底情况。

前天,我告诉一真,如果要确认那个看似利维坦的声呐图案,最好还是获得科兹莫的协助。看起来,结束与我的通信之后,一真立刻就给科兹莫做工作了。不过,科兹莫的回复也够快的,我还以为他向长老们申请之后,会花费很长时间才能得到答复和许可。

实际上,不仅是这些,在这短短的四五天时间内,密克罗尼西亚海域的一切工作都在以前所未有的速度紧锣密鼓地推进。当然,这还仅仅是我依靠蕾拉断断续续提供的零星情报推测出来的。看起来,为了普瓦鲁卡斯免受提亚玛特集团的侵袭,仙境集团已经尽了最大努力。

对于密克罗尼西亚人来讲,普瓦鲁卡斯确实是他们的圣地,是最重要的场所。也许来自"卡恰乌帕蒂的使者"将降临这个世界这一传说背后,隐藏着什么重要事情。但是我不知道仙境和提亚玛特这样的海洋漂民集团为什么如此重视这件事情,而且是在围绕美国的USS"蒙哥马利"号闹得不可开交之际。

"难道经由'阿勒宿普'降临的,只是'使者'吗?"

我一边以"鏊"为圆心,在水深150米的海面下展开搜索活动,一边询问科兹莫。

"传说并没有强调只是'使者'降临,所以肯定存在着其他的可能性,比如'使者'的卫兵等,也有可能就是一真所说的龙吧。"

"所以你才感兴趣的吧。不过,'使者'们带来的,也许不是什么生物,而是人类渴求的什么东西呢。"

"你是说贵金属或者宝石之类的?我认为,应该不存在这个可能性。"

"未必是贵金属或者宝石,比如,某种有用的资源、技术什么的。"

"资源？技术？传说中'使者'们会带来'马纳曼'。所谓的'马纳曼'，是一种魔法，或者叫作灵力。"

"什么样的灵力呢？"

"就是建造南马都尔时所使用的、让重物在空中漂浮的神奇力量。"

"这样神奇的力量啊，我也想拥有！不过，灵力……毕竟是虚无缥缈的东西啊。"

我觉得，无论是仙境集团的上层，还是提亚玛特集团那种重视现实利益的家伙们，都根本不会在意什么魔法，但如果"马纳曼"是一种能够控制重力的技术或者设备，那么即使打破头，他们也会争夺不休的，因为那实在是太有价值了。

"那种灵力，究竟是什么形状？"

"嘘，有没有听到什么声音？"科兹莫打断了我的话。

我感觉到他在屏息倾听。

由于已经启动了音响迷彩，如果说能够听到什么声音，那也应该是"伊索克莱克鲁"内部所发出的声音，也许是设备发出的异响吧。如果是异响，那么可能是设备出现了什么故障，所以我也竖起了耳朵。但是，回荡在操作室内的只有我们的心跳声，以及我们的身体活动时发出的窸窸窣窣的声音。

"没有什么异响吧，我好像什么也没有听到。"

"集中精力！有人在呼唤我们，好像在向我们靠近。"

"我听不到。"

我停止了"伊索克莱克鲁"的一切动作，依靠惯性继续潜行，同时警惕地环顾着四周。但是，激光扫描仪界面上所显示的，只有"鳌"的影子。

"对方在向我们呼唤什么?"

"好像也不是什么很复杂的信息,就像海豚之间相互呼唤那样。也许是动物?"

"是利维坦?"

我和科兹莫都是海洋之子,两人之间存在着很多共通点。但是在感觉或者直觉方面,还是存在着很大的差别。

在普瓦鲁卡斯时,是科兹莫首先察觉到了 AUV 在向我们逼近(虽然他本人觉得是受到了警告),而我,也许是受到了什么固定观念①的影响,或者说是能力已经达到了"附体"状态的极限。

"来了,从那边。"

领悟到了科兹莫所指示的方向,我立即抬起了"伊索克莱克鲁"的手腕。那个东西正在从西南方向向我们逼近。

我调整着扫描激光仪——缩小扫描界面宽度,拉长扫描射程,发现确实是有什么东西正在向我们靠近。由于还相距 300 多米,只能看到是模糊的点状物,还看不清楚对方的具体形状。

"'鳌',我是'伊索克莱克鲁'。信号接收情况如何?"我用水中 HF 通信设备呼叫一真。

由于对方认为是科兹莫在呼叫,就用英语回答道:"'伊索克莱克鲁',我是'鳌'。接收情况良好。"

"'鳌',我是'伊索克莱克鲁'。收到我们的位置信息了吗?"

"'伊索克莱克鲁',我是'鳌'。收到你的位置信息,现在你正处于船的正下方,我也用激光扫描仪确认过了。"

"'鳌',我是'伊索克莱克鲁'。水下仿生机器人的激光扫描仪

---

① 心理学术语,指在生活中由于各种经历的影响而形成的一套独有的事物评判"标尺",往往表现为一种病态的顽固执拗,如"坚信"某种经验是"真理",从而导致出现某种反常的错觉、妄想或者行为。

界面有所发现。方位 2-2-9，距离 320 米。我称之为'L1'号目标。目标正在向我们靠近。"

"我是'鳌'，收到。是生物？"

"还不清楚。反射强度比较弱，看起来像生物，但也有可能是激光被反射而导致的。"

"对了，利维坦的身上覆盖着玻璃呢。在扫描仪界面上，如果是人工制造的产品，也会呈现类似于生物的反应，这也是一种'隐身'。'L1'的水深位置与'伊索克莱克鲁'一样？"

"差不多，应该是 150 米前后。"

"太浅了，超出了'鳌'上所装备的声呐和激光扫描仪设备的工作范围。那我马上放出 AUV。"

"不要放！如果'L1'是利维坦，那么它对 AUV 会特别警惕，可能会被惊走。还是静观其变吧。"

"那要小心！这么提醒你显得有点失礼，不过你操作水下仿生机器人的经验还不够。"

"是啊！不过，作为密克罗尼西亚长老的后代，我拥有丰富的海洋知识。虽然我不知道'L1'是不是你所说的龙，但好像我与它之间可以交流，它应该不会突然袭击我的。"

"交流？你是说，你们之间可以进行通信？"

"并不是使用电流或者声波，但是我们可以交流。放手让我试试吧！通信完毕。"

在我和一真通话期间，"伊索克莱克鲁"与"L1"之间的距离缩短到了 250 米，虽然对方的速度比较慢，却是目标明确，径直地在向我们靠近。激光扫描仪界面所显现的图像已经从模模糊糊的点状，正逐渐变化为"T"形。甚至，我可以听到它发出的声音了。

确实很像海豚发出来的口哨声，但是好像更加复杂，就像很久以前用老旧的收音机找台,或者用无线报话机对频道时所听到的"吱吱嘎嘎"的声音。由于音调独特,虽然还不清楚对方是不是在呼唤我们,但是可以感觉到,对方是想告诉我们什么。

"看得更清楚了,还有200米。"科兹莫自言自语道。

"虽然它看起来很悠闲,但是速度一点也没有放慢。按照这个速度,再过一两分钟,我们就能借助光学相机进行确认了。"

"对方虽然也很警戒,但好像对我们也很感兴趣,也许它多少知道了些我们的身份。"

"你是说,它记得'主神'号,所以认为'伊索克莱克鲁'是'主神'的友军?"

"我说的不是这个。我是说,它好像知道我们是海洋之子。"

"啊,这种事情它都能知道?"

"肯定知道。因为我们之间存在着某种共通点,或者说相通之处。也许我们都与普瓦鲁卡斯或者'卡恰乌帕蒂'之间存在着某种渊源。"

"如果真是这样,那就太厉害了……喂,它突然加速了!"我半反射性地将两只手腕上的鳍团成矛的形状。"120米,110米,突破100米了。"

"逍,收起这两只发射电磁脉冲的矛,恢复原状。要摆出姿态表明我们毫无敌意。"

"虽然你这么说,但我还是不放心啊!"

"放心,不会出现危险的。正像你刚才告诉一真的那样,我们能与它沟通和交流!交给我吧,我来处理。"

"'伊索克莱克鲁',我是'鏊'。'L1'已经进入了'鏊'的声呐和激光扫描范围。距离非常近了。"

"'鏊',我是'伊索克莱克鲁',收到!刚才我们已经用机体上所装备的激光扫描仪进行了确认，'L1'的形状确实很像龙的形状。也许它就是利维坦，或者是它的同类。"

"好像它正在沿直线前进，直奔你们而来。"

"不是，现在它已经改变了方向。距离40米、30米、25米……距离很近了。啊，它又退回到了30米的位置，现在位于十点钟方向。"

"是啊，好像它闪避开了。"

"不对，应该是它在围绕着你游动，保持着35米左右的距离。"

这头看起来与利维坦非常相像的海龙，它以"伊索克莱克鲁"为中心展开了弧形运动，与我们之间保持的距离非常微妙，再近一些，光学影像就能照到；稍远一些，就又照不到了。但是，无论怎样，看起来它都不会马上发动进攻！我听从科兹莫的建议，收起了两只手腕上的矛。

"科兹莫，它好像能与我们成为好朋友。"

"你别说话，它正在跟我说话呢！"

"那你来应付吧。对于澎贝语，我可是一窍不通。"

我缓缓地将"伊索克莱克鲁"回转到水平方向，这是为了能够从正面对着这条龙。不知道它是在观察我们，还是在计算着最佳进攻距离，这条龙一边环绕我们游动，一边逐渐缩短了距离。现在只有30米了。

我很想打开探照灯，用光学影像来确认它的具体情况，但我还是勉强忍住了自己的冲动。现在这种情况下，最好还是不要采取任何刺激它的行动。

"科兹莫，怎么样了？"

"嗯——"

"它跟你说了什么？"

"不是很明白!刚才它传来了信息,好像是在说什么形状像树叶,或者是冲浪板之类的、薄薄的东西。"

"冲浪板?它说的是那个什么板,就是龙身上的凸起物。"我的声音不自觉地高了起来。

"龙身上的凸起物?"

"也许是龙鳞,是我操作'主神'从它身上拔下来的。它真的是利维坦啊,看来是来取回那个样本的……它竟然远渡重洋,从冲绳追到了密克罗尼西亚。"

"怪不得它这么说呢。这样看来,只有等我们归还了这个东西,它才可能与我们好好对话啊。"

"如果我们归还了它,说不定它会一阵风似的跑掉呢。"

"不会,我觉得肯定不会。刚才我说了,它对我们很感兴趣。"

"'鏊',我是'伊索克莱克鲁'。我们断定,龙想要回什么东西。"

"'伊索克莱克鲁',我是'鏊'。它想要回什么东西?该不会是那个样本吧?"

"是的,就是逍操作'主神'从它身上拔下来的那个样本。"

"也就是说,它就是利维坦?!应该是样本在呼唤它。"

"应该是这样的。我想把它想取回的东西还给它!请将样本从船上放下来。"

"你说什么,还给它?这个嘛……"

"那应该是龙鳞或者别的什么吧。被强行拔下来的,当然应该还给它啊。"

"但是,这个样本很珍贵啊。"

"如果我们不还给它,不知道利维坦到底会做出什么疯狂的举动!也许会攻击我,或者攻击'鏊'。"

"能不能与它好好商量一下？既然你们能够沟通，应该可以说服它的。"一真用恳求的语气说道。

"说服它？难度太大，根本无法实现！相反，如果我们归还了它，说不定下面的事情就好办了呢。顺利的话，不但是龙的部分身体，说不定它所有的一切我们都可以细致地观察了呢。"

"但是，那个样本，我们还没有完成分析工作呢。"

"好了，赶紧放下来吧。我听邈说过，这条龙拥有将海水变轻的能力。如果它发起疯来，说不定会将'鳌'整个弄沉了呢。更严重一点的话，说不定会掀起海啸，给澎贝岛带来灾害呢。你负得起这个责任吗？"

"这么严重？"我可以想象得到一真左右为难的神情，"算了，那我马上放下去。"

"快点。虽然很缓慢，但是利维坦好像在一步步逼近过来。"

"我是'鳌'。我明白了，马上放！"

我结束了通信，叹了一口气。一谈到研究，一真就贪得无厌，不愿意舍弃了。

利维坦又逼近了一步，已经突破30米大关了。

这附近海域的透明度比较高，基本上相当于黄昏时分水深120米左右的能见度。如果到了水深150米的深处，人的眼睛就几乎什么都看不到了。但如果使用高性能的相机，还能看到模糊的影子。这种情况下，即使不开灯，也能看到对方的位置。

但是，现在我们所看到的却是不祥的征兆。利维坦伸着细长的脖颈，好像马上就要攻过来了。在冲绳，当它从后面追赶我的时候，我觉得它脖颈的长度应该是10米左右，但现在正面看上去，才知道自己错了，应该长达15米左右。"伊索克莱克鲁"两只手腕的长度大约为6米，所以，只要它再靠近七八米，我们就会撞到一起了。

"'伊索克莱克鲁',我是'鳌'。我们已经做好了放下样本的准备,两名甲板值班员将从左舷后方投下去。可以随时投!"

"我是'伊索克莱克鲁',收到!"

我悄悄地打开推进翼,一边用激光扫描仪紧紧地盯着利维坦,一边寻找着机会。趁它的头转向别的方向的时候,我在用推进翼猛力推进的同时使劲用脚蹼往后击水,一下子就跃到了海面上。

"'鳌',投下来。"

"好!"

我将右腕抬过头顶,伸向船的左舷。海面上白光一闪,一个一米多长的透明"冲浪板"轻飘飘地滚落下来。我用手掌接住后,立即用推进翼往反方向推进,就像踩了急刹车,立刻止住了上升动作。然后,我又猛力推动了一下,"伊索克莱克鲁"脚尖冲下地飞速下潜。

我们很快返回了150米左右的水深位置,整个往返过程耗时10秒。

"哇,太近了!"

利维坦的脸孔就在我们面前!等我们反应过来的时候,它距离我们只有两米左右了!我不自觉地将身体蜷曲,使用推进翼迅速拉开了一点距离。但是"龙"马上紧逼了上来。

"等等,还给你!"

我将紧握样本的右手藏到腰部,向前伸出了左手。说时迟那时快,利维坦的头缩回去了一些——这是反射性的动作,应该是生物!因为如果是自控型的机器人,它缩头回去的动作肯定会很费时间。

"没事,没事,好孩子!平静下来,温顺一些!"

我很自然地这样对它说着，就像面对着虎鲸或者海豚一样。虽然我不知道这么说是否能够让它明白，但我想科兹莫肯定会翻译给它听的。

现实情况是，气势汹汹地逼上来的利维坦停止了动作。虽然它的头仍然直冲着我们，但身体却停在那里不动了。

"对，这样才对……这样才对！"我的右手从腰部一点点探出来，将样本送到"龙"的鼻尖下面："你看，我还给你了。"

时间很短，从我的心脏跳动的次数来说，大约是两三次，但是从冲浪板一下子就从"伊索克莱克鲁"的手中消失的速度来看，那只是转瞬之间的事情，甚至我连担心自己的"手"会被它咬掉的机会都没有。当我察觉到时，样本早就到了利维坦的嘴中了。

"太快了，这个动作！我都想好好学习一下了。"

传来了科兹莫的声音："也许'龙'也是水中合气道高手！到现在为止，能够平安地归还回去，实在是太好了。"

"是啊，太好了！好像'伊索克莱克鲁'的手指也完好无缺。"

现在，轮到利维坦后退了。它退回到距离"伊索克莱克鲁"50米的位置，在观察着这边的动静。过了一会儿，它将脖子弯成弓形，头转向自己的背部。当它的头再次伸直探向前面的时候，我们发现，它嘴里的样本已经不见了。

"是装回到我拔出来的位置了吗？"

"你是从它的背部拔掉的？"

"是的，它的背部从脊背直到尾部都排列着这种东西，像锯齿一样。我所拔掉的，就是其中的一块。"

"安装回去之后，就会马上紧紧粘上？"

"如果真是这样的话，那它肯定不像地球上的生物。"

"不管它是不是生物了，该还的东西还回去了。我们试试，看看

我们之间能不能冰释前嫌,成为好朋友。"

"说什么呢,我们与它本来也不是什么好朋友啊!"

"不管是不是,我先叫它过来。"

"啊,你让它过来?"

我下意识地摆出了防备姿势,当然,还没发展到架起手腕上的矛的地步。

"不用担心!你看,到目前为止,它不是一直都很老实温顺?看起来它有点胆小,或者说做什么事情都小心翼翼的,没有什么攻击性。在我的眼中,它基本就像一只家犬。"

"这是家犬?你不用说得让人感到如此亲切吧!"

"那你就把它当成自己养的狗招招手试试看。我来吹吹口哨试试,当然,不是真的用嘴,而是用意识。"

"真的有用吗?"我操作着"伊索克莱克鲁",将手先伸向利维坦,紧接着又收回到自己的胸前。这个动作,我重复了好几次。

"你看,它不是过来了吗?"

也许我们手头有什么诱饵的话,可能会更加简单,不过,我们也不知道这条"龙"到底吃什么。我们只能祈祷它不吃人。

在光学影像中,黑色的幕布升起,原来模糊不清、形状不定的"龙",慢慢地从显示屏的底部"涌"了上来。我用激光扫描仪确认了一下,这条"龙"就像一条盘在地上的蛇,一步步地昂起脖颈和镰刀一样的头,头部凸凹不平。我不自觉地想退回几步,但是马上打消了这个念头,坚定地站立在那里。

"你看,它不是过来了嘛!真的很让人意外呢,它很喜欢接近人。"科兹莫的声音显得有些兴奋。

"好像是呢。它会不会舔我们的脸呢?"

"即使它舔过来了,你也要忍住啊!反正舔的是机体的脸,不要紧的。"

"但是，机体表面的传感器也会将这种感觉传导给我们的啊，肯定会让人感到毛骨悚然的。"

利维坦的头又靠来了，只不过没有张开口。它从"伊索克莱克鲁"的头部开始，沿着脖颈、肩头、胸膛，一路嗅了下来。它的鼻子贴近、拉远的样子，真像一条正在用鼻子嗅的狗。也有可能它真的是在嗅，只是，制造机器人用的石墨烯和碳纳米管都是近乎无臭无味的，它到底能嗅到什么呢？

不一会儿，利维坦的鼻子和头，就在机器人的胸部——也就是操作室的位置停了下来。也许是它注意到里面有人了。

"它平静了很多，它的形象很有趣啊！"科兹莫喃喃自语道。

"有趣？你在开一个天大的玩笑吧。"

"看起来，它就像一个长着很多只触手和尾鳍的精灵！"

"你是说，它是利塔吉卡？太有意思了，你是说，我们与利维坦有相同的友人？它真的是来自于'卡恰乌帕蒂'啊。"

"我也在脑海中仔细描绘了利塔吉卡的样子！也许我小的时候，与他们一起在岛上或者海里玩过呢。"

突然，它不单是用头部，而是用整个身体一下子靠了上来——利维坦用带有尖利钩爪的前肢从左右两边紧紧搂住了"伊索克莱克鲁"的腰。

"坏了！"事情太过突然，我忍不住叫了一声，两只手腕上的鳍已经转换成了尖利的矛。

"等一下，逍，千万不要紧张！我想，这是它向我们表示亲近的动作。"

"真的吗？"

"它的动作，不正像一条高兴得一下子扑过来的狗嘛！"

"真的吗?"

"好可爱啊!肯定是它与同伴走散了,感觉非常寂寞!"

"你所说的,真的很难想象得到啊!"

"'伊索克莱克鲁',我是'鳌'。不要紧吧!船上的激光扫描仪显示,你遭到了利维坦的攻击!"

"'鳌',我是'伊索克莱克鲁',不用担心。利维坦确实是一下子紧紧抱住了我,但是好像并不是要伤害我,反倒是像在表达自己的兴奋。拿到我归还回去的那个样本后,它自己把它装回了原来的位置。也许,它的鳞片和背部的凸起是可以装和卸的。"

"'鳌'已收到。现在可以放下水下照相机了吗?这是自控照相机。"

"好不好呢?不是AUV,应该没有什么问题吧。等它与我再熟悉一会儿之后吧,时机成熟后我发信号给你,到时你再放。"

"明白!我们已做好准备,等待你的信号。"

利维坦伸出长长的脖颈,穿过"伊索克莱克鲁"的右肩绕到后背,又从左肋下探出头观察着我们的表情。如果它把脖子再伸长一点,似乎就可以把我们卷起来。

"逍,你再多接触一下这条'龙',看看效果会不会更好。"

"我正在想,你肯定会这么说呢。"

"如果它是只扑过来的家犬,我们应该抚摩它啊。"

"是啊!只是,把它当作家犬,真的好吗?"

虽然这么问道,但是我还是轻轻地抬起了左手,伸到利维坦的喉头部位,用食指尖轻轻地碰了一下。我感觉到它似乎没有什么反应,也许是它没有感觉到。

我又用食指、中指和无名指轻轻地抚摩了一下它,"龙"一下子张大了口。我继续抚摩着它,"龙"渐渐将头部扭向身体后部,显得非常舒服。

"就是这样，继续！它舒服得发出了'咕噜咕噜'的声音。"科兹莫的声音里都带着笑！

"那它应该是猫啊。"

"胆子再大一点，摸摸它的头！"

我一边用左手抚摩它的喉头，一边将右手伸到它的头部。它的眼睛上方布满了凸起，显得"崎岖不平"，抚摩起来手掌觉得很痒。我将抚摩改为用手指摩擦凸起与凸起之间的位置。如果关闭"音响迷彩"功能，也许会听到引起生理不适的摩擦声音。

生长在利维坦背上的翼状的鳍，开始慢慢晃动起来，这种晃动也传导到了"伊索克莱克鲁"的机体上。而且，它那像脖颈一样长的尾巴也开始摇摆起来，尾巴尖在我眼前晃来晃去，就像鞭子一样。

"好像它非常高兴，很舒服呢！"

"好像有点高兴过头了。如果它的尾巴扫到机体上，那就糟糕了。"

"是啊！它与我们也很熟了，还是先分开一下比较好。"

突然，我的眼前青光一闪，仔细看过去，那青光瞬间凝聚成了一个小人，是安菲特里忒！给人的感觉，好像是它正坐在利维坦的鼻尖上。

"嗨，怎么回事？没有想到你会出现在这种场合呢。"

"紧急事态！道，北冰洋中有一个人要叫醒你的肉体。终止'附体'！现在，这里既然不是战斗状态，兰多瓦斯又在附近，科兹莫一个人应该也能对付得了。"

"科兹莫，我必须返回北冰洋了！你一个人能返回母舰吧。"

"好的，应该没有什么问题。"

"那你与'家犬'好好玩玩吧。"

"好!"

由于停止了抚摩,利维坦也安静下来了。不过,它还是紧紧搂着"伊索克莱克鲁",好像很希望"伊索克莱克鲁"陪它多玩一会儿一样。

2

我睁开了眼,但是仍然看不到潜艇库的天花板,好像我的眼前有一堵黑色的墙壁。依旧不变的,是单调的空调声从四周逼压过来。

"你醒了?"尖厉的声音传来!不过,不像女声!

由于情况不明,我慌忙想站起身。结果,黑色墙壁一样的东西一下子就向后退了很远,部分天花板映入了我的眼帘。在红光夜灯照射下,地上的黑影特别显眼!

"身体不舒服?要不要我给你倒点水来?"

这不是一堵黑色的墙壁,只是一个黑色的剪影。原来是一个巨人站在这里!

"是戎崎 TORU 啊,吓了我一跳!"

"是我被你吓了一跳啊!无论怎么摇晃、敲打,你都不醒,我还以为你死了呢。"

"对不起,原来只是想小睡一会儿,结果却睡熟了。"

"这不是睡熟,而是假死状态了。"

"没事!你特意来叫我,是发生了什么紧急情况?"

"我是来叫醒你传达出发命令的!按照原计划,你本来是 7 个小时之后才出发,但是提前了 5 个小时。不但如此,本来还没轮到执勤的我，现在也要与你一起出发了。"

"发生了什么情况？"

"'蒙哥马利'号出现了，好像就在哈得孙海峡的入口处！"

"入口处？那就是在格陵兰一侧？"

"是的！现在已经有很多艘AUV和无人哨戒艇开始跟踪搜索了。好像它正沿着戴维斯海峡，朝着巴芬湾的方向前进。"

"就是说，它在沿着西北航道①前进？"

"如果是这样，那情况就不妙了。虽然这条航路还没有完全解冻，但是北极群岛海域的冰层已经薄了很多，只要拥有最低限度的破冰能力就能通航，所以现在已经有很多船沿着这条航道航行了。再过一个月左右，估计很多地方就会发生航道拥挤的现象了。那时，无论是电磁还是电场都会受到各种干扰，就不好展开搜寻工作了。"

"也就是说，如果AUV和无人哨戒艇无法正常工作，对核潜艇的搜寻就无能为力了？"

"是的。所以，包括'奥克隆''赛德娜'在内的4个水下仿生机器人已经沿着西北航道，朝着戴维斯海峡方向相向搜索前进，张网以待。"

"贾鲁西亚副司令和蕾拉也朝着那个方向赶过去了？"

"是的，实际上，两天前，他们就离开了'南马都尔'号。由于

---

① 相对于北极圈内的"东北航道"（沿俄罗斯北冰洋沿岸经白令海峡到达太平洋的北方航道）而言，指由格陵兰岛经加拿大北部北极群岛到阿拉斯加北岸的航道，位于北极圈以北800公里，距北极不到1930公里，是大西洋和太平洋之间最短的航道，也是世界上危险系数最高的航线之一。随着全球变暖速度的加快，浮冰减少，该航道存在开通商业航运的可能性，预计开通后将会产生巨大的经济效益。航道以白令海峡为起点，向东沿美国阿拉斯加北部离岸海域，穿过加拿大北极群岛，直到戴维斯海峡。这条航道在波弗特海进入加拿大北极群岛时分成两条主要支线，一条穿过阿蒙森湾、多芬联合海峡、维多利亚海峡到兰开斯特海峡；另一条穿过麦克卢尔海峡、梅尔维尔子爵海峡、巴罗海峡到兰开斯特海峡。

美国和俄罗斯的监视太过严密,为了避免泄密,没有通知我们这个层次的人。"

"怪不得呢!平时蕾拉总是对我发信息进行狂轰滥炸,这两天却这么安静呢。"

"他们两个人昨天穿过了白令海峡,原计划应该是朝着北极点进发,但是接到潜艇已发现的消息之后,就改变了航线,现在应该正在穿越波弗特海,再过几个小时,应该就可以到达麦克卢尔海峡的入口了。那里是通往各个海峡的关口。"

"是啊,从那里出发,就可以穿过梅尔维尔海峡、巴罗海峡、兰开斯特海峡,最终穿越戴维斯海峡了。"

"这是航程最短的航线。麦克卢尔海峡至兰开斯特海峡的这段海峡,好像又叫巴黎海峡。但是,副司令和蕾拉不会进入兰开斯特海峡,他们会在海峡入口处等候,并与'盘古'号会合。毕竟,连续潜行了三天三夜,需要短暂休息一下。'海神'和'妈祖'会从那里进入北极诸岛海域。"

"'妈祖'?就是尤娜操作的水下仿生机器人?"

戎崎点了点头。

"好像与'奥克隆''赛德娜'一样,都是仿软体生物型机器人。他们潜行到戴维斯海峡,大约需要花费一天时间。巴黎海峡中有很多浅水区,'盘古'无法潜行,只能沿着大陆架的边缘横穿伊丽莎白女王群岛海域。之后,'奥克隆''赛德娜'才会再潜出到皮里海峡,或者是斯威尔路普海峡。他们将会穿过窄狭的海峡,进入兰开斯特海峡。所以,虽然他们一路上抄近道,但到达戴维斯海峡的时间,可能比'海神'还要晚。最终,将会有4个水下仿生机器人担任阻击任务。如果'蒙哥马利'号到了那个海域,我方就会实施'驯服野马'计划,或者根据情况将它赶往内尔斯海峡方向。目前的计划就是这样。"

"那么，我们俩应该怎么行动？"

"'月神'号目前正在林肯海域航行，再过两个小时，应该就可以到达内尔斯海峡的入口位置了。这个海峡里浅水区域很多，SSO很难潜航穿越。所以'阿斯匹德氪隆'和'主神'要潜出到这个入口处。现在在外面执行搜索任务的'马卡拉'将会返回母舰休整。我们现在正沿着内尔斯海峡前进，目标是巴芬湾。"

"这是要前后夹击啊。只要'野马'察觉不到这个计划，不返回哈得孙湾，肯定可以奏效。"

"是啊。这艘母舰上的霍夫曼司令让我传达命令给你，让你做好准备。我也给你的'iFRAME'发了信息，但一直没有得到你的应答。我也得回去做准备了。"

"好。多谢！两个小时之后，我们在外面会合。"

"你的身体没有问题吧。"

"没问题，你看，生龙活虎！"

"好，一会儿会合。"说完这句，原来用双膝跪在我的睡袋旁的戎崎单手挂着地板，"嗨"的一声，很费力站了起来，然后摇摇摆摆地走了出去。

他的体重肯定超过了200公斤，也有可能已经超过了300公斤。与其在陆地或者船上这么费力地活动，可能在水中生活他会感到更加轻松。实际上，即使在船上，他好像也基本是在浴池中度过的。

目送戎崎走出潜艇库，我钻出睡袋，快手快脚地收拾了起来。"主神"处于随时可以出动的状态，如果情况紧急，两个小时之内就可以出发。我换上操作员专用的贝壳连体衣，立即开始与"马拉卡"的战备地勤人员联系。

林肯海至内尔斯海峡入口之间的海面还覆盖着皑皑白冰，但是

已经没有那么厚了。而格陵兰旁边的埃尔斯米尔岛的海岸线沿线,海冰线也已经开始后退了。

内尔斯海峡里面有一些海水极浅的地方,不过到处都能找到水深超过30多米的通道,所以,水下仿生机器人通行时完全不会遇到任何障碍。

装备着助推装置的"主神"只需10小时多一点的时间就能从林肯海赶到兰开斯特海峡。但是,"阿斯匹德氪隆"速度没有这么快,也没有专用的助推装置。

而且,受加拿大和丹麦之间的国境纠纷的影响,船只很少穿行内尔斯海峡。更要命的是,两国都在海峡内设置了完善、先进的监视网。虽然我们不介入它们之间的领土纠纷,但是由于加拿大和丹麦都与美国保持着友好关系,都采取严密措施以防范海洋漂民。因此,无论撞上哪国政府的监视网,都对我们非常不利。

虽然我们很想一口气快速通过这个海峡,避免被对方发现,但这明显是行不通的。比较了各种方案后,我估算需要花20个小时左右才能抵达兰开斯特海峡。按照这个估算,正好可以与"月神""妈祖",以及"蒙哥马利"号在巴芬湾相遇。

我紧随在"阿斯匹德氪隆"后面潜行。如果我的"主神"走在前面的话,一方面可能会不自觉地加快速度从而把它落下,另一方面,也有可能一不小心就会走一条"阿斯匹德氪隆"无法穿过的浅水路线。

"阿斯匹德氪隆"的机身长度和宽度都接近"主神"的两倍,简直就是一条长着触手的"鲸鱼"。之所以有这么大的体量,是有它的用意的。只是,除了战斗时间比较长之外,几乎没有其他什么好处。顶多还有一点,就是由于所装载的燃料量大,续航里程比较远。

从机身的整体比例来看,"阿斯匹德氪隆"的推进翼尺寸较小,发挥着舰艇稳定板的作用，基本上依靠尾鳍推进。整体来看，与真的鲸鱼完全没有什么两样。

"'主神'，我是'阿斯匹德氪隆'，马上就要抵达汉斯岛了。通过这片海域，前面的海峡就会宽很多，我们可以加快潜行速度了。"戎崎通过水中 HF 通信设备通知我。

"我是'主神'，收到。不过，我们不用着急，因为是执行伏击'蒙哥马利'号的任务，而且由于内尔斯海峡只有一条水道，对方也避不开我们。也许我们不在巴芬湾实施'驯服野马'计划，而是将它驱赶到狭窄的海峡里面胜算更大。"

汉斯岛是一个面积仅为 1.3 平方公里的无人小岛，但由于正好位于海峡正中央，自 20 世纪 70 年代开始，加拿大和丹麦都坚持对该岛行使领土主权。特别是随着温室效应影响的加剧，西北航道用于商业航运的可能性增大。商业航线一旦开通，那么该岛就会成为扼制航道的咽喉，两国的斗争势必更加激烈。

但是，"6·11事件"之后，气候寒冷化进展迅速。如果一年中的大部分时间，该航道被冰层所覆盖，估计这个小岛很快会被人忘到九霄云外了。

令人意外的是，汉斯岛四周的海水很深，尤其是加拿大一侧，有的海域水深甚至超过了 400 米。我们毫不犹豫地选择了这一侧。

前面是一座从海中隆起的岛屿。就在这座岛屿西南方向的山麓附近，走在前面的"阿斯匹德氪隆"的护卫潜艇发现了一艘 AUV。这艘 AUV 好像是在执行巡逻任务，也许是加拿大的，也有可能是丹麦的。但是，不管是哪个国家的，都会对我们产生不利。为了避免被它发现，我们紧贴着海底的泥地躲了过去。在矶良幸彦以身殉职的冲绳之战中，提亚玛特集团所采用的就是这种"忍术"，现在我们也掌握了。

之后的潜行都非常顺利,不知不觉就抵达了凯恩湾。进入这个海域之后,内尔斯海峡的最大宽度达到了130公里。

从这里赶到巴芬湾,只剩下450多公里,按照"阿斯匹德氪隆"的巡航速度,大约需要七八个小时。虽然水的深度比较浅,但是由于海峡很宽、水域很广,所以已经不用担心会被监视网捕捉到了。但是,为了以防万一,我们还是采用激光扫描仪搜索前进。

"剩下的航程,我们是不是可以切换成自动航行状态呢?"

"应该可以吧。"

又潜行了一个小时之后,我和戎崎开始商量这个话题了。

"那我们设定为尽量沿着海峡中线前进的方式,然后就让机器人自动潜行吧。我们也得保持体力和精神了。"

"收到。不过,在切换之前,我们最好还是与母舰联系一下。"

听了戎崎的提议,我也想与母舰"南马都尔"号上的同事了解一下情况了。但是,我却联系不上贾鲁西亚副司令、蕾拉和翼库鲁逸三人,可能他们还没有通过北极群岛之间复杂的水路吧。在障碍物众多的海域,水中 HF 通信无法使用。

"我们来玩个游戏,打发一下这段无聊的时间吧。"戎崎和我联系道。

"游戏?什么游戏?"

"是在'虚拟海洋'中玩的一种模拟游戏,名字就叫'逃脱'。"

"我听说过这个游戏,不过记不起是谁告诉我的了。"实际上,我很快就想起来了,是温迪。

"你知道啊。"

"只是听说过这个游戏的名字,不过没有玩过。好像是有两座岛屿,看哪个岛屿先沉下去。"

"就是这个游戏。这两座岛屿分别是地岛和水岛,即将沉下去的是水岛。因此，水岛上的居民通过两座桥蜂拥逃到地岛上。水岛上生活着两个部落，分别是'特欧'和'涅列'。现在我们无法区分究竟哪个部落是企图独霸地岛的激进派，哪个部落是希望与地岛上的居民共存共荣的稳健派。由于岛上的承载量有限，地岛上的居民只能二选一，要么与其中的一个部落携手击退另外一方，要么就全面拒绝这两个部落。根据这个原则，地岛上的居民就会分化为三派。玩家可以自由加入其中的一派，而且可以自由转换阵营。随着各个阵营人数的增减，地岛和水岛这两座岛屿上的所有居民的生存率就会发生变化。玩家的使命，就是在地岛完全沉没之前最大限度地提高两个岛屿上居民的生存率。"

"感觉很难判定呢。有没有明确的线索，比如英雄击败敌人、拯救公主、探寻宝物、逃出困境，或者解开谜底什么的。"

"当然，随着游戏的进展，会出现各种情形，比如，地岛上的各个阵营相互争斗，或者水岛上的两个部落内斗，或者双方互相联手做交易，或者展开争夺。在这个过程中，可以收集、制造各种武器和道具，也可以利用岛上的各种资源和生物。但是，这些行动究竟会带来什么样的后果都是未知数，有时甚至完全超出玩家的预料。如果说结果难料，那确实是比较难以预料的；如果说太过平凡，也确实有点平凡。也正因为如此，这个游戏说不上流行。不过，玩家的人数一直处于缓慢增长的趋势之中。"

"也就是说，属于'严肃游戏'[①]或者'寓教于乐'的游戏[②]？"

[①] Serious Game，一种电子游戏，诞生于20世纪80年代，最初被定义为"以应用为目的的游戏"，是以教授知识技巧、提供专业训练和模拟为主要内容的游戏，目前广泛应用于军事、医学、工业、教育、科研、培训等诸多领域。
[②] Gamification，指将游戏设计元素与游戏规则运用于游戏之外的领域，以建构或改善与客户、顾客的关系，提高对象的效率、积极性或者生产能力等。

"是这样！好像前园隆司先生也参与了游戏的制作。"

"前园是谁？"

"你不知道？就是在密克罗尼西亚联邦的国立环太平洋国际大学中开设'海洋系统设计'课程的教授啊！听说他是盐椎真人司令的智囊。"

"啊，是吗？是这样啊！我没有见过他，不过听说是他将关岛上的蕾拉介绍给了仙境集团。"

"是吗？我还是第一次听说。他也在关岛大学执教呢。"

"那你是说，这个游戏可以让人开心起来？"

"不知道是不是能够让人开心起来，不过最近我很热衷玩这个游戏，只不过我自己也搞不清楚这个游戏的魅力到底在什么地方。那么多有趣的游戏，我竟然这么喜欢这个。我觉得这个游戏真实感很强，不知道其他人怎么看。"

"所以，你推荐我也玩玩？"

"也不是强力推荐你玩！"

"别误会，我也很感兴趣。反正在自动航行状态下，只能百无聊赖地望望远处的景色，或者看看电影、看看书。游戏容易让人感到疲倦，所以之前没有玩过。不过，如果只是为了打趣的话，倒是可以试试的。"

"这个游戏战斗场景不多，应该不会那么累的。"

"不过，要玩的话，我们就必须先进入'虚拟海洋'啊。在这里能登录上去吗？"

"我们可以经由'月神'连接，因为它现在正停泊在潜望深度[①]。

[①] 潜望深度指潜艇在水下升起和使用潜望镜及其他升降装置（通气管、雷达天线、无线电天线等），观察海情和空情时所处的航行深度。在潜望状态时，常规潜艇艇体离水面大约为7～10米，核潜艇为9～15米。

不过，由于使用的是水中 HF 通信，不能下载或者上传大数据，所以，在这种连接情况下，虚拟世界中的一切，无论是品质、信息量，还是卡通人的动作，都会受到很大制约。不过，玩'逃脱'游戏倒是没有什么问题的。"

"好，那我试着玩玩看。"

"你登录到'虚拟海洋'，然后检索'逃脱'，然后到地岛的港口，在那里等我。我的卡通人名字叫'贝尔海豚'，看起来就像一个长着手脚的白海豚。"

"在现实世界中你也是这样啊，哈哈！"

"哈哈，经常有人这么说我呢。"

"我是借用了矶良幸彦的卡通人。"

"是海幸？那我知道。一会儿在'虚拟海洋'见。"

在切断通信、登录到虚拟世界之前，我调出了"主神"上搭载的词典，查了"逃脱"的意思。在日语中，这意味着"糟糕"。用罗马字拼音输入"tandowi"后，词典纠正了我，正确的拼写是"tangdowi"。结果出来了，我差不多猜对了一半，在澎贝语中，意思是"逃走"或者"逃脱"。

地岛上的港口比我预想的要大，是一个设计很近代化的港口，很明显，它的原型并不是澎贝港，而是更像关岛的阿普拉港。

港口有供豪华客船和大型货船停靠的栈桥，林立着巨大的吊车，海滨处处生长着茂密的椰子树。而且，码头的候船大厅规模也相当大，人来人往，熙熙攘攘。这些都是要参加游戏的玩家。

我在人群中，轻易地就发现了戎崎的形象卡通人——那只贝尔海豚。

"我在这里！"那只长着"两只脚"的巨大白海豚比其他卡通人

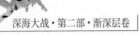

高出两头,一边向我招着手,一边向我呼喊。看起来像是从以幼儿为对象的 3D 动漫中截图做成的卡通人物。

"真热闹啊!"

"是啊,不知道是不是马上就要人气爆棚了。我也很久没有来这里了,应该是开始受到玩家的欢迎了,不知道是为什么。"贝尔海豚一边挥动着手臂,一边说。

看似女性的卡通人组合一边指着"贝尔海豚",一边说着"真可爱""它会笑呢"之类的话,从我们身边走过。就在这时,一个非常丑恶的、看起来就是一个超级恶棍形象的卡通人突然冲到我的身边,一拳打到我的肩头上:"这不是海洋漂民能来的地方,散发着鱼腥臭的家伙,滚蛋!"

又是仇恨言论!就在它再次打过来的时候,我瞅准时机,迅速缩回了肩头,这种微小的动作,我可以不显山不露水地迅速完成。超级恶棍收不住力,挥舞着双臂扑倒在地上。

"我们快点上岛吧,入口在哪里?"

"在那边。"

贝尔海豚一边摇晃着巨大的身躯,一边分开人群走了过去。我跟随在它身后轻松地往前走着。当然,由于是在虚拟世界中,即使被撞到了,也没有人受伤。

办理完参加游戏的手续后,我们由入口进入。一座巨大的山峰耸立在我们面前,按照现实世界的感觉,海拔高度应该在 2 000 米左右。山顶上覆盖着绿色,整个山形非常像富士山。但是,我总觉得二者之间哪个地方有所不同。

穿过通道之后,前面是一个椭圆形的广场,中央竖着一座模仿图腾柱的塔,塔顶上安装着一个巨大的电子荧光屏,上面显示着"特欧"和"涅列"两个部落,以及所估算出来的地岛居民的生存率,还有水岛沉没到海底的"倒计时"时间。

现在所显示的数字分别是：12%，28%，74%，5 064 小时 52 分 15 秒。

当然，这是游戏专用的显示屏幕，上面所显示的数据，可以随时随地进行确认。

"就是说，还有 7 个月左右，就会沉没？"

"好像是这样。"

"水岛沉没，最终生存率确定之后，会是什么结果，游戏结束？"

"不知道。是重新开始一局，还是设计别的模拟游戏，还是就一直这样停着？似乎很多人都看好第二种结果，认为应该开始下一个游戏。"

"这样啊。那我们应该怎么玩？"

"如果要开始游戏，必须首先加入水岛上的某一阵营。可以加入'特欧'部落，也可以加入'涅列'部落，也可以两边都不加入。分类标识依次是方块、红心和黑桃。"

"没有'两个部落都接受'这一选项？"

"没有。因为面积有限，在现实中是不可能兼顾的。"

"如果只考虑地岛居民的利益，那么正确的答案应该是'特欧'和'涅列'两个部落都拒绝。"

"未必行得通呢。如果这两个部落都拒绝，也就意味着与水岛上的两个部落为敌，那么在战斗中就会牺牲很多人。"

"是啊！那携手稳健派可能更好？不过，现在这个阶段，还没有办法断定哪一方才是稳健派呢。"

"是啊，现在还不明朗，而且今后会不会明朗，也是未知数呢。现在玩家们只能通过观察两个部落的行为举止来判断。"

"那在现阶段，只能先加入其中一个部落，收集供判断的信息吧。"

"也可以先不参与游戏，而只作壁上观，也可以先见见这两个部落的成员，听听他们是怎么说的。顺便告诉你，之前我曾经加入过'方块'阵营，但是后来又退出来了，现在还没有决定加入哪一阵营，也算是'墙头草'吧。"

"这样的人为数不少呢。"

"只是，作壁上观的情况下，无论是交易、战斗或者其他任何活动都不能参与。当然，这也是合情合理的。"

"很多规则我都清楚了，不过我还是先作壁上观吧。还有，这两个岛屿的情况，我还不了解。"

"那我今天也作壁上观吧。你想先去哪里看？"

贝尔海豚与我面对面站着，唤出了一个泛着黄色的纸筒，让它漂浮在我们两个人中间。我打开这个纸卷，发现是一张地图，上面绘着两座岛屿的情况。

整体来看，两座岛屿都呈圆形，尤其是水岛的沿岸，基本上没有什么像样的港湾或者海湾，岛上地势比较平缓，简直就是平板一块，海拔只有 15 米左右。

旁边的地岛则呈现出比较复杂的地貌，入口通道就位于一个巨大的港湾里，此外还有两个海湾和半岛，最高的地方就是耸立在我们面前的这座山，海拔 1 920 米，另外还有两座海拔千米左右的山。从这 3 座山上流下来的河水汇入位于岛屿中央的湖中，形成一条大河，然后注入大海。

两座桥梁都从地岛延伸出来，架在水岛的南端，也就是说正好与入口通道处于相反的方向。但是，这两座桥并不是平行架设的，而是相距 4 公里左右。桥身长度基本相同，将近 10 公里。

"我们先到能够俯瞰桥和地岛全貌的地方看看吧。"

"好，那么，这个位置比较合适。"

贝尔海豚手指所指的，就是用红线描绘的桥脚附近。那附近并没有什么像样的设施，只有茂密的森林和广阔的平原。

"一切都听你的。"

"距离那里比较远，我们走通道吧。"

贝尔海豚摸出一支笔，在刚才所指的地方打了一个"×"，然后在游戏专用的操作盘上进行操作。地图变黑，然后变成了一个四角形的入口。我们穿过入口，向岛的背面进发。

我不知道地岛属于什么气候带，不过从植被情况来看，应该是以亚热带至热带的情形为蓝本而设定的。我们穿出通道，进入一个木本羊齿（笔筒树一样的植物）、苏铁、槟榔树等植物非常茂密的地带。色彩艳丽的鹦鹉高声鸣叫着，轻盈地从我们的头顶飞掠而过。

"在这里什么也看不到啊！"极目望去眼前只有一片绿色，我无奈地耸了耸肩。

贝尔海豚又打开了地图，说："我们向东南方向再走几步，就应该可以走到海岸边上了。"

"你说再走几步，那大概是多少步呢？"

"直线距离大约不到一公里。如果采用'幽灵模式'[①]，大约再走10分钟就到了。"

"那我们就采用幽灵模式过去吧。况且，海幸本身就是幽灵啊。"

只要采用幽灵模式，就可以无视一切物理法则，比如即使撞到

[①] 由 CS 玩家首创的隐身模式，极大地增强了游戏的趣味性、惊险性，开创了 FPS 网游战斗模式的新时代。

树木之类的障碍物,也能一穿而过。将卡通人改为幽灵模式之后,我们实现了直线前进,顺利地横穿了这个植被茂密的地带。

地面好像开始有了坡度,随着越来越接近海岸,空气中回荡着某种沉重的声音。这声音让我联想到重型机械往地下打桩、削岩机切削坚硬的岩石、挖土机挖掘地面时的情形,同时也传来了机械传动部位发出的嘎嘎的声音。

"好像在进行着什么土木工程。"

"没有听说过有什么工程,不过声音很大啊。"

"也听到了喧哗的人声。"

"好像人很多。"

树木之间的间隙越来越大,我觉得,即使不再采用幽灵模式,我们基本上也可以直线行走了。与其说这是一个"地带",倒不如说这里就是一个亚热带植物园。笼罩在我们头顶的树叶也少了很多,周围的光线越来越亮。透过树木之间的间隙,青色的大海跃入我们的眼帘。

噪声也越来越大了,其规模好像还达不到土木工程的地步,但是人声鼎沸,众人的吵闹声近乎怒号。

"好像发生什么事情了。"

前进道路上,常青藤缠绕在低矮的树上,形成了密集的灌木丛。穿过这些灌木丛,视野一下子开阔了起来。

我们站在一个缓坡的斜面上,如果再顺坡下行 100 米左右,就是由岩石组成的海岸。海上起着小风浪,波涛破碎后形成的泡沫,就像牛奶般扩散开去。

水岛平坦的影子倒映在水平线附近。桥脚是红色的,一直延伸到我们眼前的海岸上。桥面不宽,仅容两部车"擦肩而过"。

山丘的斜面上挤满了人,他们的视线都盯着一个地方。距离海岸边几十米海域的是浅海，距离红桥并不远。好像施工所发出的声音就是从那里传来的。

"那是什么？怎么回事？"

我几乎开始怀疑自己的眼睛了。就在那里，两个体形巨大的机器人正在搏斗，掀起了高高的浪花。不知道为什么，我总感觉这两个机器人的体形我很眼熟，很像我熟悉的水下仿生机器人。

"水下仿生机器人在海面上搏斗，而且，那不是——"贝尔海豚也惊得嘴巴都合不拢了。

"那是'主神'！不对，从机体上的漆面来看，应该是'伊索克莱克鲁'。虽然有些微妙的差异，但是真的很像。"

"另外一个是'达贡'，只是比你上次见到的时候少了两只触手。不过，之前我所碰到的'达贡'本来就只有那么多触手，比现在少两只啊。"

"在'逃脱'游戏中，怎么会出现仙境集团和提亚玛特集团的水下仿生机器人呢？"

"这也是我想要弄清楚的。而且，'主神'也好，'伊索克莱克鲁'也好，本来都还处于实验阶段，是处于保密阶段的秘密武器啊，还有，'达贡'肯定也是秘密武器啊。本来仅限极少数人才有权限了解的秘密武器却出现在这里，而且还是如此精巧的3D模型！这本身就很可疑啊！"

"你是说，这是泄密事件？！不过，从现在的搏斗情形来看，好像制作者并不了解它们的性能和活动方式。因为，水下仿生机器人根本就无法在空气中站立，更不可能走来走去了。"

"水下仿生机器人根本不可能像现在这个样子又打又踢的。这完全就是按照陆战中所使用的大型机器人的动作设计的场景。"

"岛上的所有玩家，几乎没有人会认为在现实世界中这两个机器

人只用于海战。也许，现在只是这样表演给大家看而已。"

"即使是这样，也不可能是'主神'和'达贡'啊。这场战斗究竟是什么意思？"

"我问问看。"

贝尔海豚脚步蹒跚地沿着斜面走了下去，问一个距离它最近的形象卡通人。那是一个看起来非常普通的金发美女，穿着背心和短裤。当然，我们不知道她的真身究竟是男还是女。她的肩头和脊背上刺着"红心"刺青，应该是她所在阵营的标识。

"你好，我们是刚来的，请教一下。这两个机器人是谁先动手的，因为什么开始了这场搏斗呢？"贝尔海豚一边轻轻地摆着手一边问道，声音充满了讨好的感觉。

"红桥上的通道很快就要打开了。如果通道打开，一部分'涅列'部落的人就可以沿着通道登上岛。为了阻止他们，'方块'阵营就派来了那个章鱼一样的机器人。然后，这边的人就派出了那个天使一样的机器人迎战。我不知道那个机器人是谁派来的，估计是地位很高、很有钱的管理员。"那个美女给人的感觉非常高傲，回答时显得非常不耐烦。

"这样啊，谢谢。"贝尔海豚微微点头致谢后，又脚步蹒跚地回到斜坡上。

就在这期间，两个机器人之间的搏斗已经发展到激烈冲撞的程度。但是，看样子它们是不会拿出 EMP 捕鲸叉或者吸附式水雷来了。接下来，它们开始用手枪一样的武器相互射击。

"听到我们的交谈了吗？"

"听到了，好像所泄露的秘密不只是水下仿生机器人的外形。我觉得甚至连普瓦鲁卡斯周围的情况也被扩散出来了。这个游戏非常可疑！"

"我也是第一次遇到这种情况，真让人大吃一惊。"

"究竟是谁在运营这个游戏呢？如果不是为了赚钱，那他运营这个游戏的目的是什么呢？"

贝尔海豚打开游戏专用面板，检索着相关信息："运营这个游戏的……上面写的是'逃脱项目组'。"

"完全不知所云。究竟是制作委员会之类的组织还是研究项目组呢？上面有没有成员的名字？"

"没有，甚至连地址和联络方式都没有。"

"你是说，前园隆司先生也参与了？"

"我听说是这样的。不过，这是我听一个玩家介绍的，不一定是真的。"

"如果他真的参与了这个游戏的设计，那很有可能是他泄密的。那他究竟是出于什么目的呢？"

"我们最好报告给盐椎司令。"

"不过，汇报之前，我们最好去见见操控水下仿生机器人的那些人。"

"最好是这样。只是，现在这种战况下估计很难与他们仔细交谈。"

"等分出胜负，我们看看能不能找到机会跟他们细谈一次。"

"刚才那个卡通人说，这是一个管理员派过来的。如果这是真的话，估计我们必须通过某种渠道才能实现呢。"

贝尔海豚正要与我细细分析，突然，一个黄色的警告标识飞到了我的眼前。虽然还没有达到"紧急"级别，但这也是一个很重要的信息。

"真正的'主神'在呼唤我了，好像激光扫描仪发现了什么。"

"那我们还是先回去吧。"

"好，那我们先退出游戏吧。"

"收到。"

"切断连接,退出。"

水下仿生机器人站立在空气中搏斗,这真是一幕超现实主义的场景!我一边远远望着这一难忘的战斗场景,一边发出了同时退出游戏和"虚拟海洋"的口令。但就在我发出口令的时候,奇怪的事情发生了:我们面前的人墙分开,让出了一条路。有什么东西沿着斜坡冲了上来!

这是一个泛着黄色的机器人,大小与一台轻型汽车差不多。说得简略一些,就是一个立方体,一半以上的部分只是车架而没有车盖。从裸露在外的油压装置和照相机等设备中间探出两只机械手,笔直地伸向前方,就像10年前常见的远程操作型无人潜水机,也就是那种借助缆索从母舰上释放到海里或者海底进行探测的机器。但是,它怎么能够不借助缆索的控制就能独自冲上这个暴露在空气中的山丘呢?

"取消退出命令!"看到这里,我忍不住叫出了声!这是因为,我感觉到自己见过这个遥控无人潜水器(ROV)。但是,"退出"命令已经生效,已经无法中止退出进程了。虚拟世界的风景渐渐从我眼前消失,我只能呆然地自言自语:"战车!"

3

我眨了两三次眼,溶入①视界的,是激光扫描仪上所显示的可疑

---

① Dissolve,(电影/电视)溶入。电影/电视的一种画面转换方法,前一个画面渐渐发暗,后一个画面逐渐发亮,二者渐渐重合在一起。

彩色图像，位于图像中央的，是聚集在一起的青色的点。被设定为"自动驾驶"模式的"主神"正在沿着内尔斯海峡，朝着两点钟方向南下前进。它在前方300米附近发现了一个可疑物体，所以放慢了速度。那个物体也在向着南方游动。

扫描图像上的颜色实际上取决于物体的反射强度，对象物体的表面硬度越大，则显现的颜色越红；柔软度越高，则显现的颜色越青。从目前的图案来看，应该不是人工制造的，更有可能是生物。

我大体上猜到这是什么生物了，就选择了一个更加快捷有效而不是靠上前去确认的方法——就是只解除机器人头部的音响迷彩，用安装在那里的被动声呐①进行确认。

"主神"的机体除了接收、发送声呐的仪器之外，整体都覆盖着一层使声波发生迂回的基层吸音材料，因此，除非采取特殊的手段，对于声音而言，机器人就是一个透明的存在，不会阻挡声波的前进。但是，如果需要特意显露机体的时候，就必须给吸音材料的细微构造施加震动，从而使材料发生扭曲，导致音响迷彩效果暂时失效。

我是最近才知道——更准确地说，是"发现"——通过对覆盖在机体上的部分吸音材料施以震动，从而暂停局部位置的音响迷彩这一方法。在休整期间，我实验了机器人的各种功能，偶然之间发现了这个秘密。出于保密需要，"主神"还没有配备操作手册。可以说，我时常会有这种发现。

一旦解除了音响迷彩，就可以听到外面的声音了。但是，如果整体解除，就有可能会置机器人于危险之中，因此，这种情况下，

---

① passive sonar，又称噪声声呐，是通过接受和处理水中目标所发出的辐射噪声或声呐信号，从而获取目标参数的各种声呐的统称。

可以只解除头部的音响迷彩。这样，即使有人发射了主动声呐[1]，由于暴露的只是机器人的头部，目标很小，也往往会忽视它。

正如我所估计的，被动声呐接收到的是类似于陈旧的门扇开合时所发出的、拖得长长的"嘎嘎"声。没错，应该就是独角鲸的叫声。这是一种小型齿鲸，体长达 4～5 米，雄鲸牙长可以达到 3 米，可以说是"独角兽"的原型。

这种鲸鱼也许是借助回声定位[2]在海冰的间隙中游动的。由于它们也是哺乳类动物，所以必须不时地浮出海面呼吸。

"'阿斯匹德氪隆'，我是'主神'。我也用激光扫描仪进行了确认，应该是独角鲸群。我也听到它们的叫声了。没有问题，放心！"

"我是'阿斯匹德氪隆'，收到。那我们继续'自动航行'。"

"太遗憾了！"我一边在心中暗道，一边在脑海中回忆起在"逃脱"游戏中看到的最后那个场景。

那确实是战车！是我和矶良少年时代生活的那艘多功能大船，用于执行各种海中作业任务的遥控无人潜水器。不知道为了什么，我们将之视为"神仙"，非常崇拜。也许在同伴之间拥有共同的秘密，本身就是一种游戏吧。

由于这是一款在市场上大规模销售的一般用途机器，所以即使有人以此为模型制造了游戏用的 3D 模型，那也没有什么奇怪的。但它是沿着山丘的斜面冲上来，而且是直接向我冲过来的，肯定是有什么用意。也有可能它不是为我，而是为海幸的卡通人所吸引，才奔过来的。

---

[1] active sonar，又称回声定位仪，通过主动发射水声信号，并从水中目标反射回来的回波中获取目标参数的各种声呐的总称。

[2] echolocation，某些动物通过口腔或鼻腔从喉部发射超声波，然后利用折回的声音来定向，以及判断目标的方位、大小等情况。

如果现在马上重新登录"逃脱"游戏,"战车"也有可能还在刚才的地方。如果它是在寻找海幸,那么肯定是得到了什么消息。

想到此,我立即着手准备重新进入"虚拟海洋"。不巧的是,翼库鲁逸发来了联络信号。

"'主神',我是'海神'。信号接收情况如何?"

"'海神',我是'主神'。信号接收情况良好。你现在的位置?"

"我们正在离开兰开斯特海峡,目标巴芬湾。你呢?"

"我们在内尔斯海峡正中央,正在南下,很快就可以前出到凯恩湾。'阿斯匹德氪隆'在我前方 100 米左右的位置。"

"凯恩湾啊,那我们还相距 500 多公里呢。我和'妈祖'在一起。"

"'奥克隆'和'赛德娜'呢?"

"在我后面,15 分钟之前刚刚联络过。好像他们好不容易才穿出惠灵顿海峡,刚刚进入兰开斯特海峡。五六个小时之后应该可以与我们会合。"

"我们可能要花更长的时间才能与你们会合。"

"不用着急。副司令命令你们,不要穿过内尔斯海峡到巴芬湾,而要在相距 100 公里左右的位置待命。"

"还是计划实施'驱狼入阱'方案啊!"

"是这个方案。副司令他们到达后,我和尤娜前出到琼斯海峡,阻断德文岛通往挪威湾的航路,而'奥克隆'和'赛德娜'将会执行将'野马'驱往内尔斯海峡的任务。但是,就在刚才,'月神'传来了一个坏消息。你接收到了吗?"

"没有,我什么都没有接收到。"

"'主神',我是'阿斯匹德氪隆'。我刚刚接到通知,正要告诉你呢。无人哨戒艇和 AUV 跟丢了'蒙哥马利'号。或者说,我们无法联系上执行跟踪任务的 AUV 了,它们可能是被击毁了。"

"也就是说,又受到提亚玛特集团的攻击了?"

"可能又是这样。"

"提亚玛特不是一开始就护卫着'蒙哥马利'号的吗?那么,它怎么可能允许我们一直跟踪到现在呢?"

"也许是它们没有察觉被跟踪了吧。"

"我是'海神'。我认为,那艘核潜艇,原本就是一只囮①。"

"我是'主神'。囮?你说的是什么意思?"

"就是为了把我们引诱并困在北冰洋的囮。当然,还有一个用意,就是为了讹诈仙境集团和低纬度区域各国,为了施加压力而制造借口。不过,我总觉得并没有这么简单,他们肯定还有别的目的,所以,提亚玛特集团才会出现在密克罗尼西亚海域。由于我们的主力都在执行搜索核潜艇的任务,密克罗尼西亚海域大本营的力量就薄弱了,这也是后来我们不得不慌手慌脚地征调力量回防的原因。"

"也就是说,它们最初的企图,就是要袭击普瓦鲁卡斯,从一开始,就是骗我们陪他们'捉迷藏'。这倒不是没有可能!只是,为了一直骗我们玩下去,鬼不能一直不露脸,所以,'蒙哥马利'号只好时不时地露一下脸,快要被抓住时,就马上再躲起来。"我一边点头一边说道。

"这么说,我们很有可能是一直被他们骗得团团转啊。"

"不过,陆地上中、高纬度区域各国的上层,也都对普瓦鲁卡斯感兴趣吗?"

"他们各自打着各自的算盘,也许在某一方面与提亚玛特集团的

---

① 音 é,媒鸟。在古代所采用的一种捕鸟术,指用于引诱其他鸟上钩的同类的鸟。

利害关系正好一致,所以他们就共同上演了一出'蒙哥马利'号被劫持的骗局而已。就是说,借助这一个骗局,它们企图实现各自不同的目的。有可能是提亚玛特集团向美国提出了这个计划。"

"你是说提亚玛特集团技高一筹?不过,像提亚玛特这种形同海盗的组织,怎么会有这么高超的外交手腕?"

"也许没有,所以提亚玛特集团的背后,肯定有高人或者组织。之前,我们一直认为包括美国在内的中、高纬度区域国家是提亚玛特集团的后台,现在看起来,这种看法也许根本就是错误的。"

"那会是谁呢?"

"这点还需要查明。"

"眼前我们应该怎么办?我们失去了'蒙哥马利'号的行踪,也无法继续追踪了。"戎崎插话进来。

"并不是我们所有的 AUV 和无人哨戒艇都被击毁了,所以,搜索任务肯定会继续。可以让护卫潜艇来代替我们执行这个任务。当然,这一切都必须与副司令商量之后才能决定。"

"如果我们一直都上了提亚玛特集团的当,那真是太让人窝火了。但是,即使我们现在返回密克罗尼西亚,也已经太迟了啊,而且我们也不能就这么放弃搜捕核潜艇。"我痛苦地咕哝着。

"按照目前这种做法,我们自以为是在追捕核潜艇,但其实是被别人围捕啊。所以,现在只有尽快捕捉到'野马',哪怕早一分一秒实现这个作战目标也好。"

"我们现在先这么南下前出到巴芬湾附近,但只是派'阿斯匹德氪隆'的护卫潜艇与副司令他们会合,参与搜索'野马'的任务。"戎崎说道。

"'主神'的助推火箭分离后也能发挥 AUV 的作用。"

"提议时,我们也可以把这一点说给副司令听。你们先等一会

儿！'海神'号通信结束。"

"我还是担心普瓦鲁卡斯的情况。"三人的通信结束之后,我忍不住自言自语道。现在根本顾不上战车的事情了。

如果翼库鲁逸的看法是正确的,那么"阿勒宿普蔚塔塔"的开启,至少对于提亚玛特来讲具有重要的意义。我很想早点弄清这个问题。

"那我们还是去看看吧。"我耳边传来了一个很熟悉的声音。不用多说,这是安菲特里忒。她闪着青色的光芒,横切着飞入我的视野。

"去看看?你是说——"

"去'阿勒宿普'开启的地方。"

"啊,你是说让我附到科兹莫身上?只是,即使我去了那个地方,又能弄明白什么呢?"

"你不去看,又怎么能明白呢?"

"又来了,又开始了'禅宗公案'式的对话了!反倒是发问的我显得愚蠢了。"

安菲特里忒又出现在了我的视野中,她围着"主神"的鼻尖向前游着,绘出一个缓慢摇动的轨迹。虽说现在我还是要配合"阿斯匹德氪隆"的速度,但是由于航路情况良好,潜行速度已经达到了30节。

"'阿勒宿普'好像马上就要开启了,不过还是在开启过程中,完全开启还需要一点时间,也许这是一个机会。科兹莫很快就要抵达普瓦鲁卡斯了,他希望你附体过去。"

"很快就要抵达了?现在你才告诉我?十四五个小时之前,他不是还在与利维坦玩耍吗?"

"他现在不是操作着水下仿生机器人,而是乘坐协战潜艇去的。"

而且，从澎贝岛到母舰之间，他还是乘坐直升机过去的。"

"这样啊，那他是已经与仙境集团的队伍一起行动了。如果是乘坐协战潜艇，那速度很快，即使是从澎贝岛游过去，有6个小时也足够了。他的母舰就停泊在普瓦鲁卡斯附近？"

"可能是东马里亚纳海盆的某个位置。"

"那现在仙境集团肯定是围绕普瓦鲁卡斯展开了队伍。如果飞到母舰那里，然后再换乘协战潜艇，也就是几个小时的航程而已。如果科兹莫不是操作'伊索克莱克鲁'去的，那我根本没有必要附体到他身上啊。"

"他希望你作为海洋之子到场。"

"嗯，他是这个意思啊！虽然我还是不理解！"

"怎么办才好呢，你到底去还是不去？"

"当然去啊，而且我本来就很想搞清楚这些问题。但是，水下仿生机器人现在潜行在水深200米的海水中，这种状态下，我能飞到密克罗尼西亚去吗？"

"既然能飞到虚拟世界的海洋中，怎么不能飞到现实世界中的海洋中去？"

"感觉你是在骗我！算了，还是去吧。不过，总觉得有些匆忙。我感觉到，也许在不久的将来连我自己都会糊涂起来——现在究竟在哪里？"

我还在抱怨着，眼前的景色已经变得模糊起来。

紧接着，眼前变成白茫茫的一片——在那一瞬间，我几乎怀疑自己都快喘不上气了。但是，很快，眼前就呈现出了另外一个世界。

空气中荡漾着一股独特的青涩的气味，我的眼前放着一个椰子

壳做的器皿。看到这个器皿,我才想起来,里面装着的应该是黏稠的茶色液体。

"喂,你该不是把这种祭祀用的液体带到协战潜艇的操作室里来了吧。"

"当然是了啊。这是我们举办仪式时不可或缺的东西,是祭祀水!"传来了科兹莫的声音。

"你来普瓦鲁卡斯,是为了在这里举办仪式?"

"是啊,我是来欢迎'使者'们的。实际上,这本来应该是长老应该做的事情。但一方面因为他上了年纪,另一方面他没有潜入深海的经验,因此就将这个任务委托给了我,让我全权代理。"

"你是从卡尼姆韦索的情况推测到'阿勒宿普蔚塔塔'即将开启的?"

"为了将上次我们所见的'龙'告诉奥利西帕,我一下'伊索克莱克鲁'就立刻去了卡尼姆韦索。结果发现,那条红线马上就要触碰到地球仪了。我马上报告给了长老。听到这个消息,长老立即报告了总统,而总统则立即请仙境集团帮忙。所以,仙境集团就让我乘协战潜艇来这里了。"

"这就是自上而下、层层加码、层层施压啊!怪不得行动这么迅速呢!"

"在这个操作室里可以采用肺部呼吸,不需要特别的辅助设备,而且操作工作还是由坐在前面的操作员进行的,我非常轻松。只是空间有点狭窄,因此只能装这一点祭祀水和贡品。不过,举行一场仪式勉强够用了。"

"你是想让我陪你举行这场仪式?"

"我想你肯定感兴趣,你也想知道从'泉'里面涌出来的究竟是什么东西。"

"当然！如果北冰洋那边不忙的话，我肯定想从头至尾好好看看。"

"我也向长老详细询问了'马纳曼'的事情。"

"'马纳曼'，就是你上次说的魔法？"

"对，就是那种让重物飘浮在空中的力量。长老介绍，这个魔法会与使者们一起来到这里，但好像又不是他们带过来的，而是混在来自'卡恰乌帕蒂'的海水中，自然而然地从普瓦鲁卡斯的'泉'底喷涌出来的。这个力量大部分都会散失在海水中，但其中的一部分会储存在'奥利西帕之角'，也就是'角'中。"

"那些不是爪子，而是角？"

"不是爪子，是角！林立在'泉'池周围的树一样的东西，就是'奥利西帕之角'。而那些还没有分叉的小小的树，则被称为'奥利西帕之手'，或者'爪'。"

"这样啊，也就是说，基本上都是同样的东西！魔法就储存在那些东西里面？"

"是的。关于这种魔法，好像长老已经转告给了仙境集团的上层，而且，听说还允许仙境集团在'阿勒宿普'开启之后采收一部分'角'。仙境集团的学者们将会研究'角'的详细性质。还有，看能不能从科学的角度进行说明。"

"太好了，好像神话世界渐渐贴近现实世界了！如果'角'是拥有物理性质的物体，那么，提亚玛特集团的目标应该就是这种魔法了。他们的主要目标也许就是给'使者'们制造麻烦。但是，如果真的存在魔法，那么这也应该是他们的目标。他们肯定会连根挖走那些储存着魔法的'奥利西帕之角'。"

"我也是这么认为的。所以，我们必须保卫整个普瓦鲁卡斯，这里面自然包括'泉'，此外还包括'奥利西帕之角'等，让它们免受恶魔的侵害。"

"科兹莫，距离普瓦鲁卡斯只有500米了。"不知道藏在哪里的扬声器传来了通知，应该是坐在前面的操作员发出来的。

双座协战潜艇的操作室由两个前后排列在一起的球形耐压壳组成，里面分别设有可容一个人的座位，被连接在操作室壁上。但是，两个操作员无法相互看到对方的身影。因此，只能通过内部对讲机联系。

"收到。多谢。"我回答道。

"还有一个遗憾，就是协战潜艇没有窗子。"

"为了提高耐压性和耐久性，这是不得不付出的代价啊。如果你想眺望一下外面的景色，要么就戴上专用的隐形眼镜，要么就使用护目显示屏。"

"这个我知道。之前由于感觉郁闷，我卸掉了。那还是装回去吧。"

操作室的墙壁是弯曲的，涂满了浅绿色，看起来并没有显示屏或者测量仪器之类的设备。但戴上眼镜之后，马上就可以看到上面所显现的各种信息。如果将光学影像的界面扩大到整个"视野"的范围，整个感觉就与操作水下仿生机器人一样了。

不过，周围还是漆黑一片，只有前方被灯光照射到的区域呈现出淡青色。由于距离陆地很远了，水中的悬浮物也非常少。

即使将这个"视野"切换到激光扫描仪的页面，也只能辨认出黏糊糊的海底。突然，我发现前进方向上游动着无数只小虫。

不对，这不是虫子，而是长着6条腿的小型机器人。可能都是些自控型机器人，它们左右挥动着两只长长的臂膀，在做着什么工作。

我调出海底地形图，放在视野的一角，找出我们现在所处的位置。我们位于以普瓦鲁卡斯为中心的一个坡度较缓、类似于"投手丘"的斜面上，协战潜艇正沿着斜面慢慢爬升，距离海底高度约 10 米。

我通知操作员打开了照射底部的探照灯。我将灯光斜对着正前方照射过去，看到了许多类似于昆虫的机器人。这些机器人大小与战车差不多，体积如同轻型汽车。只不过看不到缆线连接，我确认这些都是自控型的机器人。

这些机器人频繁地移动着细腿，沿着海底面挥动着胳膊，好像在洒着什么白色的液体。由于密度和黏性都很大，这些东西很快就沉积到海底的泥上面，好像下了一层雪。

"你看，那是仙境集团的机器人吧。它们在干什么呢？"我通过对讲机，询问前面的操作员。

"是我们的机器人，听说它们正在布设新开发的武器。但是没有人告诉我究竟是什么新型武器。"

"新开发的武器？"

"是的，好像是'錾'小组研究开发的。"

"这样啊……"我的脑海中浮现出盐椎一真和长池豪先生的脸。

"听你这么一说，我也想起来了。之前一真告诉我要实验什么新型武器。"不过这句话我没有说出口，只是在心里念叨着。

"就是那些四角形的机器人？"科兹莫回应道。

"那些仅仅是从事一般作业的机器人，洒到泥上面的白色液体应该才是与新型武器相关的。但我也不知道究竟是什么，长池先生和一真所做的事情是很难预测的。"

"总之，希望这些能够在驱逐'恶魔'方面发挥作用。"

"啊，前面发现了'奥利西帕之角'。"

在探照灯的光线照射之下，前方闪耀着耀眼的光芒。碰到拥有

复杂多样的面而且透明的"树干"和"树枝"之后,光线四散开去,呈现出幻觉中才有的形态,看起来就像燃烧的白色火焰。

"与我们上次操作'伊索克莱克鲁'号来这里时相比,它们变得更大了。"

"是啊,仅仅过了一周左右,就长得这么大了,真快啊!"

受到这些高达 10 米左右的"奥利西帕之角"的影响,协战潜艇不得不又爬升了一些。之前,它们的高度最多不过七八米而已。

"怎么做才好呢,我们开到'泉'的正上方?"耳边传来了操作员的声音。

"不要开到正上方,还是悬停在它前面的位置比较好。能悬停在管蠕虫生长的地方的上方吗?"我将科兹莫的想法原样传达给了操作员。

"能。高度维持在多少?"

"尽可能地低,但不要卷起海底的悬浊物。"

"明白!"协战潜艇以最低的极限速度潜行越过"奥利西帕之角"所组成的"森林"。探照灯照射下,我们发现,管蠕虫和双壳贝的密度并没有什么大的变化,但章鱼、星鳗和紫云英的数量却增加了很多,一些看起来很像黑线银鲛的鱼在光柱下四散而逃。看起来,来看热闹的也不止我们啊。

在管蠕虫和双壳贝熙熙攘攘蠕动着的地方,协战潜艇悬停下来,保持着 5 米左右的高度,探照灯的光柱已经照射到了"泉"池的"水面"上。整个池面非常平静,波纹不兴。

"就停在这里,可以吗?"操作员问道。

"好,我们马上开始仪式。"我回答道。

"监视相机的灯光也打开吗?"

"监视相机?"

"为了防止敌人的偷袭,我们已经在普瓦鲁卡斯以及周围大约20个地方设置了无人相机。平常情况下,激光扫描的快门一般每隔一分钟就打开一次。如果打开灯光,就可以连续拍摄光学影像了。"

"数据就会传输到停留在附近的SSO等的上面?"

"是的,停留在海面上的无人哨戒艇就会实况转送到澎贝岛上。"

"那'泉'池的附近也设置了相机?"

"对,没记错的话,应该是设置了3台。如果与母舰联系,通过远距离操作就可以开灯。"

"那你联系母舰开灯吧。"

"收到。"

过了一会儿,护眼显示屏所显示的视界一下子明亮起来,也许是光圈调节的速度有点慢,视界亮得简直有点发白了。光圈调整好之后,呈现在我们眼前的是只有远古神话中才能出现的风景。

"太美了!"我忍不住惊叹起来。

"包括协战潜艇上的,总共有4台探照灯照着这里。是不是太亮了?"

"这样好,就这样!"

"泉"水好像微微泛着绿色,近水面处闪耀着像珊瑚礁一样的绿宝石色光芒,"泉"池岸边的尽头被银白色珍珠所包围。探照灯的光柱好像照到了林立的"奥利西帕之角"的根部。

"也许我们是历史上第一个目睹这种情景的人,太难得了!"科兹莫在我的心中喃喃自语道。

"'阿勒宿普'上次开启是什么时候?"

"听说是2021年。但是,没有人能够确认,究竟是不是开启了。"

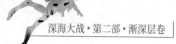

"那是32年前啊！32年前，那不是'6·11事件'发生的年份嘛。"

"听你这么一说，我才察觉到，确实是呢。我就是第二年出生的。"

"难道这两者之间存在着什么关联？该不会……"

"小心，器皿有点倾斜了，别把祭祀水洒出去了。"

"糟糕！我都忘了手里拿着供品了。"我看了看手掌，不过视界仍然停留在管蠕虫群上面。

"我的膝盖上放着一个草冠，你帮我戴到头上。"

"是这个吗？"由于戴着护目镜，我看不清斜放在手中的物体的朝向，就把它摘了下来。我看到，科兹莫裸露着上身，穿着护腰的蓑衣，不过身上好像没有涂椰子油。他的脚下摆放着包在香蕉叶中的山芋、面包果、猪肉、水果等，这些都是贡品吧。

我帮他戴上草冠，然后自己又戴上护目镜。

科兹莫开始唱起来，他唱的像是某种咒语。这种唱法和咒语即使不发出声音，我也根本无法模仿。此情此景，我根本不会产生终止"附体"状态的念头。

"泉"池的水面仍然像一面平静的镜子，也没有利塔吉卡现身的迹象。

我扫视着位于视界角落里的操作图标，一边小心翼翼地持着手上的椰子器皿，一边细心地操作，以我们所在的位置为中心，在页面上调出附近的地图，将各种能够收集到的信息也都调到页面上，发现在"奥利西帕之角"与管蠕虫群之间的两处安装着地震仪。

我立即调出了地震仪的记录，从昨天开始，这里已经发生了100多次小地震，而且发生的频度一直在增加，最近3个小时内已经发生了23次。虽然摇动的时间很短，但其中的9次有明显的震感。

"这种情况,有点危险啊!"我自言自语道,尽量不影响到科兹莫。

他丝毫没有注意到这些,专注于举行仪式。

我将地震电磁波的实时显示保持在"最小显示"状态,然后将视界返回光学影像模式。原本呈一条直线的波形突然出现了细微的上下振荡,而且振荡的幅度好像越来越大。

我不由得皱起了眉头,凝视着"泉"水的表面,确实,"泉"水表面发生了变化。如果说刚才的水面还像呈绿宝石色的透明玻璃,现在却变成了凹凸不平的毛玻璃。水从四处喷涌而出。

本来就是"泉",喷涌出水自然是正常的,但现在整个"泉"池简直就是一口正在沸腾的大锅,蒸腾而起的白汽形成了一股股汽柱,又涌出了很多气泡。

科兹莫不知道是不是也看到了这个情景,但他仍然一心一意地唱着祈祷文。他的声调抑扬顿挫,非常独特,好像在向某人热烈地倾诉着什么。虽然我完全听不懂他唱的是什么,但是认真听了一会儿之后,我还是渐渐被吸引住了。位于深海之中的"泉"水、祈祷文,还有这艘协战潜艇……不知道为了什么,我开始产生了头晕目眩的感觉。

普瓦鲁卡斯的情形开始显得怪异起来,凸凹的幅度变得更大,有的地方的水面甚至高出其他地方一米左右。整个池面看上去就好像无数大大小小的绿海龟,在海中不停地探头、缩头。如果是在空气中,这种水柱估计很快就会四散开去,但由于受这里的密度界面的影响,这种水柱一直保持着光滑的形状。"泉"水像山一样不断地喷涌而出,又像蒜锤一样地落(凹)下去。

渐渐地,海水与浓盐水融合在了一起,以前那种很明显的界面也慢慢消失不见了，就好像几张重叠在一起的布在风中急剧地飘动一样，甚至看不清"泉"池是不是还存在边际了。能够游走的鱼类和章鱼等早就逃得无踪无影，从视界中消失了，只剩下白色的蟹和虾在双壳贝中左突右窜。

地震电磁波显示，发生了带有明显感觉的地震，而且这次持续的时间特别长。

"啊，如果还不离开这里的话，就危险了。"

我在心中战战兢兢地自言自语道。但是，科兹莫还是没有反应，好像祈祷文还有很长。我想，最好还是做好心理准备吧。

如同蒸汽一样蒸腾而起的水泡现在像云一样覆盖住了整个"泉"池，慢慢地向四周扩散，越过了协战潜艇所在的位置，马上就要伸展到"奥利西帕之角"那里了。

不知道是不是感应到了伸展过来的水泡，"奥利西帕之角"开始释放出彩虹色的磷光。看起来，这些"角"不但反射着灯光，而且自身还在闪耀着光。也有可能是它的内部发生了细微的构造变化，并随即引发了实时变化。

虽然水温并不是真的升高了，但"泉"水已经完全"沸腾"了，那情形看起来就像无数只绿海龟在不停地探头、缩头。"沸腾"所引起的波动冲出"泉"池，也冲得协战潜艇开始摇动起来。

"动态位置自控系统"启动，充分调动和发挥了陀螺仪、各种传感器和4个艏侧推进器的作用，总算保持了潜艇的悬停状态。无论操作员能力多么优秀、经验多么丰富，只要是人就根本无法胜任这项工作。当然，即使是机械，其能力也是有限度的。情况已经很危险了！

终于，海水与浓盐水之间的分界完全崩溃了，"绿海龟"变成了绿宝石色的水柱，高高地耸立在那里。白色云层的厚度也一下子浓厚了起来，好像自顶端发生了雪崩现象一样，一下子压了过来。

密密麻麻地覆盖在岸边的双壳贝像被突然掀起来的毯子一样，形成了数米高直立的"墙壁"，然后又在空中解体，无数黑色的贝倒卷到海底，又四散开去。

"喂，科兹莫，这样下去很危险啊！"

我刚说完，视界突然直立起来了，我感觉到自己的脊背一下子被推到了椅子的靠背上。在垂直方向上，协战潜艇头朝着海面被海潮整个推了起来，可能已经处于直立状态了。在水平方向上，同时又整个地被推向"奥利西帕之角"所在的位置。

正如我所担心的，仅仅几秒的时间，我们就受到了海潮的冲击。闪耀着彩虹色的"奥利西帕之角"横切掠过"视界"，"吱嘎吱嘎"的声音不绝于耳。应该是潜艇被"奥利西帕之角"刮到了。

"科兹莫，不要紧吧。"耐压壳内，回荡着操作员担心的呼叫声。

"没事，我系着安全带。"

其实并不是一点没事，祭祀水从椰子器皿中颠了出来，洒在了我的胸口和腹部，黏糊糊的，非常凉，令人感觉非常不舒服，包在香蕉叶中的供品也四散到了地板上。

但科兹莫仍然没有停止祈祷。也许是因为他将控制肉体的任务全交给了我吧，所以他能够将所有的注意力都投入精神层面，而将周边所发生的一切都置身事外。

"我继续进行仪式，你快操作离开这里。"我只好依靠自己的判断，直接告诉操作员。

"收到。我们现在上浮。"

冲压喷气式引擎发出轰鸣，两翼上的垂直式推进器也开始飞速旋转了。潜艇现在距离"泉"池的高度已经不足一米了，不过还没有轧到管蠕虫群身上——这真是一个奇迹，也许这是"动态位置自

控系统"所发挥的作用。

浓盐水一直在喷发,维持着刚才的强度。地震电磁波的波形也一直维持着篦齿形。

我觉得,喷发出来的"泉"水一边冲散双壳贝群,一边在慢慢扩大"泉"池的范围,迟早会推进到"奥利西帕之角"林立的位置,这一切完全都有发生的可能。考虑到类似于"投手丘"的那个小鼓包的大小,估计"泉"池的面积应该会扩大到原来的数倍规模。

引擎的轰鸣声回荡在耐压壳的各个角落,让人心烦意乱,但潜艇还没有爬升到 5 米的高度。与刚才相比,仅仅上升了 4 米。

"怎么了,机械故障?"我向操作员发问道。

"不是,机械并没有问题,不知道什么原因,就是升不上去。"

"是受到了海潮的影响?"

"有这个可能。但从管蠕虫的摇晃情形来看,好像又不是这个原因,现在引擎的转速已经快达到最高巡航速度了。但是,怎么描述呢?好像潜艇变重了,或者说,水变得很滑、很轻。"

"你是说,水变得很轻了?"

"我是这种感觉。不过,我们的高度还是在慢慢抬升,应该没有什么问题。只要达到能够飞越那些像玻璃工艺品一样的树林的高度,我们就可以迅速脱离这个区域,不用担心。"

我比对着操作室内仪器所显示的数字,惊讶得合不拢嘴。采用激光测距工作方式的高度计显示,我们的高度确实是在一点一点地抬升,但采用水压测量方式的水深计所显示的数字却在不断地减小,而且减小的幅度要远远大于高度增加的幅度。换言之,就是水压降低了!

上次我们乘坐"伊索克莱克鲁"来探索附近的情况时,水深应该超过了 5 500 米,但是,现在水深计上所显示的数值,却小于

5 000 米了。即使存在着测量误差,也不可能出现这么大的差距啊。

位于爱知县渥美半岛海域的 CR 田喷发时,也发生了同样的现象;我们在冲绳县系满海底谷西的 CR 田附近与提亚玛特集团作战时,也发生了同样的现象。上次我们之所以与姥鲨——看似利维坦的友军——发生格斗,起因也应该是这一现象。

"这是'魔法'!"

"你说什么?"

"这是伴随着来自'卡恰乌帕蒂'的海水的喷发,一起喷涌出来的'魔法'。"科兹莫的语调显得非常庄严!

"仪式终于结束了?"

"只是告一段落而已,'使者'们还没有光临,也许几天之后他们才来。那时,还要举行其他的仪式。"

"你是说,这种喷发要维持好几天?"

"这种喷发短时间内是不会停止的,只是规模和强度时大时小而已。现在只是泄漏阶段,很快就会发生大喷发,'使者'们就是在那个时候光临的。'魔法'也许就是那个时候一起喷发出来的。"

"'魔法'究竟是什么呢,竟然可以将水变轻?"

"也许能够。"

"利维坦有可能掌握了这个'魔法'?"

"如果那个生物来自'卡恰乌帕蒂',当然存在着这个可能。"

"这有可能是一个大发现呢!我们必须马上通知其他人!"我一下子兴奋起来,甚至连协战潜艇现在还处于危险境地这一情况都忘记了。"我们只能通知一真。虽然他不是物理学家,但是他应该知道身边的专家、学者中哪个人能够胜任这个工作。"

"高度终于达到了 15 米。我们将急速反转,飞越树林上方。坐好!"噪声中,终于传来了操作员的通知。

突然，我的身体重重地摇晃了一下！紧接着，巨大的加速度袭来，就像受到了大炮的轰击一样。我——应该说是科兹莫——的后脑勺重重地撞到了座席的靠背上，视界变得一片黑暗。打一个形象的比喻，就是我们背冲着那灯火通明的"泉"池，屁股上挂起了船帆，借助巨大的风力一下子冲了出去。

这是因为协战潜艇的引擎本来就开到了最大功率，加上海潮喷涌，动力加上水势，潜艇真的是"飞"了起来，快速冲出危险海域。刚才的紧急逃离速度，应该接近70节了。

实际上，速度超过60节之后，潜艇就慢慢减速了。确认了现在的位置后，我发现，我们已经航行在"泉"眼"投手丘"的外围了。潜艇的轨迹描出一个大大的弧形，高度已经超过100米。

"应该没有危险了，我们好像已经冲出了喷发影响的范围。"对讲机中传来操作员的声音，能够感觉到他话语中的安心感。

"海水情况如何，还是感觉非常光滑吗？"

"没有，现在一切正常了。推进器也没有异常迹象，刚才是怎么回事？"

"刚才是'魔法'的影响。"

"你说什么？"

"你马上向'錾'上的盐椎一真研究员报告：浓盐水从泉中喷涌而出，产生了大量的细泡，水的比重变轻，潜艇无法正常控制。同行的科兹莫报告说，这是受到伴随着浓盐水喷涌出来的'魔法'的影响。刚才的话非常重要，马上报告！"

"明白！"

"光学影像"中所显示出来的风景，已经一切正常了。但是，2 000米之外的普瓦鲁卡斯的喷发应该还在继续。如果不知道刚才所发生的这一切，那肯定不会注意到这个情况。这一瞬间，我认识到了海洋深处的复杂性。

　　就在这时,一个形似透明的海蜇、发着亮光的东西横切着青色的水团一掠而过。之所以发光,是因为水团受到了协战潜艇的灯柱照射。这个"海蜇"非常大,大得好像能够吞下整头大象。我还是第一次见到这种东西,也许这也是一种 AUV 吧。

　　巨大的"海蜇"随着缓慢流动的海潮渐渐消失在黑暗之中。

S 是 Sierra 的 S

1

"'主神',我是'赛德娜'。信号接收情况如何?"
"'赛德娜',我是'主神'。信号接收情况……不良。"
"别瞎说!我这里一切都听得清清楚楚啊。"
"啊?你说什么,我怎么听不清楚?"
"你是想让我扼住你的关节吧!"
"我是'主神',接收情况良好!"

与安云蕾拉的语音通话就是以这样的方式开场的,尽管我们已经好久没有通话了。

"你现在在什么位置?"

"刚刚驶出凯恩湾,遵照副司令的指示,我们在这里待命。我与'阿斯匹德氪隆'搭伴儿。"

"我和副司令在一起,刚刚好不容易穿过兰开斯特海峡。我们已经与'海神'和'妈祖'会合了。这个海域,海水表面还覆盖着冰盖!"

"我这附近的冰盖已经消失了,现在只有凯恩湾海域还有冰盖。"

"是吧。那我们再往前走一点，就能冲出海冰区了？太好了，总是在冰下，实在让人感到气闷！"

"副司令，他是在与'月神'号通话吗？"

"好像是。应该是在确认'野马'的搜索情况，还有讨论今后的对策吧！"

跟踪 USS"蒙哥马利"号失败之后，时间已经过去了 5 个多小时。虽然知道它应该还在戴维斯海峡中游荡，但是我们不清楚它是否已经北上了。这条海峡非常宽，即使最窄处也有 338 公里宽！在面积如此广袤的海域，寻找一艘全长只有 170 米的核潜艇，堪称"大海捞针"。

之前我们提议，使用"阿斯匹德氪隆"的护卫潜艇或者"主神"的助推器来代替下落不明的 AUV。但是，我们的这个提议被上司直接驳回了，理由是这些无人设备不但没有配备 EPU 传感器，甚至连磁性传感器都没有，几乎发挥不了什么作用。这是一条非常充足的理由！

另一方面，贾鲁西亚副司令通过"盘古"号向"月神"号发送了一个令人感到意外的指示：该船离开待命地点林肯海，进入内尔斯海峡，目标巴芬湾。也就是说，让母舰沿着我们经过的路线追赶上来。

在潜行状态下，SSO 很难通过内尔斯海峡。就是因为这个原因，所以仙境集团才让"月神"号停泊在林肯海海域的。而且，它那堪比航空母舰的巨大船体在汉斯岛周围极有可能被加拿大或是丹麦发现，因为这是一个连我们都只能在海底匍匐前进、谨慎穿越的海域。

没有人告诉我们究竟出于什么原因，让"月神"号冒着那么大的危险穿行通过内尔斯海峡。但不管如何，这条命令已经开始执行

了。航行顺利的话,"月神"号现在应该已经穿过霍尔湾,迫近汉斯岛了。

对于我们而言,母舰——可以让我们的身体得以休息和恢复的港湾——的靠近,自然是令人高兴的事情,但我更担心其他国家发现仙境集团的 SSO 后会发生什么。与"南马都尔"号被发现时的情况一样,估计其他国家又会借此煽动对海洋漂民的反感了。

"'赛德娜''海神''妈祖''主神',还有'阿斯匹德氪隆',我是'奥克隆'。收到后,各自发送确认信号!"

"哎呀,这让我想起了在南极海的训练!"

我一边嘟哝着,一边发出了确认信号。一切表明,在 10 秒之内,5 个水下仿生机器人的操作员都发出了确认信号。

副司令再次利用水中 HF 通信向我们发出命令:"好!现在,我们首先以'月神'号为中心,所有人共享位置信息。大家按照顺序操作,所有确认工作在海底地形图上进行。"

由于之前我和戎崎已经向母舰发送了实时位置和水深,现在就不用再重复这项工作了。我将地形图拉入视界中,等候其他水下仿生战斗机器人的共享显示。视界中陆续出现的绿点显示,"妈祖""赛德娜""海神"已经依次加入了共享,最后是"奥克隆"加入,显示为橙色光点。这 4 个水下仿生机器人并排在兰开斯特海峡的出口附近,显示出堵住海峡南半部分的态势。

在地形图上,沿着内尔斯海峡继续上行,自然就能发现"月神"号的位置。不出所料,只要再航行四五十公里,"月神"号就会靠近汉斯岛了。

副司令接着说:"接下来,我来介绍一下现在的形势,并传达即将开始的'驯服野马'计划作战前的准备情况。正如大家所了解的,我们现在失去了'蒙哥马利'号的行踪。虽然我们的 AUV 和无人哨戒艇还在展开搜索，但是由于担任搜索任务的船只数量减少了，现在的情况不容乐观。我们决定，同时采用其他方法展开搜索。现在，美国海军的潜水艇与地面司令部的联系主要是通过水上舰艇中转的。当然，潜水舰和水面舰艇之间的联系是借助水中 HF 通信，水面舰艇和司令部之间的联系是借助常规电波，这与我们的做法基本一致。只不过，我们使用更多的是无人哨戒艇和 AUV，以及一次性的浮漂，而不是水面舰艇。

"对人工卫星和无人哨戒艇发回的情报进行分析后，我们认为，现在戴维斯海峡中并没有水面舰艇的影子。也就是说，他们应该是用别的船，或者与我们一样使用无人机在进行秘密调查。我们已经断定，他们利用一艘拥有破冰能力的大型渔船在进行这项工作。那艘渔船的底部装有一个功能强大的水中 HF 通信的信号收发器。这肯定不是与鲱鱼、鳕鱼交换信息使用的，不然这就成了摆设了。为了方便联系，今后我们就将这艘渔船称作'牧童'号吧。"

我忍不住微微一笑，脑海里浮现出 AUV 潜伏在海底偷拍那些驶过戴维斯海峡的船的船底的情形。因为船流量不是很大，只要排查形迹可疑的船，应该不难确定究竟哪艘渔船是"牧童"。

副司令继续解释道："'牧童'号应该知道'蒙哥马利'号所在的位置，所以我们决定在'牧童'号船底的信号收发器上做手脚，干扰他们之间的通信。正如大家所了解的，水中 HF 的指向性很强，而且受大海情况的影响，会出现信号传输不稳定的情况。如果'牧童'号没有发现信号传输不稳是受到了我们的干扰，为了稳定通信，它必然会缩短与'蒙哥马利'号之间的距离。只要监视它的举动，我们就能推测出核潜艇的位置。虽然很难做到准确定位，但我们肯定可以大幅缩小 AUV 和无人哨戒艇的搜索范围。大家还有什么疑问吗？"

"'奥克隆',我是'主神'。干扰通信的工作,需要如何进行呢?"

"使用'海蜘蛛'!我们已经指引'海神'和'妈祖',离开'盘古'号来到这里。其中的一个已经朝着'牧童'号的方向航行过去了。当它接近船底时,就会用黏液索来缠裹和覆盖信号收发器。我们已经在密克罗尼西亚试验过这种方法了,信号收发器和海水之间的黏液厚度只要达到30厘米以上,就能起到干扰通信的作用。实际上,这种通信并不是利用电波本身,而是利用水分子的震动来实现信号传输的。因此,只要用黏液来遮蔽,相信通信效果会大打折扣。"

"就是说,完全不能进行通信了?"

"那就要看黏液遮蔽的程度了!也许无法实现完全阻断,但应该可以让信号变得非常不稳定。实际上,质量不好而不是完全无法阻断可能会显得更加自然,效果也会更好一些。如果信号突然完全中断,'牧童'号就会怀疑是通信出现了故障,必然派人检修信号收发器。"

"'奥克隆',我是'海神'。'野马'和'牧童'号之间的通信大概保持着什么样的频度?我觉得,如果每天仅仅一次左右,那么我们就无法确定渔船究竟是不是要靠近核潜艇。"

"如果它们之间交换位置信息,那么频度应该会更高。而且,我们已经采取了一套确保让'牧童'号必须与'蒙哥马利'号联系的计策。"

"你说是'确保'?"

"难道这就是让'月神'号驶入内尔斯海峡的原因?"我下意识地插了句话,又赶紧闭上嘴。

"是的,在汉斯岛周围,'月神'号肯定会被发现的,也许是加拿大,也许是丹麦,也有可能是双方都发现,但无论如何,这个消息都会传到美国海军那里，最后再由司令部经过'牧童'号转发到'蒙哥马利'号那里。因为这是一条非常重要的情报，所以，无论如何，它们肯定都要传递过去的。如果通信状况不良，他们一定会去尽力改善的。当然，对于我们来说，'月神'号被发现并不是什么好事。但是，即使冒一定程度的险，我们也必须尽快完成'驯服野马'计划。你们可能已经听说了，密克罗尼西亚已经危在旦夕了。"

"'奥克隆'，我是'赛德娜'。从共享位置和航行速度判断，'月神'号大约在一小时后经过汉斯岛。'海蜘蛛'一号机接近'牧童'号大约需要多长时间？"

"大约也是需要一个小时左右，我们期待着从那时起就能决出胜负了。一旦确定了'蒙哥马利'号的位置，我们就会马上决定下一步的行动。在这一时刻到来之前，所有人在当前位置待命！大家可以休息，但未经许可绝对不能擅动。还有什么问题？如果没有，就发送确认信号！"

这次时间比较长，花了20多秒，所有人才完成了确认手续。我一开始时还在犹豫，是不是应该询问一下密克罗尼西亚的状况，但后来想到这与北冰洋的事情无关，最后还是放弃了。估计大家与我一样，也都有各自想问的问题，所以发送信号有点慢了。

"好！我是'奥克隆'，通信完毕。"

副司令的通知刚一结束，蕾拉就马上采用私密模式跟我说："副司令之所以特意强调未经许可绝对不能擅动，就是针对你的吧！"

"应该不是吧！"

"一般情况下，副司令只会下令'原地待命'。但是，现在在场的某人即使收到了这道命令，也未必会遵守的，所以……"

"是啊，是啊。反正我早就是一个惯犯了，总是违反命令！"

"说句真心话，这次你最好还是不要轻举妄动。"

"我知道了!"

"那接下来的这一个小时你有什么打算?"

"我决定在海底躺着打个盹,为'驯服野马'养精蓄锐。所以,你不要来打扰我啊。"

"你说什么呀!明明你是想和我聊天的,还嘴硬。"

"怎么可能呢!如果与你一直聊下去,到时肯定是精疲力竭,什么都做不成了。好了,我休息了。我是'主神',通信完毕。"

"下次在道场见到你,我肯定会扼住你的手肘,或者手腕!我是'赛德娜',通信完毕。"

蕾拉扼住对手关节的搏击术可不是闹着玩的,一旦被她扼住,就会疼痛异常。况且,我根本没有想陪她去道场练习的念头,因为一直萦绕在我脑海中的还是我在"逃脱"游戏中见到的战车。也许这就是对方的一个小伎俩,目的就是为了将我留在游戏中。但是,这确实令人感到不可思议,毕竟这是只有我和矶良幸彦才知道的事情,对方怎么可能将战车作为诱饵呢?

我关闭助推器的动力,将"主神"又下潜了30多米,一条腿轻轻地跪在海底。尽管我的动作是那么小心翼翼,但还是卷起了一些泥浆。几条日本片蛇尾受到惊吓,蠕动着细细的脚急速避开了。水深约350米,当然不可能躺下去,我只是采用一种将"主神"号稳定下来的姿势,就是用双手撑在海底地面上。

现在母舰"月神"号已经下潜,所处的位置已经深过潜望深度,因此,我现在无法借助"月神"号的网络连接到"虚拟海洋"。虽然也算是违反了副司令的"半个"命令,但是我还是微微上浮助推器,将浮标天线伸到了海面上。

经过一番调试,我终于成功连接上了网络,打开了"虚拟海洋"

的主页。

我顺利地登录,进入了"逃脱"游戏!由于默认设定的关系,我出现在了上次退出登录的地方。这是一个通向海岸的斜坡,大海依旧是波涛汹涌,远处的水岛似隐似现。不知道水下仿生机器人之间那场奇怪的海战现在怎么样了!

波浪旁若无人地击打着岩石,刚才那么多人拥挤在斜坡上,现在却人迹全无。只有连接两座岛屿的那两座桥孤零零地横在那里,当然,还有那孤零零地矗立在那里的桥墩。

不出所料,我没有发现战车的影子!我模仿贝尔海豚的做法,召唤出地岛的地图,放大后仔细搜索,看看岛上有没有与ROV相关的设施或者机构。但是,我一无所获。

战车是自己从停泊在港口的船上走下来的?这个机器人原本是在海里作业的机械,根本不可能自己从船上走下来啊!但是,在虚拟世界中一切都有可能!刚才我不就看到水下仿生机器人竟然能够站在空气中进行搏斗吗?

为了稳妥起见,我还是从港口的一端开始了排查。但是,港口里所停泊的要么是游艇,要么就是小型渔船,根本没有可以承载ROV的中型或者大型船只。

收起地图后,我一边深深地叹了一口气,一边回忆着上次退出登录时最后所看到的景象。就在这时,我注意到一件奇怪的事情:斜面上的杂草上留着两条被压倒的痕迹,呈现在我面前的是一个大大的"U"形。就好像什么东西沿着山坡走了上来,一直走到我的脚前,然后向右打了一个转,又沿着山坡走了下去。

从脚印来看,情况应该就是这样。但是,在这种可以很多人共同参与的游戏中,这样的痕迹竟然能够保持几个小时,真是一个奇迹。从逼真的角度来看,这确实非常逼真,但是我总感觉这是在暗

示着什么。

　　大部分情况下，战车是借助推进器在海里移动的，但也可以用履带在海底行走。如果我眼前的这些痕迹是车辙的话，那应该是战车的履带印。我沿着斜坡跑了下来，准备追踪它的去向。

　　到了海岸边之后，车辙印没有进入海里，而是转了一个大弯直奔位于西面一块夹在草地和岩石地带之间的狭窄的沙地。到底是履带，不同于轮胎等，所留下的痕迹非常明显。

　　风和海浪的声音强烈地冲击着我的耳膜，击扬起来的细细飞沫也不时地飞溅到我的头上。但是，由于并没有寒冷或是水滴接触到皮肤的感觉，我恍如梦中。

　　跟着车辙印径直往前走，不久，一块巨大的岩石出现在我的眼前，挡住了我的去路。如果要抵达海边，要么绕岩而行，要么攀岩而过，但是这两条履带印却是在岩石的正下方凭空消失的。说得严谨一些，就是直到沙子和岩石的交界处履带印还是清清楚楚地保存在那里的，但就从那里开始，却突然凭空消失了。给人的感觉是，如果战车不是猛烈地撞击到了山崖之上，就是从岩石中穿行而过了。

　　我站在履带印上，用手碰了岩石一下，仍然没有任何触感，但是也没有陷进岩石内的感觉，因为我并没有采用"幽灵模式"。就在这时，一个对话框突然弹了出来，出现在我的面前，提示符后面写着："神的名字？"

　　这里，应该隐藏着一扇门！

　　"战车。"我毫不犹豫地回答道。

　　紧接着弹出的第二个对话框显示："精灵的名字？"

　　稍加思索后，我回答道"丽露"，但被系统否认了。

　　于是，我尝试着答道："安菲特里忒。"

对话框消失了，随着一声巨响，"门"打开了，岩石壁现出了一条裂缝。随着裂缝向左右两边扩展，我感觉到，自己的眼前出现了一条如同钟乳石洞一样的天然隧道，履带印一直向洞的深处延伸而去。我进入洞中，身后的裂缝又合上了。

虽然并没有看到什么照明器具，但隧道中却亮着微弱的光，至少不用担心看不清脚下的情况。当然，由于这是在虚拟世界里，即使摔倒了也不痛不痒。

在这个隧道中，目之所及的都是岩石，显得异常单调。隧道好像一直朝着地下深处延伸下去，而且存在着缓缓的坡度。在一般的游戏中，这种隧道应该是通向地牢的，但在这里我完全没有这种感觉。隧道里面也没有岔道，不会让人迷路，也没有怪物从黑暗中突然飞袭过来。

在此之前，也许已经有一些游戏参与者进入过这个秘密隧道来探险，又或者我是第一个进入这条隧道的人。

刚开始的时候，我还一边走一边天马行空般地胡思乱想，但随着单调行程的延续，我的脑海开始变得一片空白。也许正是这个原因，当履带印再次凭空消失的时候，我才更加惊慌。

隧道里面有一个小池子，对我来说，这已经是一个司空见惯的景象了，因为这个池子与卡尼姆韦索的入口极为相像。还有，前往位于东中国虚拟海宫古岛上潘东的道场时，也是从陆地上沿着钟乳石洞一直走下去，最后到达一个像池子一样的地方。

池水的颜色非常暗，从这一点来看，这里更接近卡尼姆韦索。

履带印就在池水边上消失了！

"这是要我跳下去吗？"

我一边喘着气，一边嘟囔着。看上去水温应该很低，当然，在虚拟世界中，实际上是感受不到水温的。还有，即使是穿着衣服跳下去，衣服也不会弄湿，更不会死死地黏在身上。当然，也没有必要担心在水中的呼吸问题。

虽说如此，我还是不想跳下去，因为我总有一种不好的预感。但没有时间犹豫了，我只能迈步向前，把身体沉到了池子里。

当头部完全浸入水中之后，我才发现，下面是巨大的海底世界。但是，这个海底世界里既没有五彩斑斓的珊瑚群，也没有神秘的石柱，充溢着整个空间的只有那显得昏暗的水团。一切都那么安静，简直就是一个死亡的世界。

也许这里所模仿的是深海的景象吧。我不知道这里的水深设定值是多少，如果这里有游动的生物，我应该能够以此为根据做出判断。但是，这里什么都没有！

尝试一下也好！我打开了水岛的地图，果然，地图上没有标识这个地方——这意味着关于这个地方没有任何说明可供参考。

我此时的感觉怎么表达才好呢？可以说，我觉得自己像是被放逐到了宇宙空间！即使想返回去，也已经找不到隧道的方向了，而且，我也完全失去了上下的感觉。

由于这是一个让人完全摸不着头脑的空间，我甚至开始担心自己能不能顺利退出"登录"状态了。就在这时，一束光线照了过来！光柱显得很散，看起来像是模仿水中光柱。推进器转动的声音也在逐渐向我靠近。多么令人怀念的声音啊！现在的我，尽管生活在一个被船和机器人所包围的世界中，但这一切所装备的无一例外都是带消音器的推进器，所以很少能够听到机器转动的声音了。

水中的光线逐渐明亮起来。如果正对着光柱，就会产生刺眼不适的感觉，导致眼睛看不清东西，所以我游到了稍微偏离光柱的位置。就在光源的后面，那显得非常散乱的光线模模糊糊地照出了一个影子：一个四方形的机器人，是战车！

在现实世界中，它明明就是一个 ROV，但是在这里，却在没有光缆连接的状态下自主游动，简直就是一艘 AUV——可能游戏的程序就是这么设定的吧。

它一直向我靠近，几乎就要撞上我了。但是，它并没有理睬我，而是径直地与我擦肩而过。机不可失，我连忙抓住它裸露出来的部分。它并没有降低速度，依然沿着原来的方向保持着原来的姿态向前游着。这一点让我感到有点不自然，但在这种情况下，我只能任由它拖着我继续前行。

虽然我的眼睛还没有适应周围的情况，但感觉周围变得稍微亮了一点。可能是水变浅了，也有可能是游戏程序就是这么设定的。之所以这么说，是因为被战车拖着前行之后不久，我再次看到了令人感到意外的景象。

看起来，那是一艘巨大的核动力潜水舰，在海中，它以极慢的速度移动着。从形状来看，应该是俄亥俄级的。如果在游戏设定中它是因为我而出现的，那么它应该就是 USS "蒙哥马利"号。它并没有融进青黑色的背景中去，从舰艏一直到位于船尾的推进器都一览无余。虽然这是在战车的光线映射下看到的情景，但在现实世界，这是不可能看到的。

为什么水下仿生机器人、战车以及"蒙哥马利"号都出现在这个游戏中？我一头雾水，不由得产生了怀疑：难道那些我们认为是发生在现实世界中的事情，其实在虚拟世界中也同样发生了？自从中国古代一位名叫庄子的学者讲述了"蝴蝶梦"之后，这已经成为在虚拟故事中经常出现的场景了。

但是，我对这个问题完全没有什么实际感受。我觉得，更现实一些的解释仍然是，参与设计游戏的学者前园隆司将自己从仙境和金井获得的信息应用到了游戏之中。还有另外一种可能，就是矶良

的精灵想要测试我什么,而在其中起到了穿针引线的作用。如果真是这样,那么在某种意义上,这也是故人的"遗愿",我必须尽最大努力去帮助他实现。

对于个人信息被这么滥用,我内心感到非常不安。但由于这是一个我很感兴趣的问题,我又欲罢不能。

如果说游戏映射了现实世界,那是不是可以反过来看待这个游戏呢——就在这一瞬间,我脑海中突然冒出了这个念头。

这艘老旧、落伍的 ROV 带着我径直驶向那艘巨大的核潜艇,就像一条小沙丁鱼游向一条蓝鲸一样,显得那么不成比例。不同的是,战车拥有特殊的能力:在距离潜艇一定距离的位置上,当它用光线照射核潜艇的外壁时,一切都变得那么透明。我可以清楚地看到潜艇的内部,看起来就像计算机动画[①]所播放的 X 光照片。这种场景,只有在虚拟世界中才能看到,非常有趣。

战车拖着我,就像围绕着鲜花的蜜蜂,或者说像围着一团臭肉的苍蝇,围绕核潜艇飞来飞去,将潜艇内部的情形清晰地展示给我。

首先映入我眼帘的,是位于指挥室后面排成一行的弹道导弹发射筒,总共有 24 具。奇怪的是,每一具发射筒都是空的。也就是说,最令人恐惧和担心的导弹并不在这里。既然是如此大费周章制作出来的计算机动画,为什么不在这个细节上再下点功夫呢?

但万一它所反映的是现实世界的真实情况呢——我从另外一个角度重新考虑这个问题。如果它所反映的是躲藏在北冰洋的 USS"蒙哥马利"号的真实情况,那么即便没有装载导弹也不足为奇。

---

① computer graphics 的缩写,是通过计算机软件所绘制的图形和该技术的总称,几乎囊括了当今所有的视觉艺术创作活动,如平面印刷品设计、网页设计、三维动画、影视特效、多媒体技术、以计算机辅助设计为主的建筑设计及工业造型设计等。

更进一步来说，没有装载反倒更加合情合理，因为现在的"蒙哥马利"号只不过是陷害仙境集团的一个工具而已。

况且，虽然这是一场自导自演的骗局，但是，毕竟这艘潜艇现在不是由美国海军掌控，而是被其他人劫持，或者说是由形同海盗的家伙们在守护，装载核弹头实在是太过冒险，所以发射筒才是空的。

如果事实如此，那么，只要我们能让核潜艇上浮，向全世界展示发射筒是空的，那么美国的阴谋也就不攻自破了。

这艘被我和矶良奉为神明的ROV继续用"魔法光线"为我展示核潜艇内部的怪异之处：潜艇内部几乎没有人！俄亥俄级核潜艇定员最初为150名以上，后来由于进行了大规模的改建，操作方式改为电子控制，并且引入了处理各项杂务的机器人，现在的定员减少为原来的三分之二，但是不管发生了什么，起码应该有100人左右啊！

但是，在这个计算机动画中，指挥室内只有一个人，排布在发射筒周围的那些床铺上面也都空空如也。如果这个游戏仅仅是为了给我展示核潜艇的内部构造，那么它根本就不需要描绘出船员，因为那样反而会对显示内部结构造成不便。但是，它又为什么一定要在指挥室内显示出一个人的身影呢？

其实，我听说过，如果采用有线遥控飞行装置的话，是可以实现由一个人来操作潜艇的，当然是仅限于目前这样在大海中"闲庭信步"的情况下。这样看来，这种情况下，即使只有一名船员，也是能够胜任"蒙哥马利"号的驾驶任务的。但是，一个人是绝对无法独立完成入港工作的。因为在船只频繁来往的港口和沿岸地区，稍有闪失，就会酿成大祸。

就"蒙哥马利"号的情况而言，即使不看美国媒体所刊发的"船

员家属的不安和悲伤"之类的报道，我们也能推测到，肯定是齐装满员出港的。如果这个计算机动画反映的是现实世界的情况，那么，近100号的船员究竟去了哪里呢？

接下来，战车为我解答了这个看似直观的问题。

实际上，在战车作答之前，它再次发挥了只有在虚拟世界中才有的特殊能力——竟然突破了在光线照射下变得透明的潜艇壁，飞入了核潜艇内部。当然，紧紧抓着它的我也被带了进去。等我缓过神来的时候，已经被抛到了鱼雷室的地板上。虽然知道这只是虚拟的，但对我来说，这还真是一次令人惊心的体验。

"不得了！"

这是我第一次看到鱼雷室，从墙壁到天花板，到处都覆盖着线路和管道，颇有一种怀古的情调。但现在，让我感受最深的还是它那逼人的气势。

摆在发射管前面最多的不是鱼雷，而是巡航导弹。夹在这些导弹之间的通道很狭窄，如果两个人相向而行，那么只能擦肩而过。不知道什么时候，战车的体积已经缩小到了刚好能够通过那条通道的大小，看起来就像是一个玩具。

"接下来，你打算怎么做呢？"我试着和它搭话。

战车挥动着一只机械臂，指了指天花板。我抬头往上看去，发现一台摄像机的镜头正在转过来对着我。那里趴着一个像长脚蜘蛛一样的机器人，好像它能够借助天花板上的轨道和钩子移动。

"南马都尔"号之类的SSO上面也装备有这样的机器人，它们设置在机舱、货物室、武器库、厨房等空间狭小的地方，担任搬运、检查和维修等工作。收纳"主神"的仓库里面，也应该装备着几台这样的机器人。

这些机器人紧贴着地板移动，往往会妨碍在同样的位置来来往往的人类。所以，大家自然喜欢采用在地板和天花板上爬来爬去的蜘蛛型机器人了。

潜艇上也装备着这样的机器人，它们代替人类担任各种各样的工作，从打扫、清洗、扔垃圾等日常杂务，到各种机器的检测、检查、修理，甚至部分烹饪工作。眼前这个机器人的手臂看似非常结实有力，应该也担任向发射管里填装鱼雷和导弹的工作吧。

"这个铁家伙，是不是发生什么故障了？"我的视线转回到了战车上。

不知什么时候，通道上方打开了一个二维显示框。显示框上出现的图像是从天花板上采用俯瞰的角度拍摄的，好像是蜘蛛机器人的"眼睛"记录的内容。

画面中，机器人的金属臂从左右两端伸出来，但它们手中所抓的并不是鱼雷或导弹，而是穿着艇内作业服的人。被抓着的人一动也不动，半睁开的眼睛里看不到眼珠，从皮肤的光泽程度来看，我判断他已经失去了生命迹象，而且是处于死后身体已经开始发硬的状态。

金属臂夹着这个僵硬得像棍子一样的尸体，将它装到轨道内，然后填入发射管中。图像显示，机器人用这样的方法将6个人的尸体填入发射管后，另外一个机器人关上了发射管的密封口盖。图像就这么暂时定格下来了，但是不难想象，在我看不见的那些地方，同样的作业肯定也在进行。可能是注完水之后，机器人就会打开发射管的密封口盖，将尸体推射到海里去吧。

"原来如此！"我低声嘟囔道。

这样一来，100名船员的去向也就得到了解释。一个鱼雷发射管一次能够推射出6个人，按照这个数字计算，如果使用4个发射管同时推射，那么每个管平均推射四五次，就能把所有的尸体都推到海里去。当然，将尸体从潜水艇的各个角落搬到鱼雷室里很费功夫，但是如果这些工作也由机器人进行的话，应该花费不了太长的时间。假如同时使用了紧急出口，那么速度应该会更快。

问题是，它们是如何杀死了这100名船员的呢？从图像中的尸体身上看不出什么明显的外伤。是不是使用了瓦斯之类的毒气呢？那么，在艇内释放毒气的人，只可能是现在坐在指挥室内的那名船员。

他究竟是什么人？根据刚才看到的情况，指挥室应该位于比鱼雷室高三层的位置。

图像播放停止了，显示框也关闭了，战车轻轻地上浮到我的头顶。虽然没有装备螺旋桨或是其他什么工具，但在这个虚拟世界里，无论是在空中还是水中，它好像都可以同样自由自在地移动。由于现在它已经变得很小，我也不知道应该抓着它的哪个位置才好，不过还是先用两手紧紧地攥住了。我的身体随着它飞了起来，轻而易举地穿越三层天花板，来到了那个可疑船员所在的区域。

与鱼雷室相比，指挥室和位于它后部的航管室显得非常宽敞。照道理来讲，由于已经从机械操作切换到了电子操作的模式，应该不需要这么大的空间了。但是，也许是在改装时没有切分或是分隔空间的预算吧，这里并没有发生很大的变化。

这是一扇连接这两间屋子的舱门，我站在舱门的附近，正好可以清楚地看到两边的情况。

也许是为了有效利用多余的空间，航管室几乎变成了一个居住区：地板上摆着简易床，桌子上铺着旧海图，上面放着马克杯、盘子、水壶等物品。餐巾上放着吃了一半的三明治，工作台上的换洗衣物堆积得像小山一样高。总之，整个房间跟它原来的用途完全无关。

不过，毕竟是中枢，旁边的指挥室并不像航管室那么乱。即便如此，里面还是到处挂满了外套和毛巾等物品。

人很少，但是相应地增加了五六个机器人，其中两个担任清扫工作，在地板上转来转去；其他的机器人，有的在天花板和墙壁上爬动，有的抓着潜望镜，好像是在修理着什么，还有一个趴在电子海图台上，在画面上指指戳戳的，就像一个潜艇船员一样。

唯一的船员——一个人——坐在舵位上。从我这个方向望过去，完全看不到他。

这时，战车又若有深意地伸出一只机械臂，指向天花板，那上面趴着一个机器人，好像在整理上面松松垮垮的电线。突然，那台机器人停下了手头的工作，将摄像头转向我们这边，似乎注意到了战车的举动。这时，已经缩成一个玩具大小的ROV将机械臂向左伸去，身体也开始沿着这个方向移动。

蜘蛛形机器人慢慢接近舵位，然后在控制盘的斜上方停了下来。控制盘上面排列着许多监控和按触式操控面板。蜘蛛形机器人静静地转动着摄像机的镜头，最终朝向了舵位。战车再次在地板上打开了显示框，上面映出了船员的侧脸。

我差一点叫出声来——竟然是一个女性！时至今日，虽说女性担任辅助水手并不稀奇，但据说在美国海军中，这种现象还是比较少见的。

而且，她的长相与安云蕾拉非常相像，瞳孔呈绿色，只不过微微泛着褐色，头发是亮闪闪的金色，是一个美得让人怀疑是否是人造的绝色美人。这种造型是虚拟世界中独有的，还是现实中真有这样的蛇蝎女人？她难道真的屠杀了那100名船员，并将他们的尸体推射到了大海里，现在又独自一人控制着"蒙哥马利"号？

从我站立的位置，我只能从侧面看到她的脸。她那面无表情的脸部确实给人一种冷酷无情的感觉。在沉默的时候，蕾拉确实看起来也很冷漠，但是一旦她想到朋友们开始笑起来时，还是充满魅力的。

但是，并没有任何证据显示，这个女人参与了屠杀大量船员的事件。不过，至少她是屠杀和弃尸事件的旁观者。整个潜艇里面，活下来的只有她一个人，而且现在还若无其事地控制着这艘潜艇。这么看来，她绝对不是一个普通的女性，心理承受能力非同一般。

我一边观看着显示框中的影像，一边胡思乱想着。就在这时，那个女人突然转头望了过来。我大吃一惊：她是不是感觉到了我的存在呢？不过，从她略显惊讶的神情来分析，我断定她所关心的只是蜘蛛形机器人，因为，这些机器人突然开始东张西望了。战车挥动了一下机械臂，取消了显示框。

耳边传来了某种杂音，好像是步话机无法清楚地接收无线电信号时才会发出的那种声音。但潜水艇内部使用的应该是内部对讲机吧，而且现在只有一名船员，应该用不上对讲机吧。我感觉，杂音应该是从位于潜望镜前面的、指挥官专用的控制台那里传过来的。

那个女人的注意力从机器人转向了控制台。她站起身，离开了舵位，快步奔向发出杂音的控制台。只见她拿起放在控制台上的耳麦一样的东西，将听筒放到耳边，手指捏着话筒，说道："司令部，我是'蒙哥马利'！接收不良，请重新发送。"

我终于明白了，那是从核潜艇外部发送过来的通信信息。如果现在是在现实世界中的话，那他们使用的当然应该是水中 HF 通信设备了。

俄亥俄级核潜艇的通信室位于距离最靠近舰艄的指挥室很近，不过，现在好像可以直接使用指挥官专用的指挥台进行通信了。否则，如果真的只是一个人待在潜艇里，那么即使呼叫通信室，也肯定是得不到任何回应的。

重复了几次之后，那个女人终于放弃了尝试。她放下耳麦，一边摇着头，一边径直朝着我的方向走了过来。站在门前的我身体一下子僵硬起来：事情太过突然，我根本来不及采取应对的办法，只能呆呆地站在那里，也根本来不及找地方去躲藏。

但是她竟然连正眼也没有看我，而是踱着悠闲的方步径直走进了航管室，将吃剩的放在海图台上的三明治一口塞进嘴里，又端起马克杯，用水冲了冲。然后，她又穿过我的眼前返回了舵位。只有一种解释：如果她不是高度近视，那么就是对她而言，我和战车都是透明的。

现在可以近距离地观察她了，她确实很像蕾拉，甚至连背影和体态都很相像。虽然由于她穿着T恤和工作裤，无法准确看到她的身材比例，但我觉得，她的身材应该近乎完美。

和蕾拉明显不同的是她瞳孔的颜色，蕾拉瞳孔的颜色是接近灰色的深蓝色。不过，如果戴了能够美瞳的隐形眼镜之类的东西，就可以随心所欲地改变瞳孔颜色了。

我的头脑有点混乱起来。就在这时，我的面前出现了一个红色的警示板，通知我现实世界中的贾鲁西亚副司令给我发信息了。

"糟糕，我不知道现在是什么情况，究竟应该怎么办才好。"我低头看着战车，不由得皱起了眉头。

但这台小小的ROV什么也没有回答，而是从四方形的身体上部外壳的正中央呼啦啦地伸过来一条细长的绳子。这应该是它与母船相连的电缆。

"突然伸过来电缆，这是什么意思，我该怎么办？"

好像听懂了我的话，战车的机械手开始一张一合起来，就像螃蟹的钳子一样。

"是要我抓住这个,对吗?"

这台 ROV 将两只机械臂的末端紧紧连在一起,形成了一个环形,就像潜水员用双手比画出来的一个大圆,意思是"OK"。

红色的显示板开始急速地闪烁起来,好像在催促我一样。我抓住战车伸出来的缆绳,口中念叨着"开启俄罗斯套娃"。视野中,那个总让人觉得煞风景的核潜艇的指挥室颜色渐渐变浅,最终消失不见了。

2

出现在我眼前的,是内尔斯海峡的深海水域。"主神"的探照灯所及之处,不知道从什么时候开始,已经聚集了无数的片蛇尾和海蜇等生物。我登录到"虚拟海洋"的时间,差不多有一个小时了。

回过神来之后,我首先回复了副司令发来的信息。

"'主神',我是'奥克隆'。你的确认信息比其他4个人晚了30多秒,是不是打盹儿了?"

"'奥克隆',我是'主神'。没有,没有打盹儿……只是,发了一会儿呆,对不起。"

"全体都有,马上打起精神!'月神'号通过汉斯岛的西海岸后,被 AUV 跟踪,确信无疑,它一定是被发现了。正如我们所预料的,'牧童'号已经开始行动了,我们用黏液索阻碍他们通信的行动成功了!海底地形图显示出'牧童'号的位置和前进方向,现在它的位置是距离巴芬岛的帕特里夏湾 150 公里左右的海域,正在从那里向正北方向航行。根据这个情况,我们可以认定,'蒙哥马利'号就潜藏在戴维斯海峡北纬 70 度以北的地方。我们认定,现在'牧童'

号正在朝着核潜艇的方向直线前进，现在已经命令所有的AUV和部分无人哨戒艇沿着这条路线进行侦察。按照当初的计划，我们决定在位于德文岛南、北方向的海峡以及内尔斯海峡位置张网以待。

"只是攻击任务进行了如下调整：'奥克隆''赛德娜'和'妈祖'前出至兰开斯特海峡，'海神'号前出至琼斯海峡的各个入口附近，'主神'和'阿斯匹德氪隆'号在内尔斯海峡待命。一旦确定'蒙哥马利'号的准确位置，各位的任务也许会有所调整。但在此之前，大家都必须严格按照命令，准确到达指定位置，或者原地待命！有没有什么问题？如果没有，就给我发送确认信号。确认信号必须在20秒内发出。"

"'奥克隆'，我是'海神'。您的意思是，只有我一个人去琼斯海峡担任拦截任务？"

"是的。根据目前的情况判断，'蒙哥马利'号最大的可能是去兰开斯特海峡了，所以我们才派遣3个水下仿生机器人前出到那个位置。而且，琼斯海峡的入口处还有科伯岛这一天然屏障，岛屿北边的海域海水太浅，核潜艇难以通过。所以，事实上，只有南边的雷迪·安海峡才是唯一的通道。那条海峡的宽度不到30公里，而且里面还有浅滩，可供通航的航道只有25公里左右，你和你的护卫潜艇无论如何都要给我牢牢卡住这条通道！"

"我是'海神'，收到。"

"'奥克隆'，我是'主神'。'牧童'号是什么时间启航的？"

"大约是10分钟之前。"

"我是'主神'，收到。"

"没有问题了吧。我是'奥克隆'，命令发布完毕。"

我仍然跪坐在海底，整理着自己的思路。

"月神"号被发现，就意味着这个情报已经被传送到了美国海军那里，之后又由诺福克的舰队总司令部经由"牧童"号联络到"蒙哥马利"号。但是由于发现通信状况不良，为了取得良好的通信效果，"牧童"号开始靠近"蒙哥马利"号，缩小和核潜艇之间的距离。这是发生在10分钟之前的事情，而这个时间点，应该就是在核潜艇上的那个长得很像蕾拉的船员与外部通信失败的时间点。而且，她也将对方称作"司令部"，将自己操作的核潜艇称为"蒙哥马利"号。如果说这一切都是偶然的话，那也未免太过"偶然"了吧。

虽然我还不清楚这究竟是由谁、怎么操控的一个游戏，但是，"逃脱"游戏肯定是在实时映射现实世界中所发生的一切，而且连现实中都很难掌握的核潜艇内部的情况，现在我也看得一清二楚——是不是有人入侵了"蒙哥马利"号的系统呢？

但是，入侵潜入海水中的核潜艇的系统难度非常大。之前在冲绳，仙境集团的黑客之所以能够侵入提亚玛特集团的"长棘海星"SSO的系统，是因为一个很偶然的机会，俘虏了这艘SSO所控制的一个海蛆形机器人，然后利用这个机器人作为通道才最终实现的。而且，所侵入的也仅仅是整个系统的极小的一部分而已。

到底从哪个部位才能侵入"蒙哥马利"号的系统呢？我能想到的是，最多只是利用"牧童"级别的舰船而已。

突然，我想到，虽然"蒙哥马利"号是美国海军掌控的，但是在受到仙境所实施的通信干扰，通信发生困难之后，我还是能够正常窥视它的指挥室内的情况。也就是说，除了我所了解的常规通信方法之外，一定还有其他途径。

我回忆起第一次附到科兹莫的身上时，安菲特里忒说过的事。

——覆盖着整个地球的信息网，并不仅仅是互联网。

虽然人们也使用海底电缆，但其实互联网主要分布在空气和宇宙空间里。在广袤的大洋中，如果存在着一个采用声波、水中HF，或者是类似于激光等手段所构成的信息网,情况又会怎样?那需要建设什么样的基础设施呢?虽然是我的突发奇想,但是这也并非是完全没有可能的。

实际上,我和科兹莫很有可能就是通过这个网络连接到一起的。如果真是这样的话,那么也可以使用这个网络将我和潜艇连接起来吧。那么下一步需要思考的,难道不就是具体的步骤、手续以及实施方法了吗?这就像两台终端,只要连接在同一个网络上,就能自由实现信息的互通互联了。

如果"逃脱"游戏里那条隐蔽的隧道和深海环境,就是为了连接我和"蒙哥马利"号而搭建的桥梁……

想到这里,我猛地一下抬起了头。在我的视界中,海星和海参消失不见了,我眼前只剩下蓝黑色的水幕。之前为了稳定自己的身体,我将右拳拄在了海底的地面上,现在,我慢慢地收了回来。

就在我右手食指和大拇指之间,不知道什么时候,出现了一条发着蓝色磷光的电缆。顺着电缆望过去,它的尽头就是那台看起来像由线框所组成的战车。

"难道是真的?这就是通信规程和软件视觉化的结果?"

蓝色战车用它的机械臂做了一个"OK"手势。

"你也是一种助手吧,像我"iFRAME"中的'荷助'一样?"

战车再次比画出了"OK"的信号。

"那就是说,从现在开始,我可以随时侵入'蒙哥马利'的系统了?"

"OK。"

"如果真能这样,那事情就简单多了。只要我去夺取那艘核潜艇的操作系统,让它浮上海面,不就万事大吉了?只要找到它在现实世界中的位置,根本就用不着实施我们之前操练的'驯服野马'计划了。"

但是对我的这个提案,战车却左右摇摆着一只机械臂,是"NO",好像它在表示反对意见。

"为什么呢?你的意思是,我无法侵入核潜艇的操作系统吗?"

"OK。"

"是无法侵入啊!那是因为防火墙非常强大吗?"

"OK。"

"除了操作系统之外,有没有可以侵入的子系统呢?比如控制推进器的子系统。"

"NO。"

"有没有控制核反应堆的子系统呢?如果可以制造一个模拟事故的故障,能够让它紧急停止就可以了。"

"NO。"

"都不行啊,这么麻烦啊。那么,我们能不能找到一个观察核潜艇内部情况的方法呢?你刚才是不是侵入了监控器的控制系统?我个人认为,核潜艇上应该没有设置这样的监控装置。"我歪着头说道。

突然,战车站立了起来,也就是将机器的头部朝向了海面的方向。然后,它交错摆动着自己的两只机械臂,好像在试图告诉我什么。

"机器人……原来如此,你是侵入并控制了蜘蛛形机器人啊!"

"OK。"

的确,潜艇本身的操作系统是最高机密,它的防火墙也一定是非常严密的。但是,那些承担一般杂务的机器人则是比比皆是的大路货。可能军方为了压缩成本,采购了部分民用机器人,没有加以任何改造就配备在核潜艇上了。如果真是这样的话,侵入它们的系统，就是一件轻而易举的事情了。

不过，也正是因为如此，我们借助这些机器人所能实现的自然也很有限。

能不能命令机器人将那个女人拘禁起来，或者杀掉呢？如果能的话，那就可以再命令机器人点击触摸按钮，或者操作手柄，让核潜艇紧急上浮。虽然现在我不知道它的按钮或手柄所在的位置，但是只要调查一下，应该能够搞清楚的。

但是，如果拘禁或暗杀失败，我很可能就会失去这好不容易才实现的"连接"。也有可能核潜艇内部是通过网络对这些机器人实行统一管理的，因此，一旦她判断将会发生危险，只要切断电源，那我就束手无策了。

让机器人去偷袭那个女人，显然是下下策！那么，有没有什么方法能够降低风险度呢？

我凝视着海底，再次陷入了沉思，不时地自言自语。但是，不知道是不是因为我频繁穿梭于北冰洋、南极海以及虚拟海洋之间，导致身体太疲惫了的缘故，现在头脑有点不灵活了，甚至觉得延脑周围的温度都有点过高了。

这种情况下，最佳的选择是借用别人的脑子，而且，最好是那种超级聪明的大脑！

"给我出来呀！"

我带着一种近乎祈祷的心情，向盐椎一真发送了通话请求。但是，他并没有立即回复我。这种事情我已经习以为常了。

在我的不远处，成群的片蛇尾围在鱼尸的附近。这些蛇并没有纠缠在一起，而是零散地分布在鱼尸的四周。我一边无聊地看着这种情景，一边等待着盐椎的回信。

5分钟过去了，仍然没有得到他的回复，于是我再次发送了通话请求。为了引起他的注意,我将文件名改为"海洋中似乎存在着某种覆盖范围巨大的电子信息网"。结果,不到 30 秒,我就收到了他发来的"OK"。果然,"请你参谋一下"之类的文件名不够吸引人啊!

"我已经 60 多个小时没有睡觉了,而且我感觉自己感冒了,有点发烧。可能我的大脑也想不出什么好主意了!"一真的声音掠过我的耳旁。

"是在忙着准备用来守卫普瓦鲁卡斯的新型武器吧。好像他们在往海底撒白色的东西。"

"啊,那只是其中的一种,我准备了两种新型武器。布设这两种武器,也就是配备和使用的工作已经基本完成了,但是当敌人入侵时,用来启动武器的装置有点不好用,现在正在进行最后阶段的调试。"

"是这样啊!我觉得,我们这边的'驯服野马'计划也即将进入收官阶段了。只要运用得当,说不定可以一劳永逸地解决所有的问题。下面,我就说说这个可能用得上的秘密武器,希望你好好听听。"

"你是说海中的信息网络吗?我可以听,但只给你 3 分钟。"

然后,我一股脑地告诉了一真所有的一切:可以同时容纳很多人共同参与的"逃脱"游戏,其中的一部分是与现实世界中的潜艇内部相连的;告诉我这件事情的,是我孩童时代在玩耍时奉为神灵的 ROV;我和科兹莫之间,不用已知的现代通信系统就能互相沟通等。

"你用了 5 分钟!不过,我对你说的这些事情很感兴趣,所以不怪你。"一真咳嗽了几下,接着说道,"首先,对于你所说的海洋中可能张着某种信息网这件事,我也联想到了一些事情。实际上,这个网络也与我和长池先生之前的研究有关。你所说的一切,也解答了我们多年以来的疑问。不过,目前情况下,我想,对你来说虽然应该是很困难的事情,但我还是希望你暂且忘记这些,因为这些可能会导致你无法集中精力去承担眼前的任务。等目前的任务告一段落后,我们就马上开始正式研究这些事情!那时,请你告诉我详细情况。"

"我明白!只是,为了早点告一段落,就必须给目前的混乱状况画上终止符。"

"当然了,我也没有认为,只要布设好新型武器就万事大吉了。现在,无论是在北极还是在赤道,在这两个地方,我们仙境集团都陷入了困境,所以必须找到解决这两个地方的问题的突破口!如何解决核潜艇就是这个突破口。我们先假定你所获得的情报和黑客手段都是真的,但是,在这背后,究竟是谁在操作着呢?现在想这些,也无济于事啊。"

"嗯,是啊。"

"所以,我建议你采用两面作战的方法。如果你想采用侵入系统的方式去解决所有问题,那所冒的风险实在是太大了。我觉得,眼下最关键的问题,是要首先确定'蒙哥马利'号的位置!如果你能够通过蜘蛛形机器人的眼睛偷窥到指挥室内的电子海图台,那一下子就能解决这个问题了。"

"我明白了。不过,我能确定的,只是核潜艇的瞬间位置,由于那艘核潜艇是在航行中的,它的位置时刻都在发生变化。俄亥俄级核潜艇的速度现在能达到35节,也就是说每分钟航行的距离超过1 000米,所以,我所偷窥到的海图上的位置,与实际位置之间可能存在偏差。而且,在潜航过程中,由于舰船往往采用惯性航行方式,这也会影响到所推测的准确度。所以,如果可行的话,我想不

仅需要偷窥内部的情况,还需要从外部掌握它的情况。"

"如果你想做到这一步,那么你可以操作机器人,关掉'蒙哥马利'号的消音设备。这个操作比较简单,只要借助人机对话界面,就能通过指挥机器人来完成。"

"只要做到这一步,那就可以通过声呐来捕获到它了,真是个好主意。我也经常出入'南马都尔'号的指挥室,知道各个舱室的大体位置。虽然我没有实际操作过,但可以依样画葫芦,我想我一个人就能完成这个任务。我觉得,SSO 的指挥室可能就是参考潜艇来建造的。所以,如果只是与音响相关的操作,我总能找到解决方法的。"

"如果是这样的话,那事情就简单多了。现在核潜艇上只有一名船员,你监视那名船员,只要瞅准机会关闭船上的消音设备就足够了。我提议,最好不要关闭音响迷彩,因为那样声音就会从外部传入艇内,很容易被她察觉。"

"你说得对。只要被主动声呐搜索到,那核潜艇的位置就暴露了,所以我们根本没有必要关闭音响迷彩。只要在3个位置上捕捉到'蒙哥马利'号发出的声音,我们就能确定它的大概位置了。虽然我本人没有听过潜艇所发的声音,但各个数据库里面,肯定保存着很多泵式喷气机推进时所发出的声音的样本吧。"

"是啊,只要确定它的位置,接下来就可以按照原计划实施'驯服野马'计划了。我觉得,这是上策。最坏的做法,就是尝试让机器人去控制'蒙哥马利'号上的船员。我觉得,要做到这一点难度很大。即使我的船上,或者是'南马都尔'号上面,也存在着类似于蜘蛛形的机器人。我也可以肯定,每一台机器人的力量有限,他们根本翻不起什么大浪。原因是什么呢?就是为了保证安全,在程序方面,肯定是将机器人的功率设定为无法伤害到人的程度的。考虑到这个因素，即使你命令机器人直接攻击那个船员，也应该没有什么意义。即使对方是一位女性，力气较小，但是哪怕被她摔一下，这台机器人肯定就报废了。"

"如果让机器人用机械臂的末端去戳瞎她的眼睛，是不是就可以解决问题了呢？"

"戳瞎她的眼睛？虽然不能说非常高明，但也不失为一种方法。但是让机器人直接攻击人类的眼睛，应该是不可能的。因为在编辑程序时，应该已经将这种行为设定为'禁止事项'了。如果非要让机器人这么做，那么就必须改变它的程序，将这一项从'禁止事项'中删除。我觉得，这样做肯定比较麻烦。但是，假如命令机器人，让它将辣椒水或者洗洁精之类的东西泼到那个船员的脸上，倒是有可能的。"

"原来如此啊！你是说，攻击时可以考虑采用这种间接的方法，就是那些没有被程序设定为'禁止事项'的行为。"

"我说的就是这个意思。毫无疑问，机器人能够识别出人类，它也可能通过摄像头所拍摄的照片清晰辨识出人的面部、手脚，以及口鼻的位置等。另外，机器人的程序中，可能没有标注辣椒水或者洗洁精可能会伤害到人类的眼睛，因此机器人并不拥有这种信息。那种类型的机器人并不聪明，它们的智力充其量也就刚刚达到未经训练的猴子的水平。只要你基于上述信息来考虑自己应该采取的措施，我相信会成功的。还有，如果我考虑出什么好主意就会马上通知你的。不过，你最好别抱太大的希望。"

"明白了。刚才你说的话让我受益匪浅，多谢！"

"那今天我们就聊到这儿吧，不好意思。祝你好运！"一真又咳了起来。

"好的，你多保重身体！"

结束与一真的通话后,我开始收集美国核潜艇指挥室的相关信息。信息的来源,既有比较可靠的仙境的数据库,也有鱼龙混杂的互联网世界。

我搜索到几十万条关于改装前的俄亥俄级核潜艇的信息,其中甚至含有过去的机密事项。但是以USS"蒙哥马利"号为关键词做进一步筛选后,几乎找不到什么有用的信息。这个结果自然也是比较合乎情理的,因为这毕竟是美国军方的机密。

幸运的是,从那些获得允许进行采访的新闻媒体以及登上潜艇体验生活的船员家属所写的材料中,我获得了一些报告和几张照片。以此为基础,加上我在"南马都尔"号上所学到的知识,我大致判断出了各个设备的安装位置,弄清了最想了解的信息:战斗指挥区域内,并排设置着很多块触屏式控制键盘,音响迷彩和消音设备应该就是由其中的一块控制的。

"喂,战车,你在哪里?"

我喊了一声,由蓝色线框架组成的ROV出现在我的视野里,它毫不客气地直接落在了片蛇尾群上。但是,它并没有卷起泥浆,片蛇尾也是一副无动于衷的样子。

"我想了解一下'蒙哥马利'号指挥室现在的情况。"

一个四方形的显示框,从海底斜着升了起来,上面显示的画面是从指挥室的中央一直到潜艇首部一侧的情形。这应该是一个悬在天花板上的蜘蛛形机器人,通过摄像头捕捉到的情况,好像那个女人现在不在舵位!

我将镜头切换到另外一个机器人身上,通过它的视角观察指挥室的舰尾一侧和航管室的情况,那里也没有她的身影。也许是她将航行状态设定为超级自动驾驶,然后自己去洗手间了吧。不管她现在在做什么,这都是一个好机会。

"战车,操作机器人爬到电子海图台的正上方!"

改装前,俄亥俄级潜艇采用的是手绘或者绘图设备绘制的海图,但现在已经改为投射到一个桌子大小的屏幕上的方式了。海图所显示的,与我们根据"牧童"号的行动所推断出来的结论一致,"蒙哥马利"号已经穿过了戴维斯海峡中的北纬70度线,进入了巴芬湾。我将它现在所处的经度、纬度、航向以及速度数据牢牢地刻印在脑海中。

"战车,下一步是右前方的战斗指挥区域。切换到距离那里最近的机器人身上。"

画面再次切换。舵位旁边并排设置着很多触摸式控制盘,以现在的位置,我只能看到其中的一部分。最右边的好像是控制舱压的,其中一排排红色三角形的按钮突然进入了我的眼帘。虽然摄像头的朝向并不是我所希望的,但是我还是决定先确认那些按钮的用途。

"战车,画面的右上方,能把镜头拉近到那里吗?"

我所关心的那个区域,立刻被放大了。那里总共有4个按钮,上面所刻的字清晰可见:"主压舱水箱紧急充气"。到底是需要人工触摸控制的按钮,这些文字不是印刷的而是刻印在上面的。

我不禁为自己敏锐的直觉暗自得意。如果按下这些按钮,那么压缩空气就会在四五秒之内被压进主水箱,核潜艇应该会以20节以上的速度迅速上浮到海面。那时,就会掀起冲天的水柱,大约三分之二的船体将会跃出海面。我甚至产生了马上尝试一下的冲动。

但是,从目前的情况来看,即使我操作核潜艇紧急上浮了,只要那个女人的人身自由还没有被剥夺,那她肯定又会操作核潜艇潜航下去。其结果就是,虽然能够确认"蒙哥马利"号的位置,但还

是不得不展开第二场追逐游戏。最重要的是,我们还会损失掉艇内的蜘蛛形机器人,而这才是我们的王牌!

"战车,把机器人的摄像头转到对面,我想看看后面的区域。"

画面慢慢转向了右边,机器人不需要用脚来转换整个身体的朝向,只要旋转摄像头,就能实现360度的全方位摄影。

"哎,就停在这里!"我看到了战斗指挥系统的控制按钮,"摄像头再往下拉一点……差不多10度左右。"

控制按钮盘上排列着各种按钮、开关和滑动式操纵杆等,为了方便识别,这些东西都用绿色和淡蓝色等颜色做了清楚的区别和标识。在"南马都尔"号上,我们会用更加真实的三维全息摄影来显示。但不知道是不是因为系统太老旧了,或者是设计指导思想与我们不同的缘故,"蒙哥马利"号采用的却是简单的二维显示。这种显示却更方便我借助摄像头来加以确认。

那里一共摆着3个控制键盘,我粗粗地扫了一眼,选定了最左边的那台。我拉近镜头,开始确认按钮上的说明和标签等上面的文字。由于省略号和符号较多,确认工作颇费工夫,但我还是很快就发现了音响迷彩和消音设备的切换按钮。当然,这两个按钮现在都处于"工作中"的状态。

"战车,除了这个机器人之外,你能不能同时命令其他机器人去监视指挥室的入口呢?还有,我想更清楚地听到里面的声音。"

听到我的要求后,海底又升起了一个显示框,上面显示了舱口和通往有台阶的区域的出入口,传到耳边的音量好像也提高了。但是,指挥室内仍然是静悄悄的,只能听到白色噪声[①]。

[①] white noise,指在较宽的频率范围内,各等带宽的频带所含的噪声能量相等的噪声。

"很好，降下机器人的高度，一直降到左边的控制盘前。"

几秒之后，画面突然剧烈晃动起来，好像是机器人从天花板上直接跳到了操作员的座椅上。"啪"的一声后，接下来又是坚硬物体相撞的声音，好像是机器人用脚挂住了控制盘旁边的把手。随着画面恢复稳定，以及对焦成功之后，控制盘上的文字及按钮等清清楚楚地映入了我的眼帘，显得特别大。

"摄像头与控制盘之间的距离太近了，稍微拉远一些！"我听到调节器控制脚移动时所发出的轻微的声响，画面最里面所显示的控制盘往后退了一点。"对，可以了。我们的目标就位于我们视野的正中央，那里并排着5个切换钮，我们要按下右边第二个按钮，上面刻着'非工作状态'，它下面的标签上写的是'NOISE CAN'"。

蜘蛛形机器人共有8只脚，部分用来支撑它的身体，空出来的脚就可以当作手来使用，也就是说，实际上它的手和脚是没有什么区别的。现在，它从画面的斜下方伸出来的一只手的末端，上面也安装着蟹爪一样的东西，应该也是不时当作脚来使用的。

"对对，就这样，把摄像头升到正中央——停——稍微往左一点——过了过了！"从我发出指令到机器人做出反应，这中间大约存在一两秒的时间差，所以机器人很难将手准确地对准我所指定的位置。"那里、那里，就是那个按钮！按下去！"

机器人的脚触到了控制按钮，但是只听到了"啪嗒"一声响，按钮的颜色和阴影却并没有发生任何变化，也就是按钮并没有被按下去。我指挥机器人又按了一次，仍然没有任何变化。

"啊，明白是为什么了！"我在心中叫苦不迭："如果不是人类的手指去操作，是不起作用的。"

现在常见的触摸钮，无论是用什么东西操作（或者模拟触摸），一般都会产生反应。但是，为了防止误操作，有一些键盘会设置

为只对人类手指进行的操作才起反应。在机器人不停地爬来爬去的这个狭小的核潜艇内部,无疑存在这样的保险设置。

"对了,没有人类的手指,那就改用触屏笔吧。战车,找找看,指挥室或者航管室内有没有触屏笔?"

显示着触摸钮盘的显示框一下子变暗了,这是因为战车将视点切换到了另外的机器人的摄像头上。显示框显示,经过多次整体扫视、俯仰扫视等方式的搜索之后,战车又将视点切换到了别的机器人身上,之后又是一番快速的调试与搜索,映射出来的环境变化幅度与速度自然也非常大。

终于,在切换到第四个机器人的摄像头上后,画面稳定下来了。那里好像是航管室,在摆放着马克杯等物品的海图台上,一个四角形的红色框在闪耀——发现了触屏笔!

"多谢了。把这个送给刚才那个机器人,就是站在触摸钮盘那里的那个。"

发出指示的同时,我又扫视了一眼另外那个显示框。指挥室的入口处,虽然仍然看不到人影,但是我似乎听到脚步声在由远而近,虽然很微弱。下面一层是士官的生活区,再下面一层是食堂等。不管那个船员刚才是去了哪里,她肯定会很快回来的。

指挥室里,回荡着"咔嚓咔嚓"的声音,这是拿着触屏笔的机器人移动时发出来的,显得特别刺耳。第一个显示框开始恢复显示触摸钮面板的画面了,刚才未能成功按下按钮的那个机器人还一动不动地待在那里,采集舰内声音的耳麦好像就固定在那个机器人的"耳朵"上。

"咔嚓咔嚓"的声音越来越大,突然,这声音消失了,接下来是"啪嗒"一声——这应该是另外一台机器人也跳到了椅子上。一支触屏笔的笔尖从画面的旁边探了过来。一直在按钮前待命的机器人保持着原来的高度朝着笔的位置移动着,像蟹爪一样的脚也打开了。

"喂,快一点!"

脚步声,我已经可以非常清楚地听到了,好像是那个女人从负二层开始上楼梯了。那脚步声虽然听起来不是很急促,但非常规律。20秒后,她应该就会出现在入口处了。

在没有发明消音技术的时代,在潜水艇上,船员是被严禁发出脚步声的,因为即使是轻微的脚步声,也有可能会被"被动声呐"捕捉到。但是发展到了今天,已经没有人去在意这个问题了。对我来说,能够听到她的脚步声真是一种幸运,因为我可以据此判断她的位置。现在的问题是,机器人能否在她返回之前完成操作。

机器人拿到触屏笔的脚,又返回到了按钮前。顺利的话,只要3秒就能关闭消音设备了吧。

"对,就是那里,按下去!"我非常紧张,甚至都能听到自己的心跳了。我在心中催促道:"快点,不要慢慢吞吞的!"

但是,那支触屏笔竟然从那只像蟹爪一样的脚里滑落下来了!按钮仍然没被按下去!

"呜,不会吧!"

在心中,我不禁发出一声悲鸣!甚至我自己都能感觉到所合成的自己的声音太吵了,甚至让人想堵上耳朵。

上楼梯的声音一步一步地越来越近了,我觉得她应该已经上到了负一层!就在这一瞬间,虽然我感到有点不知所措,但是基本上可以断定,这次行动已经失败了。虽然只差这一点点而功亏一篑,实在是太遗憾了,但是目前必须停止操作,不能让她发现机器人的这一可疑动作。

"终止按下按钮,命令机器人离开触摸板。"

这道命令已经发布了一半,就在这时,画面上出现了奇迹:从下方,竟然神奇地伸过来另外一只脚,那只脚里,竟然牢牢攥着那支脱"脚"而落的触屏笔!应该是在触屏笔落地之前,那只脚接住了它,然后递了过来——机器人"反射神经"的速度也并不容小觑啊!

"取消刚才的指令,立刻按下按钮!"

触屏笔的笔尖终于按到了触摸盘上!接着,出现了一个确认对话框,显示"确定停止消音功能?"。我内心异常焦急,但还是冷静地命令机器人按下了"YES"。终于,显示切换为"非工作状态"。

上楼梯的声音越来越近,我明确地感到那人近在咫尺。

"尽快让机器人降落到地板上,让它假装正在朝着附近的墙壁运动!触屏笔就扔在途中的某个角落里!"

映照着控制钮板的显示框开始剧烈晃动,显示出来的画面就像一条自下而上流动的瀑布,最后定格在一条椅子腿一样的东西上,传来了轻轻的"咔嚓咔嚓"声,应该是机器人跳到了地板上。它朝着舰尾方向的墙壁,急匆匆地移动着。它的运动功能非常强大!

女人的身影出现在入口处。她的出现与机器人将触屏笔扔到作业台下面的动作几乎同时发生。那个女人手里端着一个杯子,里面好像装着饮料。她看着这边,也就是看着机器人,一脸惊讶的表情。

我紧张得用手按住了胸口——当然,实际上那是"主神"的手,紧紧注视着那个女人的一举一动!那个机器人带着一副若无其事的神情,已经开始爬墙了。

那个女人就这么站在入口处,环顾了一圈,然后穿过指挥室,又查看了一下航管室的情况。看完之后,她耸了耸肩,端着杯子回到了舵位。

一块石头落了地,突然产生了想深深吸一口气的感觉。当然,由于现在我并不是用肺呼吸,因此实际上是无法吸气的。

"战车,多谢了。"我对着看似由蓝色线框构成的 ROV 说道,"一旦那个女人发现消音设备已经被关闭,你能马上通知我吗?"

战车关闭了显示海底状况的显示框,然后用机械臂做了一个"OK"手势。

"驯服野马"行动终于付诸实施了。

这一切,发生在"蒙哥马利"号的引擎开始持续发出声音 3 个小时之后,而"主神"和"阿斯匹德氪隆"则是在 5 个小时之后才加入行动的。由于我们正好与"月神"号会合,所以在应付了追赶过来的加拿大和丹麦的 AUV 后,我们登上了母舰,在上面做了短暂的休息。就在这段时间内,为了将核潜艇驱赶到内尔斯海峡中去,"奥克隆""赛德娜""海神"和"妈祖"已经朝着东方疾驰而去。

借助虚拟世界的 ROV 成功地对"蒙哥马利"号做了手脚之后,我当然是先向贾鲁西亚副司令做了汇报。我首先告诉副司令两件事情,一是我从核潜艇的惯性航行装置入手,获得了它的实时位置坐标,二是停止了艇上消音设备的运转。然后,我又介绍了是如何实现这些的,所说的内容与告诉一真的差不多。

令我意外的是,副司令立刻联系了 AUV 和无人哨戒艇的操作员,命令它们迅速赶往我"偷窥"到的坐标位置,并用被动声呐跟踪和捕捉喷气式引擎推进时所发出的声音。看起来,副司令这次是完全相信了我所说的一切。

"我还以为您会怀疑我说的话,甚至会大发雷霆骂我一顿,说我说的这一切都是梦话。"

听了我的话后,副司令告诉我,盐椎司令已经将我可以附到科兹莫身上的事情转述给了他。也就是说,对于我出手帮助"伊索克莱克鲁"在普瓦鲁卡斯俘虏了提亚玛特的 AUV 这件事,副司令也是知情的。

"我并不迷信,不过,我也不是那种得不到科学说明就绝对不会接受的老顽固。从一开始的时候,我就听说你是海洋之子,拥有某种特殊的能力。而且,直到今天,我也坚信这肯定是真的。"副司令追加了一句。

"您为什么会这么相信呢?"

"只要学习了水中合气柔术,无论是谁都会明白这个道理的:你确实更加适应海洋而不是陆地环境,你的身体和心灵都属于这个类型。我希望你能牢记这一点,因为这与你的生存方式密切相关。我认为,你不应该正面攻击,如果你那样做,就等同于逆流而上。你还年轻,如果被争强斗胜之心所驱使,一味比强斗狠,不知变通,势必会迷失自我!"

"我……我真的这么特别吗?虽然我能看到一些奇怪的东西,会做一些奇怪的事,但我并不喜欢那个样子。除此之外,我其实是很希望自己是一个普通的人,就像矶良和安云一样,偶尔能做一次拼尽全力的攻击,也想在陆地上随处溜达。如果仙境对我抱有什么期待,我也不知道我的能力能否满足集团的这种期待,甚至自己会不会为了满足这个期待而去努力。"

"我认为,拥有这种性格和想法的人才是真正的鱼人,才是真正的海洋之子!只要牢记自己的本质,无论做什么都是可以的。况且,你也完美地实现了我们对你的期望。就我个人而言,我衷心希望今后你也能与我们并肩作战,但我并没有要管控和束缚你的意思。盐椎司令是火爆脾气,虽然他也曾因为你多次违反命令而要开除你,但在我的劝说下,他也让步了。我教你武术,你是我的弟子，我就再多说两句。但是，最终还是要由你决定。"

"原来如此！"

"你必须全力投入'驯服野马'战斗，直至行动结束！如果可能的话，还希望你能帮助我们保卫普瓦鲁卡斯。首先，这是为了仙境，但我觉得，这也同时关系到密克罗尼西亚的居民，以及所有海洋漂民的命运。针对那些依仗压倒性暴力优势而无法无天、欺凌弱小的大国，还有像提亚玛特这样的流氓组织，我们绝对不能屈服！"

"的确如此，我也深有同感！我一定会参加，一定会战斗到最后一刻！"

"谢谢你！"

与副司令谈话过后，大约过了3个小时，我们接到了通知，说AUV已经用声呐捕捉到了"蒙哥马利"号。从纬度来看，是在巴芬岛北端附近，它正在沿着接近加拿大和丹麦的经济水域向西朝着兰开斯特海峡前进。"奥克隆"等4个水下仿生机器人已经在那里张好了大网。

两个小时又过去了，"主神"和"阿斯匹德氪隆"再次离开了"月神"号，先于我们出发的"玛卡拉"也前出到了巴芬湾。目前的态势是，7个水下仿生机器人已经做好了迎击准备。

在内尔斯海峡承担迎击任务的是"月神"号。而且，由于海峡的海水一年到头几乎都是从北向南流动的，因此，即使"蒙哥马利"号要溯流北上，洋流也会起到阻碍作用。因此，如果想通过"驯服野马"作战，实现逼迫核潜艇上浮的目的，现在最关键的就是，绝对不能让它退后向南，而只能驱赶它一直北上，或者进入东边的狭窄海域。

3

我们所到达的海域内布满了直径超过 200 米的冰山,都是顺着内尔斯海峡顺流漂过来的,其中有的冰山的直径甚至超过了 1 000 米。这么大的体积,与其叫作冰山,倒不如称为"冰岛"更为合适。实际上,曼哈顿岛一样大小的冰山漂浮在洋面上,也并不是什么稀奇的事情。

海里的风景也非常壮观,冰山从海面倒插向海底,高高地耸立着。这让我想起中国桂林的喀斯特地形——一座座塔一样的山峰倒映在水面上的情形,就与这里的情形非常相似。当然,这是用激光扫描仪环视海域时映入视野的场景。在光学影像中,呈现在人的眼前的一切,看起来都像是巨大的石壁或悬崖。

如同岛屿大小的冰山,倒插在水下的"顶点"甚至长达 200 米。在探照灯的照射下,表面看起来是白色的,但是在水深 100 米左右,如果借助自然光观察,则看起来像岩石一样黑乎乎的。我躲藏在冰山的裂缝里,观察着"蒙哥马利"号的一举一动。其他的水下仿生机器人也都尽可能地靠着冰山隐藏。这一切,都让我想起之前在南极海所接受的训练。

核潜艇的下潜深度为水下 250 米左右,如果俄亥俄级的最大容许潜航深度为 300 米,那么它现在已经接近下潜极限,非常吃力了。这是因为,有的冰山的底部深达水下 200 米,它这么做,也是别无选择之举。我们就躲在冰的阴影中,就在它的上面采用俯视的角度观察着它。

"蒙哥马利"号非常缓慢地潜行着,这是为了避开可能出现的更大的冰山。这正适合我们的行动——在隐藏自己的同时追踪它。

"'奥克隆',我是'赛德娜'。我看到总共有5个担任护卫任务的水下仿生机器人,3艘协战潜艇。"

我的耳边传来了蕾拉的报告。

"'奥克隆',我是'海神'。在我的位置上,只能看到4个水下仿生机器人,3艘协战潜艇。"

"'奥克隆',我是'主神'。'野马'应该由5个水下仿生机器人护卫,左舷和右舷各有一个,正后方有一个。正后方的这个机器人的后面还有两个紧紧尾随。与我们一样,这些机器人也配备着推进器。此外,还有3艘协战潜艇分别位于艇首、左舷和右舷。"

"'奥克隆',我是'妈祖'。在我的位置上,也只能看到4个水下仿生机器人。可以确定的是,它们部署在'野马'的左舷和后面。所看到的协战潜艇的位置与'主神'所报告的一致。"

"我是'奥克隆',收到。我也认为'野马'配备有5个水下仿生机器人。左、右两舷后方的两个,正后方的一个,以及尾随在后面的两个,采用的是'X'阵形。位于中央位置的极有可能是'达贡'号。还有,护卫在核潜艇前面的是3艘协战潜艇,它们采用的是'Λ'阵形,前面一个,左、右两舷的前面各有一个,应该是要重点保护核潜艇的推进器。那个想杀掉宗像逍的家伙应该也混在其中,估计是'驯服野马'作战计划的部分内容泄露了。但是,事已至此,我们只能亮剑,执行原计划。"

"'奥克隆',我是'海神'。在南极海训练时,我们没有演习堵塞核潜艇的冷却水取水口这一行动,所以我想,这一点应该没有泄露。怎么样,我们先攻击这个位置,而不是攻击推进器?"

"嗯。从敌人的配备情况来看,我们这么做应该是对的。一旦取水口被堵,虽然核潜艇还能继续航行一段时间,但是由于核反应堆停止运行,它就必须上浮了。当然,如果喷上去的黏液索被它配备的那些机器人清除掉的话，我们就无法实现作战目的了。我们的第一步，是必须全面消灭那些'水下仿生机器人'的战斗能力。"

"'赛德娜'，我是'奥克隆'号。明白你的意思，但要注意，必须严格执行之前我所发出的命令！只要我在，绝对不允许轻举妄动！这是针对所有人的命令！当然，如果对方发起攻击，情况万不得已，自然另当别论。除非是这种特殊情况，否则绝对不得靠近对手。与'达贡'号之间的决战由我执行。"

"我是'赛德娜'，收到。"

"'阿斯匹德氪隆''玛卡拉'，能不能在不被'达贡'发觉的前提下，解决尾随在最后面的那两个仿生机器人？我觉得，最好是先使用闪灵加农炮，让操作员陷入昏厥状态，然后用EMP捕鲸叉解除他们的战斗力。"

"'奥克隆'，我是'阿斯匹德氪隆'。我觉得，我能做到。"

"'奥克隆'，我是'玛卡拉'。我也觉得可以一试。"

"好。我命令，目标'野马'，'阿斯匹德氪隆'攻击右舷的水下仿生机器人，'玛卡拉'攻击左舷的水下仿生机器人，解除它们的战斗力。一旦行动失败，或是被对方发现，必须马上上浮，隐藏到冰山中去。"

"我是'阿斯匹德氪隆'，收到。"

"我是'玛卡拉'，收到。"

"'海神'，我是'奥克隆'。你现在加速前进，绕到协战潜艇的前面。一旦我下达命令，你就马上掉头，用水下机关枪从正面发起攻击。你可以使用鱼雷，但是必须注意不能伤到'蒙哥马利'号，当然，完全不必顾及那3艘协战潜艇。行动可以大张旗鼓，在引起敌人注意的同时，尽量逼迫核潜艇停下来，或者减速。"

"我是'海神'，收到。我先出发了。"

"'赛德娜',我是'奥克隆'。收到指令后,立即攻击左舷的水下仿生机器人,解除它的战斗力。我负责右舷的那个。"

"我是'赛德娜',收到。"

"'妈祖',我是'奥克隆'。你带着'海蜘蛛'一号机下潜到水下500米。一旦'海神'解除了协战潜艇的战斗能力,我和'赛德娜'吸引了左、右两舷仿生机器人的注意力,你就马上靠近'蒙哥马利'号的船底,堵住它的取水口。"

"我是'妈祖',收到!我立即下潜。"

"'主神',你和'海蜘蛛'二号机在冰山之间待命。消灭了右舷的水下仿生机器人后,我会挑战'达贡'号。估计那时,即使我不去挑战,它也可能会向我或'赛德娜'号发起攻击。无论情况如何,一旦他们的防守出现漏洞,你必须马上带着二号机下潜,用黏液索堵住核潜艇的推进器。这是'驯服野马'的收官工作,一定要注意,千万不可操之过急,否则会导致任务失败。"

"我是'主神',收到。"

"好,'驯服野马'战斗正式开始实施。'阿斯匹德氪隆''玛卡拉',你们先行动,务必小心谨慎!行动开始!"

一头庞然大物从冰山下突然钻了出来。实际上,单单从激光扫描图像的剪影来看,这就是一头鲸,而且很像抹香鲸。只要反射强度比较弱,往往就会让人误以为这是某种生物。

它巨大的头部装备着一门闪灵加农炮,这是一种发送甚至在音响迷彩状态下也无法抵御的"声音"——也就是冲击波的声波武器,SSO等核潜艇的舷侧也装备着这种武器。只是,现在这门炮并没有采用将几百个振动板摆在一起从而将声波集中发送出去的方式,而是先振动一块振动板,然后用"音响凹镜"将振动所发出的声波集中到一起,再发送出去的方式。因此,这种方式的输出功率并不是很大。

SSO的闪灵加农炮威力巨大，可以与鱼雷相匹敌，能够摧毁协战潜艇。"阿斯匹德氪隆"和"玛卡拉"上装备的闪灵加农炮威力比较小，但只要是近距离发起的攻击，还是能够伤到机器人内的操作员的。一般情况下，能够让操作员陷入昏厥状态。虽然只能做到这个程度，但利用操作员昏厥的这个机会，就可以用吸附式水雷进行爆破，或者使用EMP捕鲸叉发起攻击，解除它的战斗力。所以，能够让操作员昏厥过去，这就足够了。

真正的抹香鲸也是首先采用集中起来的声波攻击猎物，使其麻痹之后再展开袭击的。从该意义而言，这也是一种仿生武器。而且，为了发出具有一定效果的强烈的声音，就需要匹配能够发出这种声音的巨大的体型，这一点与抹香鲸也很相像。

实际上，"阿斯匹德氪隆"在欧亚海盆与"达贡"号对阵时，所使用的就是这种水下仿生机器人专用的闪灵加农炮。研发出来之后，这种武器还没有针对水下仿生战斗机器人使用过。上次的使用，实际上也是为了确认其效果而进行的试用。当然，上次的试射并不是戎崎TORU本人的意图，肯定是上层的某个人——很可能是盐椎司令的想法吧。

所以，我们在画面中看到"达贡"号突然一动不动了，那可能是由于操作员库特鲁夫暂时失去了意识。如果那时能更靠近一点，将吸附式水雷贴上去的话，应该就能彻底灭掉这个祸根了。当时，据说戎崎也有这个打算，但是他收到的命令却是"撤退"。也许上层担心，在当时的情况下，如果库特鲁夫迅速恢复了意识，那么"阿斯匹德氪隆"不死也要被扒一层皮吧——我真心希望，这也在盐椎司令的考虑之内。

在深度达200米的水下，"阿斯匹德氪隆"率先开始斜向下潜，紧接着是"玛卡拉"。它们距离目标——对方的水下仿生机器人——约 300 米。

之前听人介绍过,闪灵加农炮能够使人昏厥的最大射程为 100 米,最佳距离是 50 米以内。但是,如果靠得太近,则很有可能被对方发现。

就在我关注着他们究竟怎样行动时,"阿斯匹德氪隆"和"玛卡拉"采取了一个令人意外的作战方法:在距敌人 150 米左右时,他们就开始发射了。只不过他们是同时瞄准其中一侧的水下仿生机器人。也就是说,发射出来的冲击波从两个方向同时夹击敌人,这样一来,叠加在一起的冲击波就形成了爆炸冲击波,从而达到了数倍的威力。即使在 150 米远的距离发射,仍然能够产生巨大的破坏力。

当从斜上方发射的冲击波在已经攻击到或者即将攻击到第一个目标时,这两个庞然大物般的水下仿生机器人又转头向另外一侧的目标发射了加农炮。我不知道他们之前是不是曾经预料到会出现这种情形,也许之前他们就演练过同时攻击的技巧吧。这种攻击非常有效!

表面看来,受到冲击波冲击后,敌方的水下仿生机器人还在继续航行。但是,只要仔细观察就会发现,位于助推器上方的机器人动作已经不协调了,一副摇摇欲坠的样子,航行轨迹也变得非常不稳定。应该是攻击奏效了!

按照副司令的命令,"阿斯匹德氪隆"迅速靠近核潜艇右侧的机器人,而"玛卡拉"则靠近左侧的。他们的手里都执着 EMP 捕鲸叉。我方这两个水下仿生机器人的手与其硕大的头颅相比显得特别小,根本不成比例。其实,与"主神"号一样,这两个机器人也呈人体或者人鱼的形状,尾部也分化为两只脚,只是从整个身体的比例来看,显得非常不协调。

那个形似"达贡"号的水下仿生机器人直到现在也并没有任何反应,看起来应该是没有注意到自己的同伙已经遭到攻击了吧。

"阿斯匹德氪隆"与"玛卡拉"先后用捕鲸叉攻击了自己的目标。敌方的两个水下仿生机器人已经沉到了深海,失去控制的助推器也开始放慢速度,偏离了原来的航向。

"'奥克隆',我是'阿斯匹德氪隆'。已经消灭了敌方的水下仿生机器人。"

"'奥克隆',我是'玛卡拉'。我这边的任务也已完成!"

"'阿斯匹德氪隆''玛卡拉',我是'奥克隆'。干得好!立即上浮,隐藏到冰山中去。'海神',做好攻击准备。"

"'奥克隆',我是'海神'。准备完毕,可以随时发起攻击!"

"好,攻击开始!"

"收到。"

由于"海神"距离我所处的位置太远,即使使用激光扫描仪我也无法看到它。不过,只要它一掉头展开攻击,应该就会接近我所在的方向吧。

"'奥克隆',我是'玛卡拉'。疑似'达贡'号的水下仿生机器人还没有察觉我们的行动。我和'阿斯匹德氪隆'请求允许用加农炮同时展开攻击。"

"'玛卡拉',我是'奥克隆'。不是命令你们立即上浮了吗?万万不可轻敌!"

就在副司令发出上述命令的同时,疑似"达贡"号的水下仿生机器人开始采取行动了。一般来说,集束冲击声波并不会对目标以外的东西造成影响,也许是库特鲁夫察觉到了微弱的反射波或者其他什么异常了,也有可能是它那长在后脑的眼睛发现那两个助推器偏离航向了。

总之，那个家伙回过头来了！戎崎他们确实应该遵照副司令的命令立即隐藏起来。这两个庞然大物行动迟缓，根本不是那个家伙的对手。而且，这个可怕的家伙好像已经知道了闪灵加农炮的存在。

"'阿斯匹德氪隆'，快点！要被它发现了。"

虽然觉得自己有点担心过头了，但还是忍不住喊了出来。

它张开了6只触手，果然是"达贡"号！在激光扫描仪显示屏中，虽然看得不是很清楚，但可以感觉到，它正在仰面向上展开搜索。而在那个方位上，"阿斯匹德氪隆"和"玛卡拉"正在向冰山底部疾驰而去。

就在此时，位于"蒙哥马利"号左、右两舷前方的协战潜艇突然加速超过了核潜艇。应该是"海神"从正面开始了进攻，在用水下机关枪进行扫射。不知道是发现了"海神"的进攻，还是接到了同伙的通知，"达贡"号的注意力转向了"蒙哥马利"号的前进方向。借此机会，"阿斯匹德氪隆"和"玛卡拉"迅速绕到了冰山的背面。

"'赛德娜'，我是'奥克隆'。我们开始行动！"

那两个庞然大物已经进入了安全范围。确认这一情况后，贾鲁西亚副司令命令道。

"我是'赛德娜'。收到。"

蕾拉的回答给人的感觉依然是虎虎生威。也许她就是一个天生的战士，从来没有人像她那样痴迷于作战。虽然她在关岛遭到挫折，失去了记忆，但如果由此而开始了自己喜欢的事业，应该说也是一种幸运吧。

虽然有点"候补队员"才有的孤独感，但我丝毫不敢大意，密切观察着战场态势的变化,始终保持神经高度紧张的状态。因为我坚信,自己很快就要上场并大显身手了。

运动性能出类拔萃的"海神"已经将敌人的先头部队——协战潜艇——从"蒙哥马利"号身边成功引开了。它本来应该是从正面展开攻击的,但不知不觉中倒成了被追赶的对象。不过情况并不坏,因为它成功地吸引走了两艘协战潜艇。

4个目标,准确地说,是我方的一个水下仿生机器人以及对方的3个协战潜艇,从激光扫描仪的显示屏上结队消失了。它们的航行速度可以达到每秒30多米,一旦展开追逐,绝对会驶出四五百米的范围。也许,它们之间的决战将在几公里外的地方展开。

核潜艇好像在逐渐加速,以避免被卷入周围的战斗。我们本来也是计划让它安全地上浮到海面上的,当然必须防止它逃走。

麻烦的是,"达贡"号依然紧紧护卫着"蒙哥马利"号的推进器,我们还是不敢轻举妄动。

怎么办?有没有什么办法能够命令舰内的蜘蛛形机器人制伏那个长得很像蕾拉的女人,让她无法动弹呢?我的脑海又有了新的想法。

与"奥克隆""赛德娜"对阵的敌方的水下仿生机器人看起来也很难应付。从外观来看,它们也是装备着双手双脚的仿人型机器人,但是除此之外,还安装着4个细细的推进翼,整个形状就像一只蜻蜓,可以说是属于"可爱"型的机器人。在冲绳本岛海域的战斗中,我们也曾经遭遇过这种机型。它们现在的装备可能与我们一样,也是EMP捕鲸叉之类的武器吧。

稍有不同的是,它们的助推器上装备着水下机关枪,可以独立于水下仿生机器人本体实施自主作战。我们的助推器虽然也能起到护卫潜艇的作用,但只能运输备用武器,并不能直接参加战斗。

只要不是近距离攻击，即便发射声音很大，水下机关枪的威力也是不足为惧的。但对方可以自主作战的助推器构成了一个规模庞大的"蜂群"，虽然个体威力不大，但对水下仿生机器人起到了很好的护卫作用，以至于副司令他们无法全力攻击作为目标的水下仿生机器人，显得有些疲于应付。

"妈祖"和"海蜘蛛"一号机已经开始行动了。他们从水深500米的黑暗处开始上浮，直接冲向"蒙哥马利"号的舰底。由于"海神""奥克隆"和"赛德娜"的进攻有效地干扰了对方担任护卫任务的协战潜艇和水下仿生机器人，所以，只要"达贡"号的防守出现一点点漏洞，"妈祖"和"海蜘蛛"一号机就有机会接近取水口，在距离取水口30米处就能发射黏液索。

虽然驾龄比我稍长，但在南极海训练期间，尤娜的表现并不突出。虽然她的身体柔软，但在速度和力度方面还是有所欠缺。在这关键时刻，我非常担心"妈祖"的攻击情况。我竭力想找到一个最适合观察的位置，不得不从冰山的一个阴影处转移到另外一个阴影处。但是，由于我处在浅水位置，也就是在比"蒙哥马利"号高的位置，要看清其船底的情况难度非常大。不过还好，我在水深300米处终于找到了一处合适的位置。但我发现，"妈祖"号和"海蜘蛛"一号机所到达的并不是取水口的正下方，而是鱼雷发射管前端的下方。

因为"妈祖"是从舰艏一侧而不是从取水口的位置去接近核潜艇的，而这个位置不是敌方防卫的重点，所以直到目前为止，敌方并没有发现"妈祖"。在与目标保持等速前进的同时，又必须与目标保持同一航向，这种操作难度非常大。到底是尤娜，不愧为经验丰富的老操作员。她操作着机器人娴熟地游动着，"海蜘蛛"紧紧追随着"妈祖"。

也许她打算就这样直接浮上去,直到擦着潜艇的底部为止,然后再一步步平移到位于舰艇尾部的取水口附近。这个选择非常正确,因为她是在想方设法利用"达贡"号的视线死角。

但是,就在此时,发生了一件奇怪的事情:舰底的一部分突然从舰体上脱落下来了!

"主神"的激光扫描仪显示,脱落的位置位于核反应堆部位下方接近舰艏的一侧,脱落下来的部分宛如一个拖着尾巴的扁平的蛋,不禁让人联想到蝌蚪或者鲇鱼的体形。

"那是什么?"

我一边在心里嘀咕着,一边让大脑超负荷地运转,试图尽快找到答案。难道这是一条鲫鱼,它把核潜艇误认为是鲸鱼或是其他什么鱼类了?但是,看它的外形应该是一条鲇鱼啊,因为它身长将近10米。如果是鲫鱼的话,即使它长得再大,体长最多也只能达到一米多。更重要的是,从扫描仪上所显示的反射强度来看,这应该不是生物。

"'妈祖',我是'主神'。小心,出现了一个奇怪的家伙。"

也许"妈祖"早就发现了这个异常情况,我不必提醒她了,不过我还是忍不住呼唤道。但我的话音未落,"鲇鱼"就以迅雷不及掩耳之势冲向"妈祖"——活脱脱像一个鱼雷,也许它装备的是一台火箭式推进器。

虽然好不容易才避开了对方的正面攻击,但是"妈祖"还是被"鲇鱼"重重扫了一下,向斜后方直飞了出去。而"鲇鱼"也收势不住,一直向前冲了100米,然后才收住身体,摆动着尾巴又转过头来。

这像是一个小型水下仿生机器人,虽然我不知道它属于什么类型。它紧紧地贴在"蒙哥马利"号的船底,隐蔽地担任护卫任务。

我想起来了，在自然界中就有一种鮣鱼，是用吸盘一样的嘴巴紧紧吸在岩石上的。

我心中产生了一种不好的预感，"妈祖"的行动很不正常！她本来应该立刻调整姿势重新站立起来的，但现在她却只是胡乱地摆动着手脚，推进翼并没有任何反应。很有可能是被"鮣鱼"扫到的时候受到了冲击，机体出现了什么故障。

"'妈祖'，我是'主神'。你的情况如何？"

没有应答！说时迟那时快，"鮣鱼"转回头，又从正面向"妈祖"号冲去。

"不好！"

我来不及考虑，立即从冰山的阴影处飞奔而出，想救出"妈祖"。我关掉助推器，用力拍打着尾鳍和推进翼——这种方式最适合在短时间内提速。

尽管如此，我的速度还是根本无法与火箭式推进器抗衡，而且由于"鮣鱼"是扁平的泪滴形体形，在水中所受的阻力最小，它的速度极快，比我早四五秒冲到了"妈祖"面前。"妈祖"再一次被重重弹开，而且这次是正面冲击。"鮣鱼"却是稳稳地停在那里，简直就是一块巨大的石头。

经过刚才的观察，我感觉自己应该已经弄清楚了这个水下仿生机器人的战斗方式了。

它应该只有一招——借助强大的瞬间爆发力用身体去撞击对方。它装备的火箭式推进器不适合远距离航行，因此只能贴在其他船只的底部移动。它只能借助尾巴来控制细小的动作，但此时的速度自然很慢。如果其攻击被对方连续避开，一旦火箭燃料耗尽，它也就再也不能横行霸道了。

"妈祖"陷入了无法动弹的窘境。不知道在什么时候，"鮣鱼"

又从腹侧伸出了一只胳膊。在高速航行的状态下,这只胳膊应该是收起来的,现在它手里攥着的一定是吸附式水雷。

我丝毫不敢减速,而是快速打了一个旋,转向"妈祖"被弹出去的方向紧追而去。这时,我看到自己的助推器也跟了上来,就从其中取出了水下机关枪。虽然拿着机关枪会增加水的阻力,但是如果现在我不采取措施阻滞"鲇鱼"的攻势,由于我的速度比它慢,那么根本不可能救出"妈祖"。

"鲇鱼"正要把吸附式水雷贴到"妈祖"号上去!

我采用全自动射击模式,瞄准它的手臂用力扣动了扳机。子弹虽然无法射穿水下仿生机器人的装甲,不过应该可以震落贴在上面的吸附式水雷。但是,子弹打空了——"鲇鱼"敏捷地缩回了机械臂,我所预设的目标不复存在了。

虽然子弹都打空了,但争取到了宝贵的时间,我终于追上了敌人。

我丢下水下机关枪,飞跃上了"鲇鱼"的脊背。我感到非常庆幸,这条"鲇鱼"的脊背并不像真鲇鱼那样滑。我用"主神"的手脚牢牢抓住它身体的侧部,然后用力击打推进翼,终于将它扯离了"妈祖"。

突然,我的身体感受到了巨大的加速度,应该是"鲇鱼"又启动了火箭式推进器,它是想用这种方式把我甩下去。我急忙收起推进翼,紧紧揪住它那漆黑、扁平的背不放。

就这样坚持了5秒之后,我又突然感受到了反方向的加速度,差点被甩到前面去,这应该是"鲇鱼"借助反向喷射的方式突然停了下来。紧接着,在余势未消的情况下,"鲇鱼"又再次紧急加速。它这么反复折腾,搞得我狼狈不堪。但是,无论如何我都不能放弃,因为一旦被它甩开,我就有被它撞到的危险。

虽然我有办法可以一直撑到它耗尽燃料为止，但是一方面这不是我的风格，另一方面我也非常牵挂尤娜的安危，所以在紧紧贴在"鲇鱼"背上的同时，我慢慢调整手脚的位置，试图找到解决问题的方法。

就在这个过程中，我发现它的嘴巴附近排列着一排圆锥状的凸起，好像是向对手发射 EMP 的装置。如果是真鲇鱼的话，这里应该是它的须。

我慢慢调整身体的方向，差不多转了 90 度之后看到了它的尾巴。我将两侧的鳍卷成锋利的标枪，然后开始在心里倒计时，计算"鲇鱼"停下来的时间。就在"鲇鱼"紧急刹车，然后又重新开始加速的那一瞬间，我松开了揪住它的脊背的手，端着标枪，瞄准它的尾巴根部狠狠地刺了进去——它脑袋部分的装甲很厚，估计很难刺穿，而尾部则是它防护最薄弱的地方。

即将开始喷射的火箭式推进器停下来了，"鲇鱼"有气无力地开始减速。应该是我使用电磁脉冲和高压电流攻击的手段奏效了，它内部的电路和电气系统应该都被摧毁了。确定它失去了战斗力后，我才放松了手脚的力度。

凭借惯性滑行了一段距离后，"鲇鱼"终于垂下了它那沉重的脑袋，坠入了冰冷的海底。

"我这是在哪里？"

由于被"鲇鱼"甩来甩去，我彻底失去了方向感和位置判断能力，估计是我的陀螺仪失灵了，甚至我的激光扫描仪上的图像也只有倒立的连绵冰山，根本无法辨识"蒙哥马利"号的剪影。

我变得焦躁起来。但是，千万不能因此而方寸大乱，肯定会有解决办法。我想到了之前自己并没有解除核潜艇的声音迷彩状态，

于是解除了自己头部的音响迷彩，试试能否有所发现。果然，我的被动声呐里传来了听着很不习惯的噪声，那应该是喷水发动机推进时发出的声音——核潜艇距离我并不是很远。

我循着声音穿过冰山之间的缝隙，那雪茄型的、巨大的潜艇的影子迎面而来。本来应该紧随我的助推器也在搜索我的行踪。发现我后，不用我发出召唤，它不但自己迎了上来，而且还带来了"海蜘蛛"二号机。这个助推器的智力简直可以与护卫潜艇媲美了。借助它上面的位置信息，我应该能够对陀螺仪进行校正了。

我不由松了口气，但很快我就察觉到了核潜艇周围异常紧张的气氛。

表面上并没有什么异常，"奥克隆""赛德娜"和"海神"都一动不动地停在那里，"阿斯匹德氪隆"和"玛卡拉"也与我一样，一动不动地躲在冰山的影子里，观察着周围的一切。但是，我最担心的"妈祖"却踪迹全无。

我也没有看到敌方的水下仿生机器人和协战潜艇，至少从我现在所在的位置上看不到它们。是全部都被消灭了吗？

但是，"蒙哥马利"号依然在继续前进，"驯服野马"的战斗还没有结束。也许因为我擅自行动离开了"海蜘蛛"二号机，可能导致发生了什么问题。我觉得，这种情况下不宜打扰副司令，就先向戎崎发出了通话请求。

"'阿斯匹德氪隆'，我是'主神'。刚才发生了什么？"

"'主神'，我是'阿斯匹德氪隆'。太好了，你没事！我刚才看到你被一个奇怪的机器人带走了。"

"不是被带走，而是我紧紧地揪着它，贴在它身上的。它装备的是火箭式推进器，速度很快。我被它狠狠地甩来甩去，但是最后我还是用EPM捕鲸叉消灭了它。"

"明白了，你是想救尤娜。不过，现在她连同她的水下仿生战斗机器人一起，都被对方挟持为人质了。"

"什么？人质？"

"我看得也不是很清楚，她好像是被'达贡'号逮住了。现在，他们应该是在'蒙哥马利'号的左舷侧。"

戎崎的话还没有说完，核潜艇舰桥的阴影处就出现了3个水下仿生机器人，分别是"达贡"号，被它用3只触手卷着的"妈祖"，以及一个蜻蜓一样的昆虫形机器人。不知道是"奥克隆"还是"赛德娜"号的功劳，那个昆虫形机器人的一个推进翼从右膝以下不见了。

"果然如此啊！'妈祖'完全失灵，但是驾驶舱并没有打开，看来尤娜应该还在里面。"耳边传来戎崎的声音。

"尤娜受到那条臭'鲇鱼'的撞击和EMP捕鲸叉的攻击，完全丧失了战斗力。而且，'达贡'号的触手正好堵住了驾驶室舱口，尤娜根本出不来。"

3个水下仿生机器人飞越过"蒙哥马利"号的甲板，逼近了"奥克隆"号。当然，"妈祖"号是被拖着前行的。

"我是'奥克隆'。所有人注意，原地待命！大家应该都看到了，'妈祖'现在被'达贡'号挟持了。看样子，'达贡'号的两只手中紧紧攥着吸附式水雷。"

我本来已经做好了随时出击的准备，但副司令的一席话让我一下子停了下来。

我再次确认了一下战友们的位置。"蒙哥马利"号的右舷一侧是"奥克隆"，左舷一侧是"赛德娜"，前方靠近右舷的是"海神"，四者基本上都处于水深250米左右的位置。在水平方向上，它们相互之间的距离为100～200米。"阿斯匹德氪隆"和"玛卡拉"位于水深 200 米处，在"蒙哥马利"的右舷后侧跟踪前进。

我所处的位置水深与他们差不多，但在水平方向上，我处于"海神"和"奥克隆"中间的位置。

"达贡"号挟持着"妈祖"，与"奥克隆"保持着 50 米左右的距离，正面对峙着。那个昆虫形水下仿生机器人也与"达贡"号并排站在一起。

"'阿斯匹德氪隆'，我是'主神'。敌人只剩下这两个了吗？"

"'主神'，我是'阿斯匹德氪隆'。应该只剩下这两个了。'奥克隆'消灭了一个水下仿生机器人，'海神'号击毁了两艘协战潜艇，'赛德娜'也击毁了一艘，只是由于受到协战潜艇的阻挠，未能消灭那个昆虫形水下仿生机器人。"

"这样啊！那蕾拉肯定懊悔得要捶胸顿足了。"

"'妈祖'，我是'奥克隆'。你安全吗？报告你的情况。"

副司令发给尤娜的命令也传到了我们这里，但是"妈祖"号并没有任何应答。

"'妈祖'，我是'奥克隆'，收到后请回答。"

又过了一会儿，副司令又重复呼叫了一次。

"'奥克隆'，我是——'妈祖'。接收——良好。"

"太好了！"

听到尤娜的声音，我不由得心花怒放。当然，我并没有将这个喜悦转换为合成声音发送出去。

"'妈祖'，我是'奥克隆'。安全吗，没有受伤吧？"

"我是'妈祖'。我很安全，只是我的机器人已经失去了活动能力。在受到 EMP 的攻击前，我与机器人外套装之间的连接就被自动切断了。现在我使用的是安装在贝壳连体衣上的通信设备与你联系的。"

"这样啊!那你现在应该很难从机体里面脱身吧。"

"是的。我被敌人紧紧夹着,根本无能为力。对不起!"

"你不用道歉!你安全就好!先冷静下来,寻找脱身的机会。"

"收到。对了,'蒙哥马利'号还在移动吗?"

"是的,还在继续航行。不过速度慢下来了。"

"在即将受到敌方的水下仿生机器人或鱼雷攻击时,我已经命令'海蜘蛛'一号机采取行动了。虽然发布命令时非常匆忙,但是我相信'海蜘蛛'应该已经锁定取水口了。"

"好,这样一来,进展顺利的话,取水口应该已经被堵上。"

"嗯,是啊——哎,等一下,好像——"

突然,尤娜的声音中断了。而我当时正一边观察核潜艇的行动,一边正要呼出战车。即使在受到采用火箭式推进器的机器人的撞击的情况下,尤娜也没有忘记自己的任务。如果战争女神青睐她的话,那么"蒙哥马利"号内部应该会出现一些变化。

"海蜘蛛"上面也搭载着人工智能设备,只不过其性能还达不到护卫潜艇和"主神"的助推器的水平。不过,由于它很早就学习了瞄准目标和释放黏液索的技巧,成功概率很高。当然,在冲绳海域时,它对付的是利维坦,而这次则是"蒙哥马利"号的取水口和推进器的送气管。作为攻击目标,二者并无多大差异。在作战现场,只要能够将敌人的方位大致指示给它,"海蜘蛛"就能自行判断出最佳路径去接近目标,在最合适的方向和距离喷射黏液索。

应该是在那个"鲇鱼"形水下仿生机器人对"妈祖"发起攻击之前,一号机就已经锁定了取水口的位置。因此,只要发出行动信号,它就会自动执行和完成任务。

几条青色的线在我的视界中刚一出现,那个像由线框勾描而成

的 ROV 就出现在了我的面前——是战车。在我呼叫的时候，它就会马上出现，而在我没有呼叫的情况下，它绝对不会露面。在这一点上，它与安菲特里忒完全不同，真的非常知趣、贴心！

"我需要再次确认指挥室内的情况，马上连接到'蜘蛛形'机器人的'眼睛'上去！"

就在这时，我的面前出现了一个显示框，就像"主神"用指尖打开了"iFRAME"一样。由于这只是一个虚拟的图像，因此，只要将手贴近眼前，画面就会放大。当画面上显现出潜望镜筒一样的东西时，耳边又传来了尤娜的声音。

"'奥克隆'，我是'妈祖'。劫持我的水下仿生机器人操作员要求与您直接通话。由于他的机体与我的机体紧紧贴在一起，好像我可以直接听到他用水中扬声器发出的声音。他说想和副司令直接谈判，提议双方先解除音响迷彩。"

"'妈祖'，我是'奥克隆'。收到。目前的情况是，我们彼此都可以用激光扫描仪直接辨识对方，启动音响迷彩已经完全没有任何意义了，我同意解除音响迷彩进行谈判。"

"但是，副司令！不要管我，请发动攻击！我不想给大家添麻烦，不要因为我而导致行动失败。"尽管是合成的声音，但尤娜的声音充满了痛苦。

"尤娜，我们并不只高看那些完成任务的同伴，也不会将行动失败的原因归到某个人身上。我承担所有的责任！你转告'达贡'的操作员，我已经解除了音响迷彩。"

听了副司令的话，我也解除了"主神"的音响迷彩。估计其他战友也都采取了同样的行动。

一般情况下，借助声波进行模拟通信时，发信方将声音加载到适当的声波上后，接收方必须使用同类型的水中通话器才能进行

"解调"①，从而实现通话。但在数百米的范围内，只要采用被动声呐接听，也能够清楚地听到通过扬声器传出来的正常发出的声音，从而实现交谈。

正如我所料，"蒙哥马利"号的指挥室空无一人，航管室也空空如也。为了谨慎起见，我还是让"蜘蛛形"机器人下到舵位的靠背位置，俯身向下确认了一下那一排排的触屏按钮。虽然我不清楚详细情况，但推进器好像已经停止运转了。也就是说，它现在是依靠惯性在航行。我感觉自己看到了一丝希望！

"战车，找到那个女人！她现在应该是在核反应堆的周围，或是在走向核反应堆的途中。"

听到我的话，与之前一样，战车开始快速切换显示框内的图像，看得人眼花缭乱。一定是它在逐个入侵舰内所有机器人的"眼睛"。

"'奥克隆'号的罗伯鲁特·贾鲁西亚副司令，我是'达贡'号的库特鲁夫。非常感谢您同意和我谈判。"

一个低沉的声音突然在海水中回荡！这是我非常熟悉、非常痛恨的声音，它就像弹球一样在冰山之间回响着，绵延不绝，就像恶魔在我的耳边低声细语，让我感到后背一阵阵发冷。

与在空气中的传播不一样，这个回声久久没有消失。看起来，采用这种方式进行对话，双方的沟通肯定要花费很长时间，因此根本不可能进行深入、细致的谈判。

"库特鲁夫，我是'奥克隆'的贾鲁西亚。"副司令洪亮的声音

---

① 解调指从携带信息的已调信号中恢复消息的过程。在各种信息传输或处理系统中，发送端对所要传送的消息进行载波调制，从而产生携带这一消息的信号；接收端则对传送过来的消息恢复后加以利用。

盖住了对方那已经微弱下来的回声。"'达贡'是我们给你所操作的水下仿生机器人所取的绰号，它的真名叫什么？"

"你想知道吗？我这个水下仿生机器人名字叫作'萨乌特劳尔'。"虽然是合成的声音，但是我也能感受到里面隐含的笑意。

"扯淡。"我在心里咒骂着！这不是澎贝岛第一位王的名字吗？

"那么，'萨乌特劳尔'的库特鲁夫，请你释放我的部下！那个水下仿生机器人已经失去了战斗力，你没有必要杀掉操作员吧。"

"当然了，我并没有杀掉她的想法。如果你答应我的要求，我会连机器人一起还给你。"

"你的要求是？"

"'奥克隆'，你和你的手下解除所有的水下仿生机器人的战斗力！我不会杀害操作员的，这一点我向你保证。"

"如果我不同意呢？"

"不要这么说！我也不是什么杀人狂魔，只是希望我和我的手下，以及后面这艘核潜艇能够继续安全航行而已！"

"我们解除战斗力后，你能释放人质？这一点，你如何保证？"

"你我同为武道中人，关于这个问题，你别无选择，只能相信我！"

"到底是阿列克谢·杜松，够狠！"

这时，显示框正在显示核潜艇内部进行的搜索情况。图像突然停了下来——发现那个女人了！我看了一眼这个位于"主神"指尖处的显示框，画面显示，那里排列着类似于发电站才有的那种设备，应该是发动机控制室吧。那个女人手里拿着一本操作说明书，死死地盯着仪表，好像在思考着什么。

"'奥克隆'，我是'主神'！我们已经成功堵住了'蒙哥马利'

号的取水口。"我用水中HF通信向副司令报告道,"我入侵了潜艇内机器人系统,检查之后发现,核反应堆好像已经紧急停止,推进器也不运转了。只要它不切换到辅助动力,接下来应该会继续减速。"

"我是'奥克隆',收到。里面的船员呢?"

"在机器控制室里,应该是在尝试重启核反应堆吧。只要取水口一直被我们堵着,她就无法实现重启。我认为,如果现在逼它紧急上浮,它应该无法立即恢复潜航状态。"

"但是,如果它查明了原因,清除掉黏液索的话,肯定会再迅速下潜。我们不知道这个作业需要多长时间,不能冒这个险。我们必须尽可能地争取更长的时间,创造更多的机会,以便更多的调查机关和新闻媒体从世界各地赶到这里!有没有什么方法能控制住那个女人呢?"

"我是'主神',我再想想。"

切断通话之后,我叹了一口气。在"想方设法"方面,我并不擅长,尤其是在这种紧急情况下,我更无法集中精力去深思熟虑了。

耳边又传来了库特鲁夫的声音:"非常遗憾,采用这种交流方式的情况下,我们不能浪费时间来叙旧了。10秒之内,你必须给我答复!"

这哪里是什么谈判?根本就是单方面的胁迫啊!

我抱"头"苦思,当然,我抱的实际上是"主神"的脑袋,但我感觉这就是我自己的。我用力挤压"头",试图以此来集中精力,这自然是徒劳的!此刻,我真希望自己能像一真那么聪明。

"好吧,我答应你的要求,解除战斗力。"

副司令的声音传了过来。那声音充满了无奈，回荡在冰山之间，回荡在我的耳边！我不由得咬牙切齿：为了救尤娜，只能牺牲水下仿生机器人了！但是，难道我们连"驯服野马"这一最低目标也无法实现吗？

"谢谢您答应我的要求，对双方而言，这是最明智的决定。请尽快命令你的手下聚拢过来。但是，那两个像鲸鱼一样巨大的水下仿生机器人除外，你要命令他们保持现在的距离，千万不要轻举妄动！解除你们战斗力的任务就由站在我旁边的这个机器人执行，它叫'阿诺托贾斯特'。"

"好。"

在脑海中，我再次仔细回忆"蒙哥马利"号的内部构造。虽然我还不清楚其局部的细节，但是大概的情况我还是记得的。核反应堆区域位于船体正中央靠后一些的位置，贯穿上下四层的空间，这一点准确无误。在最上面的一层，核反应堆夹在辅助电机室与发动机控制室之间。当然，这些房间是采用很厚的铅门间隔开来的。

指挥室与航管室的位置，比辅助电机室更靠近舰首。怎样才能从核反应堆区域走到位于舰尾的发动机控制室呢？有没有什么办法能够将这个女人堵在这条路上呢？

"战车，切换到辅助电机室内的机器人的摄像头上！"

显示框中的图像切换到了辅助电机室内，但是画面呈很高的仰角，好像不是蜘蛛形机器人，而是清扫地面的机器人的视角。估计是没有其他机器人可以利用，目前只能这样了。

我命令战车移动机器人，从一端走向另外一端，仔细观察核反应堆区域的墙壁，但是并没有发现类似于舱门或者门之类的地方。

副司令终于通过水中 HF 通信下达了命令："大家注意，我是'奥克隆'。大家应该已经听到，作为释放'妈祖'号的交换条件，敌方要求解除我们所有人的战斗力，但是他们会保证操作员的生命安全。如今，我们别无选择，只能答应他的要求。可能敌方会使用 EMP 捕鲸叉来解除我们的战斗力。一旦被解除战斗力，大家就会沉到海底。沉到海底之后，大家就待在驾驶舱待命。6 个小时之内，'月神'号肯定会来捞救我们的。"

"'奥克隆'，我是'赛德娜'。我认为库特鲁夫不会信守诺言的，他就是一个疯子！最坏的情况就是他可能杀掉我们所有人，包括尤娜。"

"那应该怎么办？你有其他方案吗？"

"其他方案？比如……比如用'阿斯匹德氪隆'和'玛卡拉'的冲击波制造一个机会……"

"他们距离太远！从目前的情况来看，这两个机器人的冲击波叠加在一起也无法给'达贡'号造成任何影响。库特鲁夫非常清楚这一点！"

"但是，这样一来，我们就彻底失败了，我不想向这个家伙低头。"

"你的意思是，牺牲尤娜，发动攻击吗？"

"我不是那个意思。"

"那就不必多说了！牺牲战友，伤害彼此之间的信任，是比低头更大的失败。'赛德娜''海神''主神'，你们依次集合到我的右手边。立即执行！"

"我是'海神'，收到。"

"我是'主神'，收到。"

"我是'赛德娜'，收到。"

"'阿斯匹德氪隆''玛卡拉',你们保持现在的距离,原地待命。"

"我是'阿斯匹德氪隆',收到。"

"我是'玛卡拉',收到。"

我尽量慢吞吞地靠过去,尽可能地拖延时间。

我让战车将辅助机房下面的情况显示给我看,虽然我对那里的具体结构比较模糊,但是我记得那里应该有几间屋子。战车让蜘蛛形机器人从位于同一层的洗衣间赶到那里去查看,发现那里装着很多机器,那是类似于用于平衡潜艇的水泵。紧接着,蜘蛛形机器人又转到了核反应堆一侧的墙壁前,我终于发现了自己要找的目标。

在右舷侧墙壁的弯曲处,有一个长方形的、微显圆形的空洞。空洞的高度只有一般出入口的三分之二左右,如果不稍微弯腰低头,人就很难钻过去。而且,里面的路看起来是一条隧道,高度差不多与入口相同。大约往前走10米才是出口,那里应该是发动机控制室。

这是一条连接核反应堆前、后区域的通道,之所以像隧道一样窄,应该也是为了避免辐射,而用铅做的墙壁进行了遮蔽。"就是这里了!"只要堵上前、后入口,那个女人就再也无法返回指挥室。也就是说,她再也无法控制核潜艇了。

问题是,用什么来堵住这个通道呢?这个通道前、后的两个舱门关闭之后,无论是从外面还是里面都可以轻易打开。能不能用什么东西别住手柄,让它无法转动呢?我试着找了找,没有合适的道具!既然如此,那就只能筑起"街垒"了。

与我一样,"赛德娜"也是在慢吞吞地走过来,心有不甘地站到了"奥克隆"的右边。"海神"虽然是先她一步过来的，但他是在"赛德娜"就位之后才排到她身边的，显得很有绅士风度。我是最后一个才过来的，直线距离仅仅200米，但我足足走了3分钟。

这里距离"达贡"60～80米远。由于大家都在随着"蒙哥马利"号缓缓移动，相互之间的位置多少发生了一些变化。但是，距离还是太远，无法一下子就杀到敌人面前发动攻击。敌人非常狡猾，根本不可能露出太大的破绽！总之，我们的攻击不可能奏效！

"能听到我的声音吗？非常感谢大家远道而来！解除大家的战斗力并非出于我的本意，但是我这边的4个水下仿生机器人和3个协战潜艇已经被你们摧毁了。这样一来，我们就扯平了！我们只是'礼尚往来'而已，你们也不必感到窝囊！"达贡"向我们伸出3只蜷曲的触手，说道。

"开什么玩笑，你这只臭章鱼！"

海水都似乎被这震耳欲聋的声音撕开了，我的脑袋也被震得疼痛起来。这是蕾拉在通过水中扬声器臭骂"达贡"。听到这突如其来的声音，我又再次望向"赛德娜"，她负的伤不轻。

"赛德娜"的推进翼上布满了大洞，边缘部分也破烂不堪，这应该是水下机关枪造成的。其左肩也受了很重的伤，手腕也错了位，就那么耷拉着，看样子应该是动不了了，身上也被敌人贴上了吸附式水雷。

应该是发生了激烈的战斗！"赛德娜"的对手失去了一个推进翼以及右膝以下的部分，与对手比起来，"赛德娜"的伤算是轻伤了。但是，心高气傲的蕾拉还是很难接受。

"我的问候好像不受大家的欢迎啊，这让我感到非常尴尬！"库特鲁夫半开玩笑地说道，"我还是先解除你们的战斗力吧，免得再受你们的辱骂。先从远处的'鲸鱼'开始吧，他们的体形大，可能要

花一些时间。请大家耐心等待。"

之所以先选择那两个庞然大物般的机器人,应该是担心受到他们用冲击波发起的攻击吧。这个顾忌非常容易理解。

昆虫形水下仿生机器人离开'达贡',先向'玛卡拉'游去。它手里握着的东西看起来像是 EMP 捕鲸叉,那个捕鲸叉借助一根细细的电缆与紧随其后的助推器连接在一起。捕鲸叉本身也能够充电,可能是它担心玛卡拉体积过大,捕鲸叉本身的电量不够,所以打算用这种方式一次性输送大量电流。

"'玛卡拉''阿斯匹德氪隆',我是'奥克隆'。你们先手动切断机器人机体与贝壳连体衣之间的连接,以确保安全!马上执行!"

在电子、电力系统负荷过大时,水下仿生机器人的安全装置会在驾驶舱内自动切断机体与贝壳连体衣之间的连接。也许,副司令是在担心安全装置万一出现故障的情况吧。

"我是'玛卡拉',收到。真是混蛋!"

"我是'阿斯匹德氪隆',收到。"

对于操作员而言,水下仿生机器人就是自己身体的一部分,就是自己的分身。自己的机体任由别人破坏,却只能默默忍受,这是一种无比的痛苦,也是一种无比的屈辱。而我现在也不得不忍受这种屈辱!无论如何,我一定要报这一箭之仇。

在"蒙哥马利"号内,我到处寻找可以封堵那个通道的东西。这个东西必须距离这里很近,才能在对方毫无察觉的情况下搬运过去,从而实现我的计划。

在安装着水泵的那个房间里,我什么都没找到。接着,我又检查了隔壁的医务室、厕所以及浴室,还是没有找到可用的东西。洗衣间倒是堆着很多床单和毛毯,但我觉得这些东西无法作为堵塞物派上大用场。床垫会不会更加好用呢？于是，我又走向位于导弹发射筒旁边的生活区。

就在那里，我看到了出人意料的一幕：几十台蜘蛛形机器人和扫地机器人聚集在床铺之间。

它们的程序应该是被设定为定期换洗床单和毛毯。蜘蛛形机器人先从床铺上揭下床单和毛毯，然后放到筐子里；扫地机器人再将筐子运到洗衣间。当然，铺床的时候，顺序是正好颠倒的。由于现在潜艇上只有一名船员，这项工作根本就是多余的，但是机器人还是在恪尽职守。

我站在那里，目瞪口呆地望着这一切。就在这时，我突然灵机一动，发现了比床垫更加好用的堵塞物。

"战车，留下指挥室内的那两台蜘蛛形机器人。然后，把从核反应堆区域到舰艏的所有机器人全部都集中到那间水泵室内。赶快！"

ROV比画出"OK"的手势。

我感觉到斜上方什么东西在动，抬头仰望时，发现是被解除了战斗力的"玛卡拉"正在坠向海底。昆虫形水下仿生机器人已经靠近了"阿斯匹德氪隆"，它避开"阿斯匹德氪隆"那发射冲击波的大脑袋的正面，转到左侧，从身体一侧举起了EMP捕鲸叉。它瞄准的是光学摄像头的镜片部分，也就是机器人的"眼睛"——那里正是"阿斯匹德氪隆"的死穴。

尖利的捕鲸叉尖头刺中了鲸鱼的"眼球"，"阿斯匹德氪隆"的尾鳍一下子僵硬起来，就像一个生物体一样。看到它那痛苦的样子，我甚至产生了是自己被刺中的感觉。

"'玛卡拉''阿斯匹德氪隆'，我是'奥克隆'。你们的'贝壳连体衣'情况怎么样，收到请回答！"

"'奥克隆',我是'玛卡拉'。目前没有异常,生命维持装置运作正常。"

"我是'阿斯匹德氪隆',我这里也……没有什么问题,只是我很难过。"

"对不住,你们再忍忍。'妈祖''主神',接下来由我来操控'海蜘蛛'一号机和二号机,你们不要给它们发布任何指令。"

"我是'妈祖',收到。"

"我是'主神',收到。"

副司令好像有自己的打算!

位于我手边的显示框显示,很多蜘蛛形机器人陆陆续续地集合到了水泵前,现在已经20台左右了。扫地机器人的动作比较慢,还有四五台正在赶过来。

我正要让战车催它们快点行动,眼前的情景却让我不由得大吃一惊,因为那形似精灵的安菲特里忒在我不知不觉的情况下已经取代了战车。她全身发着青色的磷光,通过一条电缆与"主神"的右手连接在一起。

"安菲,这种情况下,你怎么能吓我呢?"

"紧急事态!科兹莫求你附到他身上去。"

"啊?不可能!你看看就明白了,情况根本不允许。"

"普瓦鲁卡斯那边也到了紧急关头。大约两个小时之前,'恶魔们'发动了袭击,数量之多超出了我们的预料。我们使用新型武器至少消灭了它们的一半。尽管如此,现在,它们的数量还是远远超过了仙境的水下仿生机器人和协战潜艇。'伊索克莱克鲁'在保护来自'卡恰乌帕蒂'的使者们,负责把他们送到澎贝岛上去。但是,现在我们的战斗力严重不足,不但没有援兵,而且还有很多人求我们支援。我们需要你施以援手。"

"我知道你们的困境了,但我也无能为力。我现在也希望能有援兵杀来啊。"

"如果'主神'的战斗力被解除了,你也只能干等,无法再战斗了啊。"

"是,一旦战斗力被解除,我也只能干等。但是现在,我告诉你,我要发火了!你妨碍我的行动了!快点消失,把战车还给我!"

"只要一腾出手来,你就马上去普瓦鲁卡斯!"说完这句话,安菲特里忒的轮廓就一点点地开始模糊起来,逐渐变成很不清晰的块状,然后又突然转化为呈细细的网眼模样的物体。这个物体开始膨胀,整体轮廓不规则地延伸、压缩,最后变成了ROV的样子。这奇妙的形态转换,看得我目瞪口呆。

"这是……怎么回事?"

精灵的话总是把我搅得头昏脑涨的,这次也不例外。但是,这次我根本没有时间和心绪去认真考虑她所说的一切。因为,解除了"阿斯匹德氪隆"的战斗力之后,那个昆虫形水下仿生机器人开始返回我们身旁了。

"接下来,轮到那只'海龟'了。"

"达贡"的一只触手指向"海神"。这下是要彻底封死我们采用小型鱼雷反攻的门路了。

"'海神',我是'奥克隆'。提前切断你本人与机器人机体之间的连接。"

"我是'海神',收到。"

举着捕鲸叉的昆虫形水下仿生机器人正在逼近"海神"号,停在了我左边的斜上方。可能是"海神"的装甲太厚,无法刺穿吧,最后它还是瞄准了摄像头。我努力不去看这些,如果可能的话,我甚至连声音也不想听。但由于没有启动音响迷彩,声音肯定会传过来深深刺痛我的心。

我又将视线转回到了显示框:水泵室的地板和墙壁上到处都布满了机器人,数量应该超过 40 台了。时机成熟了!

"战车,把那些机器人全都赶到通往核反应堆的通道内!要它们行动谨慎一点,尽量不要发出声音。不要让它们一台一台地走,而是让每台扫地机器人搭载 3 台蜘蛛形机器人,形成一个小组。前一个小组进去之后,下一个小组紧紧跟进,两组之间不留空隙,采用这种方式慢慢堵上整个通道。等所有小组进入通道之后,你就立刻命令关闭舱门,所有的机器人紧紧挤在一起。明白了吗?"

战车花了一段时间才终于理解了我的这番话,比画出了"OK"的手势。

耳边传来了令人讨厌的"咔"的一声。我扫视了一眼左边,看到"海神"号痛苦地弓着身子,无力地坠向了深渊。

"接下来,是右边最靠近贾鲁西亚副司令的水下仿生机器人了。操作员就是刚才痛骂我的那位女性吧,让您久等了。"

昆虫形水下仿生机器人来到了"赛德娜"面前,挥动了一下手中的捕鲸叉,好像是在炫耀:看叉!然后就把捕鲸叉头对准了机器人的"眼睛",也就是光学摄像头。正是因为面对的是一个难以对付的、天生就是个战士的对手,昆虫形水下仿生机器人才如临大敌。

"要动手就快点!你这个胆小鬼!"蕾拉骂道。

"啊,她还是骂出口了。"

我的身体不由得紧张起来,因为,对方可能真会杀掉蕾拉的!

又是那令人厌恶的声音!昆虫形水下仿生机器人毫不客气地将

捕鲸叉刺进了"赛德娜"的眼睛。"赛德娜"的推进翼先是一阵剧烈的痉挛，然后就无力地垂了下去。她的战斗力也被解除了！

但是，昆虫形水下仿生机器人并没有拔掉捕鲸叉，而是将"赛德娜"拉到了自己身边。

"'赛德娜'，我是'奥克隆'。你切断贝壳连体衣的连接了吗？"

"我是'赛德娜'，我这里没事，只是很遗憾，我无法再骂他们了。"

"你不应该挑衅那个家伙！做好弹射出机体的准备！"副司令的担心与我一样。

就在这时，昆虫形水下仿生机器人用一只手将"赛德娜"提起来，拉到自己面前，然后又用另一只手拿出了吸附式水雷。

"糟了！"

如果它是要将吸附式水雷贴到"赛德娜"的驾驶舱的位置，那么无论如何，我都要冲过去救蕾拉。

"'主神'，别动！"副司令的声音传了过来，"我来阻止它。"

"啊，好，收到。"

虽然我嘴上这样说着，但是仍然保持着随时出击的准备。昆虫形水下仿生机器人手里的吸附式水雷正在慢慢伸向"赛德娜"的胸口处。

"'阿诺托贾斯特'，住手！我们答应对方不杀操作员的。虽然对方没有礼貌，但我们也绝对不能出尔反尔。"耳边突然传来了那个低沉的声音。

听到命令，昆虫形水下仿生机器人停下了手中的动作，思考了几秒之后，它握着水雷的那只手向下伸去，将水雷贴到了"赛德娜"的右膝上，然后又一脚踢在了机器人的腹部，同时顺势拔出了捕鲸叉。"赛德娜"沉了下去，与电影里的慢镜头完全一样，慢慢地下沉。

"嘭"的一声，沉闷的巨响冲击着我的耳小骨。巨大的气泡包裹着"赛德娜"的膝盖，然后又马上消失了。"赛德娜"几乎是头朝下沉下去的，一直向着深海！那只从右膝以下被炸下来的部分机体不规则地翻滚着，也跟在机器人的后面沉了下去。

"我一定会还击的。"我的心一半落了地，但是又觉得非常荒唐可笑。

我转头望向昆虫形水下仿生机器人，它也正好在看着我，好像它已经决定下一个攻击目标就是我了。的确，从刚才的顺序来看，它最后攻击的应该是我们的副司令。

我又转向"达贡"。它在核潜艇前面游动着，触手紧紧抓着"妈祖"。同时，它那空出来的一双手一直在胸前动来动去的，像是在弹钢琴。我放大"视界"仔细一看，不出所料，它还是在重复着那个动作：就像我们经常把玩硬币那样，它用手指把玩着吸附式水雷。

憎恨涌上我的心头！它就是这样一边把玩着，一边折磨着矶良幸彦的"埃吉尔"号，最终害死了他。这次，蕾拉也险遭毒手！所以，它绝对不是那种恪守礼仪、信守诺言的君子！

"接下来就是'主神'了。操作员是宗像道，我说的对不对？""达贡"停下了手里的动作，直接对我说道。

"对了又怎么样？"

"我本来打算与你一起庆祝我们的再次聚首呢，但现在看起来是很困难了。上次见面之后，已经过去一年多了吧。在贾鲁西亚副司令的指导下，你应该一直在坚持不懈地进行训练吧。我很想试试你训练所取得的成果，但遗憾的是我不能这么做，情况不允许！"

"你放了'妈祖'，我跟你单挑，我们一决胜负！"

"的确，作为一个武道家，我很乐意跟你决斗。但是，现在的我和你的副司令一样，都是组织的一员，都必须服从集体的利益。我们不能将个人的选择摆在第一位。"

"什么组织成员，你只不过就是海盗的一个同伙而已！"

"确实如此，现在全世界都把海洋漂民当成海盗了，这里面也包括你们。"

"你这个始作俑者的帮凶，不要把自己看得太高了！"

"这回声太吵了，我受不了了！""达贡"用手从旁边按着脑袋，好像是要堵住耳朵。"直接听取声音的方式真的不适合长时间对话。我们只能下一次再一决雌雄了。"

"你滚吧！"

另一方面，"蒙哥马利"号的水泵室内，最后一组机器人进入通道内了，一台蜘蛛形机器人用脚钩下通道内部的把手，从里面关住了舱门。40多台机器人紧紧地挤在一起，牢牢地堵住了狭窄的通道。

每台机器人的重量充其量只有10公斤，但这么多机器人的重量加在一起，肯定超过了300公斤。由于这些机器人密密麻麻地挤在通道内，堵住了舱门，所以仅凭一人之力肯定是推不开的。而控制机器人的终端设备，应该是设置在指挥室内的。

为确保万全，我命令战车再次确认发动机控制室的情况。也许是听到了舱门被关闭的声音，那个女人的上半身探进了通道的入口。刚开始的时候，她好像在想究竟发生了什么，停了一下，但一会儿之后，她还是下定了决心要一探究竟，脚踏进了通道内。

"'阿诺托贾斯特'，先解除'主神'的战斗力，然后炸掉它的推进翼和两只脚。""达贡"给手下发出了命令。

"等等，你说的'炸掉'是什么意思？不是说好只是解除战斗力吗？"我大喊着。

"只用 EPM 捕鲸叉是无法解除'主神'的战斗力的，这一点我记得很清楚。只要经过一段时间，你机体的功能就会得到恢复。所以，如果不破坏掉你的游泳工具，根本就算不上解除了你的战斗力。"

昆虫形机器人执着捕鲸叉，一步步向我逼近。

"蒙哥马利"号的机器控制室里，无法经由通道返回指挥室的女人正急得抓耳挠腮。她应该已经明白了：自己已经被关在核反应堆区域的后部了！她在房间里急躁地来回踱步，一会儿仰望天花板，一会儿敲敲墙壁，但她根本无能为力。

"'奥克隆'，我是'主神'，核潜艇内那个女人的人身自由已经被我成功控制了。接下来，我要命令'野马'紧急上浮。"

"'主神'，我是'奥克隆'，干得好！发出上浮命令后，你也马上切断机体与贝壳连体衣之间的联系。"

"战车，命令指挥部的机器人按下'紧急上浮'按钮。舵位向右侧斜上方，或者是它旁边的位置，就是控制压力的按钮。里面有 4 个标有'主压舱水箱紧急排放'的按钮，全部都按下去。"

刚看到 ROV 发出了"OK"的信号，我的视界中就出现了强烈的干扰。除了残存的图像之外，光学图像的部分变得漆黑一片，应该是昆虫形水下仿生机器人的捕鲸叉刺中了我的"眼睛"。一阵雷劈似的感觉之后，电流如同波浪般袭过我的全身。当然，我指的并不是我的肉体，而是我的分身——机器人的机体，我是通过它感知到这一切的。

遭到攻击之前，我来不及手动切断贝壳连体衣和机器人机体之间的连接，但是贝壳连体衣中的生命维持装置并未出现任何异常，可能是保护装置自动切断了吧。之前我与机体紧密连接在一起，往往会产生身高恍如 15 米的感觉，但是现在，我好像又被打回了原来的身高，这种痛苦，没有切身经历的人是无法体会到的。

但是，我感觉到，与上次受到"达贡"号的攻击之后一样，我的激光扫描仪——这双"眼睛"还活着，而且我也能听到海里的声音。昆虫形机器人一边拿出吸附式水雷，一边在"主神"的背上摸索着，它应该是计划先炸掉我的推进翼吧。

"等一下，'阿诺托贾斯特'。"突然又传来了"达贡"的声音。"先解除'奥克隆'的战斗力，然后再炸掉'主神'的推进翼和双脚！如果你要使用 4 颗吸附式水雷，那么最好离远一点，然后再起爆。"

从他的话语中，可以看出库特鲁夫非常谨慎。他非常清楚，我的手脚现在根本无法动弹，至少 3 个小时之后，我的机体的功能才能完全复原。

十几秒之后，左边又传来了"咔"的一声。加上自己受到攻击那一声，现在已经是第四声了。我实在不想再听到这种声音了！

"'奥克隆'，我是'主神'。你安全吗？"我用贝壳连体衣内的通信装置呼叫副司令。

"'主神'，我是'奥克隆'。我的机器人虽然失去了进攻能力，但我个人一切正常。你那边情况怎么样，机体的功能在恢复中吗？"

"还没有，还需要一段时间。不过，现在麻痹感已经减轻了，应该很快就会进入恢复状态了吧。推进翼和脚现在根本无法动弹。不过，'驯服野马'能够成功，我真是太高兴了。"

"你已经命令让'蒙哥马利'号上浮了吧。"

"嗯，我已经指示待在指挥室内的机器人去按按钮了。顺利的话，很快就——"

"你是说，将压缩空气注入主压舱水箱，将里面的水经由舰底的溢流阀一下子排出去？那么水流肯定非常壮观！"

"嗯,我看过一个视频,那是在某个军港举行的一次紧急排水试验。在那个试验中,冲天而起的水柱,甚至比潜艇上的帆还高。哎——"就在我回答副司令的时候,我注意到了一件奇怪的事。

那个本来打算将吸附式水雷贴到我身上的昆虫形水下仿生机器人竟然又回到了"达贡"的身边。它是不是想等我沉得更深一些后,再来贴呢?

"贾鲁西亚副司令,宗像道,不知道你们能不能听到这些,不过我还是要告诉你们。""达贡"的声音透过"被动声呐"传了过来,"非常遗憾,我们必须改变主意了,因为我身后的核潜艇出现了异常情况。之前我注意到核潜艇的速度一直在减慢,现在它马上就要停下来了。各种迹象表明,应该是它的推进器停止工作了,而且我们与里面的船员之间的联系也中断了。我没有证据证明这是你们干的好事,但是我觉得肯定是你们做的。我们又陷入了被动!之前我太大意,太小看你们了,但今后我永远不会再犯同样的错误了!虽然我对你们——我的敌人深怀敬意,但是我还是不得不狠下心来消灭你们!"

多么假惺惺的话啊!库特鲁夫的话音未落,"达贡"和昆虫形水下仿生机器人的助推翼就从深海中升了上来,并排停在了这两个机器人的侧边。助推翼的腹部——就是货舱——打开了,圆筒状的东西——小型鱼雷的发射筒从里面探了出来。

每个助推器里安装着3具发射筒,2个助推器、6具发射筒,数量正好与已经失去战斗力的我方机器人一致。

"'奥克隆',我是'主神'。敌人想使用鱼雷一举歼灭我们!他们已经发现核潜艇状态异常了。"

"'妈祖',我是'奥克隆'。机会来了,做好准备,随时从机体中弹射脱身!'主神',你要仔细观察,确认尤娜是否成功逃生。"

"我是'妈祖',收到。"

"我是'主神',收到!您说的机会,是指?"

"你听得到吧,是空气的声音!我现在正在从贝壳连体衣上的通信装置切换到助推器的被动声呐上。还有,我现在还能操控'海蜘蛛'一号机和二号机!这是我们最后的赌注了。"

空气的声音……最后的赌注……副司令在说什么?

我明白了!这是核潜艇开始紧急上浮了。

时至今日,"蒙哥马利"号仍然是世界上最大的核潜艇USS。它那巨大的船体在颤抖着,显得非常笨重、缓慢,但是有一点非常清楚:它正在上浮!

注入主水箱的压缩空气挤出了储存在里面的水。由于所注入的空气的压力只是水深250米处的水压数值,还不足以在水面上形成喷涌的水柱。但是,它所形成的水下水流掀翻潜艇附近的"达贡"和昆虫形水下仿生机器人还是绰绰有余的。

通过位于舰底的溢流口的阀门,水流冲着斜下方喷涌而出,首先横向掀翻了"达贡"和昆虫形水下仿生机器人,接着,就冲着我和副司令奔流而来。

令人感到惊奇的是,理应已经失去战斗力的"奥克隆"号现在居然顶着水流冲向"达贡"。仔细一看,原来是副司令用助推器从背后推着机体,在以最快的速度向前飞着。"咚"的一声,沉闷的碰撞声之后,两个水下仿生机器人重重地撞到了一起。受到这猝不及防的沉重撞击,"达贡"不由得松开了抓着"妈祖"的那只触手。

副司令是用整个机器人的机体给"达贡"以致命的"贴身一击"啊!

"尤娜,机会到了。脱离机体!"我大喊道。

千钧一发之际,"啪"的一声,"妈祖"号操作舱的舱门掉了下来,像被旋风吹落了一般,身穿贝壳连体衣的尤娜也被压缩空气从操作舱内弹射了出来。她借助从"蒙哥马利"号里面喷涌出来的水流的冲击，迅速脱离了自己的机器人机体，向远处游去。

"副司令，尤娜已成功逃脱，正在远离'达贡'！"

突然，我的视界变得模糊起来，一股股如同黑烟一样的东西，将"奥克隆"号和"达贡"号紧紧缠裹起来。扫描激光仪显示不出颜色，所以画面不是很清楚，只能看出这是一种非常柔软的、形状不稳定的东西，能够反射脉冲激光。在当时的情况下，关于这种东西，我能想到的只能是黏液索了。

我仔细搜索了一下视野的角落，正如我所料，那里出现了"海蜘蛛"的影子。应该是副司令命令两只"海蜘蛛"直接对"达贡"号和"妈祖"号喷射黏液索吧。而且，从喷射效果来看，应该是副司令把将这两个水下仿生机器人作为攻击目标的指令深深刻印在了两只"海蜘蛛"的记忆芯片中。

不对，被裹起来的不只是这两个机器人，因为，另外一个"海蜘蛛"正在对着昆虫形水下仿生机器人喷射黏液索。既然决定了要赌，副司令早就做好了万全的准备。

这一下，我们至少可以暂时封住它们的行动了吧！但是，黏液索所结成的并不是什么铁网。就像利维坦可以依靠自己的力量逃脱出来一样，即使是眼前这个昆虫形水下仿生机器人，只要花费一段时间也能够挣脱黏糊糊的"泥索"网的束缚。我们目前的努力，最多只能拖长一些"苟延残喘"的时间而已。

"'主神'，我是'奥克隆'。接下来的事情，就全靠你了！"

副司令的话飘到了我的耳朵里。我觉得，这句话非常奇怪！

"'奥克隆'，我是'主神'。靠我？您的命令，是要我做什么？"

"就是那边的'阿诺托贾斯特'，那个家伙很难对付，但是你可以打败它！很遗憾，我们不能让他们活命了。因为即使我们能成功地逼对方从操作室中弹射出来,他们还是很有可能发射鱼雷的。"

"我是'主神',收到。但是,'达贡'号,应该怎么对付?"

"就像之前我所说的,我要跟他做个了结。还有很多东西想教给你,不过现在看来,这次应该是最后一次指导了。"

"什么?您,等——等一下。"

"好了,宗像道。今天的战斗,我起了一个不好的表率作用,千万不可学我!你要向我保证!"

"副司令,您——您这是什么意思?"

"你要向我保证!"

"保证,我保证。不过,您要做什么?"

"多谢!还有,代我向大家表示感谢!"

"副司令!"

被"泥索"网裹得严严实实的"奥克隆""达贡"和"妈祖"紧紧地缠绕在一块,向海底沉去。漆黑的海底深渊张开了大口,在等待着吞噬它们。那深渊,甚至激光扫描仪也无法探测到其内部的情况。

3个水下仿生机器人即将触到海底深渊探出来的舌尖!就在这一瞬间,一阵沉闷的爆炸声传了过来。这声音比库特鲁夫那低沉的声音更加让人不安,更加让人感到不祥!

"'奥克隆',我是'主神'!您安全吧,请回答!"

时间一分分地过去,通信器中传出来的,依旧只是那微弱的白色噪声。

"'奥克隆',我是'主神'。请回答!"我呼叫着副司令,重复了3次!

但是,我并没有听到贾鲁西亚副司令的回复!即使在我和蕾拉因为他的训练过于严格而与他闹别扭时,他的声音也从来没有严厉过。就像我们无论多么凌厉的攻击,都会被他轻易地化解掉一样,

他的声音永远那么温暖、慈祥！那个声音，再也回不来了！

我呻吟道："这一切，不会是真的吧……到底发生了什么……副司令到底做了什么？事情怎么会成这个样子？"

"'主神'，我是'赛德娜'。刚刚的爆炸声是怎么回事？你安全吗？"

"我也不清楚——我受不了了！"

"等一等，逍，你这是怎么了？发生了什么，副司令呢？"

"我都说了，不知道，不要再问我了！"

"'主神'，我是'海神'。你要冷静！虽然我不知道发生了什么，但是你首先要冷静下来。"

"我没法冷静，副司令他——"

"来，深呼吸！深吸一口气——呼气——就是这样！"

"吸不到空气……"

"现在怎么样？副司令受到袭击了？刚刚的爆炸声，是不是敌人攻击副司令的声音？"

"他们都在我的眼前晃来晃去——我受不了了！"

"喂，逍，振作起来！仔细观察一下四周，看看'达贡'怎么样了。还有，那只臭蜻蜓呢？他们下面会做些什么？"

臭蜻蜓？指的是什么？是那个昆虫形水下仿生机器人"阿诺托贾斯特"吗？

在我"视界"的一个角落里，一个模模糊糊的、黑色的东西在蠕动。

"接下来的事情，就全靠你了！"

好像有人在我的耳边对我叮嘱着什么，虽然声音很轻，但是却在我的心头回荡。我感觉到，他似乎在用温暖的手拍着我的肩膀。我无神的双眼稳定了下来，终于，我看清楚了。

那个黑色的东西，就是被黏液索网缠住的那个水下仿生机器人，它一边极力挣扎着，一边向我靠过来。但是，它越是挣扎，黏在机体上的黏液索就越多,网缠得就越紧。一段时间之后,昆虫形水下仿生机器人自己也意识到了这个问题,开始用EMP捕鲸叉一根接一根地剪断"泥索"网上的绳子。

按照这个速度,用不了多久,它很快就能从"泥索"网里逃脱出来。如果那样的话,副司令的心血就白费了。

副司令是为我们而牺牲的。

我用贝壳连体衣上的通信机呼叫"主神"号的助推器。实际上,几乎没费什么事,它很快就来到了我的身边,因为它是自动尾随在我的机体后面的,只是保持了一定的距离而已。发出命令之后,才过了几秒,我就感觉到,一个坚硬的物体已经送到了我的右手中。准确无误,正是我所需要的"声波佩刀"。

对,就是我的右"手",虽然它的感觉现在还不灵敏——就像现在,尽管这把刀已经送到了我的"手"中,但我感觉似乎是隔着几重手套才能触摸到。不过,虽然进程非常缓慢,但是整个机体的功能正在逐步恢复,"手指"已经开始响应"主神"号的指令了。

我将自己的意识集中在指尖上,一根一根地,慢慢地活动着手指。这个过程,很像玩"提线木偶"——用线牵引木偶,表演各种动作。渐渐地,我感觉到"这根线"变得又粗又短了。也就是说,机体的手指,开始变得有力起来。

是的,"主神"复活了,它的机体开始对我的意识产生反应了。

四五分钟之后,我终于用手握住了"声波佩刀"的手柄。我又看了一眼那个昆虫形水下仿生机器人,它的头和肩已经从黏液索网中挣脱了出来。再过几分钟,它的整个上半身应该就可以全部挣脱出来了。只要上半身挣脱出来,那么下半身解脱自然也是轻而易举的事情了。

之前,这个机器人曾让蕾拉的攻击受挫——虽然是在协战潜艇的支援之下。既然是一个连蕾拉都感到棘手的对手，那么这个家伙必然也是一个厉害的角色。一旦它完全挣脱了黏液索网的束缚，那我们就万事皆休了。

我命令助推器靠过来，与"主神"号合体。不过，可能是因为机体的姿势不对，机体的脚无法完全固定下来，合体过程非常艰难。不过还好，虽然整个机体一直呈慢慢下滑的态势，最终还是完成了合体。我就这么握着佩刀，刺向昆虫形水下仿生机器人。

使用绕成螺旋状的超声波光束本来就很难劈开水下仿生机器人的机体。加上现在机体的手腕几乎无法活动，我只能将超声波光束所形成的刀尖凝聚在一起，径直向前刺过去。不过，即使是这样，我也能够刺到坐在操作室内的操作员的身体。

"要么杀掉别人，要么自己被杀。两者都不是什么光彩的事情！"我一边刺过去，一边这么宽慰着自己。

但是，就在散发着无数细小泡沫的刀身刺进昆虫形水下仿生机器人胸口的那一瞬间，我还是忍不住在心中喊了一声"对不起！"。当然，那时的我是闭着眼睛刺出去的。

我的脑袋好像撞到了对方的下巴，但是我完全没有觉得这是现实之中发生的事情。当我回过神来的时候，发现两个水下仿生机器人先是撞到了一起，然后在冲击力的作用下，已经互相弹飞了对方。在助推器的帮助下，我总算摆正了"主神"的姿势，关闭了"声波佩刀"的开关。

还陷在黏液索网中的昆虫形水下仿生机器人终于停止了挣扎，握在手中的 EPM 捕鲸叉也从它的手指间滑了出来，眨眼间径直向海底滚落下去。

T 是 Tango 的 T

～～～～～～～～～～

1

这里是水下千米的深处，我以泥地为床，只想好好地睡一会儿。实际上，我并不是因为疲倦而想睡！在冰冷的黑暗中，在高压的压迫下，我只是暂时将自己躲藏到心灵的深处而已。

与我一样，我的战友们也无法动弹，四散在海底各处。他们都陆续发来了通话请求，但我都没有理睬，虽然这很不礼貌。

"月神"号正在向我们靠近，前来搭救我们。我只告诉了"月神"号USS"北美野马"的紧急上浮，以及罗伯鲁特·贾鲁西亚副司令的牺牲。我是打机关枪似的一口气讲完的，中途根本没有回答他们的任何问题。讲完之后，我就切断了所有联络。我的气力已经耗尽，身心疲惫，根本无法进行详细的解释，或者做出详尽的报告了。

我感觉到，我的脊背在不断地陷入柔软的泥中。迄今为止，由于机体功能实际上只恢复了两成左右，所以"主神"的机体显得异常沉重。甚至连爬上机体的海星和海蜘蛛之类的动物，我都没有力气去弹落或者甩开。刚开始的时候,我还觉得机体被它们这么爬来爬去非常不舒服,但是渐渐地,我开始觉得无所谓了。

总之,我就想睡觉!我希望能麻痹自己的身心,就像现在被麻痹的机体一样!

深海,是一个能够让人的身心得到放松的场所。它不但能够让人沉浸在孤独之中,而且由于黑暗,什么也不用去注意。时间在慢慢地流逝,鲸鱼低沉的叫声,好像摇篮曲一般。

就在我即将入睡的那一瞬间,我感觉到自己身边出现了一个人。但是我将自己的整个身体,甚至连头部都深深地埋入泥床之中,我不希望任何人来打搅我!

这个人,到底是谁?

我的头,应该还不能扭动。但是,我竟然将它斜着转到了侧面,我看到了一个模糊的身影。我感觉他就坐在我的身边,他在盯着我看,一副担心的神情。虽然我看不清楚他的五官和长相,但是我感受到他是让我非常怀念的人。

"幸彦——幸彦?"

我感觉到,这个人影轻轻地点了点头。

"是啊——你也是在泥中的啊。"矶良幸彦的棺木被葬到了3 000米深的海底,目送他被送下去时的情景还历历在目,"海洋全都是连在一起的,无论是东海还是北冰洋,都同样是海洋的一部分!"

矶良什么反应都没有,他只是一动不动地凝视着我。

"你来得正好,一直以来,我都想问你一件事。应该是你的遗言吧,你说'乘着"主神"号,替我去看看我未能看到的世界吧!'。你想看的是什么,究竟是什么样的世界?"

可是,矶良依然一言不发。

"我去过生活日志图书馆,见到了你的灵魂。你的灵魂说,我必须满足所有条件，才能获得答案。但是，它并没有告诉我，这些条件的具体内容是什么。"

矶良还是紧闭着嘴！明明他什么都还没有说，但是我却感觉到，他就要离开了。

"喂，等等啊！别摆谱了，你倒是说话呀！"

矶良的身影在渐渐远去！我慌忙想爬起来，但是机体还是无法活动。矶良背对着我，用一只手向我召唤。

"等等我啊——你这是要去哪里啊？"

我挣扎着想爬起来去追赶，但是他的背影已经渐行渐远。中途，他多次停下脚步，回头向我招手，但无论怎么追，我都赶不上他。

矶良的身影还是越走越远，最终消融在黑暗之中。而我还是徒劳地继续在泥浆中爬行。在远处，我看到了闪闪发光的东西，那是通往地表的出口——虽然这不太可能，但是我总觉得，矶良就在那附近等着我。

"他是要告诉我，前面有什么东西？"

我还在继续往前爬，觉得自己已经变成了海星或是海参之类的动物。但是，一切都无所谓，如果不是在睡梦中，我就只想把精力专注到某件事情上，总之就是让自己的头脑变得一片空白。

但是，我的前进速度比蜗牛还慢。远处的光源正在渐渐扩大，让人感觉那个光源正在慢慢地向我靠近。无论怎么看，那都应该是一个出口。

周围渐渐变得更加明亮。我那抓着泥浆的手虽然还有些模糊，但也慢慢地可以看得到了。不过，我感觉到自己皮肤有点奇怪，有点发硬，还带着暗银色的光泽——这是水下仿生机器人的手！啊，原来我还是待在"主神"里面的啊。

——不，不对。虽然很像，但是这并不是"主神"的"手"。

终于，我穿过了出口，但出口的另一方并不是地表，仍然是深深的海底。这里之所以明亮，是因为几束灯光在交错晃动，不停地向各个方向照射。

我抬起眼睛，目光离开了自己的手掌，望到大约50米的前方，那里升腾起一股巨大的雾霭。眼光所及之处，都是摇曳的温跃层所形成的"墙壁"。这么说似乎有点奇怪，本来"温跃层"现象是发生在垂直方向上的，但在这里我所看到的却是水平方向上的。似乎是海底喷出了大量与海水的温度、密度完全不同的水。

眼前出现了无数棵树。那些树就像闪耀着七彩光芒的玻璃工艺品，一棵压着一棵，倒伏在那里。"奥利西帕之角"！不过，这些东西，应该是"普瓦鲁卡斯"才有的吧。

探照灯的灯光被"奥利西帕之角"反射后四散开来，让人感到目眩。就在那些"角"之间，我看到了一个小小的身影。就在我感到自己的目光与对方的目光对视在一起的时候，这个身影突然转过身去，快步离开了。

"喂！幸彦！"

这个看似矶良的身影穿过温跃层形成的"墙壁"，消失在摇曳的光影之中。

"难道，你想看的世界，就位于'墙壁'的那边？"

仍然是没有任何回答！但是，现在我也失去了再追赶他的念头。

"最终，他还是走了，置于我不顾！"

温跃层的上层好像积雨云一样在不断地扩散。我一边仰头观看，一边喃喃自语道。就在这时，我感到，一个别样的声音从我的胸口传来。

"你终于来了！我都等得不耐烦了。"

"你是谁？这次又是谁呢？"

刚刚从一个梦中醒来，紧接着又进入了另外一个梦境！当时的我就是这种感觉。眼前的一切都显得那么离奇、不现实，充满了幻觉感。

"振作起来！现在，我们陷入困境了。"

"你是……科兹莫？这么说，难道我是在普瓦鲁卡斯？已经过去两天了吧，这里的情况我不是很清楚。我的时间概念已经完全混乱了。"

"按照在密克罗尼西亚的感觉，应该已经过去两天了。但是，在这里，我也无法确定。"

"'泉'变得这么大了啊，都快淹没掉'奥利西帕之角'林了。或者应该说，'奥利西帕之角'林被刮跑了？"

"'魔法'好像也开始大量外泄了。在你称为'投手丘'的这个海底的高台附近，整个区域的海水都变轻了。实际上，变轻的海域面积也许会更大。现在，你根本无法在这片海域中正常游动。但是即使在这种环境中，也有一些'恶魔'能够自由行动。"

"那是因为他们使用了火箭式推进的助推器。之前，'达贡'号也是这么做的。"

"直到刚才，仙境集团的3个水下仿生机器人还在这里与我并肩作战。但是，它们都一个个被摧毁了，现在只剩下我一个了。我还不是很了解水下仿生机器人的战斗方式，无奈之下，只能捡起一根'奥利西帕之角'当作棍棒挥动，作为武器。但是，仅凭我个人的能力，是无法完成守卫使者们的任务的。虽然现在我们看不到敌人的身影，但是这只是暂时的现象。我束手无策，只能向上天祈祷。我刚做完祈祷呢。"

"所以我就被呼唤过来了？安菲又随心所欲地让我附上你的身体

了吧,你还是放过我吧,我已经厌烦了打打杀杀的生活。"

我的脑海中,突然又浮现出"奥克隆"号最后陷入黏液索网中的情景。我赶忙闭上了双眼,竭力想从我脑海中抹去这一幕。

"如果我们坐视不管,那么整个普瓦鲁卡斯就会陷入敌手,使者们也会被杀害,'奥利西帕之角'也会被连根挖走。那样一来,整个密克罗尼西亚就会陷入一场大灾难。不,很有可能波及整个太平洋海域。实力大增的恶魔们肯定使更多的人陷于不幸之中。"

"这个可能性确实很大。你说的'恶魔',指的就是提亚玛特集团吧。虽然库托鲁夫可能已经死了,但是一个组织并不是那么容易消亡的。要是他的同伙将'魔法'的力量蓄积起来,用于制造能源和武器,那势必会形成一股强大的经济力量及军事力量。那样一来,中、高纬度的各个国家,也就是这些家伙们的后台,也将不得不承受越来越大的压力。"

"就连仙境这样的海洋漂民集团也有可能被彻底击溃,更不用说像密克罗尼西亚这样的低纬度小国了。"

"情况确实是这样……问题是,为了防止这样的事情发生,我就必须卷入打打杀杀之中吗?"

"如果不可避免,那也只能打打杀杀。"

"无法避免就要打打杀杀,这种生活什么时候才可以结束呢?既然同坐一条船,大家都是一家人啊!如果不珍惜这一点,海洋漂民是无法继续生存下去的。我从小就是听着这句话长大的,而且我也坚信这是真理。但是,如果将来一直需要打打杀杀,我真的没有自信再这么生活下去了。我并不是行侠仗义的侠客,也不想成为好莱坞电影中的英雄人物。"

"人们基于各种理由而采取各种行动,而且行动的理由一般还不止一个。当时的想法、情绪以及情况决定了人们去做什么。所以,继续工作下去的理由，即使有好几个，那也没有什么关系啊！"

"有什么理由让我继续战斗下去呢？"

"肯定有什么理由，但现在并不是考虑这个问题的时机。敌人随时都会发起进攻，没有你的支持，我肯定无法取胜，说不定会被对方杀害。至于躲藏在泥浆中的使者们，要么会被掳走，要么会被杀害。然后，恶魔们就会在普瓦鲁卡斯建起城堡。你能容忍这样的情况发生吗？"

"绝对不允许！"我一脚踢飞了脚底的一个"奥利西帕之角"，说道，"见鬼！为什么偏偏需要我呢？如果蕾拉是海洋之子就好了！"

"我只能说，这是神的指引！"

"说到底，还是神说了算。"我夸张地长长叹了一口气，"现在的情况如何？你给我从头详细介绍一遍吧。"

"我所了解的情况也非常有限。大约3个小时之前，8个水下仿生机器人，还有20艘协战潜艇向我们发起了攻击。"

"20艘？这么多啊！"

"不过，几乎所有的协战潜艇都在'投手丘'附近被击毁了。一大半水下仿生机器人也都被击落了。整个过程不到10分钟。"

"10分钟？怎样做到的呢？"

"这是SSO所发射的鱼雷的功劳。之前，仙境集团的水下仿生机器人和协战潜艇，已经围绕'投手丘'做好了伏击的准备。它们首先发射了大量带有自动追踪能力的高速鱼雷，大有将敌人一扫而灭之势。之后，少量的漏网之鱼，也被它们干净利索地消灭了。"

"SSO现在在哪里？"

"我估计，布置在距离'投手丘'3 000米远的地方。"

"不可能。这么远的距离，是不可能捕捉到目标的。即使是激光扫描仪，能不能发现500米外的目标，还是一个问题。"

"据说他们使用了主动声呐。"

"对方没有装备音响迷彩设备吗?"

"以长池豪博士为首的小组所开发的新型武器,破解了他们的音响迷彩技术。"

"哦,就是一真告诉我的,那种可以破解音响迷彩技术的武器?真的有用吗?"

"据说他们发明的新型武器有两种,一种是发白的'微生物绒毯',这附近应该还残留着它的碎片。经过改良的微生物可以迅速繁殖,从而形成微生物群,好像一块垫子覆盖着山丘的整个斜面。这种'微生物绒毯'一旦有电流流过,就会迅速从斜面上脱落下来,漂浮在大海中。遇到水下仿生机器人和协战潜艇之后,就会紧紧地黏上去,从而导致音响迷彩失去作用。"

"明白了,原来是用微生物来堵住超级音响材料的细微结构啊!那另一种又是什么呢?"

"据说是使用了一种叫作'尾海鞘'的生物。从这个名字就可以知道,这类生物应该属于海鞘纲,即使是成熟之后,也能在海中到处游动。从生物量[①]的角度来看,它是海洋中居第二位的生物。'尾海鞘'分泌的纤维素,会形成一种被称为'房子'的结构复杂的物体,这是一种可以一边浮游一边获取饵料的装置。被舍弃的'房子'是构成'海洋雪'的主要成分。大多数'尾海鞘'都是体长不到 5 毫米的微小生物,但是也有一种体长甚至达到了中指长短,它们所构成'房子'的长度甚至可以达到一米左右。长池博士研究小组经过改良,培育出了更大的品种,而且又对它们所分泌的纤维素进行了

---

① 生态学术语,是指某一时间内单位面积或体积栖息地内所含一个或一个以上生物种,或所含一个生物群落中所有生物种的总个数或总干重(包括生物体内所存食物的重量),通常以 g/㎡或 J/㎡来表示。

改良。这种改良后的'尾海鞘',身长达到了 30 厘米,它们甚至能够结成直径达 7~8 米的'房子'。长池博士他们将大量繁殖的'尾海鞘'撒在'投手丘'的周围。协战潜艇和水下仿生机器人一旦撞上由这种巨无霸型的'尾海鞘'所结的'房子',音响迷彩就会失效。"

"这么说来,我们两天前在这附近看到的类似于巨型海蜇的生物,就是'房子'吧。身长达到 30 厘米的'尾海鞘'!它们所撒播的这种东西也真的太出人意料了。它们身体的三分之二都是尾巴,这是什么形状!单单想象就让人感到恶心了。在培育的时候,长池博士他们有没有设计好,一旦任务完成就让它们进入休眠,就像死了一样一动不动?"

"这个我倒没有听说过。总之,目前的步骤是,遭遇到'房子'后,敌方就会丧失音响迷彩功能,被布设在山丘各处的主动声呐发现。这时,铺设在海底的'微生物绒毯'就会被通电,分解为漂浮在海中的碎片,然后黏到对方身上。大概就是这样。之后,对于那些被声呐探测到并且以一定速度移动的对象,就可以通过发射鱼雷的方式进行攻击。至于那些没被声呐探测到的漏网之鱼,则采用我刚才所介绍的方法分别处理。"

"这么严密的布置,还是没能将敌人全部歼灭?"

"是啊,这只是敌人的第一拨进攻!实际上,还有第二波进攻。这一次,我方的防卫力量是 3 个水下仿生机器人及 5 艘协战潜艇。但是,直到敌人发动第二拨进攻时,我们才发现了一个之前没有估计到的问题——经过第一次战斗之后,整个海域内作为新型武器的'微生物绒毯'和由'尾海鞘'所结的'房子'密度已经小了很多,而且也因为受到潮流的冲击而四散开去。也就是说,'防护网'出现了很大的漏洞。结果,我们只发现了对方的一艘协战潜艇。而且,由于'泉'的喷涌越来越激烈,'魔法'已经影响到了整个山丘。

虽然我方有这么多防守力量，但是由于受到变轻的海水的影响，水下仿生机器人和协战潜艇无法正常游动。而敌方的水下仿生机器人和协战潜艇却依然能够高速潜行，形势随即发生了逆转。"

"我们的对手很早就知道了海水会变轻，从一开始，应该就准备利用这一点了。"

"击退敌人的第一拨进攻时，仙境集团还有6个水下仿生机器人和15艘协战潜艇，这还不包括'伊索克莱克鲁'。但是，就在第二拨对阵中，我们几乎全军覆没。我不清楚现在对方还剩下多少人了，不过，最起码还有两个水下仿生机器人和一艘协战潜艇完好无损。"

"他们配备了火箭式推进装置，非常可怕。现在，我们只能祈祷，希望它们已经离开这里了。因为即使我还在巅峰状态之中，也未必有什么胜算。请求增援了吗？"

"当然，已经发出了请求。但是，目前已经没有任何援军了，我们已经没有水下仿生机器人和协战潜艇了。本来说的是派SSO前来把我救出去，但它现在停在距离我们1 000米的地方。因为它也无法断定接近这里是否安全。"

"这也是受到了'魔法'的影响吧。稍有不慎，说不定SSO就会沉到海底去了。它最多只能在水深200米处潜航，如果不使用鱼雷，根本就无法与敌人抗衡。SSO是指望不上了，我们只能依靠自己的力量，想办法逃出去。"

"怎么能够逃出去呢？"

"我们可以贴着海底跑出去。不过，按照我的经验来看，在变轻的海水中，最好不要勉强游泳，因为那样太浪费体力了。"

"我们能把使者们背出去吗？"

"背？使者们的块头大约有多大？"

"他们都藏身在卵状的大茧子里,直径有四五米长,总共有4个。"

"背不了。我们的机器人不像'达贡'号,没有那么多触手去携带他们,而且,即使能够背着他们走,一旦遇到敌人的袭击,我们就无能为力了。"

"那就是说逃不了了!但是,我们也不能把使者们扔在这里不管啊。"

"不,虽然这么说……"

我突然闭上了嘴,迅速地趴在泥地上。因为我察觉到,在我视野的一角,什么东西在移动。由于这是在扫描雷达的识别范围之内,我断定,它与我们相距几百米左右。

"'恶魔'们又回来了吗?"

科兹莫的声音,低得似乎在喃喃细语。

"好像是。他们之前一直在做什么?"

"也许是在寻找使者们。"

"应该是这样,毕竟,寻找使者也是他们的主要目的之一。他们刚才之所以放过了'伊索克莱克鲁',估计是因为火箭式引擎的燃料不足了。一旦发现可能要冒着耗尽燃料的危险,他们就会优先考虑完成搜索和杀害使者的任务。"

"不过,他们应该还没有找到使者们吧。如果还没有找到的话……"

"那他们肯定是在怀疑,怀疑我们知道使者们的下落。所以,他们最后决定,先解除我们的水下仿生机器人的行动能力,然后把我们拖到海面上去。"

"我们应该怎么办?"

"首先,你必须放弃挥舞棍棒作战的方式!你把使者们埋在哪个

地方了？"

"就在这里，在我们的正下方。"

"啊？这里的话，他们很快就会暴露的。"

"如果不这样守卫，我放心不下。"

"你的心情我非常理解，但是我们现在必须暂时离开。"

我保持着下蹲的姿态，悄悄地张开了水下仿生机器人的推进翼。我瞄准"泉"口喷出的水流贴了上去，利用水流的浮力，机体上浮了一些。刚开始的时候，我只是随着水流漂动，就像是顺着海底滑翔一样。漂到中途的时候，我尝试着扇动了一下尾鳍，但是水流还是显得很滑，一点也没有游动的感觉。这里的海水还是很轻啊。

"埋藏使者们的位置，我们不会找不到吧。"科兹莫担心地嘟囔着。

"没事。惯性航行装置会记录下我们所经过的所有区域。而且，过了这段时间，我们还可以使用浅地层剖面仪搜寻他们。"

"我们要去哪里？"

"我打算去'魔法'的影响力比较小的海域。"

突然间，好像有什么重物"嘭"的一声压在了我们操作的这个水下仿生机器人的背部。虽然是重重的一击，但是我们并没有感觉到"疼痛"。也就是说，并没有受到太大的损伤。

但是，"伊索克莱克鲁"的胸部还是重重地撞到了海底，整个机体嵌入了泥中，周围的悬浮物像烟雾一样升腾起来。可能这是"泉"喷发后沉积下来的岩石或者别的什么东西。

"使者们在哪里？"

声音透过机体传了过来，这是水中扬声器的振动传来的声音。

击中我们的机器人后背的并不是岩石，而是敌人的水下仿生机器人。我们已经远离了刚才我用激光扫描仪发现的那个水下仿生机器人，所以，这应该是另外一个。但是，我并未发现它。这种情况，才是最需要护卫潜艇帮忙的啊。

"使者们在哪里？快回答！"

我呼唤出装在我们背后的照相机所拍摄的图像，发现这是一个外形奇怪的水下仿生机器人。它的手中持着EMP捕鲸叉，居高临下地俯视着我们。无论怎么看，都感觉它不是采用骑马式的方式，而是采用单膝跪地的方式压在我们机器人的后背上。从它的外形来看，它既长有双手，又长有类似头一样的东西。一眼看上去，它像是仿人形机器人，但是外形又好像特别符合几何图形的特点。

我慢慢地举起右手，伸出食指，指向正前方。当然，我就是胡乱一指，与使者们藏匿的具体位置完全相反。冲着我所指的方向和位置，却有一个人影"嗖"地飞了过去，它距离我们约200米。

这是一开始我们发现的那个水下仿生机器人吗？但是，我总觉得二者有点不同。

"它不是'恶魔'，难道是？"一个声音从我的胸口位置发出——这是科兹莫的声音，我从这声音里感觉到了他的惊讶。

不等科兹莫把话说完，我灵机一动，立刻打开水中扬声器的电源，嚷道："使者就在那里。你看，他不是在动吗？"

虽然动作很轻微，但是我还是感到压在我背上的水下仿生机器人扭动了一下。一切都说明，我成功地转移了它的注意力。

机不可失！就在这一瞬间，我先在一瞬间突然卸掉全身的力气，然后又把力气都集中到了背部和腰部，向上小幅度拱了一下。我用这种方式将集中起来的全部力量通过对方的膝盖传导到了它的脖子附近，也就是说，攻击了它身体的中轴。这一招，就是施加合气。

敌方的水下仿生机器人哆嗦了一下，机体变得僵硬起来，腰也不自觉地抬了起来。被施以合气的人都会出现这种不可思议的反应。对于受控于操作员的脑电波和肌电的高性能水下仿生机器人,这种反应更是明显。

就这样,敌人的质量很自然地变得很轻,我们很轻易地就弹开了它。紧接着,我飞速拍打了一下推进翼和尾鳍,很轻松地摆脱了对方的控制。然后,我立即将两臂的"鱼鳍"转换成长矛,采用非常自然的姿势,站立在海底。

对方也调整好身姿,从正面恶狠狠地怒视着我。直到此时,我才终于看清楚了它的具体形状。

简单来说,这个机器人的外形就像一个五角星,或者说海星。当它站立起来的时候,看起来有点像人类,但其实它有5个凸起的角,而且每个角的形状都是一样的,并没有可以称得上是肩膀、躯干、腰部的身体构造,也没有装备推进翼和"鱼鳍"等部件。

"这是海星形机器人啊。今天,又看到了一个新的奇怪种类。"

将5个凸起的部位向5个方向伸直后,"海星"一边呈向前倾倒的架势,一边轻飘飘地在水中浮动着。它身体的中心好像是一台推进器,不过并不像使用螺旋桨的隧道式推进器,而是通过喷射某种气体获得反动力,从而实现了在浮力减小的海水里快速上升。

"你是说,即使没有助推器,它也能够采用火箭式推进的方式移动?"

也就是说,它与紧紧贴在"北美野马"船底的鲇鱼形水下仿生机器人属于同一类型,不过看上去,它又不像把所有的燃料都用在横冲直撞方面。这个海星形水下仿生机器人在我头顶50米左右的位置上展开水平移动,绘出一个"之"字形的移动轨迹。好像它在控制自己速度的同时,基本上能够完成某些复杂的动作。

我的脑海中突然浮现出星形UFO的形象。之所以浮现出这个形象,因为两者之间还真有相似之处。或许它根本不用考虑前进、后退、掉头等动作,因为它每个凸起的角之间都有一个推进器,也就是说共有5个推进器,因此,只要通过使用不同的推进器,就可以在转瞬之间改变运动的方向。

敌人好像是在采用不规则的动作来达到让我晕头转向的目的。这种情况下,如果我的眼睛一直追着它走,那肯定会上当的。我保持着自然站立的姿势,手腕自然下垂,紧张的双肩和双腿放松开来,静静等候敌人发起攻击。

我尽可能地将视线定格在一点上,即使对方绕到了我的背后,我也稳如泰山。这种情况下,一切都只能依靠直觉了。

我高度集中精神,极力去提高自己的注意力。正是在这种情况下,副司令的面庞以及他最后的话语都突然浮现在了我的脑海中。我拼命不去想,但这如同用手指去堵塞喷涌的水龙头一样,不但根本无济于事,水流的喷射反而更加强烈。

这种情况下,只能通过别的刺激来转移自己的注意力。我试着解除了头部的音响迷彩。大海中的各种声音如潮水般涌入我的耳中,终于冲散了我脑海中副司令的音容笑貌。

我之所以解除音响迷彩,并不单单是因为这个原因——对方可能采用了消音设备。因此,我解不解除音响迷彩其实没有任何意义。但是,解除音响迷彩之后,人类却偶尔能够听到一些本来无法听到的声音。

突然之间,我感觉脊梁有点发凉。只能说,我所感受到的只是一种迹象,或者说是袭人的杀气。但是,我绝对不能采取行动去闪避,我只能等到最后一刻才去反击,这就是后发制人!

我感觉到,流经肩部的潮流发生了细微的混乱。机会来了,我一直期待着这一刻。

千钧一发之际,我飞快地弯下腰,避开了敌人刺向我脊背左边的EMP捕鲸叉，然后迅速张开身体，用左手夺过对方刺空的捕鲸叉。几乎就在同时，我用右手托住敌人机体上凸出部分的根部，往上顶去。

我几乎没有使用什么力气，只是借着对方的余势改变了它的方向而已。但是，仅仅是这样，这个海星形水下仿生机器人仰面朝天地摔倒在了地上，然后在泥上接连打了几个滚。由于火箭式推进器的使用方法不当，它自我毁灭的方式也肯定会格外壮观。

它终于停止了滚动。就在它要重新站立起来的那一瞬间，我抓住时机，瞄准推进器的喷气口，用两支长矛狠狠地插了进去。"砰"的一声，喷气口的周边发出一阵绿光，5个凸起的部分耷拉下去了。紧接着，这个海星形水下仿生机器人突然变重了。

我拔出长矛，向后退去。被击毁的水下仿生机器人趴倒在海底，真的太像一只巨大的海星了！

我正准备松口气，就在此时，背后传来了轻轻的叩击声。我条件反射般飞身跃过海星形怪物的"尸体"，顺势打了一个滚（柔术中的一种闪避招式），消除了前冲的余势，然后在海底摆好了格斗的姿势。此时，水下机关枪发射的弹雨倾泻在了我的面前。

我突然想到，这是因为海水的质量变轻，导致消音设备无法完全发挥作用。天助我也！刚才我之所以能够察觉到海星形水下仿生机器人的进攻，肯定也是得益于这个原因。

正是因为海水的浮力、黏性、摩擦力大大降低，我现在才能够如此轻快地转动身体，甚至能够像在道场里练习时那样充分施展自己的武技。"祸兮福所倚，福兮祸所伏"，说的就是这个道理吧。

协战潜艇在用水下机关枪向我扫射，它像喷气式战斗机一般飞速地转头，再一次朝我逼近——不愧是配备了火箭式助推器，速度如此之快。正是因为知道借助推进翼和鳍无法游动，所以我从一开始就没有指望能够操作水下仿生机器人快速逃走，而是选择了贴着海底行走的方式。

突然之间，我想起了在"逃生"游戏中的海岸边看到的景象。在那里，两个很像"主神"号和"达贡"号的水下仿生机器人采用站立姿势在决斗。当时，我还觉得这非常不现实，但现在我却在做着同样的事情。当时我所看到的情形也许就是给我的一种暗示，暗示我也会遇到同样的情况。

协战潜艇依然对我穷追不舍，除了不停地向我扫射之外，还向我发射了小型鱼雷。我操作的机器人采用的只是喷水式推进方式，而不是对方这种火箭式推进器，二者之间的差距实在是太大了。而且，这艘协战潜艇自身的速度与我之前所见到过的完全不可同日而语，我根本无法按照之前的作战方法去应对。

一旦被它发射的鱼雷击中，目标应该会在很短的时间内爆炸——采用火箭式推进器的协战潜艇速度很快，可以在很短的时间内撤退到安全距离之外，以避开冲击波的冲击。

面对如此猛烈的进攻，我只能用手上的长矛一个个地破坏掉这些鱼雷。这种形势下，我只能是被动地招架，根本无法主动反击。

不过，只要我的防守严密，敌方不久就会耗尽燃料和弹药。那时，我们就能决出胜负了。

而且，防守也并非都是坏事。虽然会很疲惫，但至少在这段时间内我能够暂时忘却失去副司令的悲伤。

但是，很快我就发现，在这泥浆上所展开的攻防战中，情况并不容乐观。因为，又出现了一个五角星形水下仿生机器人——它很有可能就是我最早发现的那个水下仿生机器人。

与刚才那个一样，这个五角星形机器人也像 UFO 一样气势汹汹地逼了过来,到了近处之后,呈"大"字形平躺在海底。由于又多了这个巨型"海星",所以我并没有打算爬起来。就在我思考着应该如何对付它时,它利用推进器又上浮了一米左右,保持着这种超低高度滑翔着冲了过来。它可能是想要铲倒我吧。

这种作战方式出乎我的意料,也让我感到无所适从。如果只是一对一,我想我能够死死地踩住它,让它无法动弹。但是现在,我的头顶还盘旋着一艘协战潜艇。我的身体一旦失去平衡,一切就完了。眼下这种情况,我只能闪避。

我还是坚持防守战术,但现在的我不得不同时戒备头顶和脚下两个方向的敌人,而且,一旦我显出要攻击其中一方的迹象,就会遭到另外一方乘虚而入式的攻击。可以说,现在的我完全陷入对方两面夹击的困境之中了。

一旦我跳起来逃过了五角星形水下仿生机器人的攻击,协战潜艇发射的小型鱼雷就会迎面袭来;我好不容易才破坏掉这颗鱼雷,那个巨型五角星形水下仿生机器人又会马上改变路线逼上来,同时弹雨也会从另外一个方向倾泻而来。我不由得手忙脚乱起来!

"科兹莫,对不起!情况很危险!"我实在顶不住了。

"逍,快飞起来,尽可能往高处飞!"胸口传出来的声音竟如此有力,"龙来了,它来救我们了!我的祈祷成功了!"

"什么?!"

"那个生物,真的是'卡恰乌帕蒂'派过来的。"

根本没有时间去理解科兹莫所说的话了,我用尽全力拍打着推进器,摆动着尾鳍,但是上升的速度竟然是那么慢。我现在的这个样子,与那些想要飞上天的企鹅应该有一比吧。

五角星形水下仿生机器人位于我的下方,所以,当我向上冲时,不用担心受到它的攻击。但是,协战潜艇就在我的上面,上浮的举动无异于自投罗网。它连续发射的 3 颗鱼雷，从 3 个方向向我迫近，3 条攻击曲线！这种情况下根本无法闪避，我绝望地闭上了眼睛！

突然，我感受到那种乘坐高速电梯时才能感受到的巨大的加速度，觉得自己连同身边的海水被一只大手"捞"了起来。那速度之快，甚至让我怀疑自己会不会就这样被带到天国去。

睁开双眼一看，发现自己乘坐在什么东西之上，身下产生凹凸不平的触感。在"伊索克莱克鲁"的水下灯光照射下，它的表面映射着刺眼的光芒：那是由无数的玻璃片不规则地堆积在一起而形成的，它的背上排列着一排特别巨大的像冲浪板一样的凹凸物。

"利维坦！是你啊！"我紧紧地贴在它的背上，大叫道。

"龙承担着保卫使者的任务。我们之前与它和好，真的是太好了。"情况如此危机，科兹莫还是非常镇定，好像龙的到来是它理应做的一样。

我感觉到手脚再一次被紧紧地压在龙那凹凸不平的背中。原来，它正在急速转弯。它应该没有配备火箭式推进器，也没有摆动翅膀，但在受到"魔法"影响的情况下还是能够自如地遨游。

令我吃惊的是，在追击过程中，我们与协战潜艇之间的距离正在逐渐缩小。也就是说，利维坦的速度比火箭式推进器的速度还要快得多。我不清楚它的速度究竟有多快，但是我感觉得到，虽然海水的质量变得很轻，而且非常光滑，但阻力非常大。

协战潜艇不停地重复着急转弯与加速上升的动作，似乎想摆脱我们的追击。也许潜艇的操作员已经陷入了极度恐慌之中。但是，由于利维坦的运动功能远远胜过潜艇，所以，潜艇的这些动作不但完全没有任何意义，反而加速了它被追上的命运。

说时迟那时快，我们追了上来，协战潜艇的垂直安定板就在我们的正下方。利维坦伸出它那带有钩爪的前肢，猛地一把抓住了协战潜艇的艇首两侧。

坐在利维坦背上的我伸出一只手,将周围的鳍团成长矛,插进协战潜艇推进器的附近。刺第一次的时候,我不知道 EMP 捕鲸叉是否发挥了作用,就变换位置,又刺了第二次、第三次。可以如此从容地进行攻击,这种机会真的是太难得了!

感觉到应该已经彻底解决了问题之后,我松开手,重新抱住利维坦背上的凹凸物,坐直了身体。利维坦也松开了钩爪,协战潜艇头部朝下,垂直地栽向海底。十几秒过后,它就深深地插入了泥浆之中,呈倒三角形状,化为了一座外形奇特的墓碑。

"太棒了!我骑着龙杀死了一个'恶魔'!这一切真的就像做梦一样,或者说是在神话中。"我一边俯视着海底,一边嘟囔着。

"'伊索克莱克鲁'是古代的英雄,就是神一般的存在!"科兹莫夸张地说道,"与我们刚才的战斗实在是太契合了。"

"可能是很契合,不过,不知道为什么,我并没有感到这是真实的。"

"不好,还有别的'恶魔'!"

前方 200 米处,激光扫描仪捕捉到了星形物体。毫无疑问,应该是海星形水下仿生机器人!现在它与我位于同一高度,应该是放弃了贴着海底滑翔的方式。我原来以为,它不会像协战潜艇那样四处逃窜,而是持着 EMP 捕鲸叉做好格斗准备。

它向水平方向瞬移,然后突然改变了路线,这是这类机器人擅长的"之"字形潜行战法。

看到这种情况,利维坦放慢了速度,拍打了一下翅膀,停在了水中。在双翼一动不动的情况下,它居然能够静止在海水中的一点上,既不上浮也不下沉,真的是太不可思议了!

利维坦转动着长长的脖子,紧紧地盯着"海星"那令人眩晕的动向。它采取的对策非常正确，而且眼睛移动的速度一点也不落后于那个水下仿生机器人。在这么漆黑的海水中，普通生物自然是什么也看不到的。而且，我认为，利维坦也没有配备激光扫描仪，我完全不清楚它是依靠什么感觉来捕捉敌人的。

也许是因为找不到任何机会，海星形水下仿生机器人暴怒起来，径直地向我们冲了过来。它的攻击位置正好位于利维坦的脊背中部，利维坦的钩爪因此失去了用武之地。

我单手持着吸附式水雷迅速地站了起来。与满布泥浆的海底相比，站在利维坦的背上反而更稳。我站在它背部的凸起物上，沉下腰，扎好马步，做好了迎击的准备。因为，敌人攻击的目标，最终是我。

在视野中的一角，我观察到EMP捕鲸叉从斜上方刺了下来，而我所盯着的一直是敌人的头和肩部。

不能被敌人的手所迷惑，而应该用"气"去感受敌人的整体情况！这是罗伯鲁特·贾鲁西亚副司令一开始就教导我的。一想到这句话，我的胸口不由得一阵刺痛，就像鲜血顺着心脏上裂开的伤口喷溅而出那样。

海星形水下仿生机器人已经冲到了我的眼前。但是，现在还不是最好的时机，还要继续等待！如果这是在道场的训练，副司令一定会在一旁紧紧地盯着我进行指导。虽然副司令平时很严厉，但是那眼神中透着温暖……

但是，因为这些"恶魔"，今后我再也无法在道场里接受副司令的指导了。

我的眼眶一阵发热！我紧紧地咬住嘴唇，咬得嘴巴都痛了。

"逍，你怎么了，怎么如此悲伤？"科兹莫小声说道。

"闭嘴！"

终于,对方的"肩膀"动了起来!我将腰部的力量传递到手腕上,迅速隔开了敌人刺过来的捕鲸叉。同时,我攥紧那只抓着吸附式水雷的拳头,采用贴身攻击的招数,狠狠地砸向海星形水下仿生机器人的中心部位。

但实际上,我原本只是计划将吸附式水雷贴到对方机体上面之后,就立即张开身体闪避到旁边去的,现在我却这么狠命地发动了攻击。为什么我会这么做呢?我自己也不明白。

回过神时我才发现,我的拳头已经击碎了敌方的装甲,深深地嵌入了对方的机体之中。我从来没有想象过,自己的破坏力竟然如此之大!

我匆忙扔下水雷,缩回了手,脚用力一踢,顺势与利维坦一起远离了这个水下仿生机器人。刚刚拉开一段距离,"砰"的一声,爆炸声就在我的耳边响起。海星形仿生机器人身体上的一个凸起物完全被炸飞了。

"糟了。"

这是我第一次遇到吸附式水雷在机器人的机体内部而不是表面爆炸的情况,希望爆炸不会对驾驶舱造成致命的打击。

海星形水下仿生机器人一动也不动了,它那倾斜的机体滑向了海底。在下坠过程中,它曾经一度面部朝上,但很快身体又翻转过来,最终就像一只海星横趴在了泥地上。

之前我还担心水雷会不会引爆火箭燃料,可种种迹象表明,它的燃料已经耗尽了。这也许是它最后只能选择向我们猛扑过来的原因吧。

我的耳边仿佛传来了副司令的叹息:"你为激情所驱使,尚未看破世事啊!本来你大可不必赶尽杀绝的!"

2

澎贝岛的上空，低垂的雨云密布，令人感到无比压抑。这样的天气，非常适合悼念死者的亡灵！在我的印象中，在澎贝岛上，一年之中，一半以上的天气都是如此。此刻，索克斯巨岩的顶上肯定也是白烟缭绕。

安装着开合式桅杆的"南马都尔"号，现在停泊在距离澎贝岛5 000米左右的海域。人站在它的露天甲板上，就会感觉到自己的头顶几乎要撞到天空了。

一切都被昏暗的色调所涂染，但是，气氛也并没有让人感到那么沉重。也许这是因为厚厚的云层之间还存在着很多空隙，透过这些空隙，还有微弱的阳光照射下来的缘故。

绿林的边缘羞涩地反射着光芒；喜好吸食花蜜的鹦鹉们在喧天地吵闹；尾巴细长、身材苗条的白尾鹲在珊瑚礁的上空翱翔，描绘出行行白色的轨迹。

我一边像嚼口香糖似的嚼着槟榔——这是科兹莫送给我的，一只手上拿着"iFRAME"，在屏幕上画着画。已经很久不曾拥有这般悠闲的时光了！

过去的这半年时间里发生了太多事情，而且现在可能还在发生之中。我走过的路程加起来足足可以环绕地球一周了，而且还几乎同时参加了北极与赤道附近的战斗。这种情况下，我的头脑竟然还能保持正常，这一点连我自己都颇感意外！不过，也有可能我的头脑已经有点不正常了吧。

幸运的是，普瓦鲁卡斯最终没有落入提亚玛特之手，那里的"泉"已经停止喷涌；"阿勒宿普蔚塔塔"的出口也已经关闭，我也不清楚它下次的开启会是什么时候。

那些"使者"已经由科兹莫和兰马鲁克人平安地带回了"卡尼姆韦索";那些蓄积了"魔法"的"奥利西帕之角"也几乎全由仙境集团的采矿船打捞上来,其中的一部分已经交给了以长池博士为首的科学家们,由他们进行研究分析。

在巴芬湾紧急上浮的"北美野马",其位置坐标经由互联网在全球范围内被迅速公开,而且,面向各国的主要媒体、影响力巨大的记者及评论家,与军事和核能相关的调查及研究机构,仙境集团也迅速发布了消息。

不仅如此,仙境集团还尽了最大的努力,提前在加拿大、美国及北欧秘密包下了很多船只和飞机,接送那些提出要求的记者和研究人员前往现场参观。估计仙境集团这次是下了大本,动员了所有的海洋漂民或者原海洋漂民,并动用了所有的关系吧。

得益于如此不计成本的投入和大规模的宣传,当美国海军匆忙抵达现场时,核潜艇的甲板以及周围早已布满了人。而且,发射弹道导弹的发射筒也舱门大开,里面没有一枚导弹。这一事实也已经大白于天下。

天空中,几十架民间人士操作的小型无人机在核潜艇的上空盘旋;海洋中,以无人哨戒艇为首的仙境集团的十几艘无人艇围着核潜艇巡弋。如此严密的监视之下,其他军事人员根本无法靠近这匹"北美野马"。当然,这些无人机和无人艇所拍摄的影像也实时地发送到了全球的各个角落。

之前,我通过蜘蛛形机器人的"眼睛"所看到的那个谜一般的女人,如同幻影一般消失不见。现场只剩下一艘空空荡荡的核潜艇,至少表面上如此。

发电机控制室的后部有一个逃生出口,我估计她应该是从这个出口逃走了。这种猜测应该是可以成立的，虽说核潜艇停泊在海峡中，但它毕竟位于宽达300公里的大海之中，根本无法做到严防死守。她逃离"北美野马"，究竟采用的什么方式？会逃往哪里？这一切都是谜。

但是，这并没有消解全世界对以仙境为首的海洋漂民集团的疑虑，"核潜艇盗贼"的污名依然没有得到清洗，美国海军等方面仍然坚持自己的主张。而且，尽管事情已经过去近一个月了，时至今日，西海岸的港湾依然对我们保持封锁状态，与仙境集团有关的某些人士开设在美国的银行账号也依然处于冻结状态，相关制裁还没有解除。

但不管怎么说，情况还是有了一定程度的好转。事件之后，各种"真相"说如雨后春笋般出现，谣言满天飞。"为了颠覆全世界，海洋漂民集团盗取了核潜艇"这一说法，只是其中的一家之说。因而，仙境集团也不再是唯一的怀疑对象和攻击目标了。

现在，"北美野马"已经重新回到了美国海军的手中。虽然也有少数人怀疑只是"北美野马"的弹道导弹被窃走了而已，但是，绝大多数人还是认为这很不现实、很不合理。就此，由于美国海军也并未做出合乎情理的解释，因此"美国海军自导自演"说也悄然出现。

总之，现在针对海洋漂民的威胁已经不复存在，在网络上连篇累牍发表仇恨言论的网民也突然间销声匿迹了，那些别有用心的舆论操作者也停止了炒作。于是，当我再次进入"虚拟海洋"时，也没有人再向我掷鞋子了。

"你还真的在这儿啊，在做什么呢？"

我停下手头正在绘的画，正在远远望着那只游到桅杆附近的蠕龟。突然之间，传来了这熟悉的声音，打破了我的独处。即使不回头去看，我也知道是谁！其实，她来这里找我，早在我的意料之中。

"哎，副司令的肖像画，是吗？绘画技术不错嘛！"

我没有回应，而是继续作画。这幅画虽然已经基本完成了，但是为了显示"不要打扰我"这种态度，我还是装模作样地修改了几下。不过，这对安云蕾拉根本不起作用，因为她本来就是那种不拘小节的人，对这种事情，肯定是视而不见。

"我难得表扬你一次，你还装模作样啊！"她捅了捅我的小腹。

我只能放下绘画的手，说："谢谢您的夸奖，能得到您的夸奖，是我的荣耀！"

"你不出席副司令的追悼仪式，而是一直躲在这里画画？"

"我在以自己的方式悼念他，没有必要出席追悼仪式。"

"你是在借助这种方式表达对盐椎司令的抗拒吧。我理解你！副司令的死，出自他的决定。不过，谁也想不到，'奥克隆'竟然有自爆功能……"

"这件事，不要再说了！"我的声音，不由得提高了几个分贝。

"对不起！"

蕾拉垂下了头。对于她来讲，这种举动真是太少见了！我将画好的画设定为桌面壁纸，然后关上了"iFRAME"的开关，放到了胸前的口袋中。温和的海风吹拂着我，似乎将海上的湿气吹到了我的心中。

我回想起当时自己发疯一般寻找副司令时的情景：受到EMP捕鲸叉攻击的"主神"号机体功能恢复了五成左右。我操作着它，在冰冻的北极圈的深海底部爬行，进行了地毯式搜索，一寸一寸地搜索！

当时，我还抱有一丝期待，期待副司令还活着。在"月神"号抵达之前的那几个小时里，我并不是坐等救援，而是积极展开搜救。我担心副司令身受重伤或者发生了别的什么情况，想着搜救作业越早展开，他生存的概率就越高。

我最先发现的是"奥克隆"专用的 EMP 捕鲸叉。它的长度是"赛德娜"等所使用的 1.5 倍，两端还带着尖头。捕鲸叉就插在泥地上，周围还散落着"奥克隆"的前肢腕部，以及推进翼的碎片。

继续搜索后，我终于发现了操作舱所在的机体躯干部分。但是，里面并没有副司令的身影。我整个身体贴在海底，手脚并用地拨开泥土，又发现一件贝壳连体衣。虽然这件套装已经被炸得不成样子了，但还是一眼就能认出来，这是副司令的。但是，当时的我非常痛苦，根本没有勇气去确认套装内的情况。

我被"月神"号救到船上之后，听战地救护班的人说，副司令应该是当场就牺牲了。如果再晚几个小时的话，他的遗体很有可能被海星和螃蟹吃掉。

"月神"号抵达之后，担任护卫的 AUV 马上展开了对"妈祖"和"达贡"的搜救工作。最早发现的是"妈祖"，虽然机体还算完整，但是应该无法修复，再投入战斗了。

不可思议的是"达贡"号！被炸后，它的触手以及前、后肢都飞落到了海底，四散的范围非常大。我们也找到了它的躯干，发现其操作室所在的胸腔部位的舱门已经深深地凹陷下去了。

这种情况下，按说操作员不可能平安无事。但是，当把它的躯干部分翻过来检查之后，我们发现它的背部开了一个小洞。这个洞原本是不存在的，应该是被炸后，操作员强行暴力打开的，很有可能是用触手戳破的。

洞一直延伸到了操作室内，我们放进去一架小型摄影机仔细搜寻，发现里面什么都没有。我们不但扩大了搜索范围，而且还掘"泥"三尺，但都没有发现对方的贝壳连体衣。

也就是说，库托鲁夫很可能已经逃了出来，躲藏到了什么地方。如果真是这样的话，他真是一个可怕的对手，不但运气好得惊人，而且意志非常顽强！也许，他才是真的"恶魔"。

"道，我决定请一个长假。'赛德娜'号现在已经被拆开，正在运输途中，还在大西洋上漂着，我也无法再执行任务了。偶尔还是要让自己放松一下呢。"蕾拉的肩膀触到了我的手腕。

"很好啊！"

"好久没回关岛了，我想回去一趟，去见见老朋友。而且，听说密克罗尼西亚政府会给我签发一本假护照，这次我可以大摇大摆地到处走了。"

"政府给你签发假护照——有意思。"

"怎么样，你不跟我一起去吗？"

"什么，我？去关岛？"

"是啊！偶尔去度度假，不是挺好的吗？而且，我的朋友们也都是很友善的人啊。"

"这——首先谢谢你的邀请。不过，我还是不去了。我并不打算休这么长时间的假，而且，就是在这几天，我还要出去一趟。"我的心情开始不平静了，搓着双手。

"你要去哪里？"

"嗯——这个嘛——"

"什么这个那个的！你到底要去哪里？"蕾拉冲着我，一步步靠了过来，"你不会是准备辞职不干了吧？"

"辞职？你是说辞掉现在的这份工作吗？"

"是的，你不会准备辞掉这份工作，离开仙境集团吧。"

"不不不，不是的！"我摇了摇头，说道，"现在这个阶段，我还没有这个打算。"

虽然嘴上这么说着，其实我的内心还是掀起了波澜。离开仙境集团，转入别的集团；或者像矶良一样，独自一人去流浪……这些计划，虽然我并没有打算现在就付诸实施，但在脑海中，这是我经常筹划的事情。

我觉得，蕾拉已经看穿了我内心的想法。

"那么，为什么不敢说出来，你要去哪里呢？"蕾拉并没有罢休。真是一个难缠的家伙！

"没有啊，我并没有隐瞒什么……好吧，我告诉你，我告诉你之后，你就别再追问了。"

"你要去哪里？"

"冲绳、那霸，我也要去会会老朋友，很快就会回来的。好在'主神'的机体正在自我修复中，我想，在你休假期间，你的任务我可以帮你分担呢。"

"你说的是真的？"蕾拉双手叉着腰，眼睛眯成了一条缝。

"当然是真的了啊！你别再盯着我啦。"

蕾拉的脸凑得更近了，她的下巴快要蹭到我的胸口上了。她本来叉在腰上的手不知道什么时候绕到了我的背后，贴在了我的背上，我不由得挺直了腰板。这时，蕾拉缩回下巴，把头靠在我的肩上，她那金黄色的头发散发着缕缕玫瑰花香。

"你……怎么了？"

"这次我相信你所说的。但是，我总觉得你会去遥远的地方。"

"我？要去遥远的地方？"

"是的。我总感觉，你要去很远很远的地方。"

"哪里会，我没有这样的打算，根本不会的。不对，应该说，是

现在这个阶段，并没有这个打算。"

"幸彦牺牲了，副司令也牺牲了。你别丢下我一个人！"蕾拉抽泣了起来。

"不会呢，怎么会是你一个人呢？翼库鲁逸不是还在吗？而且，很快就会分来新人的。"

"我是说，你不要离开我！"

"好啦，好啦，我知道了！"

现在的蕾拉，看起来完全就是一个倔强、寂寞的少女。这是不是她用来操控男人的演技？不过，即使是被她的这种演技所骗，我也心甘情愿。我情不自禁地一下子抱住了蕾拉。

"好啦，没事啦。"

"你的反应也太慢了——再抱紧点儿！"

"嗯——像这样吗？"

"再抱紧点儿！"

"再紧点儿——是这样吗？"

"即使真的有这么一天，你真的要去遥远的地方，你一定要告诉我！"

"嗯，一定会的。"

"要是你一声不吭就离开，我一定会追到你，哪怕追到天涯海角。我一定会扭断你的脖子的。"

"太可怕了吧。不过，从你口中说出来，一定不是开玩笑。"

"我绝对不是开玩笑！你最好做好心理准备！"

蕾拉的头动了一下，她的气息吹到了我的脖颈上。接着，一个柔软的东西贴到了我的脸颊上。当它移开之后，我的脸颊上还残留着一丝湿润的触感。

"我们已经说定了哦！"蕾拉在我耳边呢喃道，然后放下了搂在我背后的手，我也随之松开了她。

她从我松开的手腕中钻出来后，意味深长地笑道："再见！好好去享受你的冲绳之旅吧！"

她转过身，快速走向桅杆的出口。等我回过神来的时候，才发现又只剩下我一个人了。一切的一切简直又是一个白日梦。不过，令我意外的是，我的臂弯里，那纤细的肩膀所留下的感觉，仍然是那么真实，让人难以忘怀。

"我们……说定了？"我把手贴在脸颊上，自言自语道。

但是，刚才的对话内容我已经记不清楚了。我的脑海中好像有一团火在燃烧，让我产生了晕晕乎乎的感觉。

3

时隔半年，我再次来到了冲绳本岛。这里与澎贝岛一样，毒辣的太阳光炙烤着一切。虽然我已经适应了酷暑天气，但是与澎贝岛相比，这里却是被柏油路和钢筋水泥所覆盖的城市，几乎没有可供乘凉的树荫，热得更加让人难受。

与上次一样，我先乘坐连接总部位于密克罗尼西亚的仙境集团与总部位于冲绳的尼拉集团之间的不定期航班到达冲绳，然后乘坐熟人的渔船，从系满渔港偷渡入境。从那霸机场到漫湖的海滩之间，有很多地下组织从事这种非法运输，东巴庄园就是其中的一个。

也许是因为临近市议会或者州议会的选举，也许是因为围绕仙境集团与尼拉集团的关系这一问题，冲绳当地政府与日本中央政府之间的斗争加剧。虽然针对海洋漂民集团的攻击和敌意暂时有所减

缓，但是将来会如何发展，这一问题直接关系到冲绳的未来。

终于来到了久违的东巴庄园前，我放松了下来，甚至一下子忘记了酷暑。但是，就在这时，一阵不祥的预感袭来，因为我感觉到它现在不像是在营业中：整个建筑上蒙着一层薄薄的灰尘；虽然裂着细缝的招牌还竖在那里，但平时基本保持着敞开状态的玄关门现在却紧闭着，完全没有住客进进出出的迹象。

而且，"虚拟那霸岛"上的虚拟东巴庄园也早就不复存在了，那是我从北极圈返回密克罗尼西亚的途中，为了消磨时间，试图连接登录时才发现的。由于它只是一个虚拟空间，所以可以毫不费事地废除它。在虚拟世界中，东巴庄园的原址现在成了一处空地。

潘东的水中合气柔术道场也处于封闭状态。虽然目前还没有消失，但是今后它的命运将会如何？对此，我也无从知晓。

"城门失火，祸及池鱼"，难道对海洋漂民的迫害风潮也波及了他们？无论如何，我都认为，迫害风潮与虚拟东巴庄园的消失，这二者之间不可能不存在关联。我很想弄明白究竟发生了什么，但是我完全联系不到西丽拉这一同乡会组织的任何成员，自然也包括风子。

正是因为这个原因，所以我才决定，必须亲自前来现实中的东巴庄园进行现场调查。在来这里之前，我也曾经打电话进行过确认，但一直没有人接听。不过，当时我并没有放在心上，因为这样的廉价小客栈自然不能要求它提供什么周到的服务，没有人接电话也是再正常不过的事情。但是，我怎么也没有想到，它居然关门了。

"不好意思，打搅一下。这家旅店关门歇业了吗？"刚好有人路过这里，为了保险起见，我向她确认道。

过路的这名中年女性停下了脚步，望了一眼东巴庄园，说道："你问这个啊……这家店上个月就关门了。据说开店的老婆婆因为年纪大了，就回冲绳市，与她住在那里的孩子们一起生活了。这个地方估计很快就会被拆除了。"

"这样啊，谢谢您！"

望着她离去的背影，我无奈地叹了一口气。专门来冲绳一趟，得到的却是这样的结果，难道我真的束手无策了吗？

东巴庄园是西丽拉的一个交通站，西丽拉与矶良的过去密切相关，而矶良的足迹，又与我的过去和未来交织在一起！我实在不甘心失去这个机会，心想：里面会不会留下了什么线索呢？

我仔细观察了一下，玄关的拉门质量不好，关得不严，留有一条细缝。这个门估计没有上锁！确定周围没有人之后，我把手探进这条细缝中。

我用力一推，拉门就发出了"吱吱嘎嘎"的声音。当拉门拉开到 30 厘米左右的时候，我又回头望了望，再次确认周围没有人后，就立刻溜了进去，然后又谨慎地合上了拉门。整个房间灰尘密布，土腥气扑面袭来。

走廊的瓷砖上也积了一层薄薄的灰尘，原来摆放在这里的拖鞋似乎都被收起来了。之前，我们就穿着这些拖鞋"踢踢踏踏"地走过这条走廊。我犹豫了一下，最终还是决定就这么穿着凉鞋直接踏了进去。

房间内的变化并不大，大厅里的旧沙发、桌子、书架还是原样摆放着。只是，原来摆放在厨房里的冰箱和微波炉等家电都被搬走了。这家店的主人——那位老婆婆的房间也空荡荡的，什么都没有留下。

走廊里，贴满了照片、宣传单和便条的告示牌和白板仍然挂在原来的地方。密密麻麻地贴在上面的这些东西，有些已经旧得泛黄，有些还比较新。我站在前面，搜索着风子等人的消息。

令人怀念的心情油然而生。照片中有几个是我的熟人，他们有的在笑着，有的在做出"V"形手势。风子也在里面。但是，照片中并没有她的住址线索。其中还有一些照片，只要在上面轻轻一点，就会播放所录制的简短录像或者录音。所以，只要一看到风子和她的朋友们一起拍的视频，我就会点开里面的内容查找，遗憾的是，都是一些没有什么价值的消息和对话。

突然，我注意到了一个贴在告示牌角落里的便条。这张便条，是写在撕成小条的宣传单背面上的。我觉得这个便条应该是最近贴上去的，上面写着："我来寻找海幸。温迪。"此外，后面还附有一串字母。粗粗看上去，似乎没有任何价值，但仔细观察就会发现，这串字母，只是从 A 到 J，应该是对应着 0 到 9 之间的数字。很有可能是一串简单的密码！

我取出"iFRAME"，输入了上面对应的数字，然后拨打过去。

"你好！"

"啊，是温迪吗？我是海幸。"

"你是宗像逍啊，太好了！你看到便条了吗？"

"看到了。我现在在东巴庄园，一个人溜进来的。"

"明白了，我立刻赶过去，你在那边等我一下吧。我赶过去，估计连 10 分钟都不用。"

"好的。那我在这里等你。"

挂了电话之后，我长长地松了一口气。还以为已经是山穷水尽了，没有想到却是"柳暗花明又一村"，竟然这么简单地就与风子取得了联系。虽然偷偷溜进来有点不合情理，但幸亏自己进来了！

我在沙发上坐下，扫视着住客们留下的杂志和书来消磨时间。很快地，门口就传来了拉门发出的"嘎吱"声。这时，距离我打完电话才不过七八分钟。

终于又见到了风子！不知道是不是因为房间光线昏暗的原因，看上去她比以前更黑了。不过，除了这个之外，她几乎没有什么大的变化。想想也是，分别之后，才仅仅过了半年而已，自然不可能会发生太大的变化。

"海幸！好久不见！"

"你看上去很精神啊。是不是瘦了点？"

"是啊，瘦了两三公斤吧。可能是因为最近太忙了。"

"是吧，辛苦了。你这次来这里，是得空了？"

"得空了，只是也不能久待。"

"见到你真是太好了！我们上次分手之后，发生了太多事情。麻劫猛那件事，只不过是开端而已。"

"是啊，应该只是开端。我一直在想，如果那件事是鱼人的人权保护团体所做的话，那这半年左右，这些团体肯定承受了很大的压力。"

"事情正如你所想象的那样。你也知道，西丽拉只是一个羽翼未丰的同乡会而已，结果却被当作激进组织，甚至恐怖组织来对待。其结果是，几乎所有的成员都不得不改变了联络地址，或者转移了活动据点。作为联络点的这个东巴庄园也受到了影响。这家店之所以关门，其中的一个原因，就是因为我们不再利用这里了。"

"原来是这样啊！不过，能够再次见到你真是太好了！虚拟东巴庄园消失了，潘东的道场也关闭了，一时之间，我都不知道该怎么应对才好了。"

"对不起！我也很想联系你，但是事情一直没有处理好。"

"没关系。这次我来找你,目的只有一个,就是希望大家能够接纳我成为西丽拉的正式会员;实在不行的话,接纳我成为预备会员也可以。总之,就是希望你们能够承认我是大家的同伴,然后出具一个证明这种关系的材料。我们相识时间并不长,贸然提出这个要求,我自己也感觉不是很合适。但是,从目前发生的事情来看,情况变化得实在是太快了,我没有时间再这么拖延下去了。"

"如果我们给你出具了这个证明,你打算用来做什么呢?"

"我想拿去给幸彦的'灵魂'看看!他的部分过去以及他所思考的一些问题中,有些是他的秘密,一直都不愿意告诉我。而他告诉我的唯一条件,就是我已经取得了西丽拉成员的信任。我想把这个证明拿给他看。"

"这样啊!这就是你借幸彦的虚拟卡通人接近我们的原因?"

我点了点头。

"我知道,本来只有认同西丽拉的宗旨才能成为会员。但是对我来说,只有加入西丽拉才能知道幸彦的过去,而这对我来讲实在是太重要了,因此我才申请加入的。所以,我的动机并不纯,对此我感到十分抱歉。"

"我明白了。现在,我带你去我们的新据点吧。这个据点只是暂时的,除了我之外,那里还有另外几个人。我们到那里一起聊聊吧。"

"谢谢你!"

"我有一肚子的话要跟你说呢,只是这里灰尘太多了,实在是不合适。"风子苦笑道。

"确实是!那我们走吧。"

正当我要从沙发上站起来的时候,门口又传来了门被拉开的声音。紧接着,走廊里又传来了几个人的脚步声。我和风子惊愕地面面相觑：还有谁会来这里呢？

两个人出现在大厅，手中拿着枪形武器。从装扮来看，他们很像特警队的警员，胸前、手上和脚上都穿着护具，头上戴着头盔，整个眼睛也罩在护目镜内。因此，单从外表上，我看不出他们的性别。

在这两个人的身后，站着一位身着西装的男人。他戴着眼镜——应该也是一台终端设备，下巴上留着胡子，年纪应该在50岁上下。我也一度认为他可能是便衣警探，但综合整体情况来看，他更像大学教授或者大型企业的高管。

我与这个男人隔着中间两个男人，相互打量着。

只见他缓缓地抬起右手，用食指指着风子，用低沉的声音命令道："你就是'俄刻阿尼得斯'[①]？跟我们走一趟，最好不要反抗！"

我一脸茫然，皱着眉头从侧面看着风子的脸。她刚才那副亲切的表情已经荡然无存，整个脸看起来就像是一副面具。估计她也是因为受到惊吓，所以才表情僵硬起来的。但是，我总觉得这副毫无生气、冰冷的面容，我肯定在某个地方见到过。

"你们两个，去逮捕她！"

陌生男人用严厉的语调发布了命令。那两个穿着像特警队员的人一步步逼近风子。他们手中的枪形武器分别瞄着风子的头部和胸部。

"你们——这是怎么回事？是不是搞错了？！"我忍不住了，用低沉的声音问道。

"你离远点，我们不想伤到你。"那个男人的一只手，做出了阻挡我的手势。

[①] 希腊神话中提坦神俄刻阿诺斯和忒提斯的3 000个女儿之一，也被称为宁芙女神。

"你们——是警察,还是——"

我话音未落,风子动手了。两个队员手中的武器一个被她一脚踢飞,另外一个被她用掌刀劈落。那迅雷不及掩耳的攻势、行云流水一样的身法!很明显,风子绝对不是外行。她所采用的应该不是合气柔术,而更像是中国的拳法。

风子撞倒了那个穿西装的男子,沿着走廊往外跑去。但是,就在玄关的前面,她突然停住了脚,慢慢地向后退了两三步。

"啪"的一声,传来了类似于压缩空气泄漏时所发出的声音。风子"啊"的一声尖叫,身体随即变得僵硬,"扑通"一声倒在了地上。她应该是被电击枪击中了。

又有两个穿着像特警的人从玄关外冲了进来。肯定是他们预估到风子会逃跑,所以提前布置好了伏击的力量。

被撞翻的那个男人一边揉着肩膀,一边走向风子。他从衣服里面的口袋中取出一个银色的圆筒,并用它的顶端套住了风子的手腕。刚才风子还一直在呻吟、痉挛,一下子就安静下来了。

"喂!你们对她做了什么?!"我冲到那个蹲着的男人身后。

那些特警队员一样的人手中的电击枪口迅速转向了我。

那个男人抬起手,制止了他们:"我并没有杀她,你自己看看。"

"啊?"

顺着男子手指的方向望过去,我看到了风子的脸。从门口射进来的阳光,刚好落在她的头上。在光线的映照下,她那从额头到下巴之间的轮廓显得格外分明。由于她的皮肤有点黑,整体看起来宛如一尊青铜雕像。

"咦——怎么回事?"

就在我望着她的这段时间里,风子的肤色逐渐变淡了,从黑色到褐色,之后依次是浅茶色、黄色,最终变成了白色。与此同时,她的头发也褪色了，变成了接近金色的颜色。而且，本来她的头发是团在一起的，现在却伸展开来，变成了波浪卷。还有，从她眼睑的缝隙中可以看到，原来她的瞳孔是黑色的，现在也变成了绿色。

"不可能吧……"

我所认识的风子已经消失不见了，躺在我面前的，是一位白皮肤的金发美女。这不活生生就是那个依靠一己之力控制着整个"蒙哥马利"号核潜艇的女人吗？而且，她也很像蕾拉。

"怎么回事？"

"这是她被揭去伪装后的原形，也就是她本来的样子。"

"被揭去伪装后的原形？"

穿着西装的那个男人，慢慢地站起身，温和地冲着我笑道："你是宗像逍，对吧？"

"是的，我是。"

"久闻大名，今天终于见到你本人了。"

那个男人从口袋中掏出一张名片，递给我。名片上印着一个名字：前园隆司。